OBSOLÈTE

DU MÊME AUTEUR

ROMANS NOIRS

La Petite Fille aux oubliettes, Baleine Seuil, 2000
Petits polars à l'usage des grands, J'ai lu, 2000
Dernier parking avant la plage, Les Belles Lettres, 2003 ; Folio, 2004 ; Phénix noir, 2023
Dans l'œil noir du corbeau, le cherche midi, 2009 ; Pocket, 2014
L'Enfant aux cailloux, Fleuve noir, 2011 ; Pocket, 2014
Black Coffee, Fleuve noir, 2013 ; Pocket, 2016
White Coffee, Fleuve noir, 2016 ; Pocket, 2017
Cinq cartes brûlées, Fleuve noir, 2020 ; Pocket, 2021
Un accident est si vite arrivé (nouvelles), Pocket, 2020
De cendres et de larmes, Fleuve noir, 2021 ; Pocket, 2022

LITTÉRATURE GÉNÉRALE

Je ne suis pas raisonnable, Balland, 2001
Pour en finir avec les hommes (et la choucroute), Balland, 2004
À la mesure de nos silences, Fleuve Éditions, 2015 ; Pocket, 2023

JEUNESSE

Éléphanfare, Albin Michel Jeunesse, 2003

HUMOUR

Petit atelier de bricolage... de plage, Ginkgo éditeur, 2008

EN NUMÉRIQUE CHEZ 12/21

Les Petits Polars (nouvelles)

SOPHIE LOUBIÈRE

OBSOLÈTE

belfond

Accompagnez votre lecture en musique,
avec la playlist du roman :

Retrouvez-nous sur www.belfond.fr
ou www.facebook.com/belfond

Éditions Belfond,
92, avenue de France, 75013 Paris.
Pour le Canada,
Interforum Canada, Inc.,
1055, bd René-Lévesque-Est,
Bureau 1100,
Montréal, Québec, H2L 4S5

ISBN : 978-2-7144-9980-6
Dépôt légal : février 2024

Belfond | un département **place des éditeurs**

place
des
éditeurs

À ma descendance.
Puisse-t-elle connaître un monde formidable.

« Le meurtre est la base même de nos institutions sociales, par conséquent la nécessité la plus impérieuse de la vie civilisée... S'il n'y avait plus de meurtre, il n'y aurait plus de gouvernements d'aucune sorte, par ce fait admirable que le crime en général, le meurtre en particulier sont, non seulement leur excuse, mais leur unique raison d'être... Nous vivrions alors en pleine anarchie, ce qui ne peut se concevoir... Aussi, loin de chercher à détruire le meurtre, est-il indispensable de le cultiver avec intelligence et persévérance... Et je ne connais pas de meilleur moyen de culture que les lois. »

Octave Mirbeau, *Le Jardin des supplices*

« Si vous haïssez quelqu'un, laissez-le vivre. »

Proverbe japonais

CONDITIONNER

« Quand je l'ai vue dans la lumière,
c'était une vieille, cinquante ans au bas mot.
Mais ça ne m'a pas arrêté,
j'y suis allé quand même. »

George Orwell, *1984*

BONJOUR, LA VIE !

« Maman est toujours souriante et je veux qu'elle le reste. »

Qui n'a pas au fond de son cœur cette pensée en regardant partir celle qui a contribué à son bonheur ?

Le Grand Recyclage est une étape de la vie. Un passage vers une autre source de joie, un horizon de lumière et de tous les possibles.

Pour bien se préparer à cet événement fantastique, Maya est là à chaque instant, prête à répondre à vos questions, à vous accompagner dans vos démarches et à vous proposer une solution clés en main avec une approche pratique de tout ce qui vous tracasse. Depuis plus d'un siècle, nous œuvrons au respect des valeurs de solidarité et de coopération. Le dynamisme de notre société se nourrit de la volonté commune de créer des synergies dans le domaine de la croissance verte et de l'économie circulaire. Nous partageons la même volonté de protéger nos ressources naturelles et de donner à tout être humain la possibilité de trouver sa juste place dans la société.

**Oui, demain, plus que jamais,
maman aura ce même sourire auprès duquel
il fait si bon grandir.**

@gouvernance_territoriale
Mayacorporate.org

- 1 -

Je n'oublierai jamais ce long voyage, l'accélération du train et l'euphorie qu'elle procure.

Abandonnées, les cendres de mon village.

Je ne suis encore qu'une gamine que l'odeur de sa peau rassure, blottie contre le dossier d'un siège au cuir capitonné, une boule au creux du ventre. Mes pieds ne touchent pas le sol, mes doigts agrippent les accoudoirs, et mes parents somnolent.

Nous traversons un tunnel sans fin, creusé à cent cinquante mètres sous terre. L'obscurité offre son écran au paysage virtuel. Sur les parois vitrées du compartiment, je vois défiler des forêts dentelées de sapins, des bataillons de troncs bardés de pics sous un tourbillon de neige, des cascades prêtes à engloutir le train et qui donnent le vertige, de vastes campagnes dépourvues d'éoliennes où, dans le bleu de la brume, se dévoilent de jolies chaumières tapissées de rosiers, et des châteaux harnachés de tours. Des images d'un autre temps que je ne peux rattacher à aucune réalité, entrecoupées de messages à caractère informatif offerts par la Gouvernance territoriale.

Les enceintes encastrées dans la coque de l'appuie-tête diffusent de la bossa-nova, de la Chill Fusion et des chansons swing du Golden Age. Blue Moon. Dream a Little Dream of Me. Si tu viens danser dans mon village. It Had to Be You. *Mon père les connaît par cœur. Il les fredonne souvent dans son atelier, accompagne un refrain d'un pas de danse. Les semelles de ses chaussures claquent sur le sol, une robe dont l'ourlet est à reprendre virevolte à son bras ; les toilettes des clientes se prêtent volontiers aux jeux du tailleur. Ma mère n'est pas couturière. Elle veille au bon équilibre hormonal des gens, resserre les points, fixe, défroisse les corps jusqu'à leur limite.*

Maman est toujours souriante et je veux qu'elle le reste.

Le train ralentit, mes parents ouvrent le coffre à bagages sous nos sièges, une hôtesse m'aide à passer les lanières de mon sac à dos. Un masque recouvre son visage. Elle porte des gants, une combinaison étanche. Quand elle prononce mon prénom, j'ai les cheveux qui se dressent sur la tête.

***

C'est un nouveau village en forme de spirale comme un coquillage, à un kilomètre de la pointe du cap. Son plafond de toiles d'ombrage photovoltaïques nous protège du rayonnement électromagnétique. Il manquait un tailleur sachant manier l'aiguille, apte à diriger un atelier de tissage, comme papa, et une opératrice médicale sachant piquer, avec la maîtrise des technologies en data science, comme maman. Notre isolement sanitaire de quatre jours s'achève. Nous nous consumions dans le souvenir d'une histoire que nous ressassions à voix basse, le cœur en hiver, pelotonnés sous l'édredon, couchés tôt. Nous avons le droit de sortir et d'intégrer la communauté. Je me joindrai aux apprenants du village. Mangerai à la cantine. Jamais je ne reverrai mes amis d'avant. Ni ma sœur. Mes oreilles bourdonnent du bruissement des flammes qui n'ont rien épargné de mon passé. Le temps sera mon allié. Toujours souriante, comme maman, je ferai en sorte de le rester.

Œuvrer au respect des valeurs de solidarité et de coopération est notre raison d'être. Sans cela, notre courte existence n'aurait aucun sens.

***

ET SI TU POUVAIS BOIRE LE SOLEIL ?

Les jours sans, c'est la déprime. Les jours avec, tu te sens prisonnier de ces heures les plus chaudes où tu restes caché, à l'abri de ses rayons. Et tu as besoin de recevoir son principal bienfait : sa vitamine D.

L'air est pesant dès le lever du jour. À l'ouest, la mer retient son souffle, étend sa lame jusqu'à la digue artificielle. Pour la contempler, on monte en haut du phare. Elle est l'horizon de l'oubli.

Je suis petite mais déjà si grande.

Le matin, je bois le soleil. J'avale une tartine de beurre trempée dans du Chicomalt que je sucre avec du sirop de foin. Chicomalt est riche en vitamine ensoleillée : au lieu de l'absorber par la peau, je la bois dans ce délicieux breuvage malté, naturellement antiscorbutique, tonique et revitalisant. Chicomalt. Chicomalt. Chicomalt. Chicomalt.

L'un des grands bénéfices du soleil, c'est Chicomalt
En vente à la coopérative de ton village

@gouvernance_territoriale
Mayacorporate.org

Ma mère me conduit par la main sur le chemin circulaire. J'ai les paumes collantes. Au travers des toiles d'ombrage, je devine une aube vivante où des nuages étirent leurs lignes de vapeur, distingue au loin le halo brûlant dont l'hiver nous a préservés, cette boule de feu qui étouffe les enfants dans leurs jeux, cloque la peau et décolore les pommes. Elle déforme aussi les fraises mais ça les rend plus sucrées. Des pies jacassent et virevoltent d'une habitation à l'autre, picorent les déchets de table que nous déposons dans un récipient sur le bord de la fenêtre. Porté par la brise, le gazouillis des apprenants, rassemblés dans la cour de l'Établissement communal d'enseignement collectif, nous indique la direction à suivre.

Les dames avec une valise éclosent comme des fleurs au portillon des maisons. Cinq ou six points de couleur dans le paysage, près des containers de recyclage. Elles guettent la navette électrique autonome sur la ligne de circulation parallèle à celle réservée aux triporteurs et aux vélos. Chaussées d'escarpins ou de sandales extravagantes, elles tapent discrètement du pied, lissent un sourcil du bout du doigt, rajustent à leur nez des lunettes en amande, tendent le cou avec l'impatience d'un oisillon. Colliers de perles fines, robes cintrées, cardigans à col châle, étoles de soie, c'est un tourbillon de tissus, de cheveux lissés ou tressés. J'aime cette harmonie des choses, leur teint de poupée en plastique comme on en fabriquait jadis, le sac à main au pli du coude et leurs lèvres laquées de rose. J'imagine ces sources de joie qui les attendent car bientôt tout leur sera permis : manger sans faim le fruit des coquillages, boire sans soif l'eau d'une rivière, chérir autant d'hommes qu'une grappe compte de grains de raisin.

Je suis petite et déjà envieuse.

Un parfum de cannelle relevé de fleur d'oranger pénètre mes narines : devant nous, un flot de boucles rousses scintille sur les épaules d'une dame avec une valise. Fascinants reflets. Lorsque nous arrivons à sa hauteur, je comprends la cause de ce miroitement : soubresauts des épaules, tremblement des mains. On dirait que cette femme est sur le point de griller comme un appareil en surtension et que de la fumée va bientôt lui sortir des oreilles. Je ralentis la marche et tourne la tête, curieuse de sa figure. Des yeux gonflés de larmes, une peau écarlate, le rouge qui déborde des lèvres… Elle est effrayante.

— Ne traîne pas, s'il te plaît.

Maman tire sur mon bras.

— Qu'est-ce qu'elle a ?

— Je l'ignore.

— Pourquoi elle pleure ?

— Dépêche-toi.

Nous accélérons le pas. J'ai baissé les yeux. Je me refuse à voir une Retirée pleurer même si je ne pourrai m'empêcher d'en rêver longtemps et d'y penser souvent. Seuls pleurent les enfants.

Lorsque j'interrogerais Maya après mes cours, de sa voix souple et veloutée elle me répondrait que cela arrivait, parfois.

— Quand un Bracelet Modérateur d'Humeur dysfonctionne, il est possible qu'une émotion trop forte se libère.

Juste un problème de réglage, a priori.

— Maya, pourquoi est-ce que la dame pleurait ?

Contemplant le cylindre lumineux sur ma table de nuit, j'attendrais la réponse qui ne tarderait pas à en sortir.

— Elle était émue de quitter sa famille.

— C'est normal de quitter sa famille quand on est vieille. Il n'y a pas de raison d'être triste.

— Tout à fait. Une Retirée sait qu'elle quitte sa famille pour aller vers une autre source de joie.

Émanant du cylindre en forme de haricot géant, l'image d'une prairie recouvrirait aussitôt les murs de ma chambre et des plumes duveteuses flotteraient dans l'air partout autour de moi.

— Rachel, tu ne trouves pas que les mots « source » et « joie » s'accordent à la manière du bleu et du jaune pour créer une verte prairie caressée par le vent ?

— Oui, Maya.

Je me languis déjà. Ma vie sera faite de cette impatience. Prendre ma place sur le trottoir, un matin, avec une valise où plier mes habits. Je serai vêtue d'une robe parfaite que mon père aura cousue avec soin, les prénoms de ceux qui me sont chers brodés au revers du col.

Je voudrais moi aussi monter à bord d'un wagon doré, prendre le train qui conduit au Domaine des Hautes-Plaines et célébrer le Grand Recyclage, gagner le droit de connaître une autre source de joie que celle de l'existence. Là-bas, la mer est tapissée de corail, on peut nager avec les poissons et se coucher sur le sable sans risque d'être brûlée par le soleil. Le ciel grouille de papillons. Le froissement de leurs ailes fait siffler l'air et le bourdonnement des abeilles donne le tournis.

Partir pour un long voyage, loin des falaises blanches. En avant vers l'inconnu !

Je veux savoir ce qu'il y a au-delà des sept villages de la Terre des Deux-Caps. Découvrir de la planète ce que ni le feu, ni l'eau, ni l'homme n'ont dévasté. Je suis petite mais déjà si grande. Et je m'entraîne à ne rien montrer de cette hâte, offrant mes poignets au matin qui s'éveille.

Un jour, je prendrai place dans la navette et serai délivrée de ce prénom que je porte avec fatalité puisqu'on nous en donne un autre, là-bas.

Ce qu'il adviendra ensuite est assez flou. Mon instructrice n'a pas encore écrit au tableau « L'Humanité n'est qu'un vaste abattoir » avant de sortir de la classe, oubliant ses affaires sur le bureau. J'ignore que de cette phrase germera le doute, que le sacrifice de ma mère lui vaudra une médaille, que je donnerai la vie mais aussi la mort, et que mon corps patinera lorsque sera franchie la limite d'existence autorisée. Je n'en suis pas encore à compter le nombre de femmes à bord de la navette qui, quatre fois l'an, passe sous ma fenêtre pour la collecte.

Je suis petite et, déjà, un produit sans grand avenir.

La mer ourlait de vase les murs aux pointes brisées. Deux siècles de tempêtes avaient recouvert de varech les os gris des charpentes affleurant à la surface. Rares étaient les goélands qui se risquaient à nicher dans les cheminées dont les briques, rongées par le sel, menaçaient de tomber. Ils préféraient pondre leurs œufs au milieu des résidus de plastique et des cordages que les marées montantes gainaient de sable.

La retenue d'eau nuancée de nacre se troubla de bulles d'air. Dessous, deux plongeurs équipés de combinaisons et de bouteilles d'oxygène traversaient une forêt de laminaires. Semblables à des méduses filandreuses, les algues déroulaient leurs rubans. Dans ce réservoir d'engrais naturel, capteur de CO_2, la récolte en était interdite. Mais les plongeurs s'intéressaient à un autre genre de butin.

Keen Taylor fit signe à son fils et tous deux s'engagèrent dans le sillon de ce qui avait été une voie de circulation terrestre. Leurs palmes ondulaient au-dessus d'un amoncellement de matériaux broyés par la force du courant, méli-mélo de véhicules disloqués et de meubles arrachés au ventre des habitations, réduits à l'état de carcasses gangrenées de macroalgues noires ou violacées. La population de la ville engloutie avait fui juste avant la dernière vague, laissant derrière elle de quoi empoisonner la baie pour des siècles. Une colonie de coquillages avait pris possession des lieux avant que les températures extrêmes ne les cuisent ; aucune vie possible à moins de dix mètres sous l'eau à l'exception des bactéries, des céphalopodes et de certains vers de vase acclimatés au milieu hydrothermal. Dans cet enfer peuplé de moustiques tropicaux, les algues étendaient peu à peu leur royaume.

Néo suivait son père à une distance raisonnable, s'accordait au rythme de ses palmes, dents serrées sur l'embout, prêt à dégainer son couteau de plongée. Qu'une créature des profondeurs miroite devant lui serait une sacrée veine mais pour l'instant, rien ne semblait hanter ce domaine, pas même une seiche aplatie sur le sol. Sa lame en titane lui servirait plutôt à libérer son détendeur d'un filet ou de l'entrave d'une ligne de pêche en nylon à la dérive, imperceptible dans l'eau verte.

L'adolescent aimait de ce gouffre faire jaillir les chimères. Il imaginait sa cheville agrippée par un tentacule de calamar géant, l'aileron d'un requin ou la queue d'un crocodile frôlant son dos, et ça déclenchait en lui des picotements de la nuque jusqu'au sacrum. Le fait d'être sous l'eau intensifiait cette sensation au point que la pulsation du flux sanguin dans l'artère radiale de son poignet activait son BMH[1]. Pour l'instant, une diode clignotait toutes les cinq secondes d'un bleu foncé à peine visible sur l'écran.

Keen jeta un coup d'œil à sa boussole : leur objectif se trouvait à l'est, à moins d'une trentaine de mètres.

1. Bracelet modérateur d'humeur.

L'archéologue avait eu récemment accès à d'anciennes images satellites répertoriées dans une base de données cartographiques, qu'il s'était empressé de montrer à son fils. Néo marchait résolument dans les pas de son père. Aucun autre métier ne procurait un tel sentiment d'autonomie, n'offrait autant d'imprévus. Du haut de ses quatorze ans, il aimait à croire que le hasard influait encore sur la vie et que le passé nourrissait le présent, au propre comme au figuré.

L'adolescent avait exploré les documents numériques à la loupe, défini avec son père l'espace géographique d'une ville dont les fondations remontaient au second Moyen Âge. On ne construisait pas alors sur un terrain plat protégé du vent par des collines comme cela se faisait depuis plus d'un siècle, mais en bord de mer, au plus près des ressources intarissables de l'océan, suivant le tracé d'un fleuve côtier aujourd'hui transformé en marécage. On ne bâtissait pas non plus en courbe pour résister aux cyclones, offrant à la tempête des bicoques anguleuses qui accrochaient les bourrasques. Si on établissait des fortifications pour contrer l'envahisseur et des digues pour casser les vagues, rien de sérieux n'avait été prévu pour protéger la ville du soleil, des tornades et de la montée des eaux. Aux yeux de Néo, la fragilité de l'habitat était significative d'un manque d'anticipation. Il ne comprenait pas comment les générations précédentes, alertées sur les conséquences du réchauffement climatique dès le milieu du XXe siècle, avaient pu à ce point déconner. Les Romains savaient depuis longtemps que la forme de l'arc offrait la meilleure résistance. Même les hommes préhistoriques choisissaient leurs grottes à l'abri de la pluie, du vent et des bêtes féroces. Comment avait-on pu atteindre simultanément des niveaux aussi élevés de développement technologique et de négligence ?

Cette énigme fascinait Néo autant que ses plongées dans la ville engloutie. Il comptait bien en apprendre plus sur cette époque de prodigieuse folie, où le grotesque et l'insouciance prévalaient sur la raison. Avec son père, ils avaient remonté des pièces rares, dont certaines dans un état remarquable. Vaisselle, bijoux, bibelots, jouets, boîtes de conserve, produits alimentaires sous film protecteur, robots ménagers, matériel informatique, ainsi que tout un bric-à-brac d'objets anciens issus de l'industrie plasturgique dont Néo ignorait l'usage, attendaient d'être répertoriés. Cette tâche incombait à son père : une grande partie de son travail était dédiée à la consultation d'archives publicitaires audiovisuelles, de journaux et de magazines numérisés accessibles sur une base de données mise à la disposition du chercheur. Il pouvait consacrer sa journée à une girafe en plastique, persuadé de tenir là un jouet emblématique. Son devoir de mémoire. Une paire de snow-boots tirée d'un agglomérat de déchets et de vase en disait tant sur le climat qui pouvait autrefois régner sur la Côte d'Opale... Tout ce qui était né de l'épaisseur du temps pour marquer son époque passionnait le père comme le fils.

Keen indiqua une direction et ils bifurquèrent vers une bâtisse enlisée. Si les murs tenaient encore debout, une bonne moitié du toit avait été emportée, laissant l'eau s'engouffrer à l'intérieur du bâtiment. L'archéologue avait cependant bon espoir d'y trouver autre chose que des fourchettes en plastique. Les plongeurs activèrent leurs torches. Sur la devanture, une enseigne dont la peinture cloquée partait en pelures se révéla dans la lumière. Trois lettres et deux chiffres suivis d'un tiret étaient encore lisibles.

..SÉE 39-..

Keen leva le pouce, signifiant à Néo qu'ils étaient au bon endroit. Comme l'adolescent semblait en douter, son père dessina de l'index un « M » et un « U » devant le « S ». Il désigna ensuite l'espace vide derrière le tiret, déplia quatre doigts d'une main puis, de l'autre, forma un zéro avec le pouce et l'index. Néo comprit et hocha la tête.

Ils se glissèrent à l'intérieur par la toiture défoncée. Un monceau de gravats tapissait le hall. Le squelette rouillé d'un tourniquet mécanique en gardait l'entrée. Ils parcoururent rapidement l'endroit avant de s'engouffrer dans un escalier au bas duquel ils se heurtèrent à une double porte. Keen décrocha le maillet de sa ceinture et frappa le bois vermoulu. Le pan céda presque aussitôt, se disloquant en plusieurs morceaux. Néo aida son père à dégager les débris. Un lieu de ténèbres s'ouvrit alors devant eux. Ils échangèrent un regard chargé d'excitation en découvrant une voûte qui surplombait une vaste salle dépourvue de fenêtres. L'archéologue s'y engagea sans attendre, suivi par son fils.

Plénitude du silence et de l'eau douce. Ravagés par l'érosion, les murs semblaient de pierre ponce. Les faisceaux des torches effarouchaient de minuscules amphipodes qui rampaient sur un tapis d'algues filandreuses. Intrigué par son étrange couleur jaunâtre, Keen piqua vers le sol : il s'agissait d'un agglomérat de débris et de biopolymères bactériens – du goémon, pareil à celui que rejetaient parfois les tempêtes sur les bancs de sable. Au village, on l'utilisait pour fumer la terre du potager, fabriquer des produits de soin pour la peau, de la teinture capillaire, du thé, ou cuisiner de délicieux tartares. L'archéologue fit un prélèvement qu'il fourra dans un tube ; il analyserait l'échantillon plus tard au labo. Autour de lui, l'eau était trouble et saumâtre. Il nagea vers le fond de la salle, éclairant une paroi recouverte de vase. En s'approchant, il constata qu'il s'agissait d'une vitrine de grande dimension. Impossible de voir ce qui se trouvait derrière. Il en frotta la surface. Des fragments visqueux se détachèrent, formant des tourbillons dans l'eau.

De son côté, Néo assistait à un curieux ballet : une nuée de crevettes rouge vif virevoltaient dans le faisceau de sa torche. Comment cette faune abyssale pouvait-elle prospérer ici, en territoire toxique, pollué de métaux lourds ? Il parvint à saisir une crevette entre ses gants et se tourna vers son père pour la lui montrer. À peine visible dans un nuage de vase en suspension, Keen fixait des yeux quelque chose derrière la vitre. Une diode jaune clignotait à son poignet. Ce qu'il voyait faisait grimper en flèche son taux d'adrénaline. L'adolescent relâcha aussitôt la crevette. En trois battements de palmes, il rejoignit son père. Ce que Néo découvrit à son tour derrière la vitrine le médusa : en loques, une main appuyée sur un fusil incrusté de coquillages, un GI de la Seconde Guerre mondiale les défiait sous son casque.

Les nageurs regagnèrent leur embarcation arrimée à un poteau électrique dont les traverses fendaient l'eau stagnante. Leurs bracelets crépitaient d'un vert fabuleux. Le filet contenant les objets récoltés dans la salle des reconstitutions historiques fut hissé à bord. Une fois le matériel de plongée calé au fond de la barque, chacun prit sa rame, protégé du soleil par son épaisse combinaison. Cinq kilomètres environ les séparaient du cap Gris-Nez et du village n° 6. Une brise s'était levée, la lumière du jour cuivrait l'océan sous lequel tournaient les hélices des hydroliennes. Le fort d'Ambleteuse fut bientôt derrière eux.

Nuancée de rose, sa tour d'artillerie crevait l'écume, défiant le ciel de la combattre encore. Ils accostèrent juste avant la digue, épuisés, empuantis par les émanations de gaz des sargasses en décomposition, surveillés de très haut par une mouette en vol stationnaire.

Tout en chargeant leur précieuse cargaison sur la remorque du tandem, père et fils restaient cois. Le potentiel vertigineux des autres salles d'exposition du musée accaparait déjà leur esprit.

- 2 -

Ma petite sœur courait après les autres enfants pour les faire tomber. Elle donnait des coups de poing, des coups de pied, mordait, tirait les cheveux. Un sourire masquait souvent sa fureur. Ma mère ne savait jamais à quoi s'attendre quand elle la voyait dégringoler du toboggan puis se mettre à courir dans sa direction. Plutôt que de lui tendre les bras, elle tressaillait. La même appréhension me saisissait dès que ma sœur s'asseyait à côté de moi, sur un banc. Un câlin ou une baffe ? Seule certitude, elle préférait gambader dehors et voir des gens plutôt que de rester enfermée à la maison.

Ma sœur était capable de vivre simultanément dans son monde et près de nous, avec ce qu'elle percevait de l'ailleurs : le ciel, les cailloux, les scolopendres, la poussière, les ombres d'une clairière ou les pots de yaourt de la coopérative.

C'est violent d'être jugé en permanence. La réalité du handicap. Un boulet qu'on porte, partout où l'on va.

Ses hurlements causaient le désastre. On a arrêté les sorties au parc, à la bibliothèque, et les concerts jeune public du mercredi – ma sœur s'agitait sur sa chaise dès que les musiciens jouaient un peu fort. Mes parents faisaient les courses à la coopérative à 2 heures du matin pour éviter de croiser des familles que les cris d'une petite fille en train de se rouler par terre auraient dérangées. Ma sœur n'allait pas non plus dans un Établissement d'enseignement inclusif. Nos parents préféraient se relayer pour la garder à la maison et chargeaient Maya de lui proposer un programme éducatif adapté à son trouble. Il fallait « la protéger du monde extérieur ». Mais c'étaient les autres qu'on préservait. Les cours d'empathie avaient leur limite : la compréhension, la compassion se lisaient sur la figure des gens, jamais dans leurs yeux. Ce rejet, je le ressentais jusqu'à l'intérieur de mon corps.

Chicomalt. Chicomalt. Chicomalt. Chicomalt.

Combien de vœux faits à Maya pour que tout rentre dans l'ordre quand ma sœur me tapait sur les nerfs, répétant ce mot comme un mantra.

Je n'ai plus voulu aller jouer chez Julia, une camarade qui habitait en face de chez nous. Ça me serrait le cœur quand j'apercevais ma mère à la fenêtre de sa chambre, de l'autre côté de la rue. Elle se tenait là, sans bouger, à regarder dans le jardin ces mamans alanguies sur des transats, entourées de fillettes qui riaient. Et puis j'en avais assez d'expliquer les choses à des idiotes.

— Elle est trop bizarre, ta sœur.

— Elle est pas bizarre, elle est autiste.

— Elle imite tous les bruits comme un perroquet.

— Mais non, banane, elle communique.

— Elle jette ses crottes sur les autres.

— C'est parce qu'elle aime pas qu'on l'emmerde.

À l'écarter du monde, sans y prendre garde, on s'effaçait. Nous étions le cri silencieux d'une famille qui s'effondre.

Ma sœur avait son propre langage, une compréhension instinctive des choses, brutale mais juste. Au Centre médical du réseau santé, on lui prédisait un brillant avenir. Les personnes autistes ont un taux élevé d'anxiété et de dépression, que le BMH régule dès la puberté. Leur profil de surdoués est recherché. Elles intègrent des institutions spécialisées d'où elles ressortent avec de nombreuses validations. On les oriente ensuite selon leurs compétences vers des sites de recherche scientifique et de développement artistique, d'ingénierie et de mécanique, ou bien elles occupent de hautes fonctions en pédagogie et en sociologie. Il faut simplement passer cette étape de sociabilisation, tenir bon jusqu'à l'âge légal requis pour être équipé du bracelet miracle. « Elle finira par briller comme une étoile », soupirait mon père, serrant ma mère contre lui.

Chicomalt. Chicomalt. Chicomalt. Chicomalt.

Jouets cassés, vêtements déchirés, coups de pied dans les tibias.

Chicomalt. Chicomalt. Chicomalt. Chicomalt.

Parfois, elle se mordait jusqu'au sang.

— Hé, Maya, pourquoi ma sœur agite les mains ?

— Adopter une gestuelle stéréotypée est caractéristique de son trouble. C'est aussi une façon d'exprimer ses émotions, de montrer sa joie, son excitation.

Parfois, elle ressemblait à un oisillon qui s'entraîne à battre des ailes.

Et je rêvais de la voir s'envoler.

Il arrivait qu'elle me dérange au milieu du repas ou en plein sommeil et se mette à fixer le sol en s'arrachant les cheveux. Alors, j'allais prendre la brosse. Se faire coiffer était la seule chose qui la calmait. Sa chevelure, blonde et soyeuse, était facile à peigner, rien n'accrochait aux picots en bois de bambou. Par ce geste, je me sentais proche d'elle car enfin il me semblait que nous nous comprenions, que nous étions comme n'importe quelles sœurs. Sa respiration s'apaisait, son corps s'amollissait, tout en elle exprimait la grâce du plaisir.

Maigre bouton poussé sans lumière.

Chaque fois qu'une petite fille grimpe sur le fauteuil de mon salon pour que je lui coupe les cheveux, c'est à elle que je pense, à ces rares instants de douceur, à la dernière image que j'ai d'elle, blottie sous son lit. Je revois cette nuit de désastre où tombent des oiseaux presque cuits, où partout l'on fuit la fournaise, où le fracas d'une horde se répand dans les voies de circulation du village avec les cris de bêtes affolées, et je me souviens que sa mort nous lie à jamais.

— Quel programme veux-tu regarder, John ?
— Du sexe.
— Orientation ?
— Lesbienne.
— Précise le nombre de filles.
— Deux.
— Quelle époque ?
— Fin du XXe.
— Décor ?
— Un hôtel de luxe à Las Vegas.
— Une préférence particulière pour l'hôtel ?
— ... Celui qui s'inspire des temples romains, je ne sais plus son nom...
— Le Caesars Palace. Excellent choix. Type de filles ?
— Caucasienne athlétique, blonde. Asiatique soumise, brune.
— Âge ?
— Le plus jeune possible.
— L'âge minimum requis est vingt et un ans, John.
— OK.
— Ton crédit actuel est de trente-trois minutes. Indique sur l'écran la durée souhaitée avant validation.

Depuis le fauteuil de bureau rafistolé, l'homme leva l'index devant lui à hauteur du casque VR[1] ajusté sur ses yeux. Ses doigts pianotèrent dans le vide.

— Durée validée : quinze minutes. Données collectées. La simulation est prête. Veux-tu la regarder ?

— Envoie.

John Mělník fit sauter les bretelles de sa salopette aux poches raccommodées. Glissa une main par-dessous. Le rituel de fin de journée. Maya avait parfaitement compris sa demande. Celle-ci variait peu dans ce domaine. Voir deux filles faire l'amour à travers les âges était le truc qui l'excitait le plus. Dans moins de trois minutes, elles se lécheraient comme une chatte lape le lait et il exploserait dans son slip. Ce soir, il y repenserait en déshabillant sa femme. Les stimuli visuels étaient recommandés pour le coït, après la cinquantaine.

— Agrandis... Recule... Avance... Stop. Focus sur le cul de la blonde... Un peu plus à gauche... Stop. Qu'elle retire lentement sa culotte... Lentement !...

Vibrations du casque.

— Zoom avant sur la bouche de l'autre fille... OK... Élargis : je veux voir leurs visages... Zoom arrière... Grossis les seins de la brunette et ajoute un grain de beauté sur le gauche...

Une antique sonnerie de téléphone télescopa les gémissements des filles. L'image se figea.

— Fait chier !

L'homme retira l'appareil de simulation optique de ses yeux.

— Maya, sauvegarde le programme.

Il se reconnecta à son PC et tapota sur le clavier poisseux pour répondre à l'appel vidéo : le visage

1. Casque de réalité virtuelle.

souriant d'une femme apparut sur l'écran. John activa sa caméra tout en rajustant ses bretelles.

— Belle journée, Rachel.

— Belle journée, John. Je te dérange ?

Son amie d'enfance affichait l'air avenant de celle qui de sa vie a tout maîtrisé. Des fils d'argent se fondaient parmi ses cheveux châtains. Rachel laissait pousser sa crinière pour les bonnes œuvres ; elle servirait à la fabrication d'une perruque médicale. Le geste admirable, toujours. Avec le temps, les paupières s'alourdissant, son regard noisette se faisait plus intense. La peau plissait au coin des yeux. Des fossettes se creusaient lorsqu'elle souriait. Ces plis charmants et le galbe de son buste épanoui par deux grossesses menées à terme éveillaient en lui un désir immuable sans lien avec la simulation optique. Il tira de sa poche un foulard d'une propreté douteuse et l'utilisa pour éponger la sueur à son front.

— Qu'est-ce qui t'arrive ?

Un souci avec son lave-linge. Un vieux modèle à eau, pas à lévitation magnétique. Le programme de lavage à 30°, interrompu en plein rinçage. Un classique. Son salon de coiffure transformé en pédiluve juste avant la fermeture.

— C'est la pompe de vidange, affirma-t-elle.

— Ah ouais ?

La coiffeuse s'intéressait à la mécanique. Déboulonner sa vieille machine était dans ses cordes. Son côté couteau suisse. Les bases de la théorie des machines, de l'hydrodynamique, de l'électricité et de l'ingénierie étaient au programme général du savoir et de la compréhension des apprenants. Ces acquis éducatifs devaient permettre au futur adulte de gagner en autonomie et de développer des compétences pour son utilité personnelle et celle de la communauté. Aussi, Rachel assurait elle-même la maintenance des appareils qui l'entouraient dans son salon, laissant à John la jouissance de l'expertise. Elle avait déjà dévissé la trappe située sous la lessiveuse, examiné l'état des joints et des durites, ôté le bouchon donnant accès à la pompe et posé son diagnostic.

— Tu peux venir dans combien de temps ?

Rachel Fisher lui ratissait les tifs, donnait à sa coupe le panache indispensable à sa fonction, entretenait ses tempes, sa nuque rasée presque à blanc jusqu'aux oreilles, et taillait ses longueurs qu'il rabattait vers l'arrière. Elle recueillait à l'occasion ses états d'âme, vérifiait qu'il tenait la route, le raisonnait, chassait la grisaille, lui secouait les puces, redessinait les perspectives d'une existence harmonieuse. Ce soin-là était gratis. Le client ressortait de son salon plus beau, le cœur léger et moins con. En ce moment, John était un peu juste et la payait en bons-service. Pratique, mais ça l'obligeait à répondre en priorité à ses demandes. Le technicien d'installation et de maintenance remit le foulard dans sa poche, empoigna sa casquette posée sur la lampe de bureau rafistolée avec de la ficelle, logea entre ses dents un bâton de réglisse et marmonna « J'arrive » avant de mettre fin à la connexion.

***

Les toiles tendues au-dessus des voies de circulation claquaient dans le vent. Leur ondulation et le bruit métallique des mousquetons cognant les poteaux auxquels on les attachait donnaient l'impression que le village allait prendre la mer. John pédalait sans hâte sur son vélo, appréciant l'étreinte émotionnelle que la stimulation avait déclenchée en lui. Le QG de la coiffeuse était situé dans la boucle centrale du village, non loin de l'Insula, caché au milieu d'un bosquet d'arbres à pain, de papayers, de palmiers et de bambous spectaculaires. Cette clôture naturelle protégeait des tempêtes la coopérative et les commerces indispensables. Le frottement des feuillages sur les cannes de bambou créait une ambiance sonore relaxante. Des bâtiments cylindriques, couchés sur une esplanade couverte du même bois que celui dont étaient gainées leurs structures, jalonnaient le chemin de bitume végétal. Tous possédaient une terrasse en paliers qui occupait la largeur de la façade, abritée du vent sous un débord de toit. Les mobiles suspendus à l'entrée des commerces ajoutaient une note cristalline au bruissement des bambous, agrémentaient de leur tintement les conversations des badauds et le grondement sourd des roulements à bille des rollers. John descendit de son vélo, le suspendit à une accroche fixée au flanc de la bâtisse, puis, besace à l'épaule, grimpa les marches.

La coiffeuse attendait devant les portes vitrées du salon, cheveux noués sur la nuque. Elle portait comme souvent un pantalon en lin sous une tunique à manches trois quarts dont le col arrondi soulignait ses clavicules. Un collier de pierres œil-de-tigre pendait à son cou. Cette babiole purgeait l'organisme des énergies négatives que son BMH n'aurait pu détecter, avait-elle expliqué un jour à John tout en lui frictionnant le cuir chevelu. Rachel était pétrie de certitudes. Investie de sa mission de coiffeuse dépollueuse, elle collectait dans un grand sac en papier les cheveux coupés avec lesquels on fabriquait des filtres pour purifier l'eau des rivières ou que l'on utilisait comme isolant thermique et phonique dans le bâtiment. Pragmatique et passionnée. Là résidaient sa vulnérabilité et sa force, aimait-il à croire.

— C'est pour la vidange.

— Merci d'avoir fait vite.

— Je n'allais pas te laisser boire la tasse.

— Tu connais le chemin...

John acquiesça en touchant le rebord de sa casquette, contourna le présentoir de shampoing sec et, pataugeant sur la dalle en béton de chanvre, fila vers la buanderie. La coiffeuse avait vu juste. La pompe était HS. Sans cesser de mâcher son bois de réglisse, John déballa son matériel, connecta le laser relié à l'imprimante 3D et scanna la pièce à remplacer. Dans vingt minutes, une nouvelle pompe serait prête. Il n'y avait plus qu'à attendre. Le TIM[1] rejoignit Rachel qui épongeait le sol, penchée sur un balai à serpillière. Son regard s'attarda machinalement sur sa croupe, moulée sous la tunique pastel. Une agréable sensation le pénétra aussitôt. Le cadran de son bracelet se mit à clignoter jaune.

— Alors ? interrogea la coiffeuse.

John porta son attention ailleurs et croisa les mains dans le dos.

— Ça mouline... Tu veux de l'aide ?

Rachel lui tendit une serpillière. Il s'en saisit. Ses genoux craquèrent lorsqu'il s'accroupit. Mâcher de la réglisse était censé réduire les douleurs articulaires mais, pour l'instant, John ne voyait guère d'amélioration. Il jeta la serpillière sur le sol en grimaçant.

— Tu n'as pas appelé tes hommes à la rescousse ?

— Ils sont de sortie.

— Keen explore toujours sa ville engloutie ?

Rachel hocha la tête.

— Un de ces jours, ton mec va nous pêcher une sirène.

— C'est déjà fait.

— Allons bon !

— Un spécimen de dix centimètres avec des cheveux multicolores et une queue articulée.

---

1. Technicien d'installation et de maintenance.

John tordit la serpillière au-dessus de la bassine.
— Ce ne serait pas une de ces pin-up avec des seins en obus que l'instructrice nous avait montrées ?
— Poupée Barbie. L'ambassadrice de l'empowerment. Typique fin du XXe.
— C'est bien ça.
Son regard obliqua vers la coiffeuse.
— ... Plastique exemplaire, au propre comme au figuré, souffla-t-il.
— Elle est sur le site de la boutique-musée.
— Des acheteurs ?
Rachel acquiesça.
— Keen fait monter les enchères.
— Combien ça peut valoir, ce genre d'antiquité ?
— Tu n'imagines même pas.
Elle essuya son front du dos de la main. Malgré la brise qui s'était levée, l'air conservait une moiteur tropicale. Tous deux étaient en nage.
— Mais je ne t'ai rien offert à boire...
Il lui restait de la tisane fraîche dont elle vanta les propriétés anti-inflammatoires.
— Menthe et sarriette. C'est bon pour tes genoux. Elle a un petit goût poivré. J'ajoute une pointe de gingembre.
Les trucs relevés, John aimait ça. Surtout le vendredi soir.
— Va pour ta tisane.
La coiffeuse appuya le balai contre le mur et disparut de son champ de vision. Ce côté « miss parfaite », John s'en serait bien accommodé. Depuis le premier jour de classe, elle lui avait tapé dans l'œil, figurait en tête de liste. Grandir dans le même village, le même quartier, fréquenter le même Établissement communal d'enseignement collectif créait des souvenirs vigoureux, des frustrations tenaces. Rachel laissait rarement les apprenants l'approcher et ne s'intéressait à aucun

garçon en particulier, ce qui la différenciait déjà des autres filles dont l'obsession était de capter un futur mâle reproducteur. Sans doute cette réserve avait-elle un rapport avec le fait qu'elle était une Déplacée. Ses parents avaient obtenu une dérogation pour quitter l'est du territoire, ravagé par les feux de forêt. Ils étaient venus s'installer ici après la destruction de leur village, juste avant la reprise des enseignements. Cette gamine de six ans, dont il admirait les mouvements précis aux entraînements collectifs de taï-chi, déstabilisait les instructeurs avec des questions sorties de nulle part et connaissait la réponse de la majorité des exercices. Ça l'avait étonné quand, huit ans plus tard, en plus des options histoire de l'art, sociologie et sciences humaines, elle avait coché la case « coiffure » sur le formulaire de projet professionnel.

— Hasna m'a dit qu'elle comptait organiser une fête de folie pour son retrait.

Sa voix douce lui parvint du fond de la pièce. John avait du mal à croire que Rachel et Hasna arrivaient en bout de course, que le temps accordé approchait de son terme.

— Tu parles d'une lubie, grogna-t-il.

— Je trouve qu'elle a raison. C'est une belle manière de partir, au milieu des embrassades, des rires, des bulles de savon et d'une débauche d'alcool.

— Si tu le dis.

— Bientôt la fin d'un cycle pour un renouveau.

Avant-hier, à son atelier, John avait reçu la lettre de notification de retrait. Il avait aussitôt prévenu sa femme. À cinquante ans passés, la coiffeuse serait sans doute de la même fournée qu'Hasna. Elle devait s'y préparer. Qu'elles se retrouvent bientôt sur le trottoir tels deux toasteurs mis au rebut était dans l'ordre des choses. Il plaqua la serpillière au sol, s'éclaboussant au passage.

— Tu ne trouves pas ça bizarre, toi, que les hommes passent au travers ?

— Au travers de quoi ?

— De ces problèmes que vous avez toutes, quand vous approchez la cinquantaine.

— C'est dans la nature de notre fonctionnement depuis toujours.

— Je le sais bien. Pourtant, avant, les femmes continuaient à vivre normalement.

— En apparence.

— Peut-être, mais on était pareils, non ? Je veux dire qu'on vieillissait de manière plus ou moins similaire.

— On était surtout égaux en nombre, John. Ce qui est loin d'être le cas désormais. Il faut bien que vous gardiez l'avantage, d'une manière ou d'une autre.

John savait à quoi Rachel faisait allusion. Il aurait vite l'obligation de faire son choix parmi les candidates compatibles pour la reproduction. Des filles jeunes comme celles que Maya lui montrait lorsqu'il était en demande de stimuli visuels avant un rapport sexuel. Il essora la serpillière et constata que la bassine était presque pleine.

— Un petit arrosage des plates-bandes ? lança-t-il.

— Tu lis dans mes pensées.

John se leva et sortit vider la bassine au pied d'un laurier. Il resta un instant à observer les bulles de savon crever à la surface du sol, mâchonnant son bâton de réglisse. La saponine était un fertilisant naturel. Bien plus performant que sa semence. Le seul bébé viable sorti du ventre d'Hasna était aujourd'hui un beau gaillard de dix-huit ans parfaitement stérile. Certes, John disposerait bientôt d'un nouveau corps reproducteur, et la perspective de remettre le couvert avec une nouvelle compagne lui donnait l'espoir de sauver sa lignée. Mais cette idée l'effrayait. Si on parvenait à éviter les malformations génétiques, celles engendrées par des causes multifactorielles liées à la dégradation globale de l'environnement et au réchauffement climatique étaient encore mal maîtrisées. L'image d'une échographie 3D pouvait suffire à répandre dans ses veines un courant glacé. Dans l'utérus d'Hasna, il avait entrevu l'indicible. Un fœtus avec un pied en piolet, une fente labiale verticale à la place de la bouche et l'intestin sorti de l'abdomen. Incapable de la moindre érection pendant des semaines.

La préménopause de sa femme avait été comme une libération. Le coït redevenait un bon moment de baise et ça les rendait heureux. Jusqu'à ce que les premiers dysfonctionnements se manifestent chez Hasna. Problèmes de concentration. Perte de force musculaire. Déprime. Insomnies. Anorgasmie.

— Ce qu'un homme ne dit pas est le sel de la conversation.

John releva la tête. Rachel se tenait près de lui, un verre à la main. Elle observait son visage figé par l'appréhension.

— Je sais par quoi vous êtes passés, John. Par quoi on est tous passés.

Elle lui tendit sa tisane. De la sueur perlait à son cou.

— C'est maintenant qu'il faut vous montrer généreux l'un envers l'autre, ajouta-t-elle.

Il saisit le verre en soupirant. Un truc qu'il ne pigeait pas : il suffisait d'une imprimante 3D pour remettre une machine à laver d'aplomb ou remplacer les parties du squelette qui déconnaient, ses genoux, par exemple, mais on n'arrivait pas à réparer les femmes. La tête légèrement penchée, Rachel lui sourit, un éclat soudain dans le regard. Il ne sut dire s'il s'agissait d'une invitation à l'embrasser ou d'un appel au secours.

— Bon. Je retourne à ma pataugeoire.

Elle s'éloigna d'une démarche sereine. John retira le bois de réglisse de sa bouche, avala à grand bruit quelques gorgées de tisane puis passa un pouce sur le rebord de ses lèvres, suivant du regard la coiffeuse. La question qui se posait maintenant à lui était de savoir combien de temps il pourrait encore contempler son cul avec le regret de ne pas avoir essayé de la sauter.

- 3 -

Au début, il se pliait à nos exigences. En cela il était remarquable. Grâce à lui, on fabriquait des objets à usage unique dans une gamme infinie de couleurs. Jusqu'à ce qu'on réalise que le plastique ne se désagrégeait pas pour redevenir une matière propre et recyclable, au contraire du fer ou du verre.

Des milliards de tonnes de résidus accumulés dans nos sols, nos fleuves et au fond des mers. On avait fini par comprendre qu'on ne pourrait plus faire marche arrière, ni pour le plastique, ni pour tout le reste.

— Rien ne saurait arrêter le feu de l'enfer, disait Mme Epignosi.

Le changement climatique avait accru les inégalités. Les populations les moins instruites avaient été les premières touchées, les premières à se révolter, à croire aux fables d'un fou assoiffé de pouvoir, ou d'un imbécile. La justice s'incarnait en elles. Investies d'une mission citoyenne, elles avaient imposé leur loi, expéditive, radicale. Ces justiciers autoproclamés, manipulés, galvanisés par le laxisme des autorités ou l'absence de réaction des gouvernances gangrenées par une politique de libéralisme économique soumise aux lobbys, avaient désarticulé des sociétés dans leur globalité. Soudés jadis par l'ignorance et les croyances que leur inspirait le spectre de la mort, les peuples avaient perdu peu à peu la capacité de s'émerveiller et renoncé à toute forme de poésie. Comme un enfant qui, ne sachant pas nager, bat inutilement des bras pour rester à la surface de l'eau, ils s'étaient épuisés avant la noyade.

Tout ne fut que remous, vagues inapaisées, guerres et sacrifices.

Les ingrédients d'une inégalité structurelle avaient été mis en place bien avant notre ère. Là se trouvait le nœud du problème. Il était crucial d'adosser les politiques climatiques à des mesures de justice sociale si on ne voulait pas tous crever.

Alors, on s'était appliqué à sauver les meubles. Garantir la survie de l'humanité – du moins, ce qu'il en restait. Unir les peuples que les guerres de religion ou de pouvoir, les pandémies et les cataclysmes n'avaient pas encore submergés. Cartographier, reconnecter les territoires habitables. Cultiver le peu de terre non irradiée, dégradée, stérile. Construire autrement. Inventer un nouvel habitat. Faire des trous. Creuser des tunnels, rapprocher les hommes, balayer les jugements, brasser les saines semences, réadapter les cultures pour retrouver la trace des oiseaux dans les ciels renversés et l'étiolement des saisons, engrainer les sols, les ventres capables de reproduire. Dupliquer le vivant. Juste assez pour ne pas épuiser les dernières ressources. Eaux. Terres. Utérus. Exploiter ce que la planète nous abandonnait encore de pureté dans sa grande mansuétude.

Grosso modo, dès qu'ils étaient en âge de lire et de compter, on signifiait aux apprenants que leur existence ne tenait qu'à un fil. Notre présence relevait du miracle, elle était connectée à la survie de notre planète et inversement. Nous portions en nous l'espoir d'une humanité sous perfusion, la femme était l'humus, l'homme le fertilisant.

— Jamais l'une sans l'autre, insistait Mme Epignosi.

Il en allait ainsi depuis des lustres, avant que ça ne dégénère avec le progrès et ses inventions formidables qui rendaient le monde plus attractif, productif, spéculatif, grossier.

— C'est là que l'humanité a perdu la boussole, les enfants.

L'instructrice avait désigné un point précis sur la ligne du temps qui courait le long des murs de notre classe, puis cité en exemple la quantité de nourriture consommable jetée par les restaurants et les mégasurfaces de ventes alimentaires, à cette époque.

— Sans oublier une fâcheuse obsession du blanc.

*On blanchissait le papier à lettres, le papier-toilette, le papier à cigarettes, les filtres à café, le coton du coton-tige et celui dont on tissait les vêtements. On blanchissait les mouchoirs, les serviettes et les tampons hygiéniques, la peau, les dents, même les cachets des médicaments. On blanchissait jusqu'à nos propres gènes, laissant l'origine africaine d'*Homo sapiens *et sa peau foncée aux paléoanthropologues.*

— Les gens devaient être impatients de vieillir, alors.

— Pourquoi dis-tu ça, Rachel ?

— Quand on est vieux, on a des cheveux blancs.

Ce jour-là, toute la classe avait ri. L'instructrice s'était appuyée au dossier de sa chaise.

*— Rachel n'a pas tort : l'usage de produits chimiques pour la coloration ou la décoloration des cheveux était courant au XX*e* siècle. Ils pouvaient entraîner des réactions cutanées et des maladies respiratoires chroniques chez les coiffeurs. Sans oublier les dégâts causés par ces perturbateurs endocriniens sur les futurs bébés des clientes et des coiffeuses enceintes. Les agents blanchissants comme le chlore, le peroxyde d'hydrogène ou le dioxyde de titane avaient un impact désastreux sur l'organisme et aussi sur l'environnement.*

Les apprenants ouvraient des mirettes incrédules.

— C'est vrai qu'ils mettaient des colorants artificiels dans les bonbons pour les rendre plus jolis ?

— Oui. Et des gélifiants dans les crèmes dessert pour les épaissir et leur donner un aspect brillant.

À entendre les propos de l'instructrice, ce qui m'effrayait le plus n'était pas l'héritage que nous avait légué l'industrie chimique mais l'aveuglement de la plupart des gens qui s'étaient laissé empoisonner par toutes les voies possibles de leur corps – muqueuses, poumons, peau, ongles, cheveux.

— Si tout ça nous est arrivé, madame, si les gouvernements des pays du monde ont laissé faire ce grand empoisonnement, qu'est-ce qui nous garantit que cela ne se reproduira pas ?

Les apprenants avaient poussé des exclamations moqueuses, des « On va tous mourir ! ». À côté de moi, John s'était serré la gorge à en devenir écarlate, mimant une intoxication, avant de s'effondrer sur sa chaise. Il ne manquait jamais une occasion de montrer combien mes remarques le dérangeaient, au point de déclencher ce besoin irrépressible de tourner mes propos en dérision. Loin de me freiner, cette attitude m'encourageait à pousser notre instructrice à approfondir les choses. Nous étions cette génération d'enfants qui ne pleurerait jamais pour un rien. Il fallait à tout prix qu'elle nous bouscule, développe notre sens critique, nous mette en garde. Mme Epignosi était mon bras armé. Ma poupée articulée. Celle qui parlait pour moi, remplissait ma caboche de ce savoir précieux que j'assimilais à un contrepoison. Je croyais alors pouvoir me prémunir contre ce que le destin me réservait.

Pourrions-nous agir et nous comporter avec une telle inconscience ? Étions-nous devenus ce peuple évolué et supérieur, capable de maîtriser ses humeurs, qui prônait en tout la tempérance et la mutualisation ?

Un jour, des enfants pareils à John, pareils à nous tous au sein de ce groupe d'apprenants, avaient basculé dans une société de consommation, et de cette métamorphose était né le désastre. Mise en péril de la couche d'ozone. Réchauffement climatique. Forêts calcinées. Fournaises urbaines. Fonte des glaciers. Tsunamis sous-marins. Montée des eaux. Extinction massive des espèces. Éclosion de pathogènes résistants. Envol des maladies fongiques. Famine. Stérilité.

Oui. Rien ne saurait arrêter le feu de l'enfer.

Pas même les projections d'images paisibles et rassurantes de Maya sur les murs des chambres des enfants qui peuplent le peu de régions encore habitables de cette planète.

Le musée faisait partie d'un vaste corps de ferme situé à l'est du cap Gris-Nez. Des murs ancestraux de plus d'un mètre d'épaisseur. La communauté des villages avait contribué à son financement ainsi qu'à la création d'un laboratoire de recherche dédié au patrimoine naturel et historique. Une fois le budget voté en commission par la Gouvernance territoriale, le chantier de réhabilitation avait mobilisé toute la population ; petits et grands, attelés à la tâche. À sa tête, Keen Taylor avait donné pour mission aux plus jeunes d'imaginer le parcours des salles d'exposition situées dans l'ancienne écurie et de créer à leur guise un jardin botanique au centre de la cour carrée. Tous les enfants avaient marqué une brique de leurs initiales, manié la truelle, raboté le bois, pelleté la terre, bouturé. Dès l'aube, le pépiement de leurs voix s'entendait sur le chemin qui menait au chantier.

Remettre en bon ordre les lettres d'un alphabet dont on réapprenait la nécessité.

La mise en commun de ce capital humain resserrait les liens, favorisait les échanges. Elle permettait de former la jeunesse aux métiers manuels, à l'horticulture, au partage, et de détecter le talent particulier de certains apprenants. Sky, la sœur aînée de Néo, avait usé sur ce chantier trois paires de bottes en caoutchouc de pointures différentes et, par la même occasion, trouvé sa vocation – l'ébénisterie. Né après son inauguration, Néo avait participé à d'autres travaux collectifs à la ferme et aux moulins, récolté échardes et ampoules, tiré de ces expériences une grande fierté, et gardé le souvenir de matinées joyeuses.

Keen déposa avec précaution les vestiges du site d'Ambleteuse dans des bacs d'eau douce recyclée. Ses cheveux mouillés rebiquaient sur sa nuque, collaient à ses tempes grisonnantes et soulignaient l'ovale du visage, le creux des joues. Dehors, Néo achevait de rincer au jet les combinaisons de plongée. L'un et l'autre s'étaient rapidement douchés avant de passer une chemise et un jean amolli par l'usure. Ils avalèrent une poignée d'amandes, se partagèrent un litre de citronnade et procédèrent à un brossage sommaire des reliques. Concentré sur sa tâche, Néo relevait parfois la tête pour cueillir l'approbation paternelle.

— Vas-y mollo avec la brosse, *wee lad*[1].

L'archéologue fit plusieurs clichés des pièces les moins endommagées qu'il transféra sur son vieux PC. Il activa ensuite le logiciel de reconnaissance d'objets, s'assit devant l'écran et empoigna le manche de sa guitare appuyée contre le mur.

Mi mineur. *Mi* majeur. *La* majeur. *La* mineur. *Ré* majeur. *Ré* mineur.

Six accords, en boucle.

Il n'était pas pressé. L'archéologie était un domaine où présent et passé convergeaient, quoi qu'il arrive.

L'autorisation de mener des explorations dans la ville engloutie avait été longue à venir. Ambleteuse

1. « Petit garçon », en gaélique.

relevait d'une zone sanctuarisée. L'histoire témoignait de nombreux combats dans ce secteur. Personne n'était autorisé à y mettre les pieds. Mais la perspective de contribuer au financement de la communauté en monnayant les artefacts que Keen pourrait y découvrir avait débloqué la fameuse dérogation. Rapidement, le musée s'était taillé une réputation mondiale dans le milieu de la recherche archéologique tant la conservation de certaines pièces était remarquable. Accéder à de telles ressources historiques était inespéré.

Une fois nettoyées et désinfectées (les objets en métal nécessitant d'être décapés et passés à l'antirouille), les trouvailles du jour rejoindraient les vitrines du musée et certaines seraient mises en vente en NFT sur le site de la boutique. Bannies de toute civilisation depuis 2095, les armes à feu qui avaient échappé à la destruction systématique étaient les plus cotées. Keen comptait en tirer de copieux revenus, dont la moitié serait reversée à la communauté. De quoi financer l'agrandissement de la coopérative et l'achat d'un spectromètre de masse par accélérateur[1] ; des artefacts que l'érosion de la zone littorale mettait au jour remplissaient ses armoires, en attente d'une datation. Mais avant toute chose, il lui faudrait neutraliser les fusils en coulant du plomb dans les canons. Aucune arme fonctionnelle ne devait être conservée.

Les premiers référencements crépitèrent sur l'écran. Keen reposa sa guitare contre le bureau. Des fenêtres s'ouvraient et se recouvraient en cascade. Il isola d'emblée les photographies de deux pistolets-mitrailleurs : un modèle MP40 et un Sten anglais, reconnaissable à son chargeur en position latérale. Il agrandit l'image.

---

1. Appareil à haute sensibilité qui mesure les quantités de carbone 14 afin de procéder à la datation d'objets anciens.

— *Dear me !*

L'écran bleuissait sa peau et ses pupilles. La nature exceptionnelle de ces vestiges allait au-delà de ses attentes. Il cliqua sur les autres fiches de référencement, prenant quelques notes sur un cahier.

— 1 browning GP 35 9 mm dans son étui en cuir (noirci et vérolé)
— Lambeaux d'une bouée en toile de l'US Navy (a-t-elle servi lors du Débarquement ?)
— 1 masque à gaz allemand plutôt bien conservé dans sa boîte en métal
— 1 casque de GI
— 1 casque MK2 appartenant à l'armée belge avec impact de balle
— 1 gamelle en fer-blanc
— 1 hausse-col de la police militaire allemande, bosselé, très oxydé (on distingue bien l'aigle impérial du IIIe Reich)
— 1 boîte en carton encore sous plastique (renferme les restes d'une compresse américaine + deux épingles à nourrice)
— 1 étui contenant les vestiges d'un kit d'entretien de Mauser 98 K
— 6 grenades
— 1 paire de jumelles

Restait à inventorier le contenu d'une caisse en tôle – probablement les pièces d'un moteur de char ou d'avion – et les insignes militaires épinglés sur une pellicule de plastique ramollie, qu'il convenait de décaper séparément.

Tout un équipement de guerre hétéroclite, inouï et cauchemardesque.

Keen recula son fauteuil, étendit les jambes sous le bureau et pressa ses paumes contre son nez. Du drame qui l'avait conduit ici il y a vingt-sept ans, sur ce champ de gloire, loin de son île en Écosse, il éprouvait une douleur ancienne. Une explosion d'émotions atomisait son cerveau que le bracelet à son poignet s'employait à combattre par des micro-injections d'hormones synthétiques. Lui revint à l'esprit la maison qu'il habitait sur l'île de Skye, une *black house* tapie sous un toit de chaume et de tourbe, conçue pour résister aux vents du nord. Une masure des Hébrides, comme échouée en amont de son existence, à jamais associée au décès de sa première épouse Fiona et de leur fille de trois ans, Shade, et qu'il avait fini par abandonner en laissant la porte ouverte. Cette porte battait toujours le manque dans sa tête, martelait le souvenir, le chuchotement des ombres. À l'époque où s'était produit l'accident, Keen occupait les fonctions de conservateur au musée d'Armadale Castle. Après la découverte de leurs corps échoués sur la grève, plus rien n'avait eu d'intérêt à ses yeux, pas même les précieux artefacts retraçant l'histoire des Highlands.

L'île, son enclave clôturée de bruyère et d'ajoncs aux pousses toujours vertes, s'abreuvait de rivières. L'Écossais y était né comme son père et sa mère, et les parents de ses grands-parents. Le sang métissé de ses ancêtres bretons, normands, saxons et danois coulait de son eau. Postuler sur le continent, quitter l'île était une manière de se trancher les veines. Sous les ruades d'une mer déchaînée, la rencontre avec le phare du cap Gris-Nez derrière les falaises que cachait la digue avait sonné le rappel à la réalité de ce monde déglingué. Le poste était assorti d'une obligation : prendre femme au village n° 6. Le téléchargement des profils féminins – des brunes, des blondes, des rousses comme Fiona – avait déversé son flot d'angoisses, fécondé des expériences sans affect. Jusqu'à ce clic droit sur la photo de la fille qui ne se donnait pas la peine de sourire. Rachel, le coup de ciseaux qui défriche et trace au front un semblant de chemin. L'indomptable patience d'une femme. Sa légèreté. L'imprévu d'un corps qui reconnaît le sien, le possède, docile. Deux âmes confondues, prêtes à s'aimer jusqu'à ensemencer un couple.

La naissance de Sky, puis celle de Néo.

— *Dad ?*

Le feu d'artifice d'émotions qui crépitait à l'écran du bracelet n'était pas passé inaperçu.

— Ça va ?

Keen leva les yeux vers son fils, debout derrière la table où s'alignaient les bacs. À contre-jour, dans le soleil rasant du soir, les cheveux ébouriffés de Néo semblaient prendre feu.

— On dirait que tu te fais un shoot de dopa' et d'ocyto'.

Constatant que le cercle de diodes sur l'écran de son bracelet virait à l'orange, l'archéologue sourit et s'étira.

— Tu peux arrêter le brossage. Je vais m'occuper de nettoyer le reste.

— T'es sûr ?

Il sauvegarda les fiches des objets répertoriés et les regroupa dans un nouveau dossier.

— Ne fais pas attendre ton grand-père. Je vous rejoindrai plus tard pour dîner.

— On peut prendre ça pour le montrer à Charlus ?

Keen pivota légèrement sur son siège : face à lui, Néo tenait en main le browning, les yeux brillants, un doigt sur la détente.

— Repose-le, s'il te plaît.

— Bah ! Ça risque rien.

— Fais ce que je te dis.

— Mais il est tout rouillé.

— Néo, ce pistolet a probablement déjà tué.

Keen avait prononcé cette phrase en pesant ses mots, comme s'il l'écrivait sur un tableau. L'adolescent soupira puis reposa le browning au fond du bac. Son père se leva et ramassa quelque chose dans un autre réceptacle.

— Si tu veux apporter quelque chose à ton grand-père, prends plutôt ça.

Il tendit l'objet à son fils. La proposition sembla le satisfaire. Néo l'emballa avec précaution dans un chiffon, le glissa dans sa besace et déguerpit en sifflotant. Keen le regarda enfourcher son vélo et s'éloigner sur la route. Le vent gonflait sa chemise par à-coups. Dans le crépuscule, on aurait dit la voile claire du petit dériveur sur lequel, enfants, Sky et Néo avaient appris à naviguer. Même équipés de gilets et de casques, l'Écossais ne les laissait pas s'aventurer à plus de dix mètres de la plage. À l'époque, l'idée qu'une bourrasque les pousse au large sous une vague pour les noyer, comme jadis Fiona et Shade, le terrorisait.

- 4 -

La surpopulation féminine créait un déséquilibre structurel.

Loin devant la bombe nucléaire, les grands dictateurs de l'Histoire et l'impact calamiteux des microplastiques sur la fertilité masculine, à notre tour, sans le vouloir, nous étions devenues le péril de la race humaine.

Le Grand Recyclage rétablissait l'équilibre.

Notre retrait favoriserait la naissance de petits mâles – sans pénis atrophié, si possible. Et nous grandirions, fières de nos futures vies raccourcies.

Avec Hasna, Odette et Maud, nous formions un groupe soudé de fillettes qui mutualisaient leurs expériences, le but étant d'avaler autant de parts du gâteau qu'il en entrerait dans notre estomac avant le Grand Recyclage.

Nous serions dédiées à notre fonction matricielle, à l'instruction de tous les enfants de la communauté, à notre famille. Notre préparation psychologique et physique, notre complicité et notre relative bonne santé nous y aideraient. Nous serions des athlètes de la reproduction, capables de tout contrôler : sexualité, émotions, éducation, transmission, insémination, fausses couches. Maya nous borderait le soir comme jadis nos mères et, dès la puberté, un bracelet à notre poignet nous préserverait de nos humeurs. La seule interrogation était de savoir s'il fallait choisir ce dernier de couleur claire ou foncée, opaque ou transparent. Aucune d'entre nous ne songeait à ce que cet objet connecté modifierait de nos comportements et de nos pensées, à ce combat permanent contre soi qu'il engendrerait pour ne pas laisser nos hormones régenter notre existence, au risque d'abraser nos traits de caractère et de nous affadir.

En attendant, j'allais m'employer à vivre pleinement et à donner des baisers aux garçons pour bien montrer qui commandait à leurs petits cœurs fragiles. Au moment où nos langues se joindraient, je passerais mes doigts dans leur tignasse pour les agripper, galvanisée par l'effet que cette manœuvre produirait sur eux, et refuserais de dire lequel de ces potentiels reproducteurs embrassait le mieux. À dix ans, j'étais plus développée que la plupart des apprenantes. Mes mamelons pointaient, ma taille se creusait, mes hanches s'arrondissaient. Ravageuse fille de l'Est, j'aimais assez qu'un garçon fourre sa main dans ma culotte, cherche entre mes cuisses l'ouverture du fruit promis. Je voulais sentir ses doigts pressés contre mon pubis, résister à la caresse, éprouver la patience du désir et puis céder, apprécier l'habileté de l'index et du majeur à me pénétrer, me chavirer, embraser ma jouissance jusqu'au soubresaut.

Cette famille que mes amies et moi aurions la charge de fonder se devait d'être optimale. Il nous fallait mettre le futur père à l'épreuve. S'engager à tout aimer de lui. Salive, odeur, peau, cheveux. Goûter la tessiture de sa voix, l'éclat de son rire, se toquer de sa démarche, de sa gestuelle et de ses postures, considérer sa vulnérabilité et son arrogance. Aimer jusqu'à l'outrance de ses jeunes années. Un esprit fonctionnel dans un corps sain.

Je tenais des fiches. Donnais des notes. Par conformisme plus que par conviction, je me livrais à ce jeu de séduction qui flattait les garçons et les réjouissait. Ils avaient si peu à perdre : à condition qu'ils fussent pourvus d'organes reproducteurs fonctionnels et sans tares héréditaires significatives, ils emporteraient la belle de leur choix. Mais je n'aspirais pas à monter sur le podium. Chacun d'eux aurait en mémoire une morsure au bras, un coup de genou où je pense, un mot dur pour les dégager ou juste un regard, comme une sentence.

— N'y songe même pas, John.

Hors de question d'essuyer les plâtres. Je ne voulais pas d'un homme qui jouisse du pouvoir de me remplacer un jour par une autre. Je voulais ce qui m'était interdit. Me sentir libre de mon corps. Libre d'emprisonner l'autre en moi. Je préférais me fondre dans la masse des filles en surplus engendrées sur cette Terre et qui attendaient leur tour, un an, dix ans, peut-être quinze. Me résumer à la photo d'une Isolée qu'on finirait par retirer de l'application Simply the Best *aux abords de la quarantaine et profiter en toute quiétude des dernières années de mon existence jusqu'à l'obsolescence. Je ne voulais ni d'une vie comme celle de ma mère, ni d'une fin comme la sienne. Vivre sans entraves. Le BMH me préserverait des tentations de la chair et des émotions trop fortes. Il me suffirait de rentrer un peu la tête dans les épaules et de ne pas sourire sur la photo.*

C'était sans compter les chaussettes de mon père.

Des chaussettes en fil d'Écosse.

Un fil en longues fibres de coton assemblées par retordage, flambées pour obtenir le tissage unique d'une maille douce et chatoyante. L'histoire de ce fil pas plus écossais que Mme Epignosi, mon père la raconte sans se faire prier à la fin d'un repas de famille. Assis dans le canapé du salon, il retire ses chaussures, remue les doigts de pied en poussant des soupirs de satisfaction, et pose la question qui tracasse tout bon tailleur depuis l'invention du dé à coudre : combien de longueur de fil d'Écosse faut-il pour confectionner une paire de chaussettes ?

— Huit cents. Il faut huit cents mètres de fil pour confectionner une paire de chaussettes.

Et Charlus Fisher de dérouler la pelote de cette fibre étendue à l'excès.

— Une fibre fabriquée à partir d'un coton récolté avec le plus grand soin, insiste-t-il, la bouche en cul-de-poule. Il est essentiel que le coton soit le plus pur et le plus propre possible. On doit éviter des manipulations et des lavages qui risqueraient d'abîmer ou de casser la fibre avant son tressage et sa transformation par mercerisation.

Aussitôt, mon père embraie sur l'explication de ce procédé révolutionnaire inventé par le fils d'un tisserand, un jeune Anglais un peu savant et touche-à-tout qui découvrit par hasard que la fibre d'un tissu de coton s'était modifiée après qu'il l'eut utilisée pour filtrer de la soude caustique – le passage préféré de Néo.

— De la chimie jusqu'à nos arpions ! achève enfin mon père, admirant ses chaussettes rouges en fibre de bambou, remaillées à la main jusqu'à la pointe, sans aucune couture.

Tout ce qui n'est pas transmis est perdu.

De notre histoire passée, un élément que l'on croirait sans importance peut réjouir notre présent et donner aux chaussettes de mon père ce charme insolite. De quoi changer le cours des choses.

Au village, tout le monde parlait de l'archéologue venu d'Écosse et de son projet pharaonique : créer un musée territorial à l'est du cap. L'animal avait tardé à prendre rendez-vous dans mon salon. Six mois sans voir une brosse. Une chemise à jabot, une cravate nouée en foulard, et on avait Beethoven. Une tête de compositeur fou, la tignasse qui fait splash. *Pas un seul cheveu roux mais un buisson couleur d'encre. Une fois passée la haie fendue d'un coup de peigne par le milieu, son visage m'était apparu, sombre et ardent, d'une symétrie parfaite. Un front lisse et plat, le sourcil qui s'interroge et le nez distingué. Une barbe noire lui enrobait le menton et grignotait ses joues. Harmonie des volumes. Une tête comme une flèche, des épaules faites pour nager, de longs bras et des poings crispés.*

— Bon. Qu'est-ce qu'on fait avec tout ça ?

— ... Sorry ?

— On coupe comment : en dégradé ?

— ... Dégradé ?

Plus que la nature de ma question, le simple fait que je m'adresse à lui l'avait désarçonné. L'archéologue est un spécialiste des choses anciennes, un chercheur qui étudie les traces laissées par l'homme depuis la préhistoire. Pas le genre de type à mettre des gouttières pour aligner ses dents : le présent – et encore moins le futur – n'exerce sur lui aucun attrait. Lui causer coiffure est parfaitement idiot. Mais rien n'est plus crispant que de couper les cheveux d'une personne qui vous assimile d'abord à une fonction. Dans le miroir, j'ai fixé l'homme qui interrogeait mon silence, reposé le peigne, pris mes ciseaux, et les chaussettes de mon père ont fait le reste.

— Vous savez combien de longueur de fil d'Écosse il faut pour confectionner une paire de chaussettes ?

À l'époque, Keen Taylor n'avait pas bien compris la question ; mon vocabulaire anglais méritait bien d'être élargi. Mais l'histoire du fil d'Écosse l'avait captivé.

Le clic sur ma photo dans l'application n'a tenu qu'à un fil.

Un fil comme un balbutiement avant l'ivresse. Un fil tiré au rebours de ce que j'avais par vanité et sans calcul décidé de mon existence, seulement guidée par la peur d'être aimée.

Dans le bleu indigo du jour finissant, Néo pédalait sur le chemin qui relie la pointe du cap au village lorsqu'il croisa un groupe de gamins à l'embranchement du sentier conduisant vers le phare. Les enfants n'avaient guère plus de huit ans et cueillaient des fleurs d'aubépine. Ils prenaient soin de les prélever en sectionnant un morceau de la branchette pour ne pas abîmer les pétales. Assis sur un rocher, Maleko, un petit brun au visage poupin et au nez retroussé, commandait la bande. Ses paupières s'étiraient sur deux billes d'agate noire. Vêtu d'un short et d'un tee-shirt qui bâillait sur ses cuisses, un bandana noué derrière la nuque, le garçon taillait un bâton à l'aide d'un couteau à courte lame dont la forme en bec permettait de retirer facilement l'écorce. Néo lui fit remarquer que la nuit tombait ; Maleko et ses camarades n'étaient pas censés être dehors à cette heure.

— On a presque fini.

— Qu'est-ce que vous allez faire de toutes ces fleurs ?

— C'est pour l'officine de la coopérative.

— En échange, ils nous donnent des bonbons ! lança un blondinet dont le vent rabattait les cheveux sur sa figure.

Néo estima plus prudent d'attendre que les enfants terminent leur cueillette pour les accompagner jusqu'au village. Il profita de l'occasion pour bavarder avec Maleko qu'il connaissait bien. Ses deux mamans, Odette et Yumi, ingénieures agronomes à la ferme verticale, avaient grandi avec Rachel. Encouragées à procréer des garçons par insémination, elles obéissaient aux mêmes règles d'obsolescence, tout en bénéficiant de certains aménagements. Lorsque l'une des mères partait pour le Grand Recyclage, il était proposé à sa compagne de choisir : rester avec les enfants et reformer un couple jusqu'à ce qu'elle atteigne à son tour l'âge limite, ou bien suivre sa partenaire. Dans ce cas, les deux femmes s'engageaient à désigner une famille tutrice qui élèverait leurs enfants encore mineurs. Le problème ne se posait pas pour les couples d'hommes. Il était assez courant, d'ailleurs, que les tuteurs désignés soient deux pères. Cela garantissait aux futurs adoptés de grandir dans une famille moins sujette à la recomposition, la survenue d'un accident, d'une séparation ou d'une maladie touchant l'un des partenaires étant toujours possible.

Maleko ignorait ce que ses mamans décideraient le jour venu. Mais il se doutait du sort qui l'attendait.

— Elles invitent tout le temps des gens à la maison. Des parents avec leurs mômes. Ils boivent des chicorées et posent plein de questions sur moi. Je sais qu'elles leur montrent ma chambre quand j'suis pas là. Je retrouve mes affaires rangées.

— Elles réfléchissent sûrement à la meilleure solution pour toi.

— Tu parles ! Elles ont cinq ans d'écart. Maman Yumi peut bien rester avec moi…

Tête basse, Maleko fouetta les herbes hautes avec son bâton.

— Elles pensent qu'à elles.

Néo ne savait pas trop quoi dire. La perspective du Grand Recyclage pesait sur son crâne comme un casque de plomb depuis que sa mère avait fêté sa cinquantième année. Mais le BMH opérant son tour à la moindre émotion, il ne ressentait pas l'angoisse monter en lui. L'idée qu'elle disparaisse bientôt de sa vie assombrissait l'horizon, dérobait à son regard le chemin garni d'églantiers sauvages et noircissait jusqu'à leurs fruits. Mais tout ce qu'il éprouvait se résumait à une douce euphorie.

— Faut pas t'en faire, allez ! encouragea-t-il le garçon.

Le groupe de gamins parvint à l'entrée ouest du village, où convergeaient quelques promeneurs. Un muret de vieilles pierres, recouvert de mousse, de mûriers et d'érythrine dressait son rempart. Noués aux branches d'arbustes épineux, des fanions phosphorescents vibrionnaient, soumis à la vigueur du vent marin. On aurait dit une colonie de lucioles planquées sous les ronces. Les enfants passèrent le grand tourniquet en bois qui gardait l'entrée. D'un coup de bâton, Maleko fit carillonner les boîtes en fer suspendues aux vantaux. Il arrivait qu'à la faveur de la nuit, poussées par la faim, des bêtes sauvages quittent la forêt marécageuse et s'aventurent sur la lande, aux abords des villages. Le fracas métallique dissuadait n'importe quel animal de se frotter au tourniquet. Néo prit congé de la petite troupe et fila en direction du quartier résidentiel.

Avec ses formes rondes, typiques des habitations à énergie positive, la maison de son grand-père était pareilles aux autres. La peinture d'un bleu mat qui recouvrait le soubassement réfléchissait la lumière et gardait la fraîcheur. À base de chaux et de sulfate de cuivre, elle éloignait aussi les moustiques et les termites. La partie supérieure de la structure, en creux, formait un bassin végétalisé nécessaire à la récupération de l'eau de pluie. Équipé d'un système de filtration et de dépollution naturelle, ce dernier alimentait deux citernes : l'une acheminait l'eau chauffée par le soleil en été, l'autre, enterrée sous la maison et raccordée à un réseau de canaux reliant les habitations, procurait une eau fraîche consommable. Les murs, en maçonnerie de grès et de calcaire, étaient doublés de bois, de gravats, de béton de miscanthus[1] et de résidus plastiques qui garantissaient une température supportable au pire des saisons. Toutes les fenêtres des logements étaient équipées de vitrages photovoltaïques connectés à un système général de stockage d'énergie ; le MOST[2] pourvoyait à tous les besoins en chaleur et en électricité du village.

Néo poussa son vélo sur l'allée de gravier. Du potager en permaculture semi-enterré se dégageaient des parfums d'herbes aromatiques et de verveine citronnelle. Sous une guirlande de lampions solaires, Charlus coupait des brins de ciboulette.

— Belle soirée, papi !

L'octogénaire leva un bras en direction de son invité. Il monta sans se presser l'escalier en pierre et l'accueillit d'une accolade.

— Belle soirée, mon Néo. Toujours le premier arrivé, hein ?

— T'es tout seul ? Ils sont où, les jumeaux ?

— À la douche, sous la surveillance de Maëlle pour éviter l'arrosage automatique de la salle de bains.

1. Plante pérenne proche du roseau utilisée comme biomatériau pour le bâtiment dont la culture s'adapte idéalement aux terres polluées et dégradées.

2. *Molecular Solar Thermal Energy Storage Systems* : système permettant de stocker l'énergie du soleil sous une forme liquide.

— Elle est pas là, maman ?

— Pas encore. J'imagine que ton père va nous rejoindre pour le dessert, comme d'habitude ?

— Oh, il a une excuse valable, cette fois.

Charlus hocha le menton.

— Hum ! Qu'il remonte des eaux une Singer Futura 2000 et je lui pardonnerai peut-être son manque de ponctualité.

Un instant plus tard, Néo posait sur le plan de travail de la cuisine un objet roulé dans un vieux chiffon. Le grand-père chaussa ses lunettes avec l'air d'un expert qui s'apprête à évaluer la qualité d'un tissu. De sa chemisette boutonnée jusqu'au thorax dépassaient des poils gris-blanc aussi fournis que ses cheveux étaient clairsemés.

— Qu'est-ce que tu nous rapportes, bonhomme ?

— Un objet qui va changer ta manière de voir les choses.

Le vieil homme ricana.

— À mon âge, bien sûr, les seules limites sont celles de la vue.

Après avoir dressé un rapide inventaire des trouvailles du jour, Néo déplia délicatement le chiffon.

— Bon. Celles-ci n'ont pas la vision nocturne numérique, c'est sûr.

Remarquablement bien conservée dans son étui en bakélite, la paire de jumelles avait perdu sa peinture : on en devinait les traces noires et granuleuses à certains endroits. Les caches et la sangle en cuir s'étaient désagrégés dans l'eau de mer mais les optiques chargées de buée paraissaient intactes. Charlus se pencha sur l'objet, lèvres pincées.

— Il y a quelque chose de gravé ici : « 6 × 30 »... C'est le grossissement et le diamètre. Et les chiffres en dessous, « 47812 », correspondent au numéro de matricule, je suppose.

Néo désigna une autre inscription sur la lunette.

— « BMG KF. » C'est une marque allemande. Seconde Guerre mondiale.

— Fascinant.

— Elles ont passé plus d'un siècle dans la flotte et n'ont pas servi depuis au moins...

L'adolescent réfléchit.

— Environ deux cent quatre-vingts ans, mon Néo.

Le grand-père ôta ses lunettes. Avec précaution, il saisit les jumelles et pivota sur lui-même, à la recherche d'une source de lumière. Sa lèvre supérieure se retroussa, découvrant deux incisives couleur ivoire. La peau du petit homme prenait une teinte safranée sous l'éclairage des lampes constituées de pelures d'orange, disposées à divers endroits de la pièce.

— Pas de composants électroniques. Un simple dispositif grossissant. C'est vraiment incroyable.

— Je peux voir, papi ?

Charlus restitua l'objet à Néo. L'adolescent le dépassait en taille de dix bons centimètres. Leurs visages exprimaient une intense satisfaction.

— La pêche a été bonne, si j'en crois vos mines réjouies.

Rachel était entrée sans qu'ils la remarquent. Passablement essoufflée par son trajet à vélo, elle tenait une bouteille de cidre.

— Belle soirée, vous deux.

Néo braqua sur elle les jumelles.

— Gros plan sur une maman rouge tomate.

Le grand-père remit ses lunettes en gloussant et alla embrasser sa fille.

— Belle soirée, ma chérie ! Assieds-toi, je mets la bouteille au frais, s'empressa-t-il de dire, remarquant les traits tirés de Rachel.

Il plongea la bouteille de cidre dans le gel luminescent du bioréfrigérateur[1] incrusté dans le mur. Des rides se déployaient en éventail derrière ses lunettes.

— Dans cinq minutes, il sera pile-poil à bonne température... Tu es venue directement du salon ?

Rachel se laissa tomber sur une chaise.

— Oui, je craignais d'être en retard.

— Un client de dernière minute ?

— Non. Un dégât des eaux.

— Encore cette vieille machine ?

Elle piocha dans un bol de crackers aux graines de courge posé sur le plan de travail.

— C'est réparé. John est passé me donner un coup de main... Alors, Néo, ce musée ?

— Bah, on l'a enfin trouvé.

— Génial ! Vous avez eu le temps de l'explorer ?

Néo reposa crânement les jumelles sur la table.

— C'était dans une vitrine, sous vingt mètres d'eau.

Un ramdam provenant de l'escalier interrompit la conversation. Torse nu, Ratzo et Louis, six ans chacun, descendaient en criant le prénom de Néo, leur mère sur les talons. L'adolescent s'accroupit et ouvrit les bras pour les attraper à la volée.

— Ton fils les attire comme un aimant, commenta Maëlle en déposant un baiser sur la joue de Rachel.

Plus jeune qu'elle d'une dizaine d'années, la troisième épouse de Charlus était ravissante. De taille moyenne, la peau mate, des yeux de jais, elle possédait une chevelure dense et bouclée dont le parfum de jasmin piquait un peu les narines à cause du vinaigre de cidre qu'elle ajoutait à l'eau de rinçage pour lui

---

1. Les agents de refroidissement sont des biorobots inhérents au gel qui utilisent la luminescence (la lumière générée par des températures froides) pour conserver les aliments.

donner de la brillance. Maëlle fabriquait des objets usuels et de la maroquinerie en liège qu'elle vendait dans une boutique mutualisée. Comme Rachel et son père, elle apportait sa contribution à la communauté des villages en initiant les apprenants à son métier. La transmission des savoirs et du savoir-faire permettait d'assurer la pérennité de l'artisanat et des commerces sur le territoire. Maëlle pratiquait aussi l'ostéopathie, ce qui faisait d'elle une précieuse alliée pour la coiffeuse, sujette aux troubles musculosquelettiques.

— T'as encore trouvé un truc ancien ?

— C'est quoi ?

Sur la pointe des pieds, les garçons se bousculaient pour examiner l'objet rapporté par Néo, posant un tas de questions. Charlus ôta ses lunettes, dont les branches rafistolées étaient fixées à une chaînette passée autour du cou.

— Une paire de jumeaux et une paire de jumelles, ce soir, on est vernis, commenta-t-il. Allez, on mange !

— On n'attend pas Keen ? risqua Rachel.

— Pas plus de cinq minutes. Les garçons ont une sortie éducative à la ferme aquaponique[1], demain matin. Et la crème de betterave, ma fille, ça n'attend pas.

***

Ils s'installèrent pour dîner sous le plafond incurvé de la pièce principale où avait été dressée la table. Au menu : une tarte aux carottes-oignons accompagnée d'une salade, et des muffins à la banane et aux amandes

1. L'aquaponie est un système de production alimentaire durable qui unit la culture de plantes et l'élevage de poissons en circuit fermé.

pour le dessert. Du cidre et de la bière brassée à partir de pain rassis blanc et gris accompagneraient le repas des adultes. Les jumeaux gigotaient déjà sur leurs chaises, au bord du fou rire.

— Hé, Maya, souhaite-nous bel appétit !

— Bel appétit, Ratzo. Bel appétit à tous, famille de Charlus Fisher.

— Hé, Maya, souhaite-nous beau caca !

— Au Moyen Âge, souhaiter bel appétit voulait dire « Je vous souhaite un bon transit intestinal ». Alors, bel appétit, Louis.

Le ton de la soirée était donné. Elle serait plaisante, tiède, joyeuse, étouffante, ponctuée par les facéties des demi-frères de Rachel. Plus de quarante ans d'écart. Des jumeaux mâles bien portants issus de la semence d'un vieux bonhomme. La rencontre du tailleur et de la reine des bourses à lacet avait été explosive.

— Elle est très chiante.

— Il me casse les pieds.

La nouvelle de cette naissance par les voies naturelles, sans qu'il ait été nécessaire de recourir à un traitement médical, avait fait les gros titres des sites d'information de la communauté terrestre. Les ADN respectifs des géniteurs avaient également fait l'objet d'études et de nombreux commentaires. Jamais le vieil homme n'avait accueilli autant de clients dans son atelier – ni vendu autant de chaussettes. Tels les Rois mages, des visiteurs étaient venus de l'étranger par le tunnel ferroviaire pour admirer les nourrissons, déposer à leurs pieds des présents et les photographier sous toutes les coutures, acceptant au préalable et sans rechigner la contrainte d'un isolement sanitaire. Une paire de petits mâles sains, et l'humanité s'ébahissait. « Deux coqs en pâte », songea Rachel en observant ses demi-frères se tortiller sur leurs chaises. Contrairement à elle, et sans qu'ils en aient un jour conscience, les jumeaux baigneraient dans un univers bienfaisant et confortable de leur conception jusqu'à leur mort. Ainsi allaient les choses, pour le bien de tous.

— Hé, Maya, fais tourner *Cerisiers roses et pommiers blancs.*

— Tout de suite, Charlus. *Cerisiers roses et pommiers blancs*, par André Claveau, chanson populaire du XXe siècle.

Une de ces musiques des temps anciens que Charlus affectionnait achèverait de plonger ce repas dans la félicité.

Au petit bonheur, la vie.

Rachel regardait Néo dévorer une part de tarte entre deux fous rires et s'imprégnait de sa joie, de la beauté puissante qu'il dégageait, de l'attention si affectueuse qu'il portait à ses jeunes oncles. Louis et Ratzo, agenouillés sur leurs chaises, jouaient à toucher de leur fourchette les luminaires en liège suspendus au-dessus de la table pour les faire se balancer. Il y avait chez ces trois gaillards venus au monde par le corps des femmes un concentré de vitalité qui valait bien des sacrifices ; de ceux-là mêmes dont la pièce gardait trace, offrant à la vue de tous le dessin gigantesque d'un arbre généalogique.

Chaque foyer possédait son arbre calligraphié sur feuille de papier de riz. Celui de la famille Fisher ressemblait à un schéma électrique complexe et grimpait jusqu'au plafond, suivant la courbe du mur. Des citations, assorties de portraits en médaillon, agrémentaient certaines branches. La médaille du Don suprême et du Partage venait honorer la grand-mère paternelle de Rachel pour donation d'un embryon, cryoconservé au Centre de recherche et de procréation médicalement assistée de la Gouvernance territoriale. La légion d'Honneur, décernée pour la naissance des jumeaux, pendait sous leur double rameau. L'ornement de loin le plus émouvant était la médaille du Courage et de la Loyauté « pour service rendu à la Terre et au Peuple » remise à sa mère, Marie Jolivet-Fisher. Sous le symbole d'une flamme d'argent, à sa demande, avait été gravée la mention « Gloire à mes filles ». L'empreinte carbone d'une Retirée était bien supérieure à celle d'une femme qui faisait le choix du suicide assisté, expression à laquelle la Gouvernance préférait celle d'euthanasie raisonnée. Cette décision était gratifiée par l'attribution de crédits aux enfants de la défunte. À quarante-neuf ans, devançant l'appel, la mère de Rachel avait pris place dans le hamac de la grande salle aux adieux du Centre communal d'humification[1], vaporeux cocon de ses derniers instants. Entourée de fleurs et de bougies odorantes, l'oreille bercée par des variations de chants grégoriens et d'oiseaux, sous le regard de Charlus, de leur fille et de quelques amis, elle s'était éteinte doucement.

Une cérémonie remplie d'amour.

Rachel avait vingt-trois ans.

Une petite femme, Marie.

Une petite femme de rien du tout, toujours souriante, dont le BMH tempérait jusqu'à l'insondable tristesse.

— Ma fille chérie, tu es bien rêveuse.

Rachel tourna la tête et sourit à son père. Pas un souffle d'air dans la pièce. Discrètement, elle jeta un coup d'œil à son bracelet pour lire l'heure, puis son regard se fixa sur la place toujours vide à côté d'elle.

---

1. Technique alternative à la crémation et à l'inhumation qui consiste à poser le corps à même la terre, lequel, grâce aux micro-organismes du sol, se transforme peu à peu en humus.

- 5 -

Plus haut que le ciel.

Voyager un jour au-delà des étoiles...

Enfant, j'avais encore la possibilité d'y rêver, à la tombée de la nuit, cherchant en vain la fraîcheur du soir. Avec mon argent de poche, pour quelques crédits, je commandais à Maya une simulation optique qu'elle projetait en 3D sur les murs de ma chambre. Immersion totale. Nager dans la Voie lactée. Les planètes tournaient comme des toupies au bout de mon index. Partir à la conquête de l'espace, ou simple visite à la Lune, au gré de ma fantaisie, l'IA greffait tentacules, bulbes visqueux, tête de mouche ou pieds palmés aux aliens sortis de mon cerveau. Ma préférence allait au genre humanoïde, vêtu de tuniques moulantes en nylon et de bottillons plats, comme ce capitaine de vaisseau aperçu dans les archives télévisuelles que Mme Epignosi nous avait montrées en cours de sociologie pour illustrer l'impact que les récits science-fictionnels pouvaient avoir sur l'imaginaire collectif. Les murs recourbés de ma chambre se couvraient de fresques somptueuses. À se jeter sous la couette, le cœur affolé. Dans ce gouffre d'étoiles et de galaxies scintillantes, au bras d'un héros dont la tunique opportunément se déchirait, je construisais mes chimères.

Le ciel sur nos têtes n'est qu'un songe lointain.

L'homme ne quittera jamais la Terre.

Coloniser Mars relève de l'utopie et c'est probablement une très bonne chose.

Scientifiques et astrophysiciens ont souvent cru y parvenir. Au début du XXIe *siècle, prenant conscience des dégâts irréversibles causés à la planète, le voyage dans l'espace était devenu leur priorité. Les grandes puissances se menaient la vie dure, partant d'un même principe : conquête spatiale ou pas, on se débrouillait toujours mieux chacun dans son coin plutôt qu'en mutualisant les compétences. Il leur fallait un plan B. Une autre planète où planquer leurs actifs, établir un commerce de miel, en cas de coup dur. Avec ses vallées profondes, ses dunes, ses monts et ses volcans, ses formes d'origine tectonique et climatique, ses rifts et ses petites calottes polaires, Mars jouait les starlettes. M. Oändlig, notre instructeur nomade trilingue qui enseignait les sciences de l'univers et l'histoire du vol spatial, nous avait expliqué à quelle difficulté majeure s'étaient heurtés les scientifiques : la distance qui séparait la Terre de la planète convoitée.*

— Soixante-huit millions de kilomètres, dans le meilleur des cas.

Six mois pour l'aller, neuf pour le retour, sachant qu'avant de redécoller, il fallait prendre en compte les tempêtes planétaires de Mars, sa météo capricieuse, et trouver une fenêtre de lancement favorable, soit un rapprochement adéquat des planètes tous les un an et demi.

Ils ont bien cogité, à l'est comme à l'ouest. Un type a sorti sa calculette et chiffré, à la louche, le coût d'une expédition, tenant compte du poids du carburant nécessaire pour les deux décollages et atterrissages. Pesé jusqu'au litre d'oxygène liquide. Mettre en orbite un kilo coûtait un bras.

La durée totale de l'expédition, mille jours au bas mot, les embarrassait : à moins de recruter des astronautes lilliputiens et de recourir à des technologies radicales de recyclage pour les réserves d'eau et de nourriture lyophilisée, le volume de la cargaison embarquée indispensable à la survie des occupants de la fusée rendait impossible la réalisation du projet. Quelqu'un avait aussi souligné le fait qu'une fois sur Mars, affaiblis par le voyage en apesanteur, les astronautes seraient incapables de tenir sur leurs jambes et de supporter la charge d'un scaphandre de quatre-vingt-dix kilos, d'autant qu'il n'y aurait personne dehors pour les aider à sortir de la fusée.

Des ingénieurs se sont enfermés dans une pièce avec du café et des donuts pour étudier tous les aspects du problème, trouver le bon ratio coût-bénéfice. Hypersommeil, hibernation astrale ou réfrigération sans congélation – si l'eau cristallise, l'homme fait crac –, ils ont tout envisagé. Lancé des expériences en apesanteur réelle. Étudié les animaux hibernants. Développé un intérêt croissant pour l'ours et son continuum d'hibernation. Ce dernier était capable de rester sans s'alimenter pendant des mois, en insuffisance rénale et cardiaque, sans bouger un poil ni éliminer le moindre déchet, puis, au premier rayon de soleil, pouf !, de revenir à un fonctionnement de vie normal.

— Les scientifiques se sont même demandé si l'homme de Neandertal n'avait pas hiberné à l'occasion, lui aussi, après avoir relevé des marques significatives d'interruption de croissance sur ses os.

Prenant en compte les effets des radiations cosmiques sur les organismes hibernants, ils ont imaginé placer l'astronaute en léthargie dans une nacelle à coque, protégé d'un bouclier liquide, des nutriments en perfusion. Transformer l'hibernant en hyperphage. Lui faire avaler jusqu'à vingt mille calories par jour afin de rendre supportable la privation de nourriture en vol. Pour l'évacuation des déchets, les fluides corporels se libéreraient naturellement dans le bain liquide.

— Mais la détoxification du sang restait un problème. Globalement, l'espace n'est pas un environnement favorable pour le corps humain : altération du système musculo-squelettique, modification de la matière blanche dans le cerveau, perturbations métaboliques et biologiques… L'impact de l'hibernation est donc majeur.

Comment rattraper des millions d'années d'évolution chez l'ours et les appliquer à l'homme ? Fallait-il imaginer un utérus artificiel où enfermer l'astronaute ? L'entêtement de l'homme étant sans limite, les chercheurs du pays du Soleil-Levant ont suggéré une autre stratégie : refroidir directement le spationaute, l'exposer à une restriction calorique. Ça fonctionnait plutôt bien, en théorie. Jusqu'à ce qu'on se penche sur le problème de la réversibilité. Impossible de garantir la survie de l'homme au-delà de quinze jours de léthargie. Un sérieux problème pour les vols habités.

— Sans parler de la fameuse dégradation osseuse de 25 % due à l'apesanteur.

On avait bien pensé à équiper les vaisseaux de centrifugeuses mais le coût était faramineux. À cela s'ajoutait la problématique du réveil : pouvait-on sérieusement envisager de confier à une IA le pilotage de l'astronef ainsi que la responsabilité de la sortie progressive de léthargie d'une partie de l'équipage ?

C'est d'elle que dépendrait notre possible déploiement sur Mars.

C'est d'elle que dépendrait la survie de notre espèce.

Gros hic.

Alors, on était revenu à l'idée d'un premier vol sans option d'hibernation et le type du début avait ressorti sa calculette.

— Ça coûtait toujours trop cher.

Pas de conquête spatiale sans hibernation. D'après M. Oändlig, au début du XXI*e* *siècle, une équipe de* *scientifiques avait réussi à maintenir une personne en état léthargique durant sept jours. Cent ans plus tard, on était monté jusqu'à vingt.*

— Conclusion : nous ne sommes pas près d'être réfrigérés pour voyager un jour dans l'espace, les enfants.

Tout ce que M. Oändlig nous expliquait de ces expérimentations scientifiques me fascinait et me désolait au point que je sentais mes jambes plus lourdes de retour chez moi, prenant soudain conscience de cette soumission inéluctable à l'apesanteur.

Nous ne dépasserions jamais la Lune, dont on ne se priverait pas de piller les ressources, six pays se chamaillant l'eau et les métaux rares comme des gosses, sans plus se préoccuper des accords Artemis[1] *ou du potentiel destructeur de la poussière lunaire. La conquête spatiale se limiterait à quelques voyages touristiques pour milliardaires en mal de sensations, à la dispersion de capsules funéraires au coût faramineux, à l'envoi de sondes aux frontières de l'univers et à l'entretien de satellites géostationnaires vieillissants.*

— À vivre les yeux constamment levés, disait ma mère, on ne peut que se ratatiner.

Voyager un jour à travers les étoiles jusqu'à Mars. Mais à quelle fin ? Pour découvrir comment cette planète sœur de la Terre était devenue aride et froide alors qu'elles étaient identiques il y a 3,7 milliards d'années ?

Ma mère avait raison. On s'était beaucoup cassé la tête autour d'une question dont tous les apprenants de la classe connaissaient déjà la réponse.

Pourtant, aucun n'était astrophysicien.

---

1. Accords internationaux de coopération signés en 2020 qui portent sur une série de principes et de règles pour l'exploration et l'utilisation civile à des fins pacifiques de la Lune, de Mars, des comètes et des astéroïdes.

Keen apparut sur le pas de la porte au moment où Charlus servait le dessert. La sueur suintait à travers son tee-shirt maculé de terre. Son jean était déchiré au genou, ses poignets écorchés. Du sang avait séché à l'une de ses arcades sourcilières. Le silence se fit autour de la table et les jumeaux cessèrent leur jeu de boulettes de mie de pain tirées entre les verres. Rachel fut la première à ouvrir la bouche.

— Oh, merde ! Tu es blessé ?

— Rien de grave.

— Ça va, papa ?

Keen répondit à son fils d'un hochement de tête, joignit les mains sur son torse et s'inclina pour saluer la tablée.

— Belle soirée, tout le monde... Désolé pour mon retard.

Puis il fila dans la cuisine. Rachel le trouva penché sur l'évier, puisant de l'eau au robinet pour se rafraîchir le visage.

— Laisse-moi voir.

Elle inspecta d'abord l'entaille au front, baigna les avant-bras de son mari d'une eau savonneuse puis tapota la peau à vif de ses poignets avec la pointe d'un torchon humide.

— Mais qu'est-ce qui t'est arrivé ?

— Un coup de frein trop brutal. Je me suis pris une ornière.

— Je n'aime pas quand tu rentres après le coucher du soleil.

— Il ne faisait pas encore nuit, j'y voyais clair.

— Mais tu roulais comme un dingue.

— Aïe ! Vas-y mollo.

Keen était tendu et fuyait son regard.

— J'ai essayé de te joindre au labo.

— Ah bon ?

— Pourquoi tu ne répondais pas au téléphone ?

Il haussa vaguement les épaules.

— Tu as dû appeler quand j'étais déjà en route.

— Il ne faut pas une heure pour revenir du musée.

— On avance moins vite avec un vélo sur le dos... Et je suis parti tard à cause du prélèvement.

— Quel prélèvement ?

Keen inspectait son genou écorché.

— Une matière filamenteuse comme une touffe de cheveux qu'on a trouvée dans la salle du musée. Je voulais vérifier... J'ai fait quelques clichés et lancé une recherche. C'est une macroalgue proche d'*Ectocarpus fasciculatus*, une algue brune.

Rachel suspendit son geste quelques secondes.

— Un spécimen, à vingt mètres de profondeur ?

— Oui. Elle se développe dans l'obscurité la plus totale.

— Eh bien, quelle journée ! Néo nous a fait l'inventaire de tout ce que vous avez pêché.

Keen sourit sans desserrer les mâchoires, le regard fixé sur la pointe du torchon.

— Ce sont des pièces exceptionnelles. Aïe !

— Un petit caillou incrusté sous la peau. J'ai presque fini.

Charlus apporta de quoi désinfecter et panser les blessures : flacon de plantes antiseptiques macérées dans du vinaigre, pierre d'alun pour stopper les saignements, compresse d'argile.

— C'était pas la peine de mettre le turbo, l'Écossais. Je te garde toujours une assiette au chaud, j'ai l'habitude. Où est-ce que tu as fait ta galipette ?

— « Galipette » ?

— Papa voudrait savoir où tu es tombé, exactement.

— Sur le sentier, après l'embranchement... J'ai cru voir quelque chose bouger dans les buissons. À peine le temps de tourner la tête et j'étais par terre... C'est joli, « galipette ». Je ne connaissais pas ce mot.

— Dans les buissons, qu'est-ce que c'était ? demanda Néo qui apportait une pile d'assiettes sales.

— J'en sais rien. Peut-être un animal.

— C'était sûrement un loup. J'aimerais bien en voir un de près, un jour.

Charlus fronça les sourcils à la vue d'un accroc dans la jambe de pantalon.

— Il n'y a pas que ton vélo qui va avoir besoin d'une rustine.

Des gloussements parvenaient de la pièce ronde où les jumeaux, repus de muffins, avaient inventé un autre jeu : s'asseoir chacun à leur tour sur les genoux de leur mère, et se laisser mordiller l'oreille.

— Mais il faut d'abord s'occuper de remplir ton estomac, décréta le tailleur.

Keen rattrapa vite son retard. Il avala son repas, le dévora plutôt, une main posée sur la nuque de Rachel. Du pouce, il caressait la peau sous le duvet à la naissance des cheveux, comme pour lui dire « Je vais bien », rassurer sa femme, se rassurer aussi.

Elle était encore là.

Cette peur terrible de la perdre, ce vide, brutal, qui le cernait l'avait poussé comme un fou sur son vélo. Le baratin autour du prélèvement de macroalgue n'était qu'un prétexte pour ne pas achever de casser l'ambiance d'un repas de famille où il n'aurait bientôt plus sa place.

— Bon. Je vais chercher la verveine.

Charlus revint avec un petit plateau. Quatre godets, une bouteille de liqueur maison. Il y a dix ans, un soir d'hiver, Keen avait vu le vieil homme s'effondrer dans la cuisine après une visite à son jardin. Malgré l'important paillage, le pied de verveine citronnelle avait gelé dans l'air glacé. Comme une deuxième mort.

— À Marie.

— À maman.

— À ta mère, Rachel.

Délice amer et sucré. « Un spiritueux d'une belle élégance », comme Charlus aimait à le répéter. Il avala l'élixir qui réveillait un tourbillon dans son vieux cœur.

Keen se demanda si sa femme finirait elle aussi en plante aromatique, comme sa mère. Rachel ferait-elle le choix de l'euthanasie raisonnée ? Pourrait-il *boire* sa femme, en faire des tartines ?

Assise à sa droite, dans une posture nonchalante, Rachel semblait poser pour un peintre, jambes croisées, coudes sur la table, paumes sous le menton. L'arc de ses hanches. Sa femme était soudain devenue cette réalité prête à se dissoudre comme un mirage.

***

Dans le village assoupi, la famille Taylor était rentrée d'un pas tranquille, l'un portant son vélo, l'autre le poussant, le fils par-devant. Néo pédalait sans hâte, suivant les lignes de peinture luminescente tracées sur la route en lacets. L'adolescent décrivait de larges cercles pour ne pas distancer ses parents, éviter les couples qui surgissaient devant lui, serrés sous une ombrelle à LED. Après quinze minutes de trajet, les habitations de leur quartier apparurent, points de lumière en cascade.

Incrusté dans une colline qui bordait la partie nord du village, enfoui sous une forêt de bambous, de bananiers et de manguiers, leur logement, plus récent, différait de celui de Charlus. Quatre coquilles fines et concaves qui se chevauchaient, enchâssées à l'horizontal de la roche. Deux chambres aux parois mobiles équipées de sanitaires, une cuisine et salle à manger, un bureau-bibliothèque. Deux cents mètres carrés d'espace à vivre aux lignes douces, sans angles droits, ceints d'extensions de circulation sur pilotis abritées de la pluie par le débord du toit. Un escalier en colimaçon, taillé directement dans la roche, reliait les coquilles entre elles. Les façades vitrées laissaient pénétrer la lumière, protégées du soleil et du vent par le treillis de lattes de bambou ajouré dont on avait bordé les coursives extérieures. L'habitation était équipée de vitrages photovoltaïques connectés et d'un système de récupération des eaux de pluie, de filtration et de recyclage par bassin végétalisé, similaire à celui des autres habitations du village. Pour ne pas alourdir les toitures bombées, on avait installé deux cuves en aval de la paroi rocheuse : l'une offrait l'avantage d'une piscine naturelle, avec sa zone de lagunage et sa petite cascade en pierre pour l'oxygénation, et l'autre, en terre cuite, enfouie sous une fine couche de terre, maintenait l'humidité du sol par porosité en diffusant l'eau nécessaire au potager. Mais quoi qu'on y fasse, en période caniculaire, un plant de tomates se ratatinait en quelques heures.

Après avoir rangé son vélo sous l'appentis, Rachel aspergea le pied des plantations qui avaient souffert de la chaleur. Autour d'elle, le jardin sec dévoilait son tapis de succulentes et de plantes grasses en coussins, dressait d'impressionnants cactus. Feuilles dentelées aux épis de boutons jaunes, masses légères de fleurs mauves, longues tiges étalées. Du sol montaient des senteurs de thym citron, de lavande et de sauge. Des plantes grimpantes sur piliers se couvraient de fruits de la passion et de courges serpents aux graines vertueuses. Depuis le terre-plein aménagé sous l'habitation, près de la remise à outils, Keen inspectait la roue tordue de son vélo.

— Tu veux bien m'éclairer, *wee lad* ?

Néo sortit sa lampe de poche. Son père fit tourner la roue sur son axe - elle godillait sérieux. Posant la pointe d'un tournevis au ras des rayons, Néo l'aida à détecter la partie voilée. Celle-ci était supérieure à un centimètre. Dévisser ou retendre les rayons opposés pour redresser la jante ne servirait à rien. Il fallait utiliser la technique que John leur avait montrée. Après avoir regonflé le pneu, Keen le frappa quatre ou cinq fois contre le sol pour corriger la jante sans trop l'abîmer et réduire le voilage. Une technique spectaculaire qui fit une nouvelle fois ses preuves. L'archéologue pourrait retourner à son bureau à la première heure.

— Merci, Néo.

— De rien.

— Va vite te coucher.

— Parce que tu crois que je vais me taper un cross, là ?

— Qu'est-ce que tu as comme enseignements, demain matin ?

— Anthropologie et macramé.

— L'art de faire des nœuds... ça te plaît ?

— Ouais.

— Chouette... Tu me rejoins après déjeuner ? On terminera l'inventaire des objets militaires.

— OK. Super.

— Belle nuit.

L'adolescent se dirigeait vers l'escalier principal de l'habitation lorsque son père le rappela.

— Qu'est-ce qu'il y a ?

— Encore un truc à te dire.

Keen plaqua une main sur son épaule. La phrase mit un certain temps à venir.

— ... Tu veux bien ouvrir la baie vitrée du living en montant ?

— Bien sûr. Autre chose ?

Il ajouta, un ton plus bas :

— N'oublie pas d'aller embrasser ta mère.

— Bah ! Je le fais tous les soirs.

Le menton crispé, Keen suivit son fils du regard : Néo monta l'escalier, gagna le séjour au premier niveau, juste au-dessus de la terrasse. On entendit la vitre coulisser sur sa glissière, puis Néo lancer un « Belle nuit, *bean head*[1] » à l'IA dont le cylindre trônait au milieu de la pièce. Maya lui souhaita en retour « un paisible sommeil d'avorton ». Keen devina que Néo allait s'empresser de fouiller la nuit avec les jumelles sauvées des eaux, observer le clignotement lumineux des éoliennes dont on avait circonscrit les terres au nord-est du village et sous lesquelles s'étendaient les vignes. Cette pensée chassa un bref instant celle qui le tourmentait depuis qu'il avait relevé le courrier dans la boîte à lettres du musée.

1. « Tête de haricot », en anglais.

Mourir n'était qu'un passage. Il le savait. Ça ne le tracassait pas.

C'est avec la mort des autres qu'il avait un problème. Ceux pour qui il donnerait sa vie. Une séparation comme celle qui lui serait bientôt infligée s'apparentait au ruban tourmenté de l'agonie.

- 6 -

Les dernières choses à faire. Vite. Devant la penderie, maman réfléchit. Choisit la robe qu'elle a toujours préférée. Un satin jaune dragée. Sans manches, décolleté bateau. La jupe longue, évasée, donne cette impression de légèreté quand elle marche. Assis sur le lit, mon père et moi acquiesçons d'un mouvement de tête. Face au miroir, Marie demande à Charlus de l'aider. Il se lève, vient poser les mains sur sa taille, puis, lentement, remonte la fermeture Éclair. J'ai l'impression que mon père referme un colis avant expédition. Leurs regards brillent. Complices, jusqu'au crépuscule. Elle tend la jambe, pied galbé de danseuse. Ébauche un pas, sautille, un talon en avant, puis l'autre. Mon père aussitôt l'imite. Ma mère pivote sur elle-même. Leurs mains se joignent. Face à face, les bras croisés devant eux, ils recommencent à taper du talon, pieds opposés. Une danse avec des sabots que l'on apprenait tous dans mon ancien village.

Danser la soyotte[1]*, avant le grand sommeil.*

Je l'ai coiffée. Rien de sophistiqué.

Les lobes de ses oreilles, sa nuque, ses épaules, j'ai emprisonné chaque détail, pour après. Elle m'a demandé

1. Danse folklorique traditionnelle des Vosges.

pourquoi les cheveux blancs ne tombaient pas, contrairement aux autres. « Parce qu'ils s'accrochent à la vie, eux », ai-je répondu. Son sourire, soudain moins vaillant, me hante. J'aurais mieux fait de me taire.

L'odeur de crottin, associée à jamais au suicide de ma mère.

La fleur a disparu de la branche, puis refleuri dans le jardin de mon père.

Un pied de verveine citronnelle qui nous garde des pucerons et des moustiques. C'était son souhait. Finir en infusion, en gelée, en liqueur. Celle que mon père nous verse dans un godet après dîner.

Nous sommes un peuple de rituels.

Sans eux, nous restons coincés dans l'appréhension, le doute et la peur.

Au début du XXIIe siècle, après le Grand Effondrement de la civilisation fossile, le deuil traumatique des grandes pandémies qui s'ensuivit et la destruction des armes, la fin des croyances religieuses s'était imposée comme une nécessité. N'étaient-elles pas à l'origine des conflits opposant les Hommes aux Hommes depuis le paléolithique ?

Il fallait se réapproprier la mort. En finir avec le diktat de la douleur et la persistance du manque. S'autoriser le plaisir symbolique d'accompagner le défunt, redonner au deuil tout son sens, sans dieu ni diable. Garder du corps le plus précieux, de l'âme le plus doux. Un seau de terre, un livre rempli de mots, de dessins, de photos, de recettes de cuisine et de fleurs séchées.

Au village, nous visitons le souvenir de nos morts au terrain d'humification, aménagé au milieu d'un champ de fleurs sauvages et de silphies perfoliées. Ces géantes qui grimpent à trois mètres et dont on récolte une partie pour nourrir nos bêtes font un écran discret de verdure, étagé de fleurs jaunes. Les insectes pollinisateurs se régalent de leurs capitules. Elles sont leur sanctuaire.

Après la cérémonie d'adieu, la famille enveloppe le défunt dans un drap de lin. Au soleil déclinant, il est conduit hors du village, à bord de la charrette funéraire tractée par un cheval de trait que l'on fait venir de la ferme collective. Sur son passage, les gens saluent de la main le disparu et ses proches. Leurs visages ne sont pas tristes. Plutôt mélancoliques. Embaumé par le crottin que l'animal relâche dans un sac suspendu à sa queue, le cortège s'étire jusqu'au creux de la terre où la dépouille repose bientôt, couverte de fleurs. Quelqu'un chante ou lit un poème tandis que l'on comble le trou d'un broyat de luzerne et de bois. Et le temps fait son œuvre. Un membre de la communauté du village en charge de cette fonction vient plus tard apporter l'humus récolté. L'équivalent d'un seau bien plein, dont on enrichit la terre à cultiver.

Tout un monde qui s'efface.

Sauf les os.

Ils gravent de leur empreinte l'histoire de notre civilisation.

Contribuer à la fertilité, et voir en chaque pousse renaître l'autre…

Parler aux rosiers ou aux branches d'un pommier est courant, au village. Nos morts habitent le jardin. On trouve aux fleurs enlacées des airs familiers. Nous prenons des nouvelles, flattons le rameau qu'on nous tend, détachons avec délicatesse les pompons crème, le long des tiges. C'est notre façon de nous perpétuer au-delà de la mort.

Un brin d'humilité ne peut pas nous faire de mal.

Ce qui pose question, surtout aux petites filles, c'est de savoir ce que deviennent les autres. Leurs mères retirées. Jamais un seau n'est déposé devant la porte, même longtemps après la collecte. Seul un livre portant le nom de l'absente et dont le récit s'achève le jour de son départ pèse sur l'étagère. Les Retirées seraient-elles immortelles ?

Ce mystère et ce qu'il défend de vain et de si précieux occupera une grande partie de ma vie.

Keen se tenait adossé à la porte de la chambre, en caleçon. Contact du bois frais contre son dos. La pièce lui paraissait plus sombre que d'habitude. Le silence roulait sous le lit, grimpait aux murs, enrobait les livres, les vases et les cadres.

— Tu ne viens pas te coucher ?

Assise sur le lit, Rachel appliquait sur son visage une crème à l'extrait de rose qui embaumait la pièce. Une petite lampe de chevet dessinait un éclair à son front, dévoilait sous la nuisette les formes de son corps, la pointe de ses seins. Keen passa une main sur son menton, gratta sa barbe et, d'un bloc, vida ses poumons.

— On étouffe, ici.

Il marcha jusqu'à la baie vitrée entrouverte et la fit coulisser. La pièce se remplit de bruits nocturnes : les stridulations des grillons, le cri éploré d'une chouette hulotte et le coassement des rainettes sous les feuillages se fondaient dans le bruissement du vent.

Keen inspira une grande bouffée d'air. Un frôlement se fit contre sa cuisse. La main de Rachel cherchait la sienne.

— Ça va ?

— Ça va.

Premier contact depuis la douche prise en commun pour économiser l'eau. Un arrangement dont ils savaient tirer satisfaction. Ce soir, ils s'étaient savonnés l'un l'autre. Seulement savonnés. Précise dans ses mouvements, Rachel avait frictionné puis rincé les cheveux de son mari, contourné l'hématome à l'épaule et les écorchures. Les gestes de Keen, plus confus, visaient toujours à caresser plus qu'à laver. Il s'était cramponné au buste de sa femme alors qu'elle lui tournait le dos, peau à peau, le menton posé contre sa nuque, les poils courts de sa barbe marquant l'épiderme de petits points rouges. Et l'eau savonneuse de s'étirer comme un ruisseau dans la bassine dont la limite de contenance, une fois atteinte, mettrait fin à la douche - elle servirait plus tard pour les tâches ménagères et le lave-linge.

— Tu te souviens de notre première nuit dans cette chambre ? reprit-il.

— Nous n'avions pas dormi à cause de l'ouragan.

— Il n'est pas passé loin.

— J'avais peur que le vent arrache le volet de protection.

— Il y avait de sacrées bourrasques mais pas de quoi soulever un rideau en acier.

Rachel passa une main sur sa nuque. Les cervicales émirent un petit craquement.

— C'est pourtant arrivé à John et Hasna, observa-t-elle.

— Parce qu'ils n'avaient pas eu le temps d'occulter toute la baie.

Keen entoura les épaules de sa femme.

— Je t'ai tenue contre moi toute la nuit.

— On a écouté de la musique.

— Mais ça ne t'apaisait toujours pas... Hé, Maya, tu te souviens de ce que je t'ai demandé, ce soir-là ?

Le cylindre sur la console au centre de la chambre s'éclaira d'un bleu tendre, la voix de l'IA traversa l'espace.

— Bien sûr, Keen.

Un feu de cheminée se matérialisa sur le mur opposé au lit. Des brindilles pétillaient sous la flamme. Les joues de Rachel s'embrasèrent d'un sourire. Keen le lui rendit, le regard flou. En lui s'engrangeaient des secousses incontrôlées que son BMH compensait en diffusant dans son organisme un cocktail d'endorphines et de sérotonine. Diminution du stress, modification du système circulatoire, sensation d'apesanteur. Ce soir, il n'en finissait pas de tomber.

Une lettre avait suffi. Pris par son boulot, il n'avait pas relevé le courrier ces dernières quarante-huit heures. L'avis de retrait de Rachel attendait dans la boîte.

Il y était préparé. Elle aussi. Ils connaissaient le protocole. La Gouvernance territoriale leur avait fourni une brochure indiquant les étapes indispensables qui permettaient à un couple de vivre sereinement le départ d'une Retirée. Depuis un an, ils se rendaient aux séances collectives de mise en condition, apportaient quelque chose à partager, une bouteille de cidre ou un cake maison. Ils travaillaient sur leurs émotions afin d'associer l'événement à une perspective positive. S'endurcir psychologiquement. La manière dont il convenait d'annoncer le retrait d'une maman à ses enfants était aussi largement abordée. La possibilité d'opter pour l'euthanasie raisonnée – recommandée pour les femmes atteintes de troubles neurologiques, de maladies chroniques invalidantes ou de cancer – était mise en avant et la bonification que cette option engendrait pour ses enfants, amplement détaillée. Des maris réattribués venaient témoigner de leur expérience, n'occultaient ni la peine ni le bonheur de reformer un couple et le soulagement d'un fils, d'une fille, contents de faire la connaissance d'une nouvelle partenaire de jeux, une maman plus proche en âge et partageant leurs centres d'intérêt. Des conseils pour l'organisation d'une fête – l'enterrement de vie de maman – figuraient en bonne place, assortis d'une liste d'activités et d'accessoires ludiques, comme les cotillons, les sarbacanes, les kits sexy et les fausses moustaches.

Pour Keen, la difficulté majeure se résumait à cette chambre. La quintessence de leurs jours et de leurs nuits. La perspective de se retrouver seul dans cette pièce l'angoissait. À ce stade, apprivoiser l'idée que sa femme lui soit retirée pour être remplacée par une autre lui semblait impossible.

— Il n'y a pas de plus beau feu que celui que tu as choisi pour moi ce soir-là, chuchota Rachel à son oreille, contemplant l'âtre virtuel au mur.

Elle se blottit contre son épaule.

— C'était comme une caresse sur la vie.

Keen voulut lui répondre mais sa voix s'étouffa dans sa gorge. Palpitations. Le cœur qui cogne. L'émotion était tangible. Rachel redressa la tête.

— Keen ?

Machinalement, elle jeta un œil au poignet de son mari : le BMH indiquait un haut niveau de stress. Elle ne fut pas longue à en deviner la raison. Un soupir s'échappa de ses lèvres.

— Pourquoi tu ne me l'as pas dit ?

Keen leva un sourcil, feignant de ne pas saisir le sens de sa question.

— Quand l'as-tu reçu ? insista-t-elle.

— De quoi tu parles ?

— Mon avis de retrait.

Un *crac* sonore. Tendu à l'extrême, Keen tressaillit : secouée par les flammes, une bûche en 3D venait de se briser. Sans quitter son mari des yeux, Rachel ordonna à Maya de mettre fin à la projection.

— Tu as raison, fit-elle, on étouffe, ici.

Elle sortit sur la coursive. Keen la suivit.

À chaque pas, il avait l'impression d'évoluer dans un espace cotonneux, et cette sensation de portance...

Dehors, le village avait replié ses voiles d'ombrage pour la nuit. En l'absence d'éclairage urbain s'offrait à eux le grand show de la voûte céleste, parée de sa Voie lactée.

Poussières de l'univers.

Entre la profondeur de la nuit et la clarté des étoiles, le contraste était saisissant. L'une s'accordait à la noirceur de leurs pensées, l'autre à l'harmonie qui cimentait leur couple, jusqu'à cet instant où plus rien ne semblait réparable. Keen s'approcha de Rachel et l'entoura de ses bras.

— On va demander ta prolongation.

— Ça ne marchera pas.

— Il y aura l'examen médical à passer mais je suis sûr que tu t'en sortiras très bien.

— Je ne serai pas prolongée, Keen. J'ai fait mon temps. Je le sais.

Rachel regardait fixement devant elle, à travers le treillis. Les lattes de bois espacées ne brisaient pas la vue, encadraient plutôt le paysage, comme une multitude de tableaux proposant différents cadrages.

— ... Je n'arrivais pas à comprendre pourquoi ma mère avait fait ce choix. Pas de maladie chronique, pas de troubles psychiques, je me demandais ce qui avait pu la pousser à mettre fin à ses jours. Maintenant, j'ai la réponse.

Un silence, puis :

— On nous arrache comme une mauvaise herbe à ceux que l'on aime.

— *Honey... My love...*

Une déflagration au loin. Un tir puissant, suivi d'un sifflement aigu. Une fusée fendait le ciel. Une autre détonation, encore. Encore une autre. Des chandelles crépitantes montaient à plus d'une centaine de mètres. Comètes de feu d'artifice, explosions en vol, arabesques de couleurs. Des palmiers à feuilles d'or et des pivoines écarlates accaparaient la nuit, inondaient de leur éclat les habitations, la forêt et les plaines. Tirée depuis le toit de la coopérative et visible des sept villages de la Terre des Deux-Caps, cette féerie nocturne dont tous les enfants raffolaient avait ce petit rien d'oppressant : elle signalait la présence de bêtes sauvages dans le secteur. Cette nuit encore, les prédateurs resteraient à l'orée du bois, effrayés par une pluie d'étincelles.

Keen et Rachel contemplèrent le spectacle sans prononcer un mot jusqu'à ce que la pluie de flammèches se tarisse.

— Je ne pensais pas que ce serait si dur, soupira Keen.

— Moi non plus.

— Leur foutu protocole ne nous prépare pas à ça.

Ils se turent encore un instant, suivant du regard les nuages de fumée qui se dissipaient sous l'arche étoilée.

— Avec le temps, murmura Rachel, je guérirai de toi, et tu guériras de moi.

— Ne me demande pas l'impossible.

— Le temps qui passe recouvre tout.

Elle ordonnait déjà les choses, bordait ses émotions.

— Mais pour l'instant, je suis là, près de toi et de notre fils. C'est tout ce qui compte.

Quelque chose en elle, déjà, se dérobait, chavirait leur existence. Toutes ces choses qu'il croyait inaliénables autour d'eux, à commencer par cette chambre, se délitaient. Rachel ferma les yeux.

— Quand ?

La question qu'il redoutait. Keen n'avait qu'une envie : emporter sa femme loin de cet épouvantable merdier.

— Ton retrait est dans vingt-huit jours.

Rachel hocha faiblement la tête. Ses pupilles bougeaient vite, sous les paupières. Keen eut l'impression que sa femme se perdait déjà dans ses souvenirs. Mais elle rouvrit les yeux, tourna vers lui son visage et, avec un brin de légèreté, lâcha :

— Demain, 6 h 30, tennis.

RETIRER

« Ma mission est accomplie.
Je n'aurai pas vécu en vain,
puisque mon message sera révélé au monde...
Au monde, ou plutôt à ce qu'il en reste !
À vous, messieurs-dames et chers camarades,
qui êtes les restes de l'humanité,
mais avec de tels restes
on peut encore faire de la bonne soupe... »

Eugène Ionesco, *Les Chaises*

- 1 -

Un jour de grand vent, une mouette s'est fracassée contre la baie vitrée de notre classe sans une goutte de sang. On a retrouvé sa dépouille derrière un buisson. Un petit tas de plumes, bourré d'électronique : caméra, système de contrôle de vol, batterie, antenne GPS, carte mémoire, antenne émettrice, capteur thermique... Le TIM est venu récupérer le drone. Les pièces, fourrées en vrac sur la remorque de son triporteur.

— C'est une sonde météo, les enfants.

Notre instructrice nous a fait asseoir en cercle autour de la fontaine, dans la cour intérieure de l'ECEC[1]*, pour tout bien nous expliquer.*

— Vitesse du vent, température, taux d'humidité, rayonnement solaire, sa mission est d'anticiper les vagues de chaleur.

De faux oiseaux patrouillaient discrètement au-dessus de nos têtes et personne ne nous l'avait dit. Une sentinelle du ciel, lanceuse d'alerte, connectée à un poste de contrôle. Quand nos corps risquent de subir un stress thermique trop élevé, Maya avise la population des sept

1. Établissement communal d'enseignement collectif.

villages. Il faut cesser toute activité, rentrer chez soi et se cloîtrer.

Nos jours, alors, se lèvent la nuit.

Une permission de sortie est accordée entre minuit et 6 heures pour se rendre à la coopérative acheter de quoi se nourrir, protéger les cultures et les vignes sous des filets d'ombrage, programmer les robots autonomes au défrichage ou à la récolte, faire tourner les moulins, sauver les plantations dans nos potagers, prendre soin des bêtes à la ferme collective, ramasser les œufs des poules juste après la ponte, traire deux fois les chèvres et les brebis, faire face à une urgence médicale ou accompagner au trot un défunt au Centre communal d'humification.

Un village en sommeil forcé sous un soleil avide, des enseignements en visio, des apprenants statiques derrière l'écran.

Adolescente, ces coups de frein donnés à ma petite existence me mortifiaient. Vivre à moitié la moitié d'une vie, repliée dans ma chambre tel un cloporte caché sous une pierre, c'était le bouquet. Je pouvais presque sentir le temps traverser mon corps. Odette disait qu'elle avait « le cul sur une fourmilière ». Maud passait son temps à dessiner d'affreuses cases de BD où l'on voyait des rats tourner autour des poubelles dans un paysage urbain d'un autre temps. Hasna essayait les bijoux de sa mère, piochait dans sa lingerie fine, son maquillage, et nous apprenait à réduire le volume du nez en deux coups de pinceau, à tirer un trait sur les paupières, à accentuer au crayon noir le pli à la commissure des lèvres, à poudrer la pointe des cils pour les éclaircir. Elle nous montrait comment nouer un foulard sur son front avec un chouchou en dix secondes chrono, nous présentait sa collection « basse couture ». Déjà mortes de rire, on la regardait se pavaner dans sa chambre, main sur la hanche, le soutif par-dessus la robe, coiffée d'une minijupe, une carotte en guise de micro. Nous étions ce petit groupe de filles irradiées par l'impatience qui rêvaient de fadaises ou d'indécence et apprivoisaient l'ennui.

Les embruns finissaient par éteindre la fournaise, poussant vers nos terres des nuages en forme de champignons, dans un dégradé de gris.

Nous retrouvions les bancs de notre classe, et notre premier regard était pour elle, la carte du monde. Sans doute y est-elle encore, suspendue à droite du tableau devant lequel se tenait à l'époque Mme Epignosi, debout sur l'estrade. En rouge, les régions du globe où l'indice Wet-Bulb[1] *était trop élevé pour y survivre. Le sud de l'Asie et du golfe Persique, les pays qui bordaient ce qui avait été jadis la mer Rouge, transformée en désert de sel, l'est de la Chine, une partie de l'Asie du Sud et du Brésil, les régions subtropicales du Pakistan, le sud des États-Unis, de l'Arizona à l'Iowa... Un planisphère chauffé à blanc. Pas besoin de nous faire un exposé. Il disait à lui seul les ravages de la fonte des glaciers, les glissements de terrain sous-marins aux hautes latitudes, les marées noires causées par la rupture de pipelines et la période des grandes migrations. Face à la détresse et à l'abondance des peuples déplacés, les continents s'étaient écartés d'eux-mêmes. Aux grands maux les pauvres actes. Combien de tombeaux, en terre, en mer. Passer de neuf milliards d'humains au* XXIe *siècle à neuf cents millions après le Grand Effondrement de la civilisation fossile et, aujourd'hui, peiner à maintenir dix millions d'âmes. Tout cela en un claquement de doigts à l'échelle temporelle de la planète.*

« L'homme tombé sept fois se relève encore », dirait mon père, tirant sur le fil de l'aiguille pour recoudre un bouton.

---

1. WBGT, *Wet-Bulb Globe Temperature* : indice de température au thermomètre-globe mouillé.

Près de nos côtes, par bateau, trente années durant, beaucoup se sont échoués dans les marais, fracassés sur les enrochements en essayant de contourner la digue.

Si peu d'enfants tirés vivants des embarcations.

Ils ont grandi, nos rescapés. Ont apporté de précieuses graines. Des stratégies de résistance pour combattre la chaleur. La couleur bleue aux murs. La multiplication de fontaines, puits et points d'eau, alimentés par un maillage de canaux souterrains. La reprise du système fluvial pour freiner la chute du débit des sources et l'asphyxie de l'eau. La création d'herbiers, de zones de pisciculture à l'embouchure des rivières, de labyrinthes aquatiques souterrains et de cavités adaptées à la reproduction des derniers poissons sauvages. Le découpage en spirale et non en quartiers de nos villages. De leurs cultures ancestrales, de leurs arts, ils nous ont dotés. Le bharata natyam. Le hula. Le sarouel. Le kurta. Le chapeau de bambou. Les tatouages au henné. Le jardin créole. La fabrication de céramique à base d'argile, de végétaux, de paille hachée et de cendres. La construction de moulins à farine et à huile. Le paillis d'ardoise à la saison des pluies. La création de bambouseraies pour étayer la terre. Les haies brise-vent d'essences productives comme le goyavier, le grenadier et les agrumes, dont les feuillages persistants abritent les cultures basses. La plantation de palétuviers pour créer des mangroves, remparts naturels contre la fureur des vents et la houle cyclonique.

Tant de savoir-faire en partage.

Par-dessus tout, nos sangs, nos couleurs se sont mêlés, et par ce brassage ethnique, l'infertilité galopante a épargné la communauté des villages.

Une fois l'an, apprenants de tous âges, après le grand carnaval du printemps, vêtus de costumes bariolés et de masques effrayants faits de glaise, de papier mâché, de laine et de bois, nous venions écouter le récit de leurs récits, transmis depuis des générations, assis sur les bancs circulaires de l'Insula. L'émotion nous clouait le bec tandis que les mouettes tournaient au-dessus de nos têtes, sentinelles au firmament qui jamais ne varient leur trajectoire. Et le doute, en moi, creusait sa tanière.

Pourquoi équiper une station météo volante d'une caméra ?

Le jour où l'oiseau factice a télescopé la vitre de notre classe, je n'ai pas manqué d'interroger l'IA, dès mon retour à la maison.

— Les sentinelles veillent sur le village et ses alentours pour le bien de tous. Les images captées complètent les relevés météorologiques. Elles permettent aussi de prévenir les incendies et détectent la présence de bêtes sauvages aux abords des villages.

— Dis, Maya, ce ne serait pas plutôt pour nous surveiller ?

— Rachel Fisher, opérer une surveillance afin de protéger la population d'une agression extérieure est la garantie d'une existence paisible. Recourir aux services d'une sentinelle à d'autres fins ne serait d'aucune utilité à une époque où toute forme de violence exercée est révolue.

— Dans ce cas, pourquoi tourner au-dessus du village et pas autour ?

— Les trajectoires des sentinelles sont étudiées en fonction du sens du vent et de son intensité afin d'optimiser leur champ visuel.

— Maya, tu ne réponds pas à ma question.

Un temps de latence singulièrement long précéda l'explication.

— Les rotations au-dessus du village permettent la collecte de données simultanées et une cartographie précise des zones sensibles aux variations de température. Mises en réseau, les caméras offrent une vision panoramique de tout le secteur. Es-tu satisfaite de ma réponse ou veux-tu d'autres éclaircissements ?

Allongée sur le lit, j'ai plaqué une main sur mon front.

— OK, Maya, fais tourner Cerisiers roses et pommiers blancs.

— Avec plaisir, Rachel. Cerisiers roses et pommiers blancs, *par André Claveau, chanson populaire du* XX*e siècle.*

Comment croire à ces bobards ? Une vérité facile, lustrée, prête à enchanter. J'ai toujours su que les oiseaux nous avaient à l'œil, relevaient sous les voiles d'ombrage la température de notre corps et ses plus infimes variations, au cas où l'un d'entre nous disjoncterait, comme Mme Epignosi en plein cours, ou ce couple de femmes, disparues de leur domicile il y a huit ans avec deux enfants, au beau milieu de la nuit.

Un bracelet modère nos humeurs, enregistre nos émotions et contrôle nos montées d'adrénaline, une manière de fermer nos yeux, de mettre des œillères. Mais à l'intérieur, nous sommes restés les mêmes. Fragiles, imprévisibles et sots.

John Mělník tapota son oreiller. Se tourna dans un sens puis dans l'autre. Tira le drap jusqu'à son menton. Impossible de dormir. Sa femme arpentait la chambre. On aurait dit qu'elle inspectait le sol, à la recherche de quelque chose qu'elle aurait fait tomber. Les cheveux en désordre, les yeux rougis au bord des paupières, Hasna finit par s'asseoir près de lui, genoux repliés contre la poitrine, le regard tourné vers la baie vitrée. La stimulation visuelle de 17 heures n'opérait plus alors sur John qu'un dérangement. Le désir qu'il éprouvait pour sa femme, il s'en rendait bien compte, caillait comme le lait. Il songea au vieux juke-box poussé contre le mur dans son atelier de réparation. Une antiquité rafistolée au-delà du possible. Il y glissait une pièce de deux francs fabriquée sur son imprimante à partir d'une modélisation que l'archéologue lui avait dénichée, puis enfonçait les touches qui commandaient le dernier 45 tours capable de passer l'épreuve du bras articulé, tremblotant sur son axe. Chaque fois que Percy Faith et son orchestre entamaient le thème de *A Summer Place*, John rentrait la tête dans les épaules, redoutant ce jour où la pointe du diamant buterait contre un grain de poussière, un soupçon de moisissure, et mettrait fin à ce tour de force, le condamnant à entendre une note se répéter sans fin.

Hasna était comme un disque de vinyle qui soudain se gondole et s'éjecte tout seul de la machine.

— John...

Un bras passa autour de sa taille. Contact d'un ventre contre son dos. Sa femme le réveillait avec douceur – il avait donc fini par céder au sommeil.

— Tu n'as aucune raison de t'inquiéter, souffla-t-elle à son oreille. Tout va bien se passer.

Une habitude qu'elle avait de lui prêter ses propres pensées.

John n'était pas inquiet.

Juste pressé que tout cela finisse.

Au petit déjeuner, contrairement à son habitude, Hasna coupa la radio. Ils échangèrent quelques mots, leurs regards se croisant sans s'attarder, avec une tranquillité feinte. Hasna buvait une chicorée, son bol au creux des mains, et soufflait sur le liquide brûlant par intermittence, paupières mi-closes.

— Pas plus de trente personnes. J'ai déjà réservé la vaisselle à la coopérative. Et aussi les nappes avec un motif de cocotiers.

John approuvait tout ce que sa femme lui disait, sans comprendre quel sens tout cela pouvait bien avoir pour elle. Ils accueillirent leur fils Tobias d'un sourire. Celui-ci déposa un baiser sur le front de sa mère avant de se servir un grand bol de porridge, signalant qu'il venait de vider la bouteille de lait d'avoine et que ce serait bien de refaire le plein.

— Vous parliez de quoi ?

— De l'enterrement de ta mère.

— Ah ouais ?

— J'ai trouvé le thème de ma fête.
— Alors ?
Hasna tripotait machinalement son alliance.
— Toi qui rêves d'explorer le monde, répondit-elle à son fils, ça devrait te plaire.
Presque un jour ordinaire. John insista pour éplucher une pomme à Tobias avant qu'il ne parte au Centre d'évaluation. Lui aussi prendrait bientôt la tangente. Une fois ses compétences en sciences mécaniques et en écotechnologie validées, il serait en capacité de choisir son affectation. Si les jeunes mâles avaient l'obligation de former au plus tôt un couple pour la reproduction, les hétéros stériles pouvaient parfaitement s'y soustraire. Tobias se dévouerait donc entièrement à sa carrière. Il n'avait jamais fait grand cas de son azoospermie. En réalité, il s'en foutait. Repeupler la planète, à d'autres. Ce qu'il voulait, c'était exploser des chronos, continuer les courses de vélo intervillages, bouturer des séquoias géants, faire plein de boulots sympas, et pourquoi pas créer sa petite entreprise sur un autre territoire, travailler au développement d'un nouveau réfrigérateur magnétique[1] ou d'un écodigesteur[2], accepter une mission de sauvegarde du Patrimoine terrestre pour la Gouvernance, bref, désenraciner sa vie. John enviait presque son fils et ses rêves de liberté.
Besoin de le sentir là, près d'eux.
— Pourquoi tu ne t'assieds pas ?
— Je vais être en retard.
— Allez, Tobias, assieds-toi. Reste un peu avec nous.

1. La réfrigération magnétique fonctionne sur la base de la magnéto-calorique (EMC) : la température de certains matériaux augmente ou se réduit selon la variation temporelle du champ magnétique.
2. Machine à composter de haute technologie pour le traitement des déchets alimentaires organiques.

— J'ai pas le temps, papa !

Bruit de pas dans l'escalier. Une porte qui se referme, en bas. John contempla les quartiers de pomme abandonnés sur la table, en glissa un entre ses lèvres avant de se tourner vers sa femme. Dans la clarté de l'aurore, Hasna était d'une extrême pâleur. Ses cheveux indisciplinés, épais et bouclés, lui donnaient un air farouche. La chemise ample qu'elle portait sans boutonner le haut du col dénudait ses épaules et dévoilait les bretelles de sa brassière. La journaliste n'irait pas travailler aujourd'hui. Ni les jours à venir. Sa signature disparaissait des colonnes de la gazette communautaire. Sa voix, sur Maya FM, évaporée comme un songe. Penchée sur un bloc-notes, elle complétait sa liste des choses à faire avant le Grand Recyclage. Elle semblait presque soulagée à l'idée d'être bientôt retirée, de remplir à sa guise le néant de ces prochains jours, de faire de John « un homme neuf », comme elle se plaisait à dire. Hasna releva la tête et fixa la lumière du jour à travers les persiennes.

— Tu sais ce qui se murmure entre femmes ?

— À quel propos ?

— Le Domaine des Hautes-Plaines. Le Grand Recyclage. Tout ça ne serait qu'un immense canular.

Du bout des doigts, John balaya des miettes sur la table.

— Quand j'étais gosse, j'ai entendu mes mères parler d'une broyeuse géante, et ça m'a fichu une sacrée frousse.

Il saisit la main de sa femme et la serra dans la sienne.

— Faut vraiment arrêter avec ce genre de conneries. Tout ce que tu risques, c'est d'avoir à te farcir Odette et ses vannes lourdaudes jusqu'à ce que mort s'ensuive.

Depuis la coursive qui bordait la façade du salon, Hasna le regarda partir. John lui adressa un signe auquel elle répondit d'un geste gracieux. De ses baskets de sécurité renforcées d'un embout d'acier, le technicien creusa le gravier dans l'allée, le pas plus lourd que d'habitude.

Enfourcher le triporteur, nouer un foulard autour de son cou, ajuster sa casquette et déguerpir dans la moiteur de l'aube d'un grand coup de pédale.

Les bruits de l'activité humaine s'amplifiaient à mesure qu'il progressait sur la voie de circulation. Le crescendo des voix. Le claquement léger des sandales sur la chaussée. Une conversation déjà entamée derrière la porte ouverte d'un commerce. Le souffle saccadé d'un joggeur qui transpire. Le couinement du vieux robot humanoïde chargé de distribuer le courrier. Le sifflement de la roue avant des trottinettes qui ne tarderaient pas à le dépasser. Partout, les silhouettes familières d'une communauté dont John débouchait les tuyaux, resserrait les joints, installait et entretenait les équipements informatiques et électroniques. Des hommes, des femmes, des enfants, en chemise ou chemisier, polo ou débardeur, kurta ou tunique portés sur un jean, un short ou un sarouel. Tout un panaché de bleu, de blanc et de mauve, emprunté aux couleurs du ciel.

Pédaler, répondre d'une main à un salut, s'éloigner de la foule et de son agitation. Entre les voiles d'ombrage, de brefs éclats de lumière hachuraient le bitume de lignes claires.

John traversa le village jusqu'à l'entrée ouest, s'engagea sur le chemin qui rejoignait la côte et ralentit la cadence. Il somnolait presque en prenant la direction du phare, un bois de réglisse entre les molaires. Le moteur électrique compensait son manque d'énergie. Il jeta un coup d'œil à la remorque : l'écran de vidéosurveillance enveloppé de toile de jute dont il venait d'achever la réparation était bien fixé sous son tendeur.

Il l'avait si souvent désossé et remonté qu'il aurait pu le faire avec un bandeau sur les yeux. Les apprenants auxquels il enseignait l'électricité et l'électromécanique deux fois par mois lui avaient donné un surnom : MJ. Puéril mais plaisant. « Magic John » se débrouillait, dans son domaine. Les ordinateurs étaient capables de corriger leurs propres dysfonctionnements mais pas de s'autoréparer. Tout ce qui se connectait physiquement par un fil, un emboîtement, une chaîne ou un circuit électrique dépendait de lui. Venir à bout de ces objets qui résistent, voir crépiter la petite ampoule sous l'interrupteur et s'embraser son œil renaissant le rendait heureux. Et ça mettait de l'huile dans ses rouages. Ensuite, la journée filait. Tout le reste lui passait au-dessus de la tête.

Lorsqu'il parvint à l'embranchement du sentier qui conduisait au Poste de contrôle territorial de sécurité, son regard obliqua vers la gauche : la lande sauvage, nerveuse au vent, lui souriait. Elle était comme un trait de crayon vert tiré sous le ciel. Ses buissons d'épines piégeaient le soleil levant, en retardaient la morsure. John rajusta sa casquette et, tout à sa contemplation, roula au pas, une lueur dans les yeux. Ressurgissait en lui le garçon de onze ans.

À vingt mètres du niveau de la mer, née d'une faille de la falaise, il y avait une grotte. Elle finissait en une cavité trop étroite pour s'y aventurer et l'on y tenait à peine debout. Sur une surface de dix mètres carrés environ, le sol était tapissé de lichen desséché, de coquilles de moules fossilisées, de brindilles et de fientes d'oiseaux. Des hommes y avaient laissé leur marque : des tags indéchiffrables, des niches creusées de part et d'autre de la paroi, vestiges de rites païens remontant à l'époque des peuples mégalithiques. Des contrebandiers y avaient caché leurs précieux butins avant que des déplacés climatiques n'y trouvent refuge. De la grotte, John apercevait la mer, au-delà de la digue. Il imaginait cette autre terre, là-bas, à quelques dizaines de kilomètres. En bas de la falaise, sur son lit de sable et de lentilles de grès, un amas de rochers noirs, jadis polis par les vagues. Lieu fascinant pour un gamin. Dans l'obscurité fraîche de sa tanière, en douce, John venait se rêver pirate ou Robinson. Sous cette voûte demeurait aussi l'image piquante des canines d'une fille. Rachel Fisher. En classe, il faisait le clown pour attirer son attention, lui offrait des fragments de pyrite qu'il trouvait dans le sol, dont la teinte métallique est si proche de l'or. De minables tentatives, vouées à l'échec, jusqu'à ce qu'elle accepte de visiter son repaire.

— Elle est profonde, ta grotte ?

— J'ai pas fini de l'explorer.

— Ah oui ?

En chemin, au creux d'un dévalement abrité du vent et peuplé d'arbustes, sans que rien l'annonce, elle l'avait envoûté d'un mémorable baiser. Lorsqu'il avait voulu lui rendre la pareille dans sa caverne, Rachel l'avait éconduit au motif qu'elle n'avait plus envie de l'embrasser et que « ça sentait mauvais ». Son rire, alors, pointu comme son sourire, et ce jeune corps ondulant sur le sentier…

Un mouvement se fit soudain dans son champ de vision. John freina.

Devant lui, retenu aux ronces qui bordaient le chemin, un bout de tissu s'agitait. Lorsqu'un vent se levait au cours de la nuit, soufflant de la terre vers la mer, il arrivait que l'on trouve assez loin du village un vêtement dépendu d'un fil à linge. John détacha l'étoffe. C'était un morceau d'une tunique, sale et déchiré à plusieurs endroits. Il s'apprêtait à le jeter dans la remorque lorsqu'il aperçut au loin un vêtement suspendu à une haie de tamaris, sur l'ancien tracé du sentier qui menait à la grotte. John retira lentement le bâton de réglisse de sa bouche, descendit du triporteur et s'avança jusqu'à la haie. Une petite jupe pendait là, déchirée elle aussi. John fouilla du regard l'arbuste et devina quelque chose sous les rameaux charnus, comme la fourrure ensanglantée d'un renard. Il s'accroupit, écarta devant lui les grappes allongées des fleurs de pyroles, et se figea.

- 2 -

Il nous garde du mal. Préserve notre métabolisme de toute perturbation. Contrôle ce qui vibre à l'intérieur. Le bracelet garrotte en nous ce qui s'abîme, souffre, décroche, avec les cris rendus sourds.

UN CADEAU ÉTERNEL

MATIN, MIDI ET SOIR, VOUS LE REMERCIEREZ !

Comment fonctionne un bracelet modérateur d'humeur ?

Les molécules de substances agissent par voie sanguine sur des cellules cibles, et nos hormones, ainsi régulées, garantissent notre bonne croissance, la satisfaction de nos besoins nutritionnels, le respect de notre chronobiologie et notre capacité de reproduction.

Nos organes et nos glandes endocrines, en première ligne : l'hypophyse et l'hypothalamus dans notre cerveau, la thyroïde, les glandes surrénales, les ovaires, les testicules. Glycémie, pression artérielle, puberté, sommeil, nos hormones se mettent en bon ordre pour éviter l'inévitable bordel dans nos corps aux différentes étapes de la vie. Oubliés, la prise de poids, l'acné, la pilosité excessive, l'agressivité, le diabète, l'hypertension, les troubles érectiles ou dépressifs. Retardées, l'ostéoporose et l'andropause.

— Sais-tu pourquoi ta mère a choisi ce métier ?

Papa tient ma main, chatouille le creux de mon poignet. Il fixe la porte que sa femme ne tardera pas à ouvrir.

— Pour soigner des gens ?

Il secoue la tête.

— Pour voir à quoi ressembleraient nos vies sans ce fichu bracelet.

— À quoi elles ressembleraient ?

Clap nerveux de son talon sur le sol.

— À un volcan qui menace à tout instant de cracher sa lave.

Entre deux messages à caractère informatif, Maya diffuse le chant apaisant des oiseaux ou le murmure d'un ruisseau. Comme indiqué sur le dossier médical, je viens de fêter mon onzième anniversaire et me suis décidée pour la couleur noisette – celle de mes yeux et de la terre. À cet instant, une question m'obsède. Elle taraude tous les apprenants qui vont à leur tour s'asseoir dans la salle d'attente du CMRS[1].

— Est-ce que ça fait mal quand on nous pose le bracelet ?

Mon père se montre rassurant.

— On anesthésie d'abord ton bras. Tu ne sentiras rien. L'opération ne prend que quelques secondes. Le plus long, c'est le réglage. Ça peut durer une bonne demi-heure.

— Tant que ça ?

1. Centre médical du réseau santé.

— Oui. Marie va te soumettre un questionnaire, puis te montrer des images, stimuler tes émotions et vérifier que le BMH répond correctement aux stimuli.

Exciter. Impulser. Stimuler. Réguler. Détendre. Rendre heureux. Un fabuleux cadeau que ce bracelet.

PRENDRE SOIN DE VOUS

Vous l'apprécierez chaque fois que vous en aurez l'usage. Votre famille, tous vos amis l'apprécient également. Votre BMH est la garantie de vivre plus fort le meilleur des émotions tout en étant préservé du pire.

@gouvernance_territoriale
Mayacorporate.org

À la condition qu'il fonctionne correctement.

Il y a eu des précédents, avec les premiers modèles. Un mauvais calibrage. À l'époque, les épisodes spectaculaires d'hallucinations auditives liées à un excès de dopamine dans le cerveau étaient nombreux. Personne n'a oublié que, dans une autre communauté de villages, un homme a dévoré son compagnon par excès d'amour. L'histoire de cet adolescent shooté aux endorphines, devenu insensible à la douleur, gravement brûlé après s'être exposé au soleil, est encore dans toutes les têtes. On a revu les dosages, favorisé la libération naturelle des hormones du plaisir en diffusant douze heures sur vingt-quatre de la musique douce dans les espaces publics, on a multiplié les temps de loisir en famille, les propositions d'activité physique, la méditation à domicile, les zones propices à la relaxation, et fait de l'art-thérapie un enseignement essentiel du programme des apprenants dès leur plus jeune âge – peinture, sculpture, cuisine, jardinage, haptonomie et macramé.

Bruit caressant d'une porte qui coulisse. Vêtue de sa tunique d'opératrice médicale, ma mère.

— Rachel Fisher ?

D'un geste, elle m'invite à la rejoindre. Je me souviens de ce regard empreint d'amour et d'appréhension échangé entre elle et mon père. Assis sur la banquette, il tire de sa sacoche un ouvrage du XXIIe siècle emprunté à la bibliothèque communautaire qu'il ne se lasse pas de relire, et y plonge le nez.

Le soir, pour m'aider à trouver le sommeil, calmer ce que j'étouffe en moi et qui m'arrache le cœur quand je pense à ma sœur, le tailleur me conte ma propre histoire. Comme l'auteur de son roman fétiche avec son personnage, il me prête des pouvoirs magiques et décide que rien ne pourra contrarier mon fabuleux destin, pas même cet appareil bientôt incrusté à mon épiderme.

Ôtez-nous nos croyances, et nous les réinventerons toutes.

— Installe-toi ici. Serre le poing.

Ça sent le vinaigre de ménage, les composants électroniques chauffés, et aussi la bergamote, le jasmin et la vanille – le parfum de ma mère.

— Ne bouge plus, s'il te plaît.

L'avant-bras, fourré dans un tube dont les parois en céramique se resserrent jusqu'à l'immobiliser. Durant une fraction de seconde, être pénétrée simultanément par une infinité d'aiguilles dans tout le corps.

— Ça va ?

— Oui.

— Pas d'étourdissement ?

L'impression d'être assise sur une balançoire.

— Si. Un peu.

— C'est normal.

Maman, concentrée, paramètre l'appareil sur l'écran de contrôle. Elle se montre d'une parfaite neutralité émotionnelle.

— Bien.

Ses doigts pianotent sur le clavier.

— Tu es en train de travailler sur un devoir et soudain, tu te mets à rêver. Quelle est ta réaction ? 1) tu trouves cela agréable, 2) tu t'interroges sur l'intérêt de ton travail et la raison pour laquelle il t'invite à t'évader, 3) tu n'arrives plus à te concentrer.

Je ne réfléchis pas longtemps.

— Réponse 2.

Clic de validation.

— Tu dois faire un exposé au tableau : 1) tu es stressée, angoissée, paralysée, 2) tu analyses après coup en quoi cette peur a influé sur ton intervention, 3) tu considères cette peur comme une force.

— Ça ne me stresse pas de passer au tableau, maman.

— Eh bien, imagine une situation similaire qui te stresse.

— Quand je dois sauter du plongeoir ?

— Par exemple.

— Alors réponse 3.

Clic de validation.

— Tu penses à la perspective du Grand Recyclage : 1) cela te met face à la crainte de vieillir et tu t'interroges sur la meilleure façon de le vivre, 2) cela te donne le cafard mais te motive à dresser une liste des bénéfices que tu pourrais retirer de cette nouvelle vie en perspective, 3) tu es plongée dans une angoisse de mort.

— Je suis obligée de choisir ?

— Oui.

— Elles sont idiotes, toutes les trois.

— Choisis celle qui est la plus proche de ce que tu éprouves.

— La réponse 1.

Les questions s'enchaînent. Quelle serait ma réaction face à la joie collective des autres, mon attitude en cas de conflit avec mes camarades, quelle est mon opinion sur la citation de Van Gogh « N'oublions pas que les petites émotions sont les grands capitaines de nos vies et qu'à celles-là, nous obéissons sans le savoir » ?

— Je pense que le peintre fait référence au drame de son existence.

— Mais encore ?

— Mon instructrice en art-thérapie nous a expliqué qu'il portait le prénom de son frère mort-né un an avant sa naissance. Je pense que ça l'a beaucoup perturbé de grandir en ayant l'impression de remplacer un mort.

Pendant une fraction de seconde, nous échangeons un regard.

— ... C'est pour ça qu'il a eu besoin de se rapprocher de Dieu et que ses peintures sont si spéciales, j'ajoute. Son art est fait de ce drame.

— Tu crois qu'il n'aurait pas peint tous ces tableaux s'il n'avait pas souffert ?

— Il ne peignait pas seulement avec sa souffrance mais avec plein d'émotions différentes. Sinon, toutes ses toiles seraient sombres et torturées.

Maman hoche le menton. Elle tape sur le clavier, entre ma réponse.

— Bien. À présent, je vais te montrer des images afin d'évaluer tes réactions.

Elle me demande de sortir de ma poche la photographie que j'ai apportée en vue de l'examen. Il fallait une image heureuse, à laquelle je tiens. Mon choix s'est porté sur un portrait de groupe : Hasna, Odette, Maud et moi, déguisées pour la fête du printemps. On fait des grimaces derrière nos masques.

— Regarde la photo et décris-moi ton émotion.

La joie m'envahit. L'énergie que je sens se décupler en moi est inouïe. J'en suis la première surprise. Cette photo, elle est toujours dans ma chambre. Je l'ai regardée des centaines de fois. Jamais elle ne m'avait procuré pareille sensation.

— ... Le bonheur ?

— Bien. Peux-tu la poser sur la tablette, s'il te plaît ?

Maman esquisse un sourire devant nos bouilles en découvrant le cliché, qu'elle scanne pour l'intégrer à mon dossier. Puis elle me le rend, avant de poursuivre d'un ton neutre :

— Maya, protocole pour sujet féminin de niveau 1 à 4.

— Protocole de niveau 1 à 4 pour validation du process de modération des humeurs.

L'IA enclenche la projection d'archives historiques. Les murs immaculés de la pièce s'animent, se colorent de mes émotions. La contrariété éprouvée devant cette abeille qui refuse de se poser sur une fleur pour la butiner cède la place à l'envie d'en savoir plus sur la raison de son comportement. Devant ces pêcheurs qui tranchent l'aileron d'un requin avant de le remettre à l'eau, plutôt que de me serrer les tripes, la colère me donne envie d'agir. Des scènes de combat, de violence, d'humiliation difficiles à supporter alternent avec des séquences plus agréables à regarder, intrigantes, excitantes, séduisantes ou stupides. Des visages de femmes défigurées, brûlées par l'acide, des mannequins qui défilent sur un podium, des corps d'enfants squelettiques derrière un grillage, des bébés joufflus, des villes dévastées par la guerre, un renard blanc grimpant à la branche d'un arbre lestée de neige, des cadavres mutilés, un surfeur torse nu qui secoue la tête en sortant de l'eau, un homme et une femme pris par une partie d'échecs et dont chaque geste trahit le désir de l'autre, des voitures qui se télescopent puis s'embrasent, un type suspendu dans le vide accroché à l'aiguille d'une horloge, une nonne poussant du haut d'un clocher une femme épouvantée, un robot écrasant sous son pied des ossements humains, les volutes d'un champignon atomique dans le ciel, des chats à l'agonie, entassés dans des cages à l'arrière d'un camion, une vague rouge déversée par les portes d'un ascenseur, des gens qui s'empiffrent de saucisses sous les encouragements de la foule, une petite chienne affublée d'un tutu dressée sur les pattes arrière, le dos d'une esclave noire couvert de plaies, un père frappant du poing son fils, un crocodile bouffant une gazelle...

— Comment tu te sens ?

— J'ai envie de vomir.

Maman tapote l'écran de l'ordinateur. Impossible de voir ce qu'elle fait, mais j'imagine ses doigts glisser de bas en haut, ajuster le réglage. Peu à peu, la sensation de nausée s'amoindrit.

— Est-ce que c'est mieux ?

— Je crois.

— Hé, Maya, suite du protocole, niveau 5 à 8.

Le flux d'images reprend. Fatigue mes rétines. Je m'attends désormais à être surprise, malmenée par l'excitation ou le dégoût. Le but de ces stimuli est clair, et j'accueille les propositions visuelles en y attachant moins d'importance. Lasse de visionner le chaos, je détourne un instant les yeux et surprends ma mère à fixer mon visage. L'envie de la rassurer sur mes capacités à endurer l'exercice me pousse à lui sourire. Elle baisse alors la tête et recule son siège, comme si quelque chose venait de la piquer au pied.

— OK, Maya, fin de projection, souffle-t-elle avant d'enfoncer une touche sur le clavier.

Le tube s'ouvre en deux. Je découvre le bracelet incrusté dans ma peau rougie.

— Retire ton bras. On a terminé ton ajustement.

— Déjà ?

— Oui.

Je me lève, admire le BMH à mon poignet.

— Il est beau, non ?

— Ton bracelet est parfait.

Elle me tend un petit livret.

— Toutes ses fonctionnalités sont détaillées dans ce fascicule… Tu peux rejoindre ton père, à présent.

Impatiente de quitter son cabinet, je ne prête pas attention à sa voix, soudain fragile, à ses épaules courbées comme si elles éprouvaient le poids d'une lourde charge.

De toutes les images auxquelles je viens d'être soumise, c'est pourtant la seule qui compte vraiment.

J'y reviendrai un jour, bien après sa mort, quand une opératrice médicale prendra sa place. Je n'ai pas encore le recul sur les choses qui me permet aujourd'hui de comprendre pourquoi l'histoire que me contait mon père pour m'endormir n'avait rien d'une fable.

Ôtez-nous nos croyances, et nous les réinventerons toutes.

Elle l'avait fait courir en tous sens sur le terrain. Avait catapulté la balle au ras du filet. Réussissait presque tous ses revers. Pleine forme. Rachel, en short, avec ses lunettes, empourprée jusqu'aux oreilles, la queue-de-cheval qui lui chatouille les épaules. Elle ne voulait rien rater de ces vingt-huit jours qu'il leur restait à vivre ensemble, de ces instants de complicité, surtout pas un set.

— Demain, même heure ? avait-elle lancé, s'épongeant la nuque.

Puis, avisant le polo qu'il portait, elle avait souri : le tissu mouillé par la transpiration dessinait sur son torse un cœur de cinquante centimètres.

Une douche crapuleuse après le tennis avait confirmé son dessein : Rachel semblait ne rien vouloir laisser de sa personne derrière elle et le vider de ses forces. Keen passa un jean en grimaçant, l'épaule et la hanche endoloris par la chute de la veille, et s'étonna que Rachel s'habille elle aussi pour son travail.

— Tu ne poses pas ta journée ?

— J'ai fait le calcul. Au moins mille têtes à coiffer avant mon retrait. C'est cinq fois le nombre de coupes que je fais en un mois.

— Parce que tu comptes voir tous tes clients ?

— J'aimerais assez prendre le temps de leur donner un dernier coup de peigne, oui.

Elle enfila une tunique par la tête. En culotte, bras levés, Rachel offrait à son époux une vue dégagée sur sa brassière, son petit ventre ramolli et les stries nacrées sur le haut des cuisses.

— Et aussi m'assurer que je les laisse entre de bonnes mains. Le CPA[1] doit être informé de mon retrait, à présent.

Son visage réapparut. Ajustant sa tunique, elle ajouta :

— Je m'attends à recevoir la visite de mes apprenants les plus motivés pour reprendre le flambeau. Du moins, je l'espère... Sinon, il faudra recruter à l'extérieur de la communauté.

Keen se gratta la nuque.

— Rachel, tu ne crois pas que tu devrais lever le pied ?

— Lever le pied ? Pour quoi faire ?

— Prendre du temps pour toi. Faire les choses dont tu as envie.

— Mais c'est ce dont j'ai envie, Keen.

— Je veux dire... Arrête de tout vouloir maîtriser.

Rachel saisit le collier de pierres nuancées d'or suspendu au cadre du miroir. Leurs regards se croisèrent tandis qu'elle le passait à son cou. Sa remarque l'avait surprise. Presque déçue. Elle se concentra sur sa coiffure, brossa ses cheveux mouillés.

— Si je maîtrisais quelque chose, alors je serais née dans un autre corps.

Sa manière à elle de ramener la discussion sur la condition féminine, le mettre dans le camp ennemi. Il détestait ça.

1. Centre polyvalent des apprentissages.

— Il faut que tu lâches prise. Je comprends que tu aies besoin de mettre les choses en ordre avant de partir mais...

— « Mettre les choses en ordre » ? Je veux leur dire au revoir, c'est tout.

— Tu vas sacrifier un temps précieux à des gens qui ne font pas partie de ta famille.

Rachel reposa la brosse sur le guéridon.

— J'ai grandi avec eux. J'ai vu grandir leurs enfants, partir leurs mères, mourir leurs pères. Ils ont partagé avec moi les moments les plus intimes de leur vie.

Elle pivota, plongeant son regard dans le sien.

— Ils méritent bien que je leur offre un peu de ce temps-là.

— Mais nous pourrions partir quelque part. Tu voulais voir la Scandinavie et visiter les fjords...

— Voyager, c'est huit jours cumulés de quarantaine dans une chambre d'hôtel. Je ne suis pas prête à ça, même pour une promenade en gondole dans les ruines d'Oslo.

Keen retint sa respiration, puis, ne trouvant rien à répondre, relâcha l'air de ses poumons.

Pédalant sur le chemin qui conduisait au musée, tête baissée sur le guidon, il s'en voulait de ne pas avoir su quoi dire, freiné par une sorte de pudeur, la crainte d'être blessant. Lui exprimer ses sentiments était pourtant simple : il aurait suffi de lui dire son désir de la garder à ses côtés. Fixer le souvenir des années écoulées. Démultiplier les caresses. L'envelopper d'une couverture apaisante. Être auprès d'elle et de leurs enfants, front contre front. Il lui restait peu de temps pour se préserver de la peur du manque.

La route le ballottait de son étreinte. Du sentier montait une odeur de sève, et de la mer, celle des embruns. Le soleil effacerait bientôt jusqu'au bleu des chardons, blanchirait les veines de leurs feuilles.

Prendre les choses en main.

Dès son arrivée, il téléphonerait à Rachel pour lui dire qu'il suspendait ses recherches sur le site d'Ambleteuse jusqu'au jour de la collecte. Il demanderait une dispense de cours pour Néo et préviendrait Sky. Leurs échanges se faisaient par visio depuis que la jeune femme exerçait son métier d'ébéniste dans une autre communauté de villages. Il redoutait déjà de lui annoncer la nouvelle. Sky demanderait un congé de retrait. Sa présence adoucirait leur peine.

Rien ne ferait obstacle à ces vingt-huit jours.

Keen plissa les paupières : le triporteur de John, à une vingtaine de mètres devant, lui barrait la route. Il mit pied à terre.

— John ?

Pas de réponse. Dans l'herbe, un écran de vidéosurveillance avait été déposé à même le sol. Keen appuya son vélo contre un argousier.

— John ?

Le mari d'Hasna devait probablement satisfaire un besoin urgent. Keen ne patienta guère plus d'une minute : pressé d'arriver, il décida de dégager le passage et empoigna la remorque du triporteur pour la soulever. Ses doigts rencontrèrent une matière collante et visqueuse. Il lâcha prise, regarda ses mains couvertes de sang coagulé. Déconcerté, Keen jeta un œil à l'intérieur de la remorque. Un drap en toile de jute recouvrait ce qu'il prit d'abord pour la dépouille d'un animal ; on en trouvait parfois dans le secteur, après le passage de prédateurs. Il se pencha pour mieux voir : du drap dépassaient les pieds nus d'un enfant. Montée d'adrénaline, sueurs froides, activation du BMH. Passer du bleu au rouge en une fraction de seconde. Le cœur qui se soulève. Keen se plia en deux, prêt à vomir.

Suivre la procédure thérapeutique d'urgence.

Respirer calmement.

Fermer les yeux.

Visualiser une image positive – Sky.

Compter dans sa tête.

Un.

Deux.

Trois.

Quatre.

Cinq.

Six.

Sept.

Souffler.

Keen se redressa. Les gestes au ralenti. Le cerveau anesthésié. Calme. Il jeta un coup d'œil au bracelet : son rythme cardiaque était stable, sa tension artérielle normale. La suractivation brutale des surrénales entraînait une sécrétion de cortisol et stimulait le système cardiovasculaire. Elle augmentait aussi la température de son corps, mais celle-ci allait vite redescendre. Il se pencha à nouveau sur la remorque, inspira profondément et souleva la toile de jute.

La fillette devait avoir sept ou huit ans. Ses vêtements étaient déchirés, lacérés. Sa peau, écorchée, souillée de terre. De profondes lésions apparaissaient sur tout le corps. Probablement des morsures, les plus importantes étant situées au niveau de la cuisse et du cou.

Les traits du visage. L'éclat roux des cheveux. Le petit bracelet de ficelle tressée jaune et bleu.

Keen restait immobile, engoncé dans le souvenir de ce visage.

Il connaissait la victime.

Le mois dernier, au musée, une classe d'apprenants de l'âge de la fillette était de sortie éducative. Dans la salle des vestiges archéologiques du paléolithique, tout en tripotant son bracelet, une petite Bianca lui avait posé des questions rigolotes comme parfois Sky, gamine, le faisait : « Pourquoi on n'est pas nés hier, comme eux ? », « À quoi on sert, dans la vie ? », « Est-ce que les gens avant étaient aussi moches que ça ? » Les épaules de l'archéologue s'affaissèrent. Éprouvante cruauté que celle de ce spectacle. Il replaça le drap de toile de jute sur la victime, activa à son bracelet la balise de détresse connectée au PCTS[1]et balaya du regard les alentours, dans l'attente d'un élément qui puisse expliquer la présence de ce cadavre dans la remorque. Il pensa alors à la bête qu'il avait cru entrevoir la veille, dans les buissons, avant de chuter de son vélo : pouvait-il s'agir de l'animal qui avait attaqué la fillette ? Si oui, que faisait Bianca, seule sur la lande, à la tombée de la nuit ? Et où était passé John ?

Sur sa gauche, au loin, Keen devina le tracé d'un ancien sentier creusé entre des haies de tamaris dont les branches retenaient un morceau d'étoffe. Il s'y engagea. Au sol, des brindilles d'argousier brisées, des touffes d'herbe couchées.

— John ?

Toujours pas de réponse. Keen hésita. Le sentier menait droit sur la falaise et le soleil ne tarderait pas à lui griller la peau. Il devait reprendre sa route ou se hâter de trouver son ami. La deuxième solution s'imposa.

En dépit d'une végétation hostile qui accrochait sa chemise et zébrait le bleu du ciel, il n'eut guère

1. Poste de contrôle territorial de sécurité.

de difficulté à remonter la piste jusqu'à lui. En l'apercevant assis à l'entrée d'une cavité creusée dans le roc, Keen aurait juré qu'il l'attendait. Face à la mer, hagard, la salopette tachée de sang, John serrait contre lui les corps inertes de deux autres petites filles.

- 3 -

Treize ans. Et l'on croit se révéler à soi-même, jeune fille sans craintes, sans heurts, avec la vigueur d'une sauterelle, un bourgeon éclos à la place du cœur et l'écho des rires d'enfants autour de la piscine. Un soupçon de douceur niche encore en moi, mais je compte bien pousser le curseur, voir crépiter les diodes écarlates à mon bracelet. Tendre la joue pour recevoir la gifle.

— Vas-y.

Défier John, cramoisi en slip de bain.

— Allez ! Vas-y, qu'est-ce que tu attends ?

— Il est crétin, ce jeu.

— C'est pas un jeu, c'est une expérience.

— Je n'en vois pas l'intérêt.

— Alors imagine que tu m'embrasses.

Son regard d'adolescent efflanqué tout concentré sur moi, statue éclairée de jeune vierge glorieuse. Le clapotis de l'eau dans le bassin nous appelle en cette journée d'été à 50 °C. Un ciel de nuages gris pèse sur l'arche en treillis végétalisé qui recouvre le bassin. Il nous met à l'étuve entre deux ondées vite évaporées. Alanguies dos à dos sur un transat, Maud et Hasna s'impatientent.

— Allez. Donne-lui sa gifle, quoi.

John hausse les épaules. Il dit à mes amies de me mettre des claques, si ça leur chante, mais pour lui, c'est niet.

— Bon. On ne va pas y passer la journée.

Je lui mets une baffe. Il porte la main à sa joue – la marque blanche de mes doigts est déjà visible.

— T'es cinglée, Rachel !

J'agrippe son bracelet en gloussant, curieuse du résultat. Mais John me repousse et s'éloigne pour aller s'asseoir sur un banc. Je croise les bras, l'observe, cherche dans son attitude de garçon ce qui pourrait trahir la contrariété mais ne vois rien de tel. Quelques instants plus tard, il est déjà occupé à lancer un ballon à des copains dans la piscine.

Nos jeux sont innocents. Ils sont d'habileté, de courage, de pions, de pièces d'échecs, et de bonne société. Nous sommes une espèce en voie d'extinction. Nous ne voyons plus en la guerre un loisir. Nos combats relèvent de la discipline sportive. Jouer « au gendarme et au voleur », gagner à La Bonne Paye, *ne pas passer par la case départ et aller directement « en prison », nous ignorons quelle signification précise donner à ces mots. Jouer aux super-héros ne nous viendrait pas à l'idée : nous leur sommes supérieurs, héroïques par essence, survivants qui tiennent à le rester. Exercer nos sens, pousser nos limites, voilà ce qui nous exalte. Jouer aux cartes, aux billes, aux balles, aux osselets et au foot. Courir vite quand l'air est respirable et doux. Sauter à cloche-pied ou à la corde. Marcher dessus en équilibre entre deux gratte-ciel, construire une ville, une famille, piloter un astronef ou conduire une voiture sur un circuit dans le métavers quand dehors les tornades dévastent nos terres. Et parce que c'est permis une fois l'an, se mettre des claques à la fête du printemps. Au concours des joues écarlates, la douleur nous indiffère, nous n'éprouvons de la vexation et de la colère qu'un désagrément confus, nos rires ruissellent ou cascadent tandis que les bracelets s'affolent. Sauf le mien. Que corrige-t-il de mes émois ?*

Il clignote d'un bleu-mauve paisible, obstinément. Maud et Hasna donnent des signes d'impatience.

— Va falloir que tu penses à autre chose, Rach'.

— Vous ne voulez pas m'aider, les filles ?

— Nan. Tu nous gonfles avec tes expériences. On va nager ?

— Peut-être que si j'essaie de me noyer...

— C'est ça : pourquoi pas te jeter du haut de la falaise pour savoir si ton BMH voit rouge ?

Elles rient, se lèvent et, le fessier haut, trottinent vers le bassin où Odette nous fait de grands signes, nous suppliant de la rejoindre. Je prends place sur leur transat, ouvre un livre, relis le même paragraphe sans parvenir à me concentrer.

J'éprouve comme les autres filles la sensation nouvelle de devenir adulte, fière de mon corps et de son potentiel reproducteur. La maîtrise de mes émotions devrait être une source de satisfaction. Mais difficile de faire la différence avec avant. Est-ce moi ou mon bracelet qui va de travers depuis deux ans ? Ma poitrine se soulève toujours quand une porte claque. Je ressens bien dans mon cœur la vibration que déclenche la lecture d'un poème ou le regard d'un garçon qui me plaît. La Lune qui fait la glissade sur son drap noir perforé d'étoiles me bouleverse d'un égal frisson. Et le bout de mes seins réagit à la stimulation d'une plume. Quand j'en parle à ma mère, elle me sourit, replace une mèche de cheveux derrière mon oreille et me dit qu'il n'y a rien de plus normal.

— Le contraire serait inquiétant, ajoute-t-elle.

Le bracelet ne supprime pas les émotions, il les tempère, abrase les pointes des flèches dont certaines pourraient nous transpercer. Si en moi rien ne bouge, alors tout va comme il faut.

Dans l'air, la pluie parfumée que laisse filtrer le treillis revient chatouiller mon nez, humecter les pages du livre.

Je rejoins mes amies et saute dans le bassin. Éclaboussées, elles s'écartent par surprise, puis se rapprochent en souriant, lorsque soudain un bras glissé autour de mon cou me tire d'un coup vers le fond de la piscine. Je me débats, cogne un tibia, parviens à remonter à la surface mais l'on appuie fort sur mes épaules et je m'enfonce en buvant la tasse. Augmentation de la tension artérielle. Les yeux grands ouverts sous l'eau, dans le flot de mes cheveux que je n'ai pas eu le temps d'attacher, je vois scintiller un médaillon en forme de trident – celui de John. Une main me touche, s'écarte et revient, audacieuse. Parmi les embardées de mes gestes, une paume fervente s'aventure, puis soudain saisit mon poignet et me tire vers le haut. Je jaillis, pareille à une bouée, happant l'air d'une puissante inspiration. John tient encore mon bras. Triomphant mais déçu, il fixe mon bracelet.

— C'est tout l'effet que je te fais ?

En pareille situation, mon BMH devrait clignoter d'une couleur orange. Il affiche un beau dégradé de bleu tirant sur le vert clair.

— Je crois que quelqu'un a besoin d'un réglage, sourit-il.

Reprenant mon souffle, je dégage mon poignet et le fusille du regard.

— Ne t'avise pas de recommencer.

— Bah, tu voulais tester ton BMH. C'est plus rigolo qu'une distribution de claques, non ?

— Laisse-moi tranquille, abruti.

— À ton service.

Il disparaît d'un plongeon et file vers la ligne de nage. Mes copines s'agglutinent autour de moi, me cajolent en riant.

Personne ne perçoit le sentiment qui est le mien. Cette séparation entre nous. L'exil, désormais, est mon royaume. Je m'emploierai à le cacher aux autres, en attendant ce jour où sera venu le moment de leur apprendre qui les gouverne.

Une déchirure du temps. Combien de minutes écoulées ? John avait trouvé les fillettes dans la grotte étendues sur le sol, comme assoupies. L'esprit frappé d'incompréhension, il s'était agenouillé près d'elles. La peau froide de leurs joues, ces petites nuques toutes raides... Son premier réflexe avait été de les serrer contre lui. Puis ça s'était arrêté là, dans le calme sidérant de son cerveau.

— John ?

La voix de Keen l'avait tiré de sa torpeur.

— John ?... Qu'est-ce qui s'est passé ?

— J'en sais rien...

L'archéologue s'était accroupi pour examiner les petites victimes.

— C'est fini, John. Tu ne peux plus rien pour elles.

— Je... Je sais.

— Il ne faut pas rester là.

— Non. Bien sûr.

Avec précaution, Keen avait pris l'une des fillettes dans ses bras.

Les trois petits cadavres furent disposés dans la remorque, recouverts du drap, l'écran de vidéosurveillance laissé sur le bord du chemin, à l'abri du soleil sous un tas de brindilles. John reviendrait plus tard le chercher.

Ils roulèrent sans s'arrêter jusqu'au musée. Une mouette sentinelle planait à faible hauteur au-dessus d'eux. À chaque coup de pédale, John avait l'impression de gravir une montagne de glaise. Tenir ces jeunes corps sans vie avait plongé son esprit dans le brouillard. Sa présence au monde en était ébranlée. Comme s'il pleurait à l'intérieur de son corps. Un dérèglement de toutes ses perceptions sensorielles. Le soleil commençait à taper sec, le mercure montait en flèche et il n'avait même pas pensé à nouer un foulard sur sa nuque. Keen, lui, avait boutonné sa chemise jusqu'au col et déroulé les manches.

Un véhicule d'urgence sanitaire médicalisé atterrissait devant l'ancien corps de ferme lorsqu'ils arrivèrent, couchant la végétation du souffle de ses hélices. Les deux urgentistes aussitôt débarquées avec leur équipement ne purent que confirmer le décès des trois fillettes. Le corps mutilé de la petite Bianca concentrait sur lui l'attention des deux jeunes femmes : s'il arrivait que des visions morbides sillonnent leurs songes, celle-ci les surpassait toutes.

— Vous avez prévenu le PCTS ?

Keen répondit par l'affirmative à l'urgentiste dont le regard gris, sous la visière d'une casquette en toile anti-UV, s'accordait à la couleur de sa combinaison étanche.

— Alors je suppose que le site a été fermé à la population et que les villages sont en alerte.

— Probablement, oui.

— Est-ce que vous savez si les victimes sont de votre secteur ?

— Au moins l'une d'elles.

Il s'aperçut que la jeune femme fixait l'écorchure à son arcade sourcilière.

— Qui a trouvé les corps ? reprit-elle.

John leva la main. L'urgentiste lui demanda de décliner son identité et d'approcher son bracelet d'une tablette qu'elle tira de sa sacoche. Les dernières données enregistrées par le BMH s'affichèrent sur l'écran. Elle les fit rapidement défiler.

— À quel endroit, exactement ?

Le technicien s'épongea la nuque avec son foulard et donna une localisation approximative du sentier et de la grotte.

— Bien... Un instant.

Elle se tourna vers sa collègue. Brève conversation ponctuée de haussements d'épaules. Elle tira de sa poche un talkie-walkie.

— Docteur Dapper à central. Vous me recevez ?

Le caractère exceptionnel de la situation les déstabilisait, perturbait l'organisation habituelle de leur mission. L'échange que la jeune femme aurait ensuite avec le central d'appel de l'hôpital communautaire mettrait Keen mal à l'aise : la question que se posaient les urgentistes était de savoir que faire des corps.

— De nombreuses morsures, oui. Mais elles ont pu être infligées post mortem. La cause du décès reste aussi à déterminer pour les deux autres. À vous.

Les accidents étaient rares, dans la communauté des villages. Généralement d'ordre domestique ou survenus dans le cadre d'une pratique sportive, ils relevaient d'un accident, d'une maladresse ou d'une complication pathologique indécelable. La prise en charge se faisait la plupart du temps en ambulatoire.

En cas de décès, on rapatriait la dépouille vers le Centre communal d'humification. La préparation d'un défunt se limitant à une toilette – l'usage de produits chimiques pour la conservation des cadavres n'avait plus cours depuis des lustres –, on le gardait dans un lit refroidi en attendant l'organisation de la cérémonie des adieux. Jusqu'à ce jour, aucun humain de la communauté n'avait été dévoré par un animal.

— Je n'ai jamais vu ça, non. Les plaies sont profondes et localisées au niveau des épaules et de la gorge. Je penche pour un loup. À vous.

Keen croisa les bras. Comment pouvait-elle en être si sûre ? La faune était abondante et variée, dans le secteur. Au sud du cap Blanc-Nez, terrain de jeu constant des marées, la dune et les marécages effaçaient leur frontière. Ce labyrinthe de canaux toujours changeants se découvrait lorsque la mer se retirait. Des crabes violonistes filtraient la vase pour en extraire les sédiments, recrachaient la terre sous forme de boulettes. Des eaux saumâtres émergeaient le dos écailleux de crocodiles, de tortues, de pythons ou de varans. Lors des grandes submersions du XXIe siècle, des spécimens issus d'une lignée d'animaux jadis élevés en captivité dans un parc animalier du Mont-Saint-Michel s'étaient répandus dans les rivières. Il ne leur avait pas fallu plus de deux siècles pour remonter et coloniser le littoral sur près de quatre cents kilomètres. Lors de ses explorations sur la rive, l'archéologue avait aussi aperçu l'empreinte de sabots. Biches et sangliers longeaient les mangroves, à l'orée des bois. Certes, le loup venait fureter dans les parages, à l'affût de proies, le museau en alerte, mais aussi le renard, quelques chiens errants et des lynx.

— Oui. Ce cas ne relève pas de nos compétences. À vous.

Aucun humain ne s'aventurait dans la forêt. Sauf en avril, pour récolter le miel des abeilles géantes. Une équipe allumait des fagots pour enfumer les ruches perchées en haut des arbres, une autre faisait le guet, la troisième récoltait la dîme, un miel cru aux propriétés antiseptiques, ne prélevant que le nécessaire pour ne pas endommager la ruche. La population des villages n'avait nul besoin de chasser pour s'alimenter, ayant depuis longtemps opté pour un fonctionnement autosuffisant. Entreposé au poste PCTS du phare et au PC relais de la coopérative, le matériel de capture - toute une gamme de sarbacanes, de projecteurs hypodermiques à gaz, à poudre ou pneumatiques pour l'administration de tranquillisants - avait rarement l'occasion de servir. Par prudence, Keen emportait avec lui un pistolet à air comprimé et des seringues hypodermiques lorsqu'il procédait à des fouilles sur d'anciens sites habités. Pour l'instant, il ne l'avait jamais utilisé.

— Bien reçu, central. Terminé.

L'urgentiste aux yeux gris se tourna vers l'archéologue.

— Est-ce qu'il y a un endroit où on pourrait mettre les corps en attendant de savoir quelle est la procédure à suivre en cas de... de mort suspecte ?

John et Keen échangèrent un regard. Les pensées de l'un coulaient vers l'autre.

— Vous pensez que les petites ont pu être... ?

La jeune femme coupa John.

— On n'en sait rien pour l'instant. Il faudrait faire un examen plus poussé des corps. Pratiquer une autopsie, comme c'était l'usage, autrefois. Mais nous, on n'est pas formées à ça.

Puis, se pinçant le nez, elle ajouta :

— Plus personne ne l'est, en fait.

La décision fut prise d'entreposer les fillettes dans la chambre froide du laboratoire où l'archéologue conservait des prélèvements et des échantillons de matériaux collectés. Les urgentistes regagnèrent ensuite le VUSM[1]. L'appareil décolla sans bruit dans un tourbillon d'herbes folles arrachées au sol. Son ombre passa au-dessus des deux hommes, debout dans la cour, abandonnés à leur sort.

***

Dans le lacet de son insomnie, Maud avait passé sa nuit à lire, à peine dérangée par le feu d'artifice et sa pluie d'étincelles qui scarifiait le ciel. Paisible et seule. Jusqu'à cet appel en visio, un peu avant 8 h 30. Elle s'était empressée d'y répondre depuis le pavillon des Arts où elle donnerait bientôt son cours.

— J'en étais sûre !

— Alors, on part toutes les trois ?

— Oui, Hasna.

Rachel, Hasna et Odette. Leurs visages incrustés sur l'écran de l'ordinateur, le sien juste à côté.

— Les filles, cet enterrement, on va le fêter comme des reines.

Depuis son canapé, en pyjama, Odette puisait dans un bol rempli de fourmis séchées croustillantes dont elle appréciait le goût acide et citronné. Elle plissa le front derrière sa monture de lunettes.

— On est vraiment obligées de se déguiser pour monter dans la navette de collecte ?

Assise à son bureau, Maud retint un sourire. S'habiller chic, elle n'attendait que cela depuis ce jour où, gamine,

1. Véhicule d'urgence sanitaire médicalisé.

elle avait en cachette glissé les pieds dans les escarpins de sa grand-mère, la veille de son départ pour le Grand Recyclage. Tête renversée, Odette avala une pincée d'insectes.

— ... Parce que les talons aiguilles, les jupes en tuyau de poêle et les pousse-nénés, franchement, très peu pour moi !

Maud s'était toujours imaginée partir avec ses amies, enchaînée comme elles aux caprices de son horloge biologique. Ce matin, elle guettait encore au courrier l'avis de retrait, en vain. Hasna plaça une main devant sa bouche et bâilla.

— Les hommes qui se travestissent en femmes sexy ont beaucoup de classe, et pourtant, ils sont loin d'avoir tes formes, chérie.

— Je ne parle pas d'esthétique mais de confort. J'aime pas quand ça me serre.

— C'est un costume symbolique, intervint Rachel. Une façon de marquer la fin de notre dépendance à la condition féminine.

Depuis qu'elle avait lancé la discussion, la coiffeuse affichait un visage imperturbable. Rien ne laissait supposer qu'elle venait d'apprendre son retrait. Hasna soupira.

— C'est quand même pas compliqué d'ouvrir son courrier. Keen est vraiment à l'ouest.

— Tu ne trouves pas ça vexant de ne pas être informée directement et que ton mec soit chargé de t'annoncer la nouvelle ?

— Odette a raison : c'est humiliant.

Rachel haussa les épaules.

— En principe, il est censé y mettre les formes, dire les choses avec infiniment plus de précaution et d'amour qu'une missive officielle. Une sorte de « prise en charge émotionnelle ». Et franchement, on en a besoin pour encaisser la nouvelle, non ?

— Tu es bien la seule à voir les choses de cette manière.

— Pourquoi sa réponse ne m'étonne même pas ? railla Hasna.

Maud, qui s'était gardée d'intervenir, proposa d'interroger l'IA, dont le cylindre, sur son bureau, prêt à répondre à tout type de demande, ne perdait rien de leur conversation.

— Hé, Maya, pourquoi l'avis de retrait n'est pas directement adressé aux femmes ?

Maya fit défiler son arc-en-ciel de couleurs – elle cherchait la réponse dans sa banque de données.

— Cette mesure, adoptée par l'ensemble des Gouvernances territoriales le 15 avril 2163, a pour but d'améliorer la gestion de stress d'une future Retirée. Avant cette date, il était fréquent que celle-ci ne communique pas en temps et en heure l'information de son retrait à son partenaire, engendrant par le fait des situations de haute tension et des pics émotionnels impactants. Responsabiliser le partenaire, c'est l'investir de sa mission d'accompagnateur, lui permettre de se préparer davantage aux changements qui vont affecter son foyer. Cette mesure offre à toutes et à tous la possibilité de vivre la situation avec sérénité, et aborde le retrait dans une logique d'accompagnement global de la cellule familiale.

Odette ricana, ce qui eut pour effet de secouer le bol de fourmis séchées posé contre ses seins.

— C'est bon, Maya, arrête ton boniment, on a compris.

Insensiblement, Maud baissa les yeux, effacée de la conversation dont le sujet ne la concernait en rien : une Isolée ne bénéficiait pas d'attentions particulières.

L'avis de retrait lui serait remis directement. De sa voix cassée et nasillarde, Odette reprit :

— Hé, Maya, si tu nous disais plutôt ce qui se passe quand on arrive au Domaine des Hautes-Plaines : est-ce qu'on nous balance tout de suite au fond d'une broyeuse ou est-ce que j'aurai le temps de me défoncer les neurones avec des shots d'alcool carabinés au milieu d'une myriade de nymphettes ?

— Odette Frévent, on ne plaisante pas avec le Grand Recyclage. Mais nous veillerons à exaucer tes vœux avant de te réduire à un petit tas de tablettes de couleur verte.

Éclat de rire général. Derrière la cloison mobile faite de bois et de papier, des ombres s'animaient. Les apprenants retiraient leurs chaussures dans le vestibule du pavillon, bientôt prêts pour leur leçon. L'intervenante en art-thérapie joignit les mains sous son menton.

— Il faut que je vous laisse, les filles. On se rappelle ce soir, et on s'organise pour les essayages chez Charlus ?

Fin de connexion.

Pieds nus sur le sol en tatamis, Maud traversa la pièce garnie de coussins colorés et ouvrit les rideaux qui masquaient le petit jardin intérieur autour duquel la classe distribuait les espaces de travail. Elle contempla l'alignement des roches plates sur le sable ratissé, la pierre à eau sous la palissade en bambous, les bouquets de fougères au bord du tapis de mousse, le mouvement gracieux des carpes tachetées dans le bassin de rocaille, la lanterne près de l'allée. Ce mélange de quiétude et de nature sauvage créait un paysage éloigné du réel. Son paradis perdu de poche.

Depuis le premier écoulement de lait maternel dans sa bouche, Maud n'avait pas eu d'autre ambition que de décupler le bonheur d'être vivante et d'en savourer les plaisirs.

Du groupe de filles, elle était la plus portée sur le sexe. Le sien, en particulier. Elle fut la première à se caresser. À faire part de ses sensations aux autres. Expliquer comment s'y prendre. Une jolie fille, Maud, des traits fins, des cheveux châtain clair, une silhouette équilibrée, peut-être un brin masculine, un côté grande gueule qui terrassait les garçons, une voix qui claque.

Pourtant, à quatorze ans, telle une feuille d'automne qui vibre puis vacille, Maud s'était détachée du groupe. L'angoisse était montée. La peur de ne pas suivre le même rythme de rapports charnels que ses copines, de perdre de la valeur à leurs yeux. Les imaginer en train de faire l'amour la remplissait de dégoût. L'adolescente s'était confiée à ses parents, à l'opératrice médicale, à un garçon qui lui plaisait, Soroh. Tous deux si complices, dans leur tête. Mais Soroh en voulait plus, et Maud n'éprouvait pas de désir sexuel à son égard. Juste de l'indifférence. Proximité platonique. Rupture. D'autres expériences similaires s'étaient enchaînées. À dix-huit ans, la jeune fille s'en était ouverte à Rachel ; la future coiffeuse s'entraînait sur sa tête pour la certification technique. Et son amie de poser un diagnostic, entre deux coups de ciseaux.

— Tu n'es ni frigide ni sociopathe. Si tu étais frigide, Maud, tu n'aurais aucun plaisir à te masturber. Et même s'ils ne sont pas d'amour au sens romantique du terme, tu éprouves des sentiments forts.

— Mais alors, qu'est-ce que j'ai ?

— Rien. Tu es *A*.

— *A* ?

— *A* comme *asexuelle.*

— Tu crois ?

Depuis son tabouret, avant d'attaquer la longueur de la frange, Rachel s'était penchée à son oreille pour ajouter :

— Asexuelle mais adepte de l'onanisme.

— C'est possible ?

— Évidemment.

Maud pouvait souffler. En sécurité, dans sa propre vie, rattachée désormais à ce petit groupe d'hommes et de femmes A issus de toutes les communautés territoriales. Elle pourrait jouir sans complexe avec ses copines de relations sincères et intenses, faites de tendresse et de marques d'affection physiques. Ça la rendait heureuse, d'apprécier tout autant d'être seule qu'à leurs côtés. S'accepter dans cette infinité de nuances. S'autoriser à ne pas éprouver de sentiment amoureux. Refuser la thérapie hormonale. Et par-dessus tout, vibrer de la liberté du don de soi : vingt années durant, Maud permettrait à des femmes infertiles de recevoir ses ovocytes. Participer au repeuplement, sans avoir l'air d'y toucher.

— Vous êtes là, madame Pamaturia ?

La voix étouffée du petit Norka Lopez. Une ribambelle d'apprenants de sept à huit ans attendaient leur premier cours de teinture sur soie.

Dans ces yeux avides de savoirs, les étoiles qui demain brilleraient. L'espoir pour l'humanité de reprendre un jour le cours normal des choses.

Enseigner aux enfants le bonheur de créer, le plaisir de palper la matière, de la transformer à volonté, selon l'inspiration, le goût et l'humeur, nouer à leurs poignets d'innocents bracelets avec du fil de corde tressé en récitant des poèmes, cela suffirait-il à les préserver des énergies négatives ? Cela suffirait-il à Maud pour tenir le coup, sans ses amies ?

Elle dégagea son visage en relevant ses cheveux, qu'elle fixa à l'aide d'une pince en bois de bambou. Avoir un an d'avance était un foutu piège qui se refermait sur elle. La sélection des Retirées se faisait d'abord sur le critère d'âge, et ensuite sur la base d'un bilan de santé. Avec son lot de pathologies fonctionnelles enclenchées depuis une ménopause précoce, sans parler de l'hypertension intracrânienne dont les épisodes se faisaient plus douloureux et plus fréquents, Maud savait qu'elle avait déjà atteint la phase d'obsolescence.

— Est-ce qu'on peut entrer, madame ?

Sa poitrine se souleva. Elle redressa les épaules et marcha jusqu'à la porte qu'elle fit coulisser.

— Belle journée, Norka Lopez l'impatient, sourit-elle. Belle journée à tous.

D'un geste, elle invita les apprenants à prendre place sur les coussins.

— Aujourd'hui, confection de kimonos et parures selon une technique ancestrale.

Réaction enthousiaste collective.

Imaginer, dans ce petit groupe, la présence d'un enfant conçu par son entremise était un sentiment puissant qui consolait Maud en toutes circonstances.

N'avait-elle pas assez reçu ?

Elle songea à cette vie bien vécue qu'était la sienne, à celle qu'il lui tardait de connaître bientôt, à ce passage vers une autre source de joie, un horizon de lumière et de tous les possibles.

Elle s'éclaircit la voix.

— Nous allons recourir à un processus de dessinteinture sur soie depuis la mise en couleurs jusqu'à la cuisson et au rinçage.

Elle demanda à Maya de diffuser une musique traditionnelle japonaise et tira de la poche de sa blouse une bobine de ficelle épaisse.

— Qui peut me dire à quoi ça va nous servir ?

Silence. Dans l'attente d'une réponse, Maud balaya du regard la pièce et remarqua, alors, deux coussins inoccupés.

— ... Sofiane et Grace ne sont pas là ?

À l'une comme à l'autre de ses questions, personne ne fut en mesure de répondre.

- 4 -

Le streaming dans un train qui roule à trois cent cinquante kilomètres-heure, l'aspirateur robot activé à distance pour ramasser les poils du chien, le four déclenché depuis le bureau pour gagner quinze minutes de préchauffage.

— Aujourd'hui, « l'ère du high-tech gadget et sa désastreuse inutilité ».

La craie de Mme Epignosi crissait sur le tableau. Je l'entends encore agacer mes tympans. Ses lettres bien formées inscrivaient alors dans nos caboches une histoire dont nous n'étions pas fiers.

Depuis l'apparition d'Homo habilis et des premiers outils, il y a deux millions d'années environ, l'humanité s'était peu à peu éprise de confort. L'hyperconnexion du début du XXIe siècle allait lui en donner plus que nécessaire. L'homme œuvrait alors à la réalisation d'un rêve : un espace urbain entièrement connecté. Il suffirait de se promener au volant d'une voiture autonome pour que s'affichent sur le pare-brise – ou directement sur le verre de ses lunettes – les pages web d'entreprises domiciliées au coin de la rue, les publicités de produits proposés, les plats à commander dans un restaurant, un date possible sur un *site de rencontres ou un créneau chez son esthéticienne, la notification d'un virement bancaire ou une vidéo virale sur les réseaux sociaux. Tout était possible, simultanément. Une frénésie de chaque instant, à chaque étape de la vie, du lever au coucher. La nuit, on pouvait encore confier sa matière grise à une application qui favorisait le sommeil en diffusant des sons, des musiques et des ambiances sonores stimulant l'imaginaire.* Homo sapiens *ne connaîtrait plus l'ennui.*

— Le cerveau humain a toujours été doué pour occulter ce qui ne lui convient pas.

Notre instructrice parlait d'une fuite en avant insoutenable. D'un côté, des gens s'organisaient pour récupérer des sapins de Noël après les fêtes afin de les entasser sur le littoral et faire barrage au vent, ce qui devait retarder l'érosion des dunes sur une petite île charentaise, et de l'autre, des clients commandaient sur un site de vente en ligne une boîte de café identique à celles qu'on trouvait dans l'épicerie en bas de chez eux. Le numérique permettait d'économiser certaines matières premières comme le papier, mais il était une insondable source de pollution, dont on sous-estimait l'impact écologique.

Mes camarades apprenants et moi-même imaginions combien, à cette époque, cela devait être pratique d'envoyer un courrier électronique à côté de chez soi ou à l'autre bout du monde sans payer un seul crédit. Nous savions cependant que l'empreinte carbone d'un e-mail stocké sur un serveur était infiniment plus lourde que celle d'une feuille de papier.

— Avec allégresse, nos ancêtres vont emprunter des chemins innombrables de surconsommation, sans songer aux conséquences, soit l'épuisement de ressources non renouvelables et la prolifération d'objets difficiles à recycler.

Des objets à « effet rebond ».

— De véritables bombes à retardement énergivores, précisa Mme Epignosi, dont l'efficacité facilite la consommation de masse pour un usage superflu.

Comme si soudain, il était devenu indispensable de jeter des déchets dans l'océan. Notre histoire passée est ce triste mirage dont la mosaïque d'images que Maya projetait sur les murs de la classe prêtait tant à rire.

— En 2016, une application mobile de réseautage social, développée par une entreprise chinoise, est lancée. Elle va rapidement contaminer la planète. Les gens sont friands de courtes vidéos - souvent trafiquées - sur lesquelles des personnes ou des animaux font, comme vous pouvez le voir, et à quelques exceptions près, n'importe quoi. Ils n'hésitent pas à se mettre en scène, instrumentalisent leur corps, les membres de leur famille et même leurs animaux domestiques.

Les vidéos sur les murs s'amarraient les unes aux autres. Pêle-mêle, une fillette en robe de princesse sur une planche à roulettes, une crème miracle qui aspire les points noirs, de jeunes mariés animés de mouvements symétriques saccadés, un chat lové dans une valise ou coincé dans un vase, la sortie de route d'un camion dont le chargement se répand sur une double voie de circulation, le faciès crispé d'un petit enfant qui se trémousse en serrant les poings, un tuto couture filmé en accéléré, la confection d'une brochette de hamburgers, et des visages hilares, affublés de calques animés, de groins ou de cornes, des figures lissées aux bouches sidérantes, des corps contrefaits, difformes, inhumains. Notre instructrice se tourna vers le tableau pour y écrire un chiffre.

— Quatre ans après son lancement, le nombre d'utilisateurs actifs mensuels de cette application atteignait...

Elle traça un cercle autour.

— ... Plus de 1,4 milliard.

Une consommation d'images supérieure à quatre-vingt-quinze minutes par jour. Les jeunes, cible majeure, dans l'œil du cyclone. Les répercussions sur leur santé psychique et mentale étaient proportionnelles à l'ampleur du phénomène, qui relevait d'une pathologie de l'addiction.

— Rendez-vous compte, les enfants : à cette époque, en une minute, dans le monde, les utilisateurs de cette application consommaient 167 millions de vidéos.

Qui pour entendre ce que la Terre murmure, ce qui se dit dans les profondeurs des océans ? Tête baissée sur leur smartphone, à la verticale de leur nombril, beaucoup de gens oubliaient qu'ils pouvaient encore agir. Nos ancêtres, pour la plupart, étaient les témoins aveugles de leur propre déchéance.

— Au début du XXIe siècle, les émissions de gaz à effet de serre liées au numérique ne cessant de croître, on se dirigeait vers l'effondrement mondial du système.

Le coût écologique des smartphones, rapporté à leur usage, n'en valait pas la chandelle. Il ne serait bientôt plus possible d'extraire la quarantaine de métaux qui les composaient. Deux raisons à cela : l'épuisement des ressources et la difficulté d'accès aux gisements de territoires placés au cœur d'un enjeu économique mondial, puits sans fond de conflits armés.

— Un téléphone portable dont la carte mémoire recèle toutes les données d'une vie, des drones activés pour livrer un mascara à domicile, des frigos connectés capables d'alerter sur une pénurie de jambon et de passer automatiquement la commande… Les consommateurs des pays aptes à développer ces technologies vivaient le conte de fées d'une croissance éternelle, au détriment des ressources de notre planète.

À y penser, cette époque me rappelait l'univers foutraque d'un livre que ma mère avait acquis pour quelques crédits au comptoir des ouvrages déclassés de la bibliothèque communautaire.

— C'est comme dans Alice au pays des merveilles, *madame.*

— Justifie ta remarque, Rachel.

— Eh bien, Alice est fascinée par un monde absurde et merveilleux, pareil à cette société sans bornes que vous décrivez.

— Pourquoi pas, en effet. Bien que la parution de ce livre soit antérieure à cette époque.

Notant les références de l'ouvrage au tableau, Mme Epignosi précisa :

— Son auteur, Lewis Carroll, qui était gaucher et bégayait, exprimait plutôt dans ses œuvres sa propre obsession pour le renversement et l'anormalité, ce qui fit de lui le chantre du non-sens.

— Mais, madame, cet engouement pour des technologies inutiles et nocives pour la planète, ça n'a aucun sens, n'est-ce pas ?

— Absolument aucun. Cette fascination de l'Homme pour ses propres inventions l'a d'ailleurs poussé à bien des excès. Même les pires.

Notre instructrice demanda alors à Maya de nous montrer des publicités qui marqueraient à jamais notre mémoire : des images de propagande du début du XX*e siècle vantant des produits à base de radium à usage non médical. De la laine, des sous-vêtements « indispensables aux enfants, aux adultes, aux vieillards, aux malades », des crèmes « radiacées » élaborées selon « la formule du docteur Alfred Curie » censées régénérer l'épiderme, des boissons chocolatées survitaminées au radium, des appâts radioactifs capables d'attirer les poissons et les écrevisses comme l'aimant attire le fer, des montres dont les chiffres brillent dans le noir. Et aussi des poudres, des savons à base de radium et de thorium, des sodas « atomiques comme* *la pile ». On éclata tous de rire lorsque la publicité pour des suppositoires radioactifs « à haute puissance » s'afficha.*

— C'est des fausses publicités, madame !

— Non, John, tous ces produits ont bien existé.

Nos chaises en bambou et en rotin, soudain, n'émirent plus le moindre grincement.

— Mais ils savaient que ça pouvait tuer des gens ? demanda Odette, incrédule.

— Ceux qui fabriquaient ces produits le savaient, oui.

Toujours plus loin, toujours plus vite, toujours plus féroce.

Il fallait bien qu'un jour, cela prenne fin et qu'Alice sorte de cet abîme.

Il fallait le Grand Effondrement de la civilisation fossile.

— ... Des questions sur ce chapitre ?

Aucune.

Apprenants frais du matin, nous étions déjà rincés de sueur, au bord de l'écœurement.

Toutes les technosolutions comme le moteur à hydrogène, les fermes verticales, les bateaux à énergie solaire, les robots autonomes pour le défrichage des champs, le partage numérique, le retour au téléphone filaire et à la radiodiffusion en modulation de fréquence, nous les appliquons encore aujourd'hui.

Et plus personne n'a l'idée de filmer des chiots mignons tout enrubannés ou des chatons tétant leur mère. Les grandes pandémies et la mutation des virus sur ces espèces animales ont entraîné leur abattage systématique.

À l'ombre de la pergola, John actionna le pistolet pulvérisateur du tuyau d'arrosage. Dans un dégradé de rouge et de rose, un filet d'eau coula de la remorque. Dos appuyé contre le mur, Keen observait la rigole en terre cuite se remplir et guider le petit ruisseau vers le récupérateur d'eaux usées enterré sous ses pieds. Depuis le passage des urgentistes, ils avaient à peine échangé deux mots. Respecté à la lettre la consigne – aucun lien avec l'extérieur, ne pas bouger une oreille tant que le service compétent n'avait pas repris contact.

Trente minutes à cogiter.

Qu'importait la bête, Keen butait sur la même question : qu'est-ce qui pousserait un prédateur à s'aventurer si près du village ? En admettant que ce soit un loup, alors il fallait envisager une meute. L'animal chassait rarement seul. Et dans le secteur, on n'avait jamais signalé d'attaque de loup sur l'homme.

Quelque chose l'avait attiré là. Une odeur aussi puissante que celle du gibier l'avait poussé à sortir des bois et à parcourir deux bons kilomètres.

L'archéologue soupira. Le temps, dans ce cas précis, ne faisait rien à l'affaire.

Sur le terrain, c'était l'opposé. Il pouvait passer des mois, des années sur un même site, avant que le miracle se produise et qu'il mette au jour la structure d'un monument ancien, tire de l'oubli les vestiges d'une civilisation, de précieux artefacts, récolte de longues lames en silex du néolithique, des haches de bronze, des poteries ou des objets rares issus de l'industrie plasturgique. Dans le cadre de l'archéologie préventive, Keen procédait à des fouilles de sauvetage sur des chantiers de construction du secteur pour prévenir la destruction fortuite de sépultures ou d'anciens habitats. Il était en capacité d'effectuer des prospections, de recourir à des techniques scientifiques comme la photogrammétrie, la datation ou le sondage du sol. Après la fouille, il travaillait dans son labo pour laver, trier, dessiner, scanner, modéliser. Entre deux accords de guitare, il interprétait, émettait des hypothèses sur les relations entre l'homme et son environnement, retraçait les événements ayant entraîné la destruction d'un site ou l'extinction d'une population. Par la suite, il rédigeait une synthèse de son travail de fouille. Les résultats de ses découvertes étaient diffusés par le biais de vidéoconférences, d'expositions et d'articles.

Dans le cas d'une potentielle scène de crime, qu'elle soit présente ou passée, Keen estimait que l'ensemble de ses compétences pouvaient s'avérer utiles. Une seule faisait exception : la patience. Cette compétence fondamentale du métier qu'il enseignait aux apprenants du CPA n'avait dans ce cas précis aucune raison d'être. Lui demander d'attendre les bras croisés qu'une instance supérieure se manifeste alors qu'une énigme hors du commun se présentait à lui était absurde. Il glissa les mains dans les poches de son jean.

— Qu'est-ce qui t'a donné l'idée d'aller vers la grotte ?

Accroupi, mastiquant son bâton de réglisse, John aspergeait le dessous de la remorque.

— J'en sais trop rien. J'ai pensé que la petite avait pu se perdre et venir se réfugier là, et qu'elle n'était peut-être pas seule.

— Tu connaissais l'endroit ?

— J'y allais souvent quand j'étais môme… J'y ai même emmené Rachel, une fois.

À ces mots, Keen baissa la tête. Ses cheveux tombaient de chaque côté du visage, cachant en partie ses joues.

— Et qu'est-ce que vous faisiez, là-dedans ?

— Des trucs de gosses, éluda John. Y a eu pas mal d'éboulements dans le secteur. Je ne savais pas si la grotte existait encore, alors, je suis allé jeter un œil.

Crispation des lèvres. La voix grave de l'archéologue descendit encore d'un ton.

— J'ai reçu son avis de retrait.

— Quoi ?

— Rachel.

— Merde ! Elle aussi ?

— Le courrier est arrivé depuis trois jours.

John fixait son ami de ses yeux bleutés presque transparents. Il se redressa, faisant craquer ses rotules, et replaça le tuyau sur son support.

— On a beau s'y attendre, bredouilla-t-il, ça fait quand même quelque chose, hein ?

Une même nuit leur glaçait le cœur. Deux femmes quitteraient bientôt le nid, les laissant avec cette impression d'inachevé.

— Comment ça se passe avec Hasna ?

— Elle remonte la pente. Les deux premiers jours, c'est difficile. Après, elles se font à l'idée. Et toi, avec Rachel ?

— Elle a l'air de bien le prendre, pour l'instant.

Un long silence se fit.

— Quand tu es arrivé dans cette grotte, reprit Keen, qu'est-ce que tu as vu, exactement ?

John haussa les épaules.

— ... Bah, j'ai vu les petites.

— OK, mais dans quelle position étaient leurs corps ?

Il plissa les paupières.

— Pourquoi tu me demandes ça ?

— Sur un chantier de fouilles, quand on trouve les restes d'un squelette, on s'intéresse d'abord à la façon dont ils sont disposés sur le sol. C'est une première indication. Ça nous permet d'en savoir plus sur la cause du décès.

John passa une main dans sa tignasse. Ses doigts tremblaient légèrement.

— Je ne sais pas si c'est bien à toi que je dois en parler.

— Si une personne a été victime d'une agression violente, elle se trouve sur le ventre, acculée contre un mur, ou sur le dos, jambes et bras écartés. Est-ce que c'était le cas ?

Le bâton de réglisse changea de côté.

— Non. Elles étaient allongées sur le dos, les bras croisés sur la poitrine, les pieds tournés vers la mer... Quand je les ai vues, j'ai d'abord cru qu'elles dormaient.

— On dort rarement les bras repliés sur soi.

— Je sais.

L'archéologue caressait sa barbe d'un geste machinal.

— Il faudrait retourner dans la grotte. Il y a certainement des indices qui...

— Ouais, bah, sans moi !

Le technicien retira le bois de réglisse de sa bouche et cracha dans la rigole.

— J'ai aucune envie de retourner là-dedans. Tout ce que je veux, c'est récupérer mon écran vidéo avant qu'il soit totalement cramé, et retourner bosser.

— John, je crois que tu ne réalises pas la gravité de la situation.

— Au contraire. Je sais très bien dans quel merdier je me suis fourré.

— La position des corps que tu m'as décrite fait penser à un rituel.

— ... Raison de plus pour qu'on ne mette pas notre nez là-dedans.

Tous les deux commençaient à transpirer à grosses gouttes. Perçant le feuillage des arbres, la lumière du soleil répandait sa pluie, couvrait de taches claires les pavés autour du jardin botanique aménagé au centre de la cour. L'air chaud oppressait leurs poumons.

— On en discute à l'intérieur ? proposa Keen.

John répondit d'un haussement de sourcils. Il connaissait le mari de Rachel depuis assez longtemps pour savoir qu'il était difficile de lui ôter une idée de la tête.

Derrière ses murs épais, le labo conservait une température de 22 °C. Keen prit place devant son PC et John fila vers le bioréfrigérateur mural en quête d'une bière. Boissons sans alcool, yaourts et fruits – minable. Il se rabattit sur l'évier contigu à la paillasse. Sans entrain, il saisit un verre en bambou pour le remplir d'eau au robinet et constata que sa main tremblotait toujours. Son BMH indiquait un niveau élevé de stress. Il replaça le bâton de réglisse dans sa poche, but son verre en silence, droit dans sa salopette, la mèche rejetée sur le haut du crâne, se resservit aussitôt et remplit un autre verre qu'il apporta à Keen. Celui-ci agrandissait différentes photos sur l'écran du PC.

— Elles ont été prises dans la salle d'activité du musée au cours des dernières sorties éducatives.

Il en sélectionna deux. L'une, recadrée, montrait le visage d'une rouquine, le doigt levé, bras tendu.

— C'est elle ? demanda John.

— Oui. C'est la petite Bianca.

Keen enregistra l'agrandissement, cliqua sur un autre cliché, zooma sur deux fillettes assises côte à côte, tenant entre leurs mains des dessins d'ammonites dont elles semblaient plutôt fières.

— Je savais que je les avais déjà vues. Elles sont dans une autre classe, en deuxième cycle d'apprentissage.

— Bordel de merde ! lâcha John.

— Trois gamines de notre village.

L'archéologue leva les yeux sur son ami, immobile à côté de lui : un verre dans chaque main, le technicien fixait la photo de Rachel, encadrée sur le bureau. Keen pivota doucement vers lui.

— C'est pour moi ?

John lui tendit son verre. Keen le remercia et but à petites gorgées, sans le quitter des yeux.

— Il s'est passé quoi exactement dans cette grotte avec Rachel ?

— Hum ?

— T'as essayé de l'embrasser ?

— Mais non.

— Moi, c'est ce que j'aurais fait.

Subitement, Keen reposa le verre.

— S'il y a quelqu'un qui connaît toutes les têtes du village, c'est bien elle...

Il déplaça les photos des fillettes dans son Cloud.

— Qu'est-ce que tu fais ?

L'archéologue ne prit pas la peine de répondre.

— Hé, Maya, lança-t-il, mets-nous un peu de musique pour détendre l'atmosphère.

— Avec plaisir. Quel est ton choix musical, Keen ?

— Rock Idol.

— Voici ta playlist. Bonne écoute.

— Augmente le son de 50 %.

La musique tonna. Keen se leva, prit le technicien par l'épaule et le poussa vers le fond de la pièce, à l'écart de l'IA.

— Écoute, fit-il à voix basse, ces urgentistes avaient franchement l'air dépassées par la situation. Si personne ne s'est encore manifesté, c'est que l'affaire a été confiée à la Gouvernance.

Les veines gonflées aux tempes, John jeta un œil à son bracelet : presque une heure qu'on les avait laissés seuls avec les cadavres des fillettes.

— Mais pour quelle raison ?

— Trois morts suspectes ! *Bloody shit !* On n'a pas connu ça depuis plus d'un siècle !

— Qu'est-ce que t'en sais ? C'est peut-être juste un accident, un jeu entre les petites qui a mal tourné...

Pour toute réponse, l'archéologue indiqua du regard la chambre froide.

— Le meilleur moyen de le savoir, c'est d'examiner les corps.

***

Rachel sourit à son reflet dans le miroir. La journée serait compliquée. Pas insurmontable. Elle avait assez d'assurance pour tenir la distance, accueillir ses clients, leur enfiler une cape de coupe, les installer sur le fauteuil en proposant un thé aux fleurs de monarde ou une chicorée, et les informer, le moment venu, de son retrait. Ensuite, elle n'aurait plus qu'à se laisser guider dans l'organisation des choses, l'enterrement de vie de maman étant l'affaire d'Hasna qui comptait en faire bien plus qu'une fête, une célébration de leur amitié en apothéose.

Dehors, peu de monde. La voie de circulation était étrangement calme. Ce serait une de ces journées où le printemps attise les braises de l'été, chaudes, indélicates. Ce soir, les choses seraient plus difficiles. Il faudrait annoncer la nouvelle à ses enfants.

Keen serait là, à ses côtés, pour tenir encore un peu les murs d'un monde en train de s'écrouler.

Comme elle l'avait fait courir, son homme, jusqu'à l'aurore. Frapper la balle, un coup à gauche, un coup à droite, habitée par la rage, le ressentiment qui soudain éclate, ce furieux héritage, transmis de mère en fille comme un regrettable flambeau que l'on se passe en se brûlant les doigts. Dans l'élan de son service, de sa raquette rabattue sur la balle, Rachel avait eu la sensation d'être projetée, de partir avec. Sous l'éclairage à LED orangé, la peau de Keen lui paraissait magnétique, les muscles de ses jambes plus durs, près de craquer, et son torse imprégné de transpiration sous le tee-shirt, ce doux aveu en forme de cœur, un appel à se coller contre lui et finir le set sous la douche.

De Keen, Rachel allait tout emporter. Mémoriser les sentiers de son corps, fixer l'étreinte de ses bras, l'impatience de ses caresses. Sa voix qui d'un gémissement l'attise. Et la lumière sombre de ses yeux, son front de marbre, gravé d'une pointe – l'implantation de ses cheveux vaillants, ténus –, la peau de son ventre, ses replis de velours. Compiler tout, jusqu'aux poils noirs à ses mollets. Sauvegarder ce qui pouvait l'être encore de leurs souvenirs. Vingt-cinq années de vie commune. Sky et Néo, sève de leur amour, fixés dans l'épaisseur de sa mémoire. De Sky, elle ne verrait pas les enfants grandir mais pourrait les imaginer, puzzles d'une infinité de pièces, entre père et mère. De son fils, elle n'emporterait qu'une esquisse. Il faudrait imaginer la suite, l'adulte qui se dessine. De quoi l'occuper longtemps, là-bas, quel que soit l'endroit.

À ses cheveux, Rachel noua un foulard chatoyant qui retombait le long du dos. Contre sa hanche, suspendu à une lanière, l'étui en cuir en forme de holster contenant son matériel de coiffage. Dégainer ciseaux, pinces, brosse et rasoir. Maîtriser la situation en toutes circonstances, même les pires, était sa ligne. Keen l'avait parfaitement compris. Tout reposait sur son ordre intérieur. Sa façon bien à elle d'aligner ses émotions comme on dispose les flacons de produits capillaires sur l'étagère. Le désarroi était là, à fleur de peau, mais contenu.

Elle regardait l'heure à son bracelet, redressait le menton, prête à accueillir son premier client, lorsque le téléphone sonna.

— Rachel ?

Une musique tonitruante en fond sonore rendait la communication difficile.

— Keen ? Je t'entends mal... D'où est-ce que tu m'appelles ?

— Du labo.

Le ton de sa voix trahissait une certaine agitation.

— Tu peux regarder les photos que je viens de mettre dans le Cloud ?

— Maintenant ?

— Oui. Maintenant.

— Mais ça ne peut pas attendre ?

— Non. Il me faudrait leurs noms.

— Les noms de qui ?

— Tu comprendras quand tu verras les photos. Est-ce que Maya a diffusé un message d'alerte ?

Sa question la troubla.

— Je ne crois pas, non.

— Toute la zone depuis l'entrée ouest jusqu'à la pointe du cap devrait déjà être fermée.

— Mais qu'est-ce qui se passe ?

— Désolé, *honey*, je ne peux rien te dire pour l'instant. Je te rappelle plus tard.

Puis, d'une voix radoucie, il ajouta :

— Ça va ? Tu tiens le coup ?

La phrase qu'il prononça juste avant de raccrocher acheva de la déstabiliser :

— Surtout, que Néo ne sorte pas du village.

- 5 -

Pour les chrétiens, l'humain avait été créé à l'image d'un dieu, là-haut, juste au-dessus de son berceau d'herbe tendre et d'eau fraîche. Mère Nature pouvait aller se rhabiller.

Après l'effondrement de la civilisation fossile et le début d'extinction de la race humaine, la foi en Dieu avait déserté l'Homme pour s'ancrer dans le sol. Toutes les théologies s'engouffraient dans le soutien d'un monde écolo-compatible. Il fallait bien composer avec l'époque et les circonstances, nouer les quelques bouts de ficelle qui tenaient encore la planète. Retricoter la foi sur un champ de bataille. On avait chassé l'idolâtrie de son trône, mis à terre la toute-puissance de l'argent. Restait à établir un rapport méditatif à la nature et à son spectacle divin, dont l'émerveillement éthique engendrerait la paix.

Un programme, appliqué à la lettre.

Nous n'étions d'aucune croyance, désintéressés des possessions superflues, façonnés pour le partage. Nos greniers, nos champs d'éoliennes sur terre et sous la mer, nos fermes, toutes nos ressources et tous nos savoirs étaient collectifs. Nos métiers revenus d'hier ranimaient des ateliers odorants, saturés du parfum des copeaux de bois, du fer mis au feu, de la laine grattée et tissée, des pains de savon au romarin, de l'osier trempé, des briques d'argile et des plantes distillées. Nous ne manquions de rien. La mort ne nous faisait pas peur, nous en avions apprivoisé l'usage et vivions dans une clarté heureuse. Pourtant, gouvernés, nous l'étions, de façon certaine.

Ce qui nous commandait et cassait nos pulsions mieux que les micro-injections d'hormones de synthèse dans nos organismes, c'était notre aversion pour la haine et l'agressivité. Ce qu'elles avaient, à tant d'autres époques, entraîné dans leur sillage. La souffrance, la violence et la destruction.

Il était inconcevable que l'un d'entre nous emprunte ce chemin. Aucun comportement chez les adultes n'appelait la colère. Et si de nos bouches s'échappaient des mots blessants, provocants ou humiliants, c'était par maladresse, non par calcul.

Le jeu puéril des claques ou des cheveux que l'on tire dans la cour de récréation pour savoir à quoi peut bien ressembler la méchanceté, ça nous faisait doucement rigoler. La douleur physique que nous éprouvions ne déclenchait aucun hérissement d'échine. On l'associait plutôt à une démangeaison. Pas de quoi fouetter un chat. Concernant la surveillance de nos désirs ou de nos excès d'humeur, nous pratiquions l'autorégulation. Former des couples reproducteurs n'était pas donné à tout le monde. Il fallait beaucoup s'aimer pour supporter les difficultés du parcours dans lequel on s'engageait. Mettre au monde, c'était accepter des grossesses qui ne seraient pas menées à terme, des bébés mort-nés, des injections quotidiennes d'hormones dans le ventre, des avortements thérapeutiques. Une fois l'enfant procréé, il fallait être à la hauteur, pouvoir l'aider à se construire dans l'harmonie d'un couple, préparer l'adulte du futur. Nous avions toujours le choix de nous laisser aller à toutes sortes d'aventures extraconjugales virtuelles. Mais aller à l'encontre de notre devoir premier, c'était mettre en péril l'humanité, qu'on se le dise.

Quant à imaginer qu'un crime puisse être commis, l'hypothèse même prêtait à sourire. Dans un village, on ne pouvait mourir que de façon accidentelle. Le quitter, en revanche, menait au trépas. La possibilité de survivre s'arrêtait en limite du territoire. Au-delà régnait l'animal. Aucun d'entre nous ne s'y serait risqué.

Terroriser la population restait le meilleur moyen de l'empêcher de réfléchir au bien-fondé des raisons qui la poussent à se calfeutrer.

À moins qu'une autre vérité ne se déploie sur nous.

Comme mon père et ma mère, je savais mieux que quiconque de quoi l'être humain était capable sans un fil à la patte. Il suffisait d'observer le jeu d'une enfant souffrant d'un trouble du spectre de l'autisme. Contrairement à la plupart des habitants de notre village, la violence et la mort faisaient partie de mon histoire. J'avais été aux premières loges.

La peine, la tristesse, ça nous vrillait autrement les tripes. Ces maux-là, de tous, étaient les plus dangereux. Et le BMH les combattait sans relâche, au risque d'abraser nos sentiments, de nous rendre inaptes à l'amour.

L'amour que l'on éprouve, que l'on reçoit ou que l'on donne, cette pierre angulaire de notre société nouvelle, ne devait en aucun cas se fissurer. Qu'elle se brise, et ce serait l'humanité tout entière qui dégringolerait. Quoi qu'on fasse, on en revenait toujours au même point : le destin de l'homme se résumait au contact d'une paume sur la tête d'un nouveau-né. À ce qui lui serait donné – ou pas. L'amour maternel, ce faux instinct pétri d'influences, d'antécédents et de craintes, ce mythe d'innocence et de pureté, était à l'origine de tout.

Trois cadavres, alignés sur les tables, au centre de la pièce. Keen Taylor ignorait combien de temps il avait devant lui pour les examiner. Il se contenterait d'une série de relevés photographiques effectués avec l'appareil à visée verticale. Tout en s'employant à détourner les yeux, John, à sa demande, décollait un morceau de tissu, soulevait une paupière, une main, écartait des doigts, des jambes, opérations que compliquait la rigidité cadavérique.

Le corps de Bianca était très abîmé, le sang épanché au niveau des lacérations, épais et fibreux. Les plaies, souillées de terre et de végétation arrachée à la lande, montraient avec quelle violence le corps avait été crocheté puis traîné sur le sol. Sur une partie à vif du fémur de la cuisse droite, Keen remarqua des entailles caractéristiques de morsures animales comme il en trouvait parfois sur des ossements mis au jour dans un chantier de fouilles. L'analyse des clichés permettrait d'en déterminer la nature exacte. Il s'intéressa aussi à une entaille au creux de la paume, trop nette pour avoir été causée par une morsure, et commune aux trois fillettes. Enfin, là où la bête n'avait pas planté ses crocs, il photographia la marque partielle d'un sillon au-dessous du larynx. Les mêmes stries apparaissaient sur le cou des autres petites filles, lesquelles montraient des contusions au niveau de la cage thoracique.

— Pourquoi tu m'as envoyé ces photos ?

Un appel de Rachel mit fin à la séance d'observation. Un bref échange s'ensuivit durant lequel l'archéologue tenta de résumer la situation à sa femme sans trop lui donner de détails. À l'autre bout du fil, Rachel accusait le coup.

— Celles qui sont assises côte à côte s'appellent Sofiane Sadhaj et Grace Nowak... La petite rouquine, c'est Bianca. Bianca Péronne.

Des habituées de son salon, toutes les trois. Depuis leur première coupe.

— ... Tu dis que John les a retrouvées dans la grotte ?

— Je pense qu'elles y ont passé la nuit, oui.

— Mais qu'est-ce que ces petites filles faisaient en dehors du village ? Et pourquoi leurs parents n'ont pas donné l'alerte depuis hier soir ?

— Je n'en sais rien.

Rachel soupira.

— Qu'est-ce qui leur est arrivé ?

Il était bien embarrassé pour répondre. Certains indices lui donnaient une petite idée sur le déroulé des événements ayant conduit les fillettes à la mort, mais impossible de confirmer sa théorie dans l'état actuel des choses. Il lui faudrait d'abord accéder aux ressources électroniques de l'Institut mondial de l'information scientifique et technique de l'archéologie et, parmi les contenus mis à sa disposition, chercher des documents relatifs à la pratique de la médecine légale, dont l'enseignement n'avait plus cours depuis près d'un siècle – en espérant qu'elles n'aient pas été considérées comme non pertinentes et reléguées sur une plate-forme d'archives nécessitant une demande d'autorisation avant consultation. Ce n'était pas non plus le moment d'ajouter au stress de l'épreuve que sa femme endurait et sur laquelle il n'avait aucune prise.

— C'est ce que j'aimerais comprendre.

— Est-ce que quelqu'un a prévenu leurs familles, au moins ?

— Pour l'instant, personne n'est censé être au courant… Je te rappelle dès que j'en sais plus, *honey*. Merci pour ton aide.

Il raccrocha. Cette journée n'avait pas fini de les mettre à l'épreuve.

Devant la fenêtre, près de la paillasse du laboratoire encombrée de flacons et de produits révélateurs, John écartait les lamelles du store, guettant un mouvement au loin. L'épisode dans la chambre froide l'avait remué. Blanc comme le carrelage du plan de travail, les lèvres contractées sur son bâton de réglisse, il luttait contre les images qui lui percutaient le cerveau. Impossible d'en comprendre l'origine et le sens mais il en percevait toute la bestialité : contempler le corps de la petite Bianca revenait à fixer un soleil noir. Keen prit quelque chose dans un tiroir de son bureau et se rapprocha de lui. Une bouteille de single malt de la distillerie locale atterrit sur la paillasse.

— Je crois qu'on l'a bien mérité.

John éprouva soudain un élan d'estime pour celui qu'il avait toujours considéré comme son rival.

— T'es bien un Écossais, marmonna-t-il.

Ils burent au goulot, l'un après l'autre.

Des notes de crème brûlée, pruneau et amandes grillées en bouche, dans un silence de mort.

***

L'Établissement communal d'enseignement collectif était situé dans la petite couronne du village. Havre de verdure, il accueillait les apprenants dès leur plus jeune âge, les enveloppait de bien-être et de savoir. Au milieu d'une végétation luxuriante, le bâtiment était presque invisible : sa coque incurvée de béton végétal semblait flotter au-dessus des arbres, comme en apesanteur. L'organisation des espaces fonctionnels en trois plates-formes d'apprentissage, interconnectées à deux niveaux sous la coque, favorisait les échanges. Quatre cours, placées sous de hauts puits de lumière et agrémentées de fontaines, s'ouvraient sur le ciel. Pour supporter le climat de la région – des étés caniculaires et secs qui s'étirent et des hivers relativement froids avec une forte pluviométrie –, le contrôle du débit de l'air était capital : des panneaux pivotants guidaient les courants chauds jusqu'au sommet des puits, charriant les cris exaltés des enfants en plein jeu. Des portes coulissantes en laine et fibre de bois, recouvertes de liège, assuraient l'isolation thermique et phonique des espaces dont le code couleur définissait fonction et niveau d'enseignement. Les baies vitrées des classes, des réfectoires et des gymnases donnaient sur le parc bordé de bancs. Répartis aux quatre coins de la structure, adossés aux murs, des brumisateurs s'activaient aux heures les plus chaudes, rafraîchissaient les esprits et maintenaient un taux d'humidité indispensable à la végétation. Le pavillon des Arts, reconstruit en 2181 après le passage d'un ouragan, où l'on enseignait la danse, le théâtre, les arts plastiques, la méditation, la musique, le chant et pratiquait l'art-thérapie, reconstruit en 2181 après le passage d'un ouragan, était accessible depuis l'entrée du bâtiment en suivant le parcours en lacets d'une allée pavée.

Glissade du bleu du ciel sur le miroir des canaux irrigants.

Les apprenants possédaient ce lieu qui les possédait en retour, avec cette même force qui forge les caractères et les différences, certains que le temps œuvrait à révéler, enrichir, consolider chacun d'entre eux.

— Est-ce que tu as une idée de la longueur de fil d'Écosse qu'il faut pour confectionner une paire de chaussettes ?

À peine sorti de la classe, Néo s'était lancé. Il avait posé sa question à Widad tout en fourrant le classeur du cours d'anthropologie dans sa besace. La jeune fille, qui marchait à côté de lui, leva les yeux au plafond.

— Comme technique de drague, t'as pas trouvé mieux ?

— Non.

— T'es quoi : un nouveau modèle de machine ultrapuissante à repousser les filles ?

— J'en ai une autre, tu veux l'entendre ?

— Si t'insistes.

— À quoi on ressemblerait si on avait des dents en mousse ?

Widad pouffa. Un encouragement à ne pas lâcher sa ligne.

— Et est-ce qu'on peut apprendre à nager avec des moufles ?

Le sourire qu'elle afficha allait suffire à sa journée. Même si elle le planta devant le CDI où elle disparut sans se retourner.

« Un nouveau modèle de machine ultrapuissante à repousser les filles. »

Elle avait du répondant, celle qui lui tournait le dos en classe, un rang devant. Widad Janville avait ce truc de passer au moins trois fois par heure une main sous son tee-shirt pour tripoter l'élastique de son soutien-gorge. Quand le tissu révélait le creux des hanches et les petites fossettes sur la peau caramel, Néo était tout chose. Sa question débile, c'était Charlus et son histoire de fil d'Écosse qui la lui avait inspirée. Une entrée en matière toujours moins lourdingue que le « Stérile ou fertile ? » balancé par ses potes dès qu'une fille bien foutue passait à leur portée. Et en général, ça fonctionnait : Néo récoltait au minimum un sourire, voire plus, si concordance des humeurs.

L'adolescent se dirigea d'un pas guilleret vers la cour du troisième cycle où convergeait son groupe d'apprenants. Il s'approcha de la fontaine en béton lissé et ôta ses espadrilles pour imiter ses camarades qui trempaient leurs pieds dans l'eau froide. Clapotis des conversations. Quelque chose se murmurait autour de lui. La lande, fermée jusqu'à nouvel ordre. Personne ne savait pourquoi. Sûrement la présence de bêtes sauvages, comme cette nuit. Une grosse claque dans le dos faillit le faire basculer dans le bassin.

— Hé, Néo ! Belle journée, mon pote.

Olan Quinze-Avril. Des cheveux en pétard, des verres de lunettes cerclés de bois, la mâchoire en galoche, deux belles incisives sous la lèvre supérieure, un mètre quatre-vingts et le pantalon trop court. Néo lui rendit le bonjour, cognant du coude son estomac. Le jeune garçon fit mine d'avoir le souffle coupé avant de prendre place à côté de lui, les pieds à l'extérieur du bassin. Il envoya valser sa paire de tongs en bambou et roula les bas effilochés de son jean.

— Ton père, comment il va faire pour revenir si la route de la falaise est fermée ?

— C'est sûrement provisoire. Enfin, je l'espère, parce que je dois aller l'aider cet après-midi pour finir de nettoyer les objets qu'on a trouvés sur le site de la ville engloutie.

— Paraît que ça pourrait avoir un rapport avec les apprenantes qui ont disparu.

— De quoi tu parles ?

Olan pivota et plongea ses arpions dans la flotte.

— Trois petites du deuxième cycle. Personne ne sait où elles sont passées. Y en a deux dans la même classe que ma sœur. C'est pour ça que je suis au courant.

— Quel âge ?

— Celui de ma frangine. Sept ans ou huit ans.

— Si elles s'étaient perdues sur la lande, leurs parents s'en seraient aperçus, non ?

L'adolescent déploya les orteils avec un soupir de satisfaction.

— Paraît qu'elles n'ont pas dormi chez elles, hier. Elles auraient raconté chacune à leur mère qu'elles passaient la nuit chez une copine, et apparemment, comme c'est un truc qu'elles faisaient souvent, personne ne s'est méfié.

— Alors, depuis hier, on ne sait pas où elles sont passées ?

Écartant les mains, Olan imita le bruit d'un pneu de vélo qui se dégonfle.

— Un drôle d'escamotage, ouais.

Néo se demanda comment des fillettes avaient pu avoir une idée pareille, et surtout, à quelle fin.

— C'est bizarre que trois gamines décident soudain de... *fuguer*. C'est le mot qui convient, je crois.

Son copain se gratta la joue.

— Ouais. D'autant que le chapitre « Enfance et psychologie au XIXe siècle », c'est pas au programme du premier cycle.

— Ta sœur t'a dit si sa copine avait l'intention d'aller dans un autre village ?

— J'en sais rien. Je l'ai croisée y a cinq minutes quand elle sortait du pavillon des Arts.

Olan fixait la coursive du premier niveau qui conduisait aux bureaux administratifs. Son coude cogna celui de son copain.

— Hé, ce serait pas ta mère, là-haut ?

Néo leva les yeux : c'était bien elle. Sa mère avait l'air de marcher plus loin que ses pas, d'aller au-devant d'un sérieux problème. Il la vit tendre la main au directeur venu à sa rencontre.

— Qu'est-ce qu'elle fait là ? s'étonna-t-il.

Olan sortit ses guiboles de l'eau, éclaboussant son voisin.

— T'as fait une connerie, récemment ?

— À part t'avoir laissé t'asseoir à côté de moi ? Non.

Le jeune garçon sourit, fixant le crâne chauve et lustré du directeur.

— En tout cas, c'est sûr, elle vient pas pour faire un brushing au dirlo.

***

Le titre du bouquin l'avait intrigué : *L'Archéologue, le Singe et l'Outil*. Grosso modo, son auteur affirmait que les singes n'avaient pas toujours été des bêtes, bien au contraire, et qu'ils faisaient jadis partie du monde humain au même titre que les ancêtres de l'Homme, capables comme eux de se servir de pierres taillées pour accéder à la nourriture. John Mělník en parcourait les premières pages lorsque le véhicule funéraire du Centre communal d'humification apparut au loin dans le halo de la fournaise, ballotté sur le chemin, une navette autonome à sa suite. Le technicien replaça le livre sur l'étagère encombrée d'ouvrages et d'artefacts poussiéreux.

— Voilà la cavalerie, grogna-t-il.

Derrière son bureau, l'archéologue se raidit. Il lui restait encore une dizaine de clichés à télécharger sur l'appareil de stockage mobile.

— *Fuck !*

En cet instant, il se trouvait à la frontière de ce qui serait bientôt visible, asservi à la fragilité d'une preuve et à cette réalité qu'elle n'a pas encore révélée, au comble de la frustration.

— *Come on...*

Un barrissement d'éléphant notifia la fin de l'opération. Keen retira la clé USB, pivota sur son siège à roulettes, chercha autour de lui un endroit où la cacher, se dirigea vers le tronc d'arbre taillé faisant office de porte-manteau, envoya valser le chapeau de paille suspendu là et empoigna le tronc d'un geste vif, sous le regard interloqué de John.

— Tu as l'intention de te battre avec ce truc ?

— Pas si tu me donnes un coup de main.

John l'aida à retirer le piétement en métal, un tube creux de quatre centimètres de diamètre. Keen y glissa la clé et replaça le tronc sur son support sans l'enfoncer jusqu'au bout. Satisfait, il ramassa le chapeau dont il se couvrit la tête et sortit ouvrir le portail.

Deux assistantes médicales polyvalentes rattachées au CCH[1] déchargèrent du premier véhicule un brancard à coque rigide. Derrière elles, un type d'une cinquantaine d'années, vigoureux et trapu, suivait avec une sacoche : Oscar Prodotis.

— John, Keen, belle journée... soupira-t-il.

Les mains se tendirent. Le technicien était soulagé de le voir débarquer. Depuis les bancs de l'ECEC, ils

1. Centre communal d'humification.

avaient cramponné la vie avec le même souffle, rêvé d'horizons semblables, humant les parfums merveilleux des premiers jours de pluie. Lors du dernier Conseil villageois, Oscar avait été désigné comme chargé des relations avec la Gouvernance territoriale. Un poste tournant dont chaque adulte du village héritait un jour ou l'autre pour la durée d'un semestre. Un type plutôt sympa, Oscar. Keen aussi le connaissait ; en dehors de ses fonctions au Conseil, il exerçait le métier de maçon et de chef de chantier. La restauration du corps de ferme qui abritait maintenant le musée s'était faite en partie sous son expertise. Il était intarissable sur le patrimoine rural bâti des caps et marais d'Opale. Mais sa présence n'avait pas pour but de contrôler la réfection du mur de façade.

— Bon sang, les gars, dit-il, passant une paluche rugueuse sur sa figure, qu'est-ce qui vous est tombé dessus ?

Après un rapide résumé de la situation qui confirmait les informations transmises par les urgentistes, Keen conduisit Oscar et les assistantes médicales jusqu'à la chambre froide. Passé un premier moment d'effroi à la vue des petites victimes, les deux femmes placèrent Bianca sur le brancard avec d'infinies précautions.

— Est-ce qu'il est prévu que quelqu'un de compétent les examine ? demanda Keen.

— On n'en sait rien, répondit la plus âgée, qui devait avoir dans la trentaine. On nous a juste dit de les préparer.

— Les préparer à quoi ?

La question sembla les surprendre.

— Pour la cérémonie des adieux, répondit l'autre d'une voix douce.

Keen croisa le regard de John, resté près de la porte : ce qu'ils redoutaient était en train de se produire.

Il se tourna alors vers Oscar, lequel ne parvenait pas à détacher les yeux du spectacle qui s'offrait à lui.

— Oscar, tu vois bien qu'il y a un problème, non ?

— L'un des corps est très abîmé, effectivement. Mais on va faire en sorte que cette petite fille soit présentée le plus favorablement à sa famille, ajouta-t-il, comme pour se rassurer.

— Leur mort n'est pas naturelle.

— Non, bien sûr, c'est évident. Mais la priorité est de rapatrier les dépouilles au CCH.

Le maçon fit signe aux assistantes d'emporter la dépouille de Bianca, avant de poursuivre :

— La Gouvernance réfléchit encore à la meilleure façon de présenter les choses aux proches et à la communauté.

L'archéologue eut un sourire perplexe.

— Ce n'est pas ainsi qu'il faudrait procéder : de toute évidence, ces fillettes ont subi des violences. On doit d'abord essayer de comprendre ce qui s'est passé, et cette compréhension passe par l'expertise des corps.

Le bonhomme gratta son front dégarni. En dépit de la température basse de la pièce, il transpirait abondamment.

— Je peux te parler en privé ?

Keen comprit alors que quelque chose était en marche. Un processus au mépris de la vérité, et qui allait à l'opposé de ses convictions.

Il se contenta de hocher la tête et d'indiquer la direction du labo.

D'aussi loin que remontait l'histoire de l'Homme, de tous ses crimes, le plus grand demeurait sa faculté à en nier l'existence. Parfois, il allait même jusqu'à les effacer.

- 6 -

C'est là que nous vivons.

Sur la rive heureuse d'un lieu éclos de ce rêve que peu d'hommes croyaient encore possible : celui d'une utopie qui donnerait tort aux récits futuristes imaginés au cours des siècles derniers. Prophètes en toc, écrivains sociopathes, philosophes déconfits, astrologues azimutés, informaticiens au bout du rouleau et cinéastes brindezingues y sont allés franco pour dépeindre un avenir crasse, dominé par la violence, les machines, les cataclysmes et les aliens. Bouquets de traumas en évidence sur la commode, on y oppose les faibles aux puissants, la beauté à la laideur, le progrès au passé. L'humanité, réduite à un gibier asservi tel un troupeau de vaches abandonné à son sort dans un champ de ruines truffées de zombies. Une pauvre chose, sous le joug d'un destin tyrannique. L'espoir, on le ramasse à la petite cuiller. Combien de films, de livres aux projections pessimistes, concentrés sur une source majeure qui répandrait le mal, faisant de la femme le sempiternel objet dont on dispose, mobilier jetable, androïde qui dit oui, Lolita presque à poil qui cherche son mâle. Une moitié de l'humanité avilie, affublée parfois de valeurs viriles pour faire d'elle une combattante dont le sacrifice, au bout du compte, ne serait pas tout à fait vain.

Ce concentré de sottises avait forgé en moi une jeune fille optimiste car l'évidence était là : ce que je voyais autour de moi contredisait en tout point ces fadaises. Nous avons mis à bas une société hiérarchisée pour s'affranchir de toutes formes d'inégalités, aménagé et redéfini nos contrées selon les enjeux climatiques, bâti des communautés de villages autosuffisants, gagné notre autonomie alimentaire, rempli nos caves de vins issus de nos vignes déplacées, instauré un système de recyclage en circuit fermé. Les enseignements, les apprentissages, les loisirs, la culture, le sport et les soins sont gratuits, nous bénéficions d'un revenu universel, le travail à la mission est devenu la norme, les Gouvernances territoriales nous fichent une paix royale et notre bilan carbone est nickel.

Rive heureuse d'un monde généreux.

Des cours d'empathie, dès le plus jeune âge, nous apprennent à reconnaître l'autre dans ses besoins, ses sentiments. Des crédits pour un don du sang, un partage de connaissances, une action collective, la prise en charge d'une personne en difficulté ou le nettoyage d'une voie de circulation, nos villages récompensent leurs habitants comme on flatte le chien sans chercher à lui prendre l'os. Chacun l'accepte et a le choix d'en profiter – ou pas. Dans ce dispositif, contrairement à ce que la Chine allait instaurer au début du XXIe *siècle, ni pénalité, ni dénonciation, ni punition. Nous ne serons jamais une société orwellienne, nous n'obéissons à personne, et personne ne contrôle nos faits et gestes car en cela, naturellement, nous excellons.*

Ni chef, ni maître.

Le classement, à la porte.

Ni mauvais élève, ni piètre villageois. Chacun trouve sa place, sa valeur et son métier, selon son bon vouloir, ses appétences et sa médiocrité. Les moins intéressants d'entre nous s'ostracisent d'eux-mêmes, las de ne pas trouver d'oreille attentive à leur fainéantise, leur égocentrisme. Il leur faut bien du courage alors, ou de l'abnégation pour revenir de cet exil, et comprendre qu'il n'y a pas d'autre chemin que celui de l'effort et du collectif, de l'amour et de l'altruisme.

Certains ont besoin de se brûler les doigts pour comprendre les méfaits d'une flamme sur la peau.

Les tâches d'entretien du village, qu'il s'agisse de propreté ou de sécurité, nous concernent tous. Un roulement est mis en place et, tour à tour, nous en prenons soin. Nous sommes une communauté solidaire, jusque dans la collecte de nos déchets et la veille de nos nuits. Plusieurs fois au cours de notre existence, par tirage au sort, une bille de bois numérotée tombée d'un boulier nous ouvre l'accès au Conseil villageois des enfants, des jeunes puis des adultes. Six mois durant, nous apportons notre voix, nos idées, notre créativité et en sommes pleinement remerciés par la réalisation de certains projets, élaborés sur la base de nos propositions visant à améliorer le quotidien de la communauté. Sentir que l'on participe aux décisions et que, chaque jour, on apporte sa pierre à l'édifice, quel moteur inouï d'unité et d'harmonie.

Oui. Rive heureuse prompte à nous louer.

Sensible à nos joies, mais insensible au destin de nos mères.

Les arbres généalogiques aux murs de nos habitations en sont la preuve : certificats de citoyenne modèle, décorations, citations flattant l'orgueil d'une famille sur plusieurs générations… De quoi légitimer la décapitation des arbres à tête de femme ayant dépassé la date limite de procréation.

Petite, cette fresque me déplaisait. Je trouvais injuste de récompenser les disparues plutôt que les vivantes, et jalousais les gratifications de mes aïeules. J'estimais que, pour supporter ma sœur, ma poitrine aurait déjà dû s'orner de médailles. Chaque minute de mon existence était attachée à celle de ma cadette, chaque pensée habitée par elle. Mais personne ne prêtait attention à cela. Pas même mon père et ma mère.

Comme tout enfant ayant grandi aux côtés d'un frère ou d'une sœur atteint d'un trouble du comportement, je devais sans cesse contrôler mes émotions pour ne pas ajouter à la charge mentale de mes parents. Être la grande sœur parfaite. Les consoler était cependant un combat perdu d'avance. J'en arrivais à ne plus savoir qui j'étais vraiment, dominée par des fantasmes agressifs, inconscients, que je retournais en sollicitude pour ma sœur quand elle me frappait et, plus tard, que je transformerais en rejet envers certains garçons lorsqu'ils s'approcheraient avec trop d'élan. Un corps toujours sur la défensive, appréhendant d'être touché, marqué, poussé par l'autre.

Le décès de ma sœur ferait de moi une coupable.

Coupable d'avoir survécu, de ne pas avoir péri avec elle, étouffée par la fumée de l'incendie qui ruina notre village.

La nuit, j'interroge le souvenir de sa mort. En cherche la raison. J'ignore ce que j'espère changer du passé. Il cogne en moi, je n'y peux rien, et rend parfois l'air irrespirable. Trop de mots fugitifs, de passages mal négociés avec ma cadette, et sa langue secrète qui parfois revient se frayer un chemin entre l'oreiller et mon cœur.

À seize ans, j'imaginais le Grand Recyclage comme une machine qui me laverait de tout et me sortirait de son tambour propre et neuve. Un sacré bénéfice, même si elle emportait d'un coup tout le reste de ma vie.

Un mal immense pour un petit gain de peine.

Sur cette rive heureuse, pétrie de certitudes, j'ai tenu le coup, vaille que vaille.

Et Maya s'est chargée de me formater le cerveau avec tendresse et conviction.

Le mien, et celui de tous les autres.

Il n’y aurait pas d’examen des corps. Et l’accès à la grotte serait interdit jusqu’à nouvel ordre. Oscar Prodotis se chargea d’expliquer à Keen Taylor que personne, tant au niveau du Conseil villageois que du côté de la Gouvernance, ne souhaitait pousser plus loin les investigations. On ne pouvait imaginer une situation qui sorte de l’ordinaire.

— Un accident, insista-t-il. Il ne peut s’agir que d’un accident.

À travers les persiennes, l’archéologue suivait du regard les assistantes médicales qui chargeaient les corps à bord du véhicule funéraire avec l’aide de John.

— À propos, tu as fait passer à Rachel une photo des fillettes ?

Il ne répondit pas.

— Parce qu’elle est allée voir Flavio De Lagos à l’ECEC. Ta femme voulait savoir si les petites avaient eu un comportement différent en classe ces derniers jours.

— Ce seraient tes gamins, tu n’aurais pas envie de le savoir ?

Oscar posa sa sacoche sur le bureau, en extirpa une tablette. Sur l’écran tactile constellé de traces de doigts s'affichait un graphique : il indiquait le niveau d'activité globale des BMH dans le secteur du village en fonction des heures de la journée. Celui-ci grimpait de 5 % à 30 % durant le dernier quart d'heure.

— Ce n'était pas une bonne idée, observa-t-il. Toute la communauté est maintenant au courant de leur disparition.

— Au cas où tu l'aurais oublié, mon métier consiste à reconstituer notre histoire passée, qu'il s'agisse des grandes invasions vikings ou des dernières vingt-quatre heures. Il n'y a aucune différence à l'échelle du temps de notre planète.

Keen lâcha son poste d'observation et retourna à son bureau.

— Quant à Rachel, ajouta-t-il en se laissant tomber sur son siège, elle a agi comme n'importe quelle mère soucieuse des enfants de la communauté.

— Je le sais bien, ce n'est pas moi qui vais vous en blâmer : personne ne sait comment se comporter face à une telle situation. Voilà pourquoi il faut être prudents et prendre le temps de réfléchir.

— Réfléchir à quoi ?

Après avoir cherché une réponse adéquate, Oscar émit un soupir.

— On ne doit pas déclencher un vent de panique. Il va falloir garder certains détails de cette histoire pour toi et l'oublier quelque temps.

L'archéologue croisa les doigts sur son ventre.

— Jusqu'à quand ?

— Je ne sais pas. Le temps qu'il faudra pour préparer la population.

Oscar lui tapota l'épaule.

— Le Conseil reviendra vers toi tantôt, sois tranquille.

Puis, du bout des lèvres, il ajouta :

— Avant de partir, je dois procéder à une vérification de ton PC.

— Une vérification ?

— Les deux dernières heures d'activité.

L'archéologue se redressa, hésita un instant puis pianota sur le clavier de son ordinateur. L'écran de veille laissa place à une ribambelle d'icônes.

— Fais comme chez toi.

Oscar approcha la tablette de l'écran et enclencha le scan. Les relevés photographiques effectués sur les cadavres s'affichèrent presque simultanément.

Du dos de sa paluche, le maçon essuya son front en découvrant les plans serrés sur les peaux bleuies des visages, les pigmentations apparentes sur certaines zones des corps.

— Je l'aurais parié, grimaça-t-il.

De l'index, il balaya la surface de la tablette et les clichés disparurent de l'écran du PC. Il remit son matériel dans la sacoche et, prêt à partir, jeta un regard oblique à l'archéologue.

— Tu n'étais pas censé prendre ces photos, Keen.

— J'ai fait ce que j'ai cru utile.

— Mais à quoi ça peut bien te servir ?

— À déterminer les causes de leur mort.

— Ces images sont répugnantes.

— La vérité n'est pas toujours jolie jolie.

— La vérité, on s'en fout. La communauté a toujours agi au mieux. Il faut lui faire confiance. Tu en fais partie, toi aussi, non ?

Exaspéré, Keen donnait de légères impulsions à son siège qui pivotait sur son axe de droite à gauche. Tête basse, Oscar se dirigea vers la porte.

— Belle journée, Keen. Embrasse Rachel pour moi.

La voix de l'archéologue lui parvint alors qu'il avait la main sur la poignée.

— Si jamais il s'avère qu'un « accident » du même genre a lieu dans les jours qui viennent, on fait quoi ? On attend la prochaine glaciation avant d'agir ?

Choc thermique. Dehors, le thermomètre affleurait les 37 °C. Oscar haussa les épaules.

— Ça n'arrivera pas, répondit-il.

COLLECTER

« Et quand une chose est finie,
seuls les endroits où on a souffert
sont supportables.
Si on retourne aux lieux de son bonheur,
le cœur éclate de chagrin. »

Dorothy PARKER, *La Vie à deux*

- 1 -

La monture des lunettes aplatit ses cheveux blancs sur les tempes. Des boucles grises plus coriaces rebiquent sur la nuque. Il palpe le haut de son crâne, plisse les paupières.

— Pas sûr qu'il y ait grand-chose à ratiboiser.

— Enfile ça au lieu de dire des bêtises, papa.

Derrière son cou, je noue les lacets de la cape de coupe. Je lui propose quelque chose à boire avant de le conduire au bac de lavage, lui rapporte un verre de mélisse et de violette infusées, retire ses lunettes.

J'ai utilisé un shampoing sec à base de bleuet, d'argile blanche et d'huile de graines de brocoli, j'ai massé longuement le cuir chevelu avant de chasser la mousse sous un filet d'eau, mesurant l'importance de chacun de mes gestes.

Tenir une dernière fois sa tête renversée vers moi.

Frictionner ses cheveux avec une serviette parfumée à la lavande.

— Merci, chérie.

Charlus Fisher, mon grand homme, à hauteur de ma taille. Mâle qui résiste comme un songe s'éternise.

Je l'installe sur le fauteuil en cuir face au miroir, vaporise une lotion réparatrice aux extraits de prêle et d'huiles essentielles, prends ma place sur le tabouret derrière lui.

Sa peau fripée, cartonnée. Ce nez fort et galant qui domine, impose la vigueur et la finesse de ses jugements. Je souris à ce visage. Tire de ma poche revolver une paire de ciseaux.

— Ça devrait être à moi de partir. Pas à ma fille.

Le monde s'éteint entre ses mots.

Il a été le premier à savoir, après Keen. Depuis deux ans, mon père redoutait l'annonce de mon retrait, y pensait à chaque période de collecte. Une fois passée la navette autonome, il songeait « Un jour de plus de gagné avec ma fille ». Il m'a dit :

— Ça ne rend pas les choses moins douloureuses.

Cliquetis des ciseaux effleurant les dents du peigne.

Boire nos silences. Au fond de nous, la séparation prend son élan.

Un dernier coup d'œil au miroir, une noisette de cire pour discipliner l'épi, et je rengaine mon outil.

— Tu es sûr que tu ne veux pas te joindre à la fête, ce soir ?

— Les enterrements de vie de maman, ce n'est plus de mon âge. Mais tu peux compter sur Maëlle… Nous nous verrons demain. Profites-en bien.

Il est ressorti de mon salon plus beau que jamais, coiffé de son vieux panama. Il m'a adressé un clin d'œil avant de s'en aller.

Mon plus fidèle client. Tu seras le dernier.

Dans la masse des nuits à venir, à tâtons, je chercherai ton visage.

Papa, délivre-moi de l'enfant qui se débat encore contre son destin.

Elle se retournait au passage des invités. Les manches de son peignoir kimono de satin voletaient derrière elle et le parfum piquant des flambeaux imbibés d'huile à la citronnelle lui chatouillait les narines.

Hasna donnait l'impression d'être partout. Chuchotait quelques mots à l'oreille de l'un, inclinait la tête contre l'épaule de l'autre, hochait le menton en souriant puis repartait, la démarche chaloupée, un dragon d'or brodé dans le dos. Ravie d'apercevoir des amis se présenter à l'entrée du bunker, elle sautillait presque en leur adressant un signe. Ils y répondaient avec chaleur, agitaient le collier de fleurs en papier dont on avait paré leur cou. Hasna frappait alors dans les mains, reprenait son verre et s'éloignait paresseusement en y trempant les lèvres, buvait une ou deux gorgées et, ni vue ni connue, jetait le reste dans l'herbe bleue du crépuscule avant de rejoindre les invités.

Le choix du thème de la soirée, de la musique et des plats que les invités apporteraient, c'était elle. Bouchées de truite fumée à la réglisse de nos jardins, tartines aux germes de poireau vinaigrés et œufs mimosa sur pain de cannabis, sablés de grillons et crottin de chèvre, ravioles aux insectes, aux algues et au pesto, purée de fruits aux agrumes et au miel, crème de fleurs de monarde, houmous au caramel et vers de farine, flan au sésame et bonbons bananes. Odette s'était chargée des boissons, Maud avait sélectionné les costumes et les accessoires prêtés par le Comité des fêtes et des divertissements de la communauté des villages, fabriqué à elle seule toute la déco. Rachel s'était occupée de la répartition des tâches dévolues à la famille et aux proches amis durant la soirée : désormais, jusqu'à la collecte, afin de profiter pleinement d'un temps de célébration et de recueillement, une Retirée devait être déchargée de toute responsabilité.

L'ancien blockhaus où se donnait la fête était situé non loin du village, à moins d'un kilomètre de la mer. Dévorée par la végétation et renforcée au mortier de chanvre, sa carapace de béton armé de dix mètres de haut et de trois mètres cinquante d'épaisseur protégeait les vestiges d'une chambre de tir. Elle abritait un local circulaire en forme d'amphithéâtre, bordé de gradins et d'une passerelle. Aménagée en hauteur, cette dernière donnait accès à l'extérieur par une petite ouverture où aboutissait jadis une ancienne voie ferrée. Au centre du dôme, une cuve avait reçu la tourelle blindée d'un canon d'une redoutable puissance de feu. Elle était à présent transformée en piste de danse et festonnée de LED bleu lagon.

Converti en musée, l'ouvrage militaire avait périclité après les grandes pandémies, faute de visiteurs. Pillé, vandalisé, oublié sous un barbelé naturel de ronces à la lisière de la forêt, il avait été question de le raser après le vote de la loi terrienne sur la destruction de toute arme et tout arsenal de guerre. Mais les habitants du village s'y étaient opposés.

Des quatre casemates que les Allemands avaient construites en contrepente sur un petit plateau à trois kilomètres du cap, la batterie Todt était la seule à avoir résisté à l'épreuve du temps. Vestige d'une période de l'histoire qui vous clouait au sol à sa seule évocation – la Seconde Guerre mondiale –, la bâtisse serait entretenue et préservée tant qu'elle tiendrait debout et répondrait aux normes de sécurité. John Mĕlník y avait établi son QG et y stockait son matériel, occupant une partie des mille deux cents mètres carrés dans les abris aménagés sous terre remarquablement conservés, ceux-ci présentant l'avantage d'être tempérés à toute époque de l'année. C'est ce décor postapocalyptique qu'Hasna avait décidé d'investir pour célébrer son retrait et celui de ses amies. Le monde présent était pourri, il ne fallait pas chercher plus loin ici que ce qui était devant soi, et rien n'était mieux adapté à la perspective du Grand Recyclage qu'une chambre de tir (capable de résister à des obus explosifs de sept cent soixante kilos et à des bombes perforantes) convertie en dôme des plaisirs.

Une baie vitrée dont les pans pivotants s'ouvraient sur une forêt de lianes et de bambous obturait l'embrasure de tir, orientée face aux côtes anglaises aujourd'hui submergées. Dans le vaste local, un buffet garni avait été dressé sur toute la longueur du premier gradin, et le sol tapissé de feuilles de bananier. Des cocotiers peints sur du carton décoraient les murs et des guirlandes de fruits exotiques en papier, suspendues à la passerelle circulaire, tournoyaient sur elles-mêmes. Au bord de la piste de danse, à l'aide de baguettes reliées à des bouts de ficelle trempés dans des bassines d'eau savonneuse, des invités se démenaient pour former des bulles géantes qui s'éparpillaient au-dessus des danseurs ; éclater leurs transparences miroitantes d'un jet de boulette tiré à la sarbacane ou d'un coup de chapeau pointu était plaisant. Mais la grande attraction se trouvait à l'extérieur. John avait récupéré un radar de contrôle routier sur une ancienne voie de circulation aujourd'hui éclipsée par la végétation, à l'est du territoire. Il l'avait démonté, rafistolé, équipé d'un capteur d'énergie solaire et d'un nouveau système numérique, avait changé le dispositif de prise de vue, la lampe flash, réglé l'appareil sur une vitesse de huit kilomètres-heure et l'avait fixé le long d'un rail, vestige d'une voie ferrée qui acheminait jadis des wagonnets de munitions directement dans la casemate. Des fragments de traverses étaient encore visibles sous une moquette de trèfles. Les gens s'amusaient à courir devant le radar, seuls ou à plusieurs, pour déclencher le flash. Les photos étaient directement envoyées à une imprimante, dans le hall, et les clichés punaisés au mur montraient des figures enjouées.

La fête commençait à peine. De ses nombreux cylindres disposés dans l'arène de béton, Maya propageait une habanera enveloppante qui laisserait bientôt place à des chansons tout aussi dépaysantes ; sambas lointaines, cucarachas révolutionnaires, boléros électro, *Chica Chica Boom Chic.* Vertu euphorisante de la danse. Dopage des neurohormones, shoot d'endorphines, de dopamine et d'adrénaline. Les cylindres clignotaient au rythme de la musique, balayaient le plafond de faisceaux lumineux ou projetaient des extraits d'archives cinématographiques. Époque technicolor, rochers en carton-pâte. L'exotisme des îles s'incarnait alors en de jeunes vierges à demi nues sacrifiées pour un singe géant, un volcan au bord de l'éruption ou un coffre recouvert d'or, bientôt sauvées par des chasseurs blancs imberbes et gominés. Un goût de l'ailleurs et des paradis perdus : la montée des eaux avait eu raison des atolls idylliques. Au-delà des mers, des champs d'algues de grande envergure désacidifiaient les océans. Des cinq continents apparus depuis deux siècles, vastes plaques dérivantes de déchets plastiques formées dans les tourbillons des courants marins, dont les résidus avaient empoisonné la mer et corrompu la chaîne alimentaire du vivant, sous l'eau et dans l'air, deux résistaient encore.

Le thème « Exotic Glamour and Coconuts », c'était le choix d'Hasna. Odette et Rachel l'avaient ratifié, de même que la liste des invités et le montant de crédits que chacune verserait. Depuis la passerelle qui servait de galerie de circulation, Hasna s'accorda un instant de répit. Elle glissa entre ses lèvres un comprimé de CHO[1] et se sentit bientôt aussi légère qu'une guirlande de papier. Prescrits d'office aux Retirées, ces comprimés permettaient de combattre l'anxiété, gardaient des troubles du sommeil et réduisaient l'activité du BMH jusqu'au jour de la collecte. Accoudée à la balustrade, Hasna ferma les yeux pour se laisser porter par la tiédeur du soir. Moment de vertige. Oh, cette journée ! La journaliste avait souvent assisté à des enterrements de vie de maman, recueilli à son micro les impressions des unes et des autres, gagné la confiance de certaines Retirées et reçu d'elles des confidences à vous déboulonner plus d'un couple. Dans l'euphorie de la fête, ces mères lâchaient tout, amertume, frustration, simulation, lassitude, dégoût de soi, arrachaient jusqu'à leurs vêtements comme on repousse le drap étouffant d'un cauchemar. Invariablement, elles ponctuaient leurs déclarations d'un « C'est notre lot à toutes » et finissaient ivres mortes sur la piste de danse. On les trouvait deux jours plus tard au point de collecte, en équilibre sur des talons hauts,

1. C21H30O2, formule chimique du cannabidiol (CBD).

le cœur au bord des lèvres, prêtes pour un passage vers une autre source de joie, horizon de lumière et de tous les possibles.

Hasna était maintenant son propre sujet. Décortiquant ses impressions avec elle-même, elle écrivait dans sa tête la dernière page du journal d'une vie dédiée aux fonctions matricielles. Reportage exclusif qui ne regardait personne. Hasna avait fait le job. Apporté sa contribution à la communauté. Porté en son ventre quantité d'embryons et de fœtus non viables. Fait naître de ses entrailles un fils infertile. Aimé un homme dont, ces dernières années, le désir charnel était mû par l'habitude, comme le sien. Elle avait dépassé la limite de ce que son corps pouvait lui permettre de vivre sans douleur ni contrainte, il était temps de passer à autre chose.

Des éclats de rire et des applaudissements montaient vers elle. En bas, au milieu de la foule et des cotillons, elle aperçut Rachel et sa robe fendue de prêtresse grecque. Sur la piste, Yumi ondulait outrageusement dans les bras d'Odette. La tête sertie de couronnes de fougères tressées, les mamans de Maleko tendaient la cuisse sous leurs paréos.

Rire.

Oui, c'était bien cela qu'il fallait.

Rire.

Jusqu'à ce que l'une reste pour leur fils et que l'autre parte. Rire dans une bulle de béton, saoules de lumières. Une pression se fit sur le bras d'Hasna.

— Alors, heureuse ?

Derrière elle, les joues rouges et luisantes de paillettes, Maud recollait une fausse moustache sous son pif. Maud. Celle qui garderait le souvenir de leur bande de copines au village. Son doux visage. Ses yeux clairs remplis de rêverie. L'intervenante en art-thérapie releva ses cheveux au-dessus de sa nuque, agitant la main devant sa figure.

— C'est vraiment incroyable, hein ?

— Quoi donc ?

— Eh bien, cette folie !

La veste de smoking qu'elle portait était bien trop grande. S'ouvrait jusqu'au nombril. Le col bâillait sur son torse où deux pommes plates et brillantes pointaient. Au milieu scintillait une cravate en satin. Jambes nues, chaussée de sandales à lanières nouées autour des mollets, elle était à croquer.

— Incroyable. Oui, c'est incroyable.

— Les gens adorent, Hasna !

— J'en ai bien l'impression.

— Et ils sont tous là.

Les moustaches distribuées à l'entrée faisaient fureur chez ces dames. Brouiller les cartes, l'espace d'une nuit, gommer les différences. Femelle, mâle ou indéterminé, l'Homme, dans toutes ses polyvalences. *I'm a wonderful thing, baby.*

— Tu viens danser ?

Maud l'entraînait déjà sur la passerelle.

Tequila. Tico-Tico. Puttin' on the Ritz. Rhum and Coca-Cola.

Boire de l'alcool et danser, danser, danser.

Danser toute une nuit, avant le tourment de l'aurore.

***

Brassards, serre-tête et pagne en algues tressées, colliers de piments et de coquilles de noix, Néo portait la panoplie complète du bon sauvage. Jouer les indigènes à l'entrée d'un bunker, la peau huilée d'extrait d'eucalyptus citronné pour éloigner les moustiques, quoi de plus naturel quand on a l'impression de marcher dans le vide.

— Allez. Tu m'en files un ?

Une main se tendit vers lui, insistante. Vêtu du même costume, chevilles et biceps ornés de tatouages ethniques, Olan trépignait.

— Néo, s'il te plaît.

— Non.

— Y a plus personne, là.

— On doit rester lucides jusqu'à 21 heures.

— Allez, quoi !

— C'est *niet*.

Olan râla tout en se grattant l'entrejambe. Il était impatient d'en finir avec la distribution de colliers de fleurs aux invités et de rejoindre la fête pour apprécier l'euphorie que déclencherait en lui un comprimé de CHO. Néo en avait chipé à sa mère. Elle en gardait un flacon dans le tiroir de sa table de nuit. Depuis qu'elle lui avait annoncé son retrait, il concentrait ses pensées, réduisait son champ de réflexion à l'instant, louait chaque jour la montée des températures qui abrutissent le cerveau et la présence d'Olan, expert en blagues débiles.

Néo ne supportait plus le silence du matin qui ouvrait sa journée. Dispensé des enseignements théoriques jusqu'à la date de retrait de sa maman, pour conjurer le manque à venir, il se collait à elle ou à sa sœur, revenue habiter quelque temps avec eux. Selon les disponibilités de l'une et de l'autre (la coiffeuse maniait encore ses ciseaux trois matinées par semaine), il cherchait les baisers de Rachel, ses raisonnements pointus, sa main dans ses cheveux, ou un moment complice avec Sky, et se creusait la cervelle pour trouver des sujets de conversation qui ne tournaient pas autour du Grand

Recyclage. Le soir, après avoir contemplé les étoiles sur des transats au bord de la piscine du jardin avec sa sœur, il se laissait choir dans le canapé en slip de bain. Bercé par les accords de guitare de son père, il posait la tête contre l'épaule de Rachel pour humer l'odeur de son cou, écoutant sa sœur chanter une chanson en gaélique. La nuit, il trouvait le secours des simulations visuelles échafaudées par Maya, et aussi celui des livres. Il dévorait des histoires où l'innocence et le courage donnaient au héros la force d'affronter le deuil, où la tristesse qu'il ressentait appelait sur lui la sollicitude de ses amis et lui permettait de dépasser ce cap difficile.

Olan creusait le sol du bout de sa sagaie en bambou.

— Franchement, ta mère, elle aurait pu nous filer autre chose comme boulot. J'ai l'air d'un guignol.

Néo considéra son camarade de la tête aux pieds.

— Bah, comme d'habitude.

— Je t'emmerde.

— Surveille ton langage, on a du monde.

— Oui, ma poule.

Depuis la sortie sud du village, une famille marchait dans leur direction sur le chemin balisé de flambeaux. Deux hommes, une fille. De leur conversation, portée par la brise, parvenaient à Néo de petits gloussements féminins qui ne lui étaient pas inconnus. Son bracelet se mit à vibrer.

— C'est Widad, murmura-t-il.

— Ta mère l'a invitée ?

— Ses paternels étaient dans sa classe depuis le deuxième cycle.

Il salua d'abord les papas et les remercia pour les plats qu'ils apportaient. Maëlle, la maman des jumeaux, les collecterait à l'entrée du blockhaus – Rachel lui avait donné pour mission de regarnir le buffet au fur et à mesure de la soirée. Néo les informa que des costumes, des accessoires et des sarbacanes étaient mis à leur disposition dans le hall. Il passa à leur cou des colliers de fleurs puis se tourna vers Widad. Elle était vêtue d'une tunique violette sans manches qui descendait jusqu'à mi-cuisse. Encadré de frisettes, le visage de la jeune fille s'ornait d'un sourire vaporeux. L'éclairage des flambeaux gainait de lumière les reliefs de sa peau caramel. Jolie à vous chavirer l'estomac.

— Belle soirée, Widad.

— Belle soirée, les papous, répondit-elle, au bord du fou rire. Vous êtes de quelle tribu ?

— Celle des Tu-me-les-casses-menu.

— Très drôle, Olan.

Néo saisit un collier dans le panier et se tourna vers elle.

— Tu permets ?

— C'est obligatoire ?

— Non. C'est pour te souhaiter la bienvenue.

— Ah bon, d'accord.

— Les filles ont aussi droit à une moustache mais t'en as déjà une, intervint Olan, découvrant toutes ses dents.

— Pfff ! Ce que tu peux être *barbant.*

Elle se rapprocha de Néo et pencha la tête. En suspendant le collier de fleurs à son cou, le jeune garçon effleura ses clavicules. C'était doux et chaud. Elle releva les yeux et acheva de lui embrouiller les sens d'une réplique inattendue.

— Il faut huit cents mètres de fil, glissa-t-elle avant de rejoindre ses parents qui marchaient vers le blockhaus.

Comme un battement d'ailes contre son cœur. Un délice à faire pleurer.

— Hé, tu peux redescendre de ton baobab, Tarzan, Jane s'est barrée.

— Lâche-moi.

Olan gonfla le torse et le frappa de ses poings.
— Moi Néo, toi Miss Bêcheuse.
— Elle a raison : t'es barbant, à la longue.
— C'est quoi, cette histoire de fil ?
— Tu peux pas comprendre.
— C'est un code entre vous ?
— Laisse tomber, j'te dis.
— Passe-moi un comprimé et j'arrête.

Néo soupira. Il glissa la main sous son pagne, fouilla dans une poche de son short et en retira une boîte d'allumettes. Olan tendait déjà la main. Il agrippa du bout des doigts le comprimé dans la petite boîte, le goba en une seconde.

— Ta mère, ça va pas lui manquer ?
— Elle en prend juste un le soir. Le flacon est presque plein.

La boîte retourna dans la poche.

— T'en veux pas ?

Néo haussa les épaules.

— Pas besoin.

Il planait déjà. Widad venait de le bluffer en lui donnant la longueur exacte de fil d'Écosse nécessaire pour une paire de chaussettes. Et pour une raison qu'il ne saurait expliquer, cette fille lui fichait encore plus la trouille depuis qu'il savait que sa mère allait le quitter pour toujours.

- 2 -

Je me souviens assez peu des derniers jours avant mon retrait, sinon que la mort des trois petites filles et le mensonge autour de leur décès me perturbaient. Keen refusait de m'en dire plus à leur sujet. Il me conseillait de ne plus y penser pour ne pas ajouter à l'angoisse de mon départ. Cela entretenait plutôt ma crainte que quelque chose menace le village et, indirectement, Néo. Mais la célébration de mon enterrement de vie de maman est à jamais fixée dans ma mémoire.

L'explosion d'alcool dans nos veines, de saveurs dans nos bouches. La musique. Le tumulte de la fête.

Times have changed, and we've often rewound the clock.

Fleurs parmi les colliers de fleurs, nous dansions, Hasna, Odette et moi. Presque un corps-à-corps, sans nous quitter des yeux. Qu'importe le paysage qui serait demain le nôtre. La promesse d'un beau domaine quelque part dans les Hautes-Plaines ou une usine de démontage, comme cela se disait entre femmes, depuis des générations. Qu'importe puisque nous laissions ce que nous avions de plus précieux.

Maya nous avait prévenues : préparer notre retrait allait nous confronter à beaucoup d'émotions. Des moments de doute mais aussi beaucoup de questionnements, existentiels ou plus terre à terre.

J'avais donné deux fois la vie, caressé des milliers de têtes à cheveux, adouci les maux des uns, les humeurs des autres, donné autant que j'avais reçu en écoutant ce que l'on voulait bien me dire, glané tant et tant d'astuces et de secrets sur le fauteuil de mon salon, mes ciseaux contre une oreille, apporté chaque jour ce bien-être sans qu'il soit nécessaire d'activer les diodes d'un bracelet, raccourci les franges de gamins qui s'assoupissaient, lovés au creux de mes gestes. J'avais tenu le front des pères coupables de rester, de regarder partir une mère, une sœur, puis leurs femmes et leurs filles sans rien y pouvoir. J'avais avec peu de mérite apaisé, consolé, porté, transmis, aimé.

Chacune de nous avait vécu à sa manière. Eh oui, s'il le fallait, nous pouvions bien mourir, déchargées enfin de nos responsabilités. Notre lot à toutes.

Anything goes.

Retrouver le rythme de la danse. Lâcher prise. En costume de vestale, un galon de perles croisé sur la poitrine, voile sur les bras, voile sur les jambes, je déchirais, à faire le vide au milieu de la piste, sous une pluie de cotillons.

Cette première serait ma dernière.

Je ne pouvais pas me rater.

Pas la nuit de mon enterrement.

Il ne fallait rien laisser derrière soi qui fasse mal. Ne plus se dire « Pourvu que Sky soit heureuse, qu'elle soit aimée d'un homme pas trop abruti et que son corps lui accorde un fils », « Pourvu que Néo fasse de sa vie ce qu'il veut et qu'il cesse de faire l'andouille comme son père quand il monte à vélo », « Pourvu que mon homme ait encore le courage d'aimer, qu'une femme le chérisse sans trop lui casser les pieds et qu'ils enfantent ».

J'allais bientôt me dissoudre sous leurs yeux, et cette perspective occupait toutes mes pensées. J'avais l'impression de ne plus être utile, de n'être ni tout à fait là, ni tout à fait ailleurs.

Le matin même, sur le terrain de tennis, Keen m'avait laissée gagner. Remporter le dernier set sans effort, ce n'était pas du jeu. Il ne savait plus comment s'y prendre pour m'épargner, garder sa banquise du soleil.

Keen se fissurait. Mon retrait le soumettait à la violence de cette vague contre laquelle les hommes se heurtent toute leur vie. De sa mère et de sa tante, retirées lorsqu'il avait l'âge de Néo. De sa première épouse et de sa fille, ravies sous ses yeux par l'océan. De cette impuissance à ralentir le cours des choses, Keen se fissurait.

Notre fils faisait des provisions de mots d'amour, de câlins, enregistrait mentalement la musique de ma voix pour demain. Sky faisait comme si rien n'allait arriver, équipée depuis sa naissance d'un gilet pare-balles. Et Keen se pétrifiait, fuyait presque mon regard, se réveillait au milieu de la nuit en sueur, gémissait dans son sommeil. Je me collais à lui, les doigts glissés dans ses cheveux, ou caressais son sexe jusqu'à le faire durcir, pour nous faire du bien, nous donner l'un à l'autre.

Keen Taylor, mon amour.

Comment nous protéger de ta souffrance.

Du tourment que j'allais t'infliger.

Avais-je d'autre choix que celui de t'oublier déjà ?

RÉATTRIBUÉ : SE RECONSTRUIRE EN TOUTE SÉRÉNITÉ

L'acceptation du deuil constitue un moment notable dans le processus de votre réattribution. Maya est là pour vous guider afin de vous aider à passer cette étape délicate. Un accompagnement thérapeutique adapté peut aussi s'avérer nécessaire. N'hésitez pas à en parler avec une opératrice médicale qui pourra aussi vous proposer d'ajuster le réglage de votre BMH selon vos besoins.

Votre bien-être et votre tranquillité avant tout

Maya s'occupe de l'ensemble des formalités légales liées au retrait de votre compagne, se charge de la déclaration aux services de la communauté, et vous soulage de toutes ces tâches contraignantes afin que vous puissiez vous focaliser sur l'essentiel : enrayer l'extinction.

Se reconstruire, ouvrir son foyer
à une nouvelle compagne,
c'est donner une chance de plus à l'humanité.
Et c'est notre lot à tous.

@gouvernance_territoriale
Mayacorporate.org

Une image pénétrait parfois les songes de Keen Taylor. Celle des petites tombes creusées dans le champ d'humification où reposaient les fillettes. La même situation se présentait alors : il avançait pour déposer une fleur sur les sépultures lorsqu'une bourrasque balayait au sol ce mélange de terre et de sciure de bois dont on recouvrait les morts. D'autres visages apparaissaient. Ceux de Rachel, Odette et Hasna. Ou bien celui de Sky, en trois exemplaires. Épouvanté, il reculait d'un pas et basculait dans une fosse au milieu de bras, de jambes, de bustes dénudés. Un charnier. Des cadavres de Retirées à perte de vue. Dans un sursaut, Keen ouvrait les yeux, une suée glacée sur la peau. Il restait immobile dans le lit, n'osant déranger Rachel endormie à ses côtés, jusqu'à ce que les diodes de son bracelet bleuissent et qu'une main dans ses cheveux se glisse, ou d'une autre façon apaise son tourment.

Trois semaines s'étaient écoulées depuis la découverte des corps dans la grotte. Des villages de la Terre des Deux-Caps, nombreux étaient les gens venus assister à la cérémonie d'adieu, solidaires des familles meurtries. Tous unis derrière la charrette funéraire. Les proches des défuntes, soudés, le chagrin retenu à leur poignet. Trois cavités creusées au champ, trois petites victimes, leurs plaies invisibles sous un double drap de lin et le monceau de fleurs coupées.

Rien ne menaçait la communauté sinon les bêtes sauvages.

Une déclaration du Conseil villageois, relayée par voie de presse et diffusée sur Maya FM, avait mis un terme aux interrogations, divulgué le récit que l'on retiendrait : les fillettes avaient tenté l'aventure d'une escapade nocturne lorsqu'un loup était venu les surprendre au fond d'une grotte. Dans leur fuite, sur une sente escarpée en bordure de falaise, elles avaient perdu pied, et basculé.

Ce conte pour enfants était la garantie pour tous d'ouvrir leurs volets sur une aube tranquille.

Non, la communauté des villages n'était pas menacée.

Si le mystère planait sur les motivations de cette triple fugue à la destinée fatale – les gamines n'avaient emporté ni lampes de poche, ni couvertures –, la population s'était réapproprié le temps de l'insouciance. Aveuglé d'ignorance, un collier de fleurs autour du cou, on fonçait plutôt sur le buffet d'un mémorable enterrement de vie de maman.

Keen muselait son impatience à replonger dans cette affaire. Les derniers instants de son couple primaient sur tout. Parfois, lorsque Rachel s'absentait, il s'autorisait un pas de côté : depuis le canapé du séjour, en douce, l'archéologue consultait sur liseuse des ouvrages de recherche ethnographique en libre accès dans la base de données de la Bibliothèque numérique universelle. Il s'intéressait à tout ce qui pouvait l'éclairer sur la nature des événements ayant conduit les fillettes vers la mort. Il s'était d'abord consacré aux rites de passage ou d'initiation à travers les âges impliquant des enfants, avant de se plonger dans l'abondante littérature ethnologique dédiée aux sacrifices humains, pratiqués depuis le néolithique et souvent corrélés à une nécessité : limiter les bouches à nourrir en cas de pénurie alimentaire.

De quoi confirmer ses craintes et abreuver ses idées les plus noires.

Keen déboucha une bouteille de rhum épicé produit dans la distillerie de la coopérative et compléta les verres de jus de fruits alignés sur le comptoir. Posté au bout du couloir circulaire qui débouchait dans la chambre de tir, il accomplissait sa mission : saouler les invités dans une ambiance survoltée. John et son fils Tobias tenaient l'autre bar, à l'opposé de la piste de danse ; même prescription. Tous trois s'occuperaient à l'aube de charger les éléments les plus avinés dans la navette électrique réquisitionnée pour l'occasion et les lâcheraient, titubants, devant chez eux.

— Belle soirée, Keen !

Un couple de pères se présenta au bar. De vieilles connaissances de Rachel et ses amies. Toujours bien sapés.

— Adim, Olivier, belle soirée à vous... Merci d'être venus.

— C'est normal.

— On n'aurait manqué ça pour rien au monde.

— Un triple enterrement dans un bunker, c'est pas banal !

Leurs yeux brillaient d'émotion. Hasna, Odette et Rachel seraient les premières de la saison à faire le voyage sans retour. Cette année, presque toutes les filles avec lesquelles ils avaient suivi des cours à l'ECEC passaient le cap de la cinquantaine.

— On s'attend à un grand vide autour de nous.

Keen achevait de décorer les verres à cocktail avec des rondelles de citron. Il en poussa deux sur le comptoir.

— Notre lot à tous, dit-il. Banana daïquiri ?

Personne n'avait décliné. Les invités arrivaient encore, dans la tiédeur de la nuit. Habillé d'un smoking élimé que Maud avait choisi pour lui parmi les costumes de fête, Keen se limitait à de courtes phrases ponctuées d'un hochement de tête. Il remplissait les verres avec précision, au millimètre près, et shakait les cocktails en rythme avec la musique, dos droit, genoux fléchis. *Oh, oobee doo I wanna be like you.*

La nuit n'en finissait pas de lui tomber dessus.

Il se laissait gagner par l'effervescence d'une fête absurde sans quitter du regard sa femme. Dans sa tenue de vestale, parmi la masse de convives, Rachel était comme une balise de détresse au milieu d'une mer démontée.

Réattribué, à cinquante-huit ans.

Se reconstruire en toute sérénité.

Maya délivrait ses messages audio dès qu'il était seul dans une pièce.

Ouvrir son foyer à une nouvelle compagne, c'est donner une chance de plus à l'humanité.

Pour ce qu'il en avait à foutre, de l'humanité...

La roue de son existence tournait trop vite. De chaque tour, il mesurait l'affront. Ce matin, dans la salle de bains, l'IA lui avait rappelé qu'il était bon pour un futur Réattribué de se projeter dans l'avenir et d'activer sans tarder un lien reçu par mail. La nouvelle application *Simply the Best* avec son inventaire des femmes disponibles lui était désormais accessible sur l'intranet.

— Au début, ça fait bizarre, tu verras !

Accoudé au bar, Oscar Prodotis parlait fort pour couvrir la musique. Il s'était mis en tête de tenir compagnie au barman. Une paire de lunettes disco en forme d'étoiles sur le nez, les pectoraux moulés dans une chemise hawaïenne, le maçon faisait tourner un shot de whisky entre ses doigts, partageant avec l'archéologue son expérience de la réattribution.

— ... Parce que tu penses tout le temps à ta femme, et ça te coupe un peu le jus ! Mais assez vite, je dois le dire, y a un déclic qui se fait dans ta tête : c'est quand tu te mets à calculer le temps qu'il te reste avant que ta prostate te lâche !

Il avala d'un coup le contenu de son verre et le reposa, claquant une paluche sur le comptoir.

— Et là, en moins de deux, tu fais ta demande d'attachement et tu te retrouves au pieu avec celle qui t'avait tapé dans l'œil depuis le début ! T'en essaies comme ça cinq ou six, et puis tu finis par trouver ton bonheur !

Keen fixait sa grosse tête ronde sans broncher.

— Ensuite, bah ! Faut réussir à le faire, le gosse. C'est le parcours du combattant. Tu connais ça par cœur !

Un regard de pénitent par-dessus ses lunettes, Oscar ajouta :

— C'est notre lot à tous, qu'est-ce que tu veux y faire. À la guerre comme à la guerre !

À la guerre comme à la guerre.

Keen versa d'office une rasade dans le godet.

Ces mots ne rimaient à rien.

Il pensa à son père, à ce qu'il lui avait un jour appris de la vie. Il n'était alors qu'un enfant sur son île, agile à crapahuter dans la forêt défrichée de Tormore, défiant les géantes de fer qui de leurs pales brassaient le vent. Un gamin déjà prompt à soulever les pierres de la lande en quête de trésors et à saouler son paternel de questions. Père et fils parlaient du Grand Recyclage, de ce mystère qui l'entourait et motiverait sa vocation future – étudier du passé ce qui pouvait expliquer l'extinction d'une civilisation et, par la collecte d'artefacts, la pérenniser. Keen se sentait alors plus fort que son destin, prêt à accomplir de grands périples. Il avait réponse à tout et ne croyait en rien. Certainement pas à ce drôle de bonheur, cet horizon de lumière et de tous les possibles promis à sa mère. « Je ne veux jamais qu'elle y aille. Le Grand Recyclage, c'est juste un four où on va la faire rôtir », avait-il affirmé, péremptoire, à son père. Celui-ci s'était tourné vers lui, le fixant de son regard bleu comme la brume. « Tu peux bien douter de l'Homme, avait-il dit après un silence, mais pas de l'Humanité. »

Keen s'appliquait encore à le croire.

— Faut pas que ça te tracasse, reprit Oscar. C'est comme pour cette affaire avec les trois gamines : t'as tendance à prendre les choses trop à cœur !

Le maçon replia ses doigts autour du verre.

— Tu devrais te focaliser sur les avantages de la situation plutôt que sur les inconvénients. Faut positiver le retrait ! Pense à ton fils et à ta fille... qui ressemble vachement à sa mère quand elle avait son âge, ajouta-t-il, souriant à la jeune femme qui venait de se glisser en douce derrière le comptoir.

— Coucou, papa ! Il te reste une bouteille de chardonnay ? Ils sont à sec, à l'autre bar.

Sky était en nage. Sa tenue de naufragée, taillée dans des chutes de vêtements déchirés, ne couvrait que le nécessaire. Remarquant l'air crispé de son père, elle s'inquiéta.

— Ça ne va pas ? Tu veux que je reste avec toi ?

Délicatement, il repoussa une mèche de cheveux qui tombait sur la figure de Sky et secoua la tête.

— ... Fais un effort, *daddy*. Allez, souris.

Difficile de refuser quoi que ce soit à un minois pareil. Satisfaite, Sky se servit un verre de vin.

— Je vais dire aux deux guerriers zoulous dehors de lâcher leurs corbeilles et de venir s'amuser !

Elle reposa la bouteille, écrasa un baiser sur la joue de son père et repartit en dansant, un poing levé pour marquer la mesure. Insouciance, légèreté, alcool. Trio gagnant. Dans vingt-sept ans, Sky traînerait son vague à l'âme au milieu d'une foule surexcitée, shootée au CHO, la peau à peine flétrie, ses grands yeux couleur de brume, pareils à ceux de son grand-père, injectés de sang.

Keen le savait. Il ne pouvait se l'ôter de l'esprit.

Cette sacrée roue tournait trop vite.

Peut-être aurait-il dû accomplir ces voyages dont il rêvait tout gosse, partir dans des lieux où la vie n'est plus possible mais où la beauté du monde s'incarne soudain en un bouton de rose fossilisé en plein désert des Bardenas Reales, loin des femmes et de ce qu'elles font battre en lui, de mère en fille, de ce qu'elles sont capables d'ordonner sans heurt, de lui faire croire d'une seule phrase. *Je guérirai de toi comme tu guériras de moi.* D'exiger de lui l'impossible.

Sa nouvelle épouse en ligne de mire devant le buffet, Oscar vida son quatrième shot.

— On ne le croirait pas, à la voir s'empiffrer comme ça, mais Ceylan vient d'avorter, lâcha-t-il. Malformation congénitale.

Oscar passa une main sur sa figure, les traits amollis par l'alcool.

— Parfois, je me demande comment c'est possible qu'un tel poison sorte de mes couilles. Putain d'héritage !

Keen versa une nouvelle rasade de whisky dans le petit verre.

— Tu ne t'es jamais demandé ce qu'était devenue ta première femme ? questionna-t-il.

— Je préfère pas.

— Mais ça t'intrigue.

— Forcément !

L'archéologue croisa les bras, contemplant Rachel, ballottée par un flot d'invités qui submergeait la piste. De cette houle aux impulsions aléatoires jaillissaient des cotillons, des bras, des chevelures étincelantes.

— Où vont toutes ces femmes qu'on ne revoit jamais, Oscar ?

Derrière ses lunettes à paillettes, le maçon s'était figé, plongé dans un songe psychédélique.

— Le grand mystère qui nous dépasse… C'est comme essayer d'imaginer ce qu'il y a autour de l'univers.

— La Terre a ses limites.

— Toute la question est là.

Il porta le verre à ses lèvres, aspira l'alcool qui débordait, puis, la barre de sourcils levée, il poursuivit :

— Est-ce qu'elles restent sur Terre ? Est-ce qu'on ne les expédierait pas plutôt là-haut ?

— Là-haut, tu veux dire, dans le ciel ?

— Oui.

— Vers une sorte de paradis, quoi.

— Euh, oui.

Keen appuya ses deux mains sur le comptoir.

— Rien n'a donc changé depuis le deuxième millénaire avant J.-C. ? Le bon peuple raffole toujours autant de croyances et de fables stupides ?

— Tout doux, l'archéologue. Je plaisantais ! Le Grand Recyclage, ça n'a rien d'abstrait. On a des images.

— Tu parles du Domaine des Hautes-Plaines ?

— La mer intérieure, les plages de sable, les jardins luxuriants, les témoignages des Recyclées en paréo qu'on nous montre pendant les séances de préparation au retrait, c'est pas du pipeau.

Keen se pencha vers lui.

— Si la communauté et la Gouvernance s'entendent pour faire croire aux gens que trois fillettes sont tombées d'une falaise plutôt que de chercher à savoir de quoi elles sont mortes, permets-moi d'en douter.

— Je te retourne la question : pourquoi faudrait-il que la réalité soit toujours sombre et que l'homme liquide son prochain ?

Le fond de whisky glissa directement du verre dans le gosier du maçon.

— Le monde est vaste, reprit-il. Ce domaine existe. Il est forcément quelque part.

— Mais où ? Et qu'est-ce que deviennent nos femmes ?

— Ça ne nous regarde pas.

Il fit claquer le petit verre sur le comptoir.

— Et personnellement, ce qu'elles deviennent, je m'en fous. Si ma première épouse s'éclate en nageant au milieu de poissons tropicaux dans un lagon et s'envoie en l'air avec des tas de mecs, je préfère ne pas le savoir.

À ces mots, Keen se rembrunit. Machinalement, il regarda du côté de la piste, là où, un instant plus tôt, se trouvait Rachel. Mais la femme à laquelle il s'accrochait encore semblait avoir été avalée par la foule.

***

Une des raisons qui avaient guidé John Mělník dans son choix de venir établir son atelier de réparation au bunker, c'était sa situation, à l'écart du village. Il recevait peu de visites, et ça l'arrangeait bien.

On accédait au sous-sol par un escalier étroit, situé entre la porte principale et la chambre de tir. La partie souterraine jadis occupée par les locaux techniques (système de ventilation, chauffage, groupe électrogène, salle des machines) abritait tout un bric-à-brac d'objets vétustes et caducs. Le Technicien d'installation et de maintenance les récupérait dans les villages de la communauté à l'occasion des journées de troc, ou chez un client, lorsqu'il échouait à réparer une antiquité. Casque de réalité virtuelle décati, aspirateur-robot qui patine, ombrelle-ventilateur déglinguée, lave-vaisselle récalcitrant, cartes son grillées, appareil de fitness à bout de souffle, tous trouvaient ici leur dernier refuge.

John aimait sa tranquillité, pouvoir travailler à l'écart des autres, écouter sa musique à fond, allumer une clope et mater ses simulations sans avoir de comptes à rendre à qui que ce soit. Concernant la prise des repas, les tâches communes et les moments en famille, il se calait sur l'emploi du temps de Mme Mělník. Hasna se chargeait de tout ce qu'il détestait faire, et inversement. À lui les tâches rebutantes, comme la vidange des toilettes sèches une fois par semaine ; une vingtaine de kilos d'excréments à répartir entre le composteur du jardin et le biodigesteur[1] de la communauté des villages. Pour le reste, il était peinard et ne comptait pas ses heures de boulot.

L'idée de fêter l'enterrement d'Hasna et de ses copines dans son antre ne l'avait pas enthousiasmé. Mais refuser quelque chose à sa femme l'aurait fichu mal. La question du capharnaüm qui encombrait la chambre de tir s'était forcément posée : John y stockait les grosses pièces de matériel à recycler. De l'ancien musée, peu d'objets avaient survécu après des années d'abandon et de vandalisme. Sur les murs, on distinguait encore la trace d'inscriptions anti-SS,

1. Un biodigesteur est une solution technique de valorisation des déchets organiques utilisée pour produire un gaz combustible (le biogaz) et un fertilisant (le digestat). Une manière peu coûteuse de produire de l'énergie.

de dessins obscènes et d'insultes scarifiées en divers dialectes. Quelques raretés trop lourdes pour être emportées se désagrégeaient, partiellement désossées, à l'instar de ce vieux char badigeonné d'antirouille, le caisson truffé d'impacts de tir. Tobias, enfant, s'y glissait pour y inventer un paquet d'histoires, alimenté d'images d'archives de la Seconde Guerre mondiale que Maya projetait à sa demande sous le dôme, jusqu'à épuisement de son crédit d'argent de poche. La pièce la mieux conservée était une moto à chenilles. D'après les documents historiques que Keen lui avait transmis traitant des véhicules blindés de l'armée allemande, ce bijou de mécanique passait partout – sables du désert, gadoue, chemins forestiers, routes inondées. Pour l'instant, le véhicule servait de repose-fesses aux invités qui en faisaient le tour avec curiosité, protégé d'une toile de camouflage en partie ruinée par la moisissure.

Les pulsations des enceintes autour de la piste se ressentaient jusque dans l'atelier où John stockait la réserve d'alcool pour la soirée. Il était descendu y prendre un carton de vin. Gagné par la fraîcheur et le calme de l'endroit, il avait envoyé bouler le casque colonial et déboutonné la veste saharienne dont Hasna l'avait affublé, puis décapsulé une bière. Torse à l'air, chevilles croisées sur l'établi, il s'octroyait une pause dans son fauteuil.

— John ?

Apparition d'une déesse antique derrière l'étagère encombrée de foutoir. Rachel le cherchait dans la pièce faiblement éclairée.

— John, tu es là ?

Elle n'était jamais venue jusqu'ici. Cette odeur typique d'atelier d'électromécanique, de produits chauffés et de soudure devait lui monter au nez. Cet instant avec elle serait probablement le dernier. Il eut la tentation de ne pas lui répondre, de rester dans son coin à l'observer, et de profiter du contre-jour pour contempler son visage, ses cheveux qui cascadaient d'un chignon tressé, ce sein qui palpitait sous la transparence de la tunique. John sentit en lui couler un vieux désir ni assumé, ni assouvi. Pas facile de lutter contre ce côté « lady » qui imposait le respect et appelait une main au cul. Il porta la bouteille de bière à ses lèvres, trahissant par ce mouvement sa présence : dans la pénombre, les diodes de son BMH clignotaient d'un vert acidulé. Rachel ne manqua pas de les repérer.

— Qu'est-ce que tu fais dans le noir ?

— Je repose mes yeux.

— Et tu laisses ton fils tout seul au bar ?

— Je suis descendu chercher du vin. J'allais remonter dans cinq minutes.

Il but une gorgée au goulot.

— Mais toi, qu'est-ce que tu fais là ?

— Je voulais te parler.

Rachel fit quelques pas dans sa direction et marqua un arrêt devant le juke-box bleu piscine. Intriguée par l'appareil, elle promena ses doigts sur les touches. Des bracelets dorés tintaient à ses poignets.

— Entièrement restauré et fonctionnel, lâcha-t-il.

— Il marche encore ?

— Oui. Mais la sélection est limitée.

— Je suppose qu'il faut une pièce ?

John se leva, contourna l'établi, s'approcha du juke-box et, sans lâcher sa bière, se pencha pour appuyer sur le bouton de mise en marche. Les néons grésillèrent sous la vitre. Une lumière hésitante, réverbérée par les vieilles dorures et les chromes oxydés, fit scintiller une médaille en forme de trident qui pendait au cou de John. Rachel eut un sourire attendri.

— Tu as toujours ton médaillon.

John acquiesça, avala une gorgée de bière.

— Le symbole d'un peuple en lutte contre la guerre... Un monogramme qui remonte à perpète.

— Il appartenait à une de tes mamans qui le tenait de son arrière-arrière-grand-mère. Une femme soldat, si je me souviens bien.

— Grosso modo.

Le technicien palpa le rebord de la tablette au-dessus du juke-box, encombrée de microprocesseurs et de cartes mémoire poussiéreuses, trouva la pièce qu'il cherchait et la fit tourner entre ses doigts.

— *The American Dream, baby.*

Il l'introduisit dans la fente de l'appareil.

— À toi de jouer. Le seul titre qui tourne encore, c'est « V-9 ».

— Pourquoi tu ne fabriques pas d'autres disques avec ton imprimante ?

— Je manque de matière première. Rien ne remplace le vinyle. Et je ne voudrais pas bousiller le dernier diamant qu'il me reste, ajouta-t-il, fixant Rachel.

Elle enfonça les touches. L'appareil se mit en route. Rotation de la colonne de disques. Contact du stylet sur le 45 tours. Il y eut une première vibration, un *pop* étouffé, comme si on tapait du poing sur une table, et du caisson sortirent les premières notes. Percy Faith et son orchestre. Rachel écoutait se déverser dans la pièce une mélodie vieillotte, fascinée par le miracle d'une mécanique qui avait traversé les époques, telle une machine à remonter le temps.

— Écoute-moi ce son, commenta John. Cette chanson est une tuerie !

Elle inclina légèrement la tête. Son regard fixait le vide derrière lui. Les violons semblaient l'emporter loin du sous-sol. John posa sa bière sur la tablette et s'accouda au juke-box.

— Alors, de quoi tu voulais me parler ?

Un soupir précéda sa réponse.

— J'ai quelque chose à te demander.

— Ta dernière volonté ?

— En quelque sorte.

Rachel releva les yeux et plaça les mains sur ses épaules. John sentit quelque chose ruisseler en lui, un courant brûlant ou glacé, difficile à dire. Rachel infligeait à son cœur un drôle de supplice. L'envie de passer un bras autour de sa taille le traversa.

— Voilà... Je voudrais...

Qu'avait-il à perdre ? Dans vingt-quatre heures, elle serait mise au rebut. John l'enlaça.

— Si c'est pour une réparation, la coupa-t-il d'une voix rauque, j'ai tout ce qu'il faut sur moi.

— John, je suis sérieuse.

— Moi aussi.

Elle pouvait bien le prendre de haut, il s'en fichait. Il lui caressa la joue. Ses doigts soulevèrent ses cheveux, enveloppèrent sa nuque. Rachel se laissait faire. Il approcha son visage du sien.

— Qu'est-ce que tu veux ? murmura-t-il.

Il la serra dans ses bras. Effleura ses lèvres. Une saveur sucrée de banane et d'épices. La cambrure de sa taille, le parfum de sa peau. Quelque chose de fabuleux. Comme un cri poussé en lui-même.

— Qu'est-ce que tu veux de moi ?

Il colla son bassin contre le sien et sentit Rachel se crisper. Tandis qu'elle le fixait de ses yeux noisette, elle lâcha dans un souffle :

— Je veux que tu répares Keen Taylor.

Deux minutes, à tout casser. Il avait cru y arriver, le temps d'une chanson. John desserra son étreinte. Son BMH clignotait jaune.

— « Réparer » Keen ?

— Depuis l'annonce de mon retrait, il est en vrac.

Elle était venue lui demander son aide. Rien d'autre.

— La découverte des petites filles et puis ce mensonge autour de leur mort n'ont rien arrangé.

Elle s'angoissait pour son homme, et lui la jouait minable.

— Keen supporte très mal tout ça.

Elle brossait un portrait élogieux de son Écossais qui avait *tant fait pour la communauté* et vivait *une crise profonde.* Au goût de John, ce maniaco-fétichiste des artefacts était un poil trop sensible, mais il avait de la ressource.

— Bah ! Ne t'en fais pas pour lui.

— Il n'arrivera pas à se reconstruire sans ton aide.

John lui toucha le bout du nez.

— Ton mari passera le cap, comme tout le monde. C'est notre lot à tous.

— Tu as déjà fait ton deuil d'Hasna comme tu l'as fait de tes sœurs et de tes mères. Pas lui.

Il reprit sa position, accoudé au juke-box, appuya sur des touches au hasard.

— C'est ça que tu vois en moi ? Un type qui n'a pas de sentiments ?

— Je te vois tel que tu es : inébranlable.

John leva les sourcils. Était-ce un compliment ? Il n'aurait jamais cru entendre Rachel lui dire un truc pareil. Elle était là, si près, les yeux brillants, à espérer qu'il accepte sa charge.

— Promets-moi d'être là pour lui et aussi pour Néo. Promets-le-moi, John.

Il serra les dents, dans l'appréhension d'un pépin à venir. De sa tempe rasée coula une goutte de sueur. John s'éclaircit la gorge.

— Et toi, promets-moi de ne pas m'oublier, là-bas.

Rachel empoigna le pendentif, plongea son regard dans le sien, approcha ses lèvres et lui donna un fougueux baiser. De quoi secouer le cinquantenaire pour encore un bon bout de temps.

— Rachel…

— Je sais.

Disparition d'une femme, enveloppée du frémissement de ses voiles.

L'écho de ses pas légers dans l'escalier.

Les vibrations reprirent plus fort, au-dessus.

Résistait dans l'air le parfum de Rachel.

John rafla la bière sur la tablette, la vida en quelques gorgées et balança la canette dans un container de recyclage. Il ouvrit une boîte en fer-blanc qui se trouvait dans le tiroir d'un meuble derrière lui, en sortit une cigarette de broyat de chanvre puis une allumette qu'il frotta d'un coup sec sur une feuille de papier de verre. L'étincelle précéda la flamme.

Il tira une première bouffée.

Une odeur de résine et d'herbe imprégna ses narines.

Des volutes de fumée se formaient devant ses yeux.

Contre ses lèvres, la peau froide de ses doigts.

Chasser tout ce qui pourrait lui rappeler sa coiffeuse.

***

Ça n'était pas prévu. Ça s'était passé comme ça.

Elles avaient changé leur fusil d'épaule et décidé que maman Yumi resterait. Qu'elle resterait pour lui. En un instant, Maleko était redevenu le centre du monde, exerçait une influence.

Le jour où l'on avait appris la disparition des trois filles, les parents s'étaient précipités pour venir chercher leurs enfants en plein cours. Dans sa classe, tout le monde évitait de regarder la chaise vide au deuxième rang – celle de Bianca Péronne. Maleko avait eu la surprise de voir débarquer ses mamans. Ça n'était pas prévu. Ça n'arrivait jamais. Devant l'expression de leurs visages et les diodes affolées à leurs bracelets, il avait senti son cœur se soulever de bonheur et d'effroi. Pour éprouver leur amour, il fallait donc ça ? La mort de Bianca et de ses copines ?

L'amour que ses mamans lui portaient avait cela de particulier qu'il se révélait dans la peur de le perdre. Il fallait qu'il tombe malade ou se blesse, ou que quelque chose le menace. C'était idiot. C'est lui qui risquait de les perdre, dans l'affaire. Il n'avait pas choisi de naître avec deux mamans. Que fatalement, cela fasse de lui un orphelin, il trouvait ça nul. Profondément injuste.

Les lèvres sèches, il remuait dans son lit, tirait le drap sur lui. Maleko avait ouvert exprès sa porte en grand et guettait dans le silence de l'habitation le bruit de leur retour. Il ne voulait pas de ce sommeil qui emporte tout, rapproche le départ. Il y aurait toujours des matins, sa chambre, et dehors, le petit jour gris de sa nuit, mais bientôt dans la cuisine, il n'y aurait plus qu'une maman.

— On a beaucoup bu…

— Oui.

— Je n'ai pas l'habitude.

Allongé sur le flanc, les jambes repliées, le garçon retenait son souffle pour entendre le murmure de leurs voix dans le salon.

— Dis-moi quelque chose de beau.

— Je suis malade de toi.

— Une maladie rare, ma chérie.

Des bruits dans l'escalier. Celui d'un corps qui s'effondre, suivi d'un rire étouffé.

— Putain, j'y arriverai pas, Yumi.
— Chut !
— Faut que tu me portes...
Froissements de tissu.
— Allez, Odette, debout !
Ça n'était pas prévu. Sûr que ça s'était passé comme ça. Elles qui lui bourraient le crâne de principes métaphysiques et philosophiques avaient à coup sûr dépassé les bornes. Elles s'étaient jetées sur la piste de danse comme des folles, avaient bu et pris des trucs qui transforment les Retirées en zombies. Maleko en parlait avec ses copains, des comprimés qui décollent les pensées des gens. Ses mamans gardaient les flacons sur elles. Impossible d'en piquer un. Dommage. Avec ce qui allait et venait dans sa tête, il méritait bien un cachet pour lui garrotter les méninges.
— ... Tu ne sens pas les effets ?
— Trop.
— Roule-moi une pelle, *darling*...
Attendre que le drôle de bavardage prenne fin, écouter le frottement de leurs pieds nus sur le sol, le chuintement de la douche, puis se faufiler dans le couloir, se déplacer jusqu'à leur chambre plus discret qu'un fantôme, écouter à la porte avant de la faire coulisser pour ne rien déranger de leurs baisers, puis, se glisser au milieu du lit, étendre les bras comme quand on se laisse flotter à la surface de l'eau, porté par l'odeur de leurs peaux, la chaleur de leurs corps, l'haleine de leurs bouches desséchées par l'alcool.
La dernière nuit viendrait trop vite.
Tout allait voler en éclats, fracassé par le Grand Recyclage, ce vortex béant qui avale les dames pour les recracher quelque part où elles n'auront plus à se soucier de leurs mômes, en overdose de bonheur. Heureusement, il resterait un morceau auquel

s'accrocher pour les cinq prochaines années : maman Yumi.

Ça n'était pas prévu. Ça s'était passé comme ça.

Se protéger. Creuser un petit trou et se lover dedans. Oublier la chaise vide au deuxième rang. Mettre un verrou à ses lèvres. Tant qu'il garderait en lui le souvenir de maman Odette, elle serait présente, et de son rire rafraîchirait le monde.

- 3 -

Voilà un peu plus d'un siècle, dans l'optique de compenser le manque de mâles reproducteurs, le recours à la polygamie s'était imposé. Les femmes, soumises à tout un panel de dégradations et de déchéances depuis la nuit des temps, prirent le pli sans broncher.

Tout devait se dérouler sans histoire.

Personne n'avait anticipé les conflits qui en résulteraient : compétition entre épouses, dérives comportementales du mari (domination, autoritarisme, laisser-aller, soumission) et graves séquelles psychologiques chez l'enfant, à l'origine de pathologies psychotiques et de conduites à risque. Les Gouvernances territoriales s'étaient longuement concertées. L'idée leur était alors venue de ventiler les femmes en surplus d'une autre manière : un homme fonderait deux familles, mais successivement. Il partagerait avec sa première épouse entre vingt et trente ans de sa vie, et lorsque celle-ci ne serait plus en capacité de procréer, on lui en fournirait une autre. En cas de décès prématuré de sa deuxième compagne, un veuf en bonne santé et dont les données du spermogramme indiquaient un taux suffisant de spermatozoïdes alertes au moment de l'éjaculation était encouragé à former une troisième famille. Dès lors, les enfants, jusqu'alors élevés dans un climat conflictuel, cessaient d'être manipulés ou instrumentalisés : moins de frustration affective, de jalousie ou de rejet, une séparation définitive plus douce, l'amputation se faisait presque sans douleur.

L'autre avantage de cette option était lié à l'état de nos ressources. La planète ne se repeuplait pas trop vite, mais proportionnellement à ce qu'elle était en mesure de fournir pour nourrir le reste de l'humanité, réparti sur les terres encore habitables. Bon an mal an, l'équilibre se rétablissait. La difficulté que rencontraient les couples à procréer plus de deux enfants arrangeait bien les choses. Afin de favoriser le brassage et d'éviter les problèmes de consanguinité, fils et filles étaient incités par un système de dotation à choisir leur partenaire, féminin ou masculin, dans un autre village, ou bien à changer de territoire.

Personne en ce monde ne prenait alors la mesure de ce que le Grand Recyclage faisait aussi peser sur les hommes. Du retrait, on ne voyait que l'avantage : l'opportunité d'une nouvelle vie avec une femme plus jeune et féconde. Une idée digne d'un génie qu'on aurait laissé mariner trop longtemps dans sa lampe.

Un retrait vous dézinguait une famille en plein vol. À peine un mois pour se remettre en selle. Il fallait reconstruire vite sur des lieux traumatisés par l'absence. La marque que laissait une Retirée subsistait dans l'air, imprégnait les âmes, craquelait les cœurs. Quoi qu'il en soit, les hommes affronteraient l'épreuve. Ils avaient vu pire. Et le BMH les y aiderait. Sur cet accessoire thérapeutique reposaient les deux plus grandes croyances que notre société avait investies : la capacité de résilience des Réattribués et leur faculté à se laisser guider par leur sexualité.

Comme on relance un ordinateur après une mise à jour, on comptait sur eux pour redémarrer leur vie en deux temps, trois mouvements.

On oubliait juste un détail en rapport avec l'échelle du temps : ces hommes étaient aussi des fils, des petits-fils et des arrière-petits-fils.

Comme mon père.

Nous sommes de glaise. Malléables et protéiformes. Asséchez nos cœurs, et nous nous briserons tel du verre.

L'esprit humain était sa seule limite. Savoir, là était son pouvoir. L'intelligence artificielle pouvait tout résoudre, réduire le monde à la taille d'un poing tant ses connaissances étaient infinies. Charlus Fisher y trouvait ce qu'il voulait, comme dans un poème. Maya pouvait aussi bien lui communiquer les données météorologiques en temps réel, le conseiller sur le choix d'une recette adaptée à ses préférences alimentaires, lui lire un article de l'encyclopédie des arts et des métiers ou l'informer sur le nombre de paires de chaussettes en stock dans sa réserve. Elle se montrait facétieuse comme jadis sa femme, attentionnée aussi, voire un brin condescendante. Elle le réconfortait, tirait de ses demandes une projection formidable qui allait au-delà de son imagination, et parfois, devançait ses pensées. Et elle ne l'avait jamais déçu.

— Tout va bien ce matin, Charlus ?

— Non. Tout ne va pas bien.

— Est-ce ta fonction de père qui te pèse le plus ou ton travail ?

— Je ne « fonctionne » pas, Maya. Je « suis » père. Et oui, aujourd'hui, ça pèse lourd.

Le tailleur décrocha un cintre auquel était suspendue une robe en dentelle et guipures, doublée de satin, qu'il déposa avec précaution sur le comptoir patiné. Les broderies ressemblaient à des collines, les perles incrustées mordaient le tissu de leur éclat.

— Une splendeur, soupira-t-il.

Maëlle était revenue de la fête au petit matin avec une tête de déterrée – un verre de rhum avait suffi à lui chavirer l'estomac. La musique assourdissante et l'agitation autour d'elle tandis qu'elle garnissait et débarrassait le buffet des plats apportés par les invités avaient attisé sa migraine. Il n'aurait pas déplu à Charlus de rester couché une heure de plus à ses côtés, d'autant que les jumeaux dormaient chez des amis, mais son devoir l'appelait. Il lui restait trois commandes à préparer et livrer. Pour l'occasion, l'octogénaire s'était mis sur son trente et un. Tunique à boutons dorés et panama brossé. Les arpions calés sur le pédalier du vélo, il avait aspiré une longue bouffée d'air en traversant la bambouseraie, salué des connaissances au fil de la voie de circulation, et baissé la tête devant le salon de Rachel désormais fermé.

— Je comprends ta tristesse, Charlus Fisher. Certains jours sont plus difficiles que d'autres. Mais tu sais que toute tâche que tu accomplis ici est essentielle, appréciée et bénéfique, même si elle te semble ingrate.

Dans une grande boîte à fond plat, le tailleur disposa la robe emballée d'une feuille de papier de soie. Deux autres boîtes étaient prêtes sur le comptoir, ainsi que trois cartons à chapeau.

— Tu vas me servir encore longtemps ton baratin ?

— Aussi longtemps que nécessaire. Veux-tu que je te fasse entendre une chanson agréable ?

— Non.

— Permets-moi d'insister.

— Fiche-moi la paix.

— Cela te fera du bien.

L'IA diffusa les premiers couplets d'une chanson des années 1960.

Vous qui partez sur les chemins, de par le monde,
N'oubliez pas que vous laissez derrière vous
De la tristesse et des regrets qui…

— Maya, stop !

Du plat de la main, il verrouilla le papier d'emballage encodé des boîtes et des cartons avant de les empiler pour les porter jusqu'à la remorque de son vélo garé devant la boutique. Une longue traînée rose dans le ciel annonçait encore une journée radieuse.

Il avait souvent fait ce chemin sous la pluie épaisse de l'hiver, dans l'aube immobile d'un matin de canicule et le brouillard qui épuise la vue. Cette route, il la parcourait au fil de ses songes, toujours en retard, se trompait d'habitation, livrait la mauvaise personne, valdinguait de son vélo sur un terre-plein boueux, découvrait le contenu déchiré d'une boîte, ignorant où il allait et d'où il venait.

Qui blâmer de cette charge à part lui-même ?

C'était son idée. Une fichue idée.

Il y a soixante-douze ans, tout était parti de là, des plus modestes choses observées, comme si l'enfant qu'il était alors les appelait à la rescousse. Pour un jour aussi important que celui du retrait de sa grand-mère, Charlus trouvait cette dernière bien mal habillée. La robe qu'elle portait lui semblait fade, le plissé terne. Tout ça manquait de grâce, de contraste, gâchait la silhouette d'une femme qu'il avait toujours admirée. Posté à la fenêtre de sa chambre, il ne l'avait pas quittée des yeux jusqu'à ce qu'elle prenne place avec sa valise à bord de la navette autonome. À sa jeune mère, Charlus avait réclamé un bloc à dessin et un crayon. Le reste de la journée, inspiré par les comédies musicales pimpantes et dansantes que sa grand-mère affectionnait, il s'était enfermé dans sa chambre pour ébaucher une garde-robe. Vestes cintrées, tailles marquées, jupes à volants, marinières décolletées, étoles de mousseline, talons hauts, robes fourreaux, il inventait jusqu'au petit chapeau rond posé sur un chignon, fignolait la boucle d'un sac à main au pli du coude de celle qui, hier, pour l'endormir, lui chantait d'une voix un brin raboteuse *You're My Thrill.* Sa main tenait ferme le crayon de bois. Le nez retroussé, se refusant au chagrin, il achevait ses croquis d'un grand trait, signait en bas « Charlus Fisher ». Ni sa sœur ni sa mère ne devaient connaître pareille humiliation : elles partiraient vers ce beau et vaste monde de tous les possibles vêtues comme des reines, en tenues de pin-up, sourcils noircis, paupières fardées, bouche éclatante, lunettes de soleil papillon, carré vichy noué sous la nuque, élégantes et chics. En quelques heures, l'enfant daltonien de huit ans qui se rêvait cosmonaute avait fait sa mue. Crayonné sans le savoir la première garde-robe destinée aux Retirées. Les croquis resteraient quelques années encore dans un tiroir – monter dans une fusée, en dépit de l'anomalie dont il souffrait, il croyait toujours la chose possible. Le trouble de sa vision était cependant la limite de ses aspirations. Convaincre le tailleur de son village qu'il pouvait créer, couper, modeler, assembler des pièces de tissu sans en connaître la couleur n'avait pas non plus coulé de source.

— Charlus, vous confondez le vert et le rouge.

— C'est toujours mieux que de confondre le bon et le mauvais goût.

— Un vêtement, c'est une couleur, une coupe et une matière.

— Un vêtement, c'est d'abord une personne, monsieur. Quant à la couleur, je la vois comme une lumière. Et contrairement à d'autres, je sais faire la différence entre le terne et l'éclat.

Jamais il n'avait regretté : épingler des patrons était bien plus exaltant que de se retrouver à faire de la maintenance de matériel et des simulations de vol à bord de fusées qui ne décolleraient jamais du sol, le programme spatial étant au point mort.

Dessiner la tenue de sa mère et, à genoux, broder « Charlus Fisher » sur l'ourlet du jupon fut son plus douloureux défi et son chef-d'œuvre absolu : robe en soie plissée, veste de tweed à quatre poches décorées de boutons-bijoux, chaussures bicolores, sac matelassé à chaîne dorée, gants noirs, le summum de l'élégance près des containers de recyclage. Elle était partie un matin d'automne, si belle, si fière. La fragilité d'un instant qui s'éteint et la force du souvenir. Au fond du tiroir d'un secrétaire, Charlus gardait une chute de tissu. Frôlements de l'étoffe entre ses doigts. La toucher, la caresser, et contre sa joue la presser.

Dans son ancien village, à leurs fenêtres, tous avaient vu passer l'élégante, assise jambes croisées à l'arrière de la navette. La création du jeune tailleur fit un tabac. Naturellement, les dames approchant la cinquantaine vinrent à lui sans pudeur offrir leur corps à rhabiller et, pour quelques crédits de plus, derrière le rideau de la cabine d'essayage, revêtir d'un soupir la dernière parure d'une vie de maman. Un succès inattendu. Les futures Retirées acquéraient par leur toilette un regain de prestance, un statut. Déesses jetables, avec panache.

L'idée de créer un catalogue des Prêtes-à-Retirer était venue, en toute logique. Accessible par l'intranet depuis n'importe quelle boutique du territoire, validé par la Gouvernance. Une collection certifiée, bientôt fabriquée localement par d'autres couturiers suivant les mêmes patrons.

Ses modèles célébraient quatre fois l'an la beauté des femmes au plus vertigineux passage de leur existence. Une gamme d'une centaine de pièces. Volants amples de tissus en partie recyclés, broderies complexes, des trésors de douceur déposés sur leur peau, tout un chatoiement de teintes et de motifs dont il ne percevait que des nuances de gris. Ses lunettes chromatiques affichaient sur le verre le nom de la couleur et validaient ou non les possibilités d'association par un signal sonore. Cinquante ans de retouches, de cols à élargir, de pinces poitrine à reprendre. Car Charlus ne fabriquait plus. Depuis bien des années, devant le succès et la demande croissante, les tenues des Retirées faisaient partie d'un programme *re-use*, la production de tissus étant limitée par les ressources en eau. Les modèles commandés arrivaient par le train du surplus communautaire dans des cartons, lavés, repassés, parés pour un autre tour de piste. Parfois, Charlus relevait la signature d'un confrère ou d'une consœur sous une poche-rabat, dans la couture d'une ceinture. Parfois, il trouvait autre chose. Une médaille, cachée à l'intérieur de la doublure. Une alliance. La photo d'un enfant enroulée sur elle-même, de la taille d'une cigarette. Un ruban brodé de mots d'amour. Délicatement, de la pointe de ses ciseaux, le tailleur les retirait et les déposait dans un vieux coffret de fils à coudre, enveloppait d'une nuit sans étoile talismans et porte-bonheur.

Quel que soit cet ailleurs promis, le Grand Recyclage semblait accueillir les Retirées dans le dénuement le plus absolu.

Avec le temps, ce coffret commençait à lui peser. Il se décida à l'apporter au Conseil villageois. Devant son contenu, une femme avait pâli : Mme Epignosi, l'instructrice de Rachel. Elle assimilait cette sinistre collecte à celles opérées par les nazis sur les populations déportées. Il semblait clair à ses yeux qu'une vérité inavouable se révélait ici : on ôtait aux femmes leurs vêtements comme on tondait des moutons. Les autres membres du Conseil, plus mesurés, avaient examiné chaque objet, pris le temps de réfléchir, et décidé que cette récolte était la preuve d'une assimilation réussie : ces souvenirs que les Recyclées renvoyaient avec leur robe dénotaient plutôt une volonté de s'affranchir, de se délester d'une histoire familiale qui n'avait plus cours afin de vivre pleinement cette nouvelle existence qui serait désormais la leur.

Charlus s'en était retourné avec son coffret.

Comme il ne pouvait se résoudre à en jeter le contenu, il le cachait derrière une boîte à rubans, dans la réserve. Quelqu'un d'autre hériterait de cette charge. Celui ou celle qui, demain, prendrait sa place. L'octogénaire en avait soupé, d'habiller des Retirées, de recoudre des boutons arrachés par il ne savait qui ou quoi, soumis à un aller-retour de questions qui pinçaient le cœur.

Ce maudit coffret. Jamais il n'aurait dû en parler. Surtout pas à sa femme. Le jour où Marie avait eu connaissance de son existence, une décision s'était imposée à elle, comme un baroud d'honneur contre la Gouvernance : elle ne partirait pas en recyclage. On ne lui ôterait ni sa robe ni sa dignité. Elle préférait la mise en terre auprès des siens, et finir en liqueur.

Marie avait sa propre vision de l'euthanasie raisonnée.

Longtemps, Charlus était allé prendre au jardin de ses nouvelles, le dos rond. Et il avait tenu bon derrière son comptoir, reformé une famille, puis une autre, et fait des enfants, jusqu'à la limite qu'il s'était fixée : l'obsolescence de Rachel.

Sa dernière création serait pour elle. Sa fille ne porterait pas la tenue d'une autre. Il en allait de même pour ses amies Hasna et Odette. Un tailleur-jupe crayon avec capeline de soie pour la journaliste, une robe tulipe ras du genou et bibi cousu de voilettes pour l'ingénieure agronome. Il avait eu le temps de se creuser la cervelle, d'envisager des modèles adaptés à leur morphologie. Les tenues devaient être parfaites. De quoi leur donner assez confiance pour avancer sous le regard des autres, parcourir ce dernier bout de chemin la tête haute, et que demeure derrière elles l'enchantement de leur présence.

Au revers d'un ourlet, il avait brodé les prénoms de leurs enfants, de leur femme ou mari.

Charlus fit un premier arrêt au domicile de John et Hasna. Sans bruit, il déposa sa précieuse livraison devant la porte. Il irait ensuite chez Odette et Yumi, puis sonnerait chez sa fille juste avant que le soleil ne monte trop haut dans le ciel. Il suggérerait à Rachel un dernier essayage, pour le bonheur de la contempler encore une fois. Les doigts agités de tremblements, il l'aiderait à passer la robe trapèze de dentelle noire, aux fibres de cuivre antitranspirantes, soulignée d'une ceinture rouge, arrangerait à ses épaules une étole de soie, et nouerait à ses chevilles la bride d'un escarpin lisse et brillant comme de la réglisse.

Le noir et le rouge. L'obscurité et la puissance.

Sa fille lui offrirait de partager un dernier repas préparé par Sky et Néo. De leurs élans de tendresse, ses petits-enfants purifieraient l'air de tout désenchantement. Face à lui, l'Écossais toucherait à peine à son assiette, les yeux rivés sur sa femme.

— Keen, lui glisserait-il à l'oreille, elle ne va pas prendre feu par combustion spontanée.

Bien sûr que l'archéologue allait en baver. Charlus tenterait de lui changer les idées, multipliant les anecdotes sur Rachel lorsqu'elle n'était encore qu'une gamine et tenait la dragée haute à son papa avec ses biceps de sauterelle. Mais il ne dirait rien du coffret, ni des deux petites choses qu'il savait sur sa fille et qui expliquaient sa personnalité hors norme. Il s'en ouvrirait à Keen plus tard, lorsque le temps serait venu.

Après le repas, ils se réuniraient dans le salon et Maya lancerait la projection. Toutes les étapes de la vie d'une femme en trois dimensions. Le visage fripé d'un bébé dans les bras de son père. Une fillette à son premier jour de classe. Rachel à quatre ans, déguisée en hirondelle pour la fête du printemps. Sa frimousse au milieu des fleurs d'un jardin. Rachel brossant les cheveux de sa sœur, puis perchée sur un escabeau, coupant ceux de son père. Rachel à douze ans, aux vendanges avec ses copines. Une sportive triomphant de l'épreuve de dos crawlé. Rachel, jeune mariée au bras de Keen, lui collant un baiser à la dérobade. Un ventre rond sous sa robe. Le miroir de ses yeux, gagnés par la joie d'être bientôt maman… Des centaines d'images, d'une grâce imprévue, dont viendraient naître des émotions contraires.

Au soleil déclinant, après un temps familial dédié à la méditation, tous se réuniraient pour former un cercle, main dans la main, front contre front, chaque bracelet affichant sa couleur du chagrin.

Charlus serrerait Rachel dans ses bras une dernière fois et trouverait le courage de plaisanter.

— Tu m'enverras des cartes postales ?

La voir sourire, les paupières humides.

Embrasser les enfants, donner l'accolade à son beau-fils (même s'il détestait cette impression d'être soudain rétréci, la joue écrasée contre sa clavicule) et s'en aller.

La chaîne du vélo grincerait sur la route sans merci et il rentrerait chez lui retrouver femme et enfants, avec dans la tête, allez savoir pourquoi, le premier couplet d'une chanson.

Vous qui partez sur les chemins, de par le monde,
N'oubliez pas que vous laissez derrière vous
De la tristesse et des regrets qui vagabondent
Au cœur de ceux qui sont heureux auprès de vous.

***

— Tu es sûre, maman ?

— Oui.

— Je dois vraiment les couper tout court ?

— S'il te plaît.

Sky saisit la tresse et cisailla les cheveux. Un geste précis, radical. Elle fignola les pointes, contemplant son ouvrage. Puis, avec un sourire :

— Ça te va bien.

Cette nouvelle coupe arrondissait le visage de sa mère, mettait en valeur ses pommettes. Dans le miroir de la salle de bains, Rachel contrôlait la longueur sur sa nuque. Elle sembla satisfaite puisqu'elle ôta la serviette de ses épaules.

— Tu ne veux pas changer de métier ? Il y a une place de coiffeuse à prendre au village n° 6.

— Entendre les gens me raconter leur vie toute la journée, très peu pour moi.

— C'est effectivement à ça que les gens résument mon métier, en général.

— Je ne disais pas ça pour te vexer, maman, c'est juste que...

— Ça ne fait rien.

Rachel passa les mains dans ses cheveux pour les ébouriffer.

— J'ai plus appris sur le fonctionnement de notre société dans mon salon qu'en cours de sociologie.

— Tu as toujours fait preuve d'une patience admirable.

— Comme toi quand tu fabriquais des meubles pour tes poupées avec des pinces à linge, sourit-elle.

Les petites mèches noires rebiquaient sous les oreilles.

— Ton père a les cheveux plus longs que moi, maintenant.

— Il va finir par ressembler à Jésus, s'il continue à maigrir.

Leurs regards glissèrent vers la tresse que Sky tenait dans la main.

— On dirait une offrande sacrificielle, observa Rachel.

— Ouais. Un truc vaudou. Qu'est-ce que j'en fais ?

— Derrière toi. L'enveloppe. J'ai noté l'adresse.

Sky glissa soigneusement la petite tresse à l'intérieur. L'image de ces appareils démontés pièce par pièce, chaque élément placé dans le bac de recyclage adéquat, lui vint à l'esprit. Sa mère en kit. Rachel avait attendu le dernier moment pour offrir ses cheveux. « Coiffer une femme atteinte d'alopécie, le comble, pour une coiffeuse », songea Sky.

— Il faudra la déposer au centre postal. Tu y penseras ?

— Je m'en occuperai demain.

Chacune retenait ses mots. Dans le reflet du miroir, l'éclat de leurs yeux.

À une époque soumise aux règles universelles comme celle du Grand Recyclage, voir partir sa mère était leur lot à toutes. La jeune femme n'était pas du genre à s'apitoyer sur son sort ni sur celui d'autrui. Sa mère, elle l'avait déjà quittée. Depuis deux ans, Sky menait sa barque sans se soucier de ce qu'elle traînait derrière elle comme remords et abandons. Portée par le souffle de la vocation, elle avait pris la tangente et rejoint la communauté des Petites Fourches, sur les terres du Morvan. Dans son village, elle se déplaçait en rollers ou à cheval, y pratiquait son métier, entourée de personnes aussi passionnées qu'elle pouvait l'être. La jeune femme sculptait, marquetait, chantournait, vernissait le bois de ses créations établies selon la règle du nombre d'or et ses divines proportions, prétendant se préoccuper aussi de fonder sa propre famille. Pour l'instant, elle y parvenait assez bien : sollicitée majoritairement par des Réattribués de sa communauté, elle se rendait aux rendez-vous à cheval, directement de l'atelier, empestant l'encaustique et le canasson, la salopette couverte de sciure et les cheveux sales. Elle n'était pas contre l'idée de remplir son devoir de reproductrice, mais rien ne pressait. Insoumise au monde, elle irait comme elle l'entendrait, vers celui ou celle qui saurait pour elle arrêter le chrono, la tirer de son labeur, baisser sa garde, et de plaisir sexuel la clouer au mur. À vingt-trois ans, elle pouvait bien mettre un peu de frissons là où elle l'entendait.

Se séparer définitivement de sa mère sans possibilité de maintenir un lien en visio, c'était une autre paire de manches. Sky occupait donc son temps à ne pas y penser. Elle la secondait à chaque instant, consolait son frère, câlinait son père dont le visage insensiblement se creusait. Pour cette journée particulière, elle n'avait rien modifié de sa stratégie. Mais ça tanguait un peu. Son BMH compensait jusqu'à l'overdose. Sky appréhendait le dernier virage.

Tout à l'heure, quand Maya déroulait la vie de sa maman sur le mur du séjour, le rire lui était monté à la gorge et son cœur avait débordé d'émotion, comme devant la photo prise la veille par le radar routier de Magic John : on y voyait Rachel et ses copines stoppées en pleine course, suspendues en l'air par des fils invisibles, une jambe repliée sous elles dans la position de petit ou grand jeté, bras écartés du corps, un sourire aux lèvres, figé pour l'éternité.

C'était dans l'ordre des choses.

Avec ses copines, sa mère allait vivre des tas de trucs inimaginables et peut-être carrément inutiles, pour une fois.

Rachel lui laissait son collier de pierres œil-de-tigre. Un bijou auquel elle prêtait bien des vertus. Suspendu au miroir de sa chambre, tout nuancé d'or, il l'éclairerait bientôt de son souvenir.

Sky enlaça sa maman, un bras passé autour de son cou, et appuya sa tête contre la sienne. Remplir l'instant de sa présence.

— Je peux faire quelque chose d'autre pour toi ? demanda-t-elle d'une voix douce.

Rachel ne répondit pas. Elle lui prit la main et la pressa.

Étirer le temps, encore un peu.

L'air se chargeait d'électricité ; la pluie était annoncée pour ce soir.

***

Depuis la coursive qui bordait la chambre, à travers le treillis de bois, la nuit répandait des lueurs trompeuses. Le ciel était une eau sombre qui n'avait nulle part où s'écouler. Keen contemplait le village plongé dans l'obscurité et reliait entre elles des formes mouvantes pareilles à une forêt d'algues sous-marines. Presque une ville engloutie.

L'image lui était apparue pour la première fois lors d'une sortie éducative dans les ruines subaquatiques de Portree. Submergé par la montée des eaux, le port avait été laissé à l'abandon par ce qui restait alors de sa population – quatre cent quatre-vingt-onze personnes, relogées sur les hauteurs. Les falaises de son île défendaient 65 % du territoire que la mer n'avait pas encore avalé. Rachel était cet îlot dont il gardait le cœur et l'âme, à l'aube de son anéantissement. À chaque heure de cette journée, un pan de falaise s'effondrait, réduisait le temps et l'espace qu'elle occupait dans sa vie comme peau de chagrin.

Elle appuya la tête contre son épaule.

— Donne-moi cette nuit, Keen. Donne-moi cette dernière nuit avec toi.

— Et s'il n'y avait rien, là-bas ? Et si tout s'arrêtait pour toi demain ?

— Rien ne s'arrête, à part nous.

Pouvait-il en être autrement ? Depuis l'enfance, on les conditionnait à vivre cette étape. Le jour de leur union, devant témoins, ils avaient signé un document qui stipulait noir sur blanc à quoi leurs sentiments, désormais, les engageaient : l'attachement qu'ils éprouvaient l'un envers l'autre ne devrait en rien constituer un obstacle au Grand Recyclage, mais en favoriser plutôt la célébration.

Facile à dire.

L'échéance n'avait jamais été aussi proche. Même si la préparation au retrait et l'accompagnement proposé par Maya sous forme de séances de thérapie familiale, d'aromathérapie et de médiation l'avaient aidé à garder le cap, Keen redoutait le jour qui demain se lèverait.

— Crois-moi, je ne vais pas mourir, lui souffla Rachel.

Clouer la nuit.

Faire de cet horizon l'ultime refuge.

Les épaules parcourues de soubresauts, abruti par les micro-injections d'hormones à son poignet, Keen luttait contre cette faiblesse qu'il avait de laisser ses émotions contrôler sa raison et qui bêtement le poussait à blesser ses proches de ruades inutiles. Enfant, lorsqu'il débordait de colère, son père disait de lui qu'il soufflait sur sa propre voile, se poussait tout seul vers le large pour se perdre. L'image résumait assez bien le drame de sa vie. Se tenir à l'écart de son labo et de ses recherches commençait aussi à lui taper sur le système. Il fallait bien en finir avec cette situation.

Rachel lui prit la main.

— Viens.

Keen se laissa conduire vers la chambre. Au passage, elle effleura le cylindre de Maya qui, aussitôt, diffusa une lumière douce. Sous la nuisette, Keen devinait les formes d'un corps qu'il ne cesserait jamais de désirer. La patine du temps avait entretenu le soyeux de l'épiderme, épanoui la poitrine, redessiné les hanches, marqué le pli d'une cicatrice à quelques centimètres sous le nombril. La carte de sa femme, avec ses vallons, ses sentiers, ses rivières bleues au tracé changeant, Keen l'avait tant de fois parcourue, du bout des doigts.

Allongée contre lui, Rachel approcha son visage du sien.

— Fais-moi l'amour.

Il leva la main pour lui caresser tendrement la joue, saisir une mèche de ses cheveux raccourcis.

— Tu n'imagines pas quelle souffrance c'est pour moi de te voir partir.

— Elle est aussi puissante que la mienne de te quitter.

— Comment tu fais pour tenir le coup ? Tu as l'air si calme, si sûre de toi...

— On peut faire de sa souffrance autre chose que de la douleur.

Son regard évoquait ce mystère dont il savait qu'elle ne lui abandonnerait rien, même à ce point de rupture. Keen passa une main hésitante sur le bas de son dos. Le contact de sa peau eut son petit effet.

— Souffrir sans douleur, hum ?

Il embrassa ses lèvres avec un grognement sans rapport avec ce qui lui tourmentait l'esprit.

— Montre-moi.

LE GRAND RECYCLAGE,
LA BELLE ÉVASION

Préparer votre retrait vous a confrontée à beaucoup d'émotions.

Des moments de doute mais aussi beaucoup de questionnements, qu'ils soient existentiels ou plus terre à terre, vous ont affectée.

La veille du jour J, votre état émotionnel peut varier du tout au tout. Vous pouvez vous sentir déprimée, épuisée et démotivée face à ce voyage qui s'annonce. Évitez toute contrariété. Si quelque chose ne se déroule pas comme prévu, lâchez prise : vous avez fait le plus dur !

À l'inverse, il est possible que vous éprouviez une sorte d'euphorie

Hyperdynamique, hypermotivée, hyperforte, vous vous sentez prête à tout affronter ! Ne courez pas partout, vous risqueriez d'affoler vos proches. Organisez-vous, plutôt : vérifiez les listes que vous avez pris soin d'établir au préalable (le contenu de votre valise, celui de votre trousse de toilette et de votre sac à main), les démarches administratives liées à votre retrait, l'heure précise de votre collecte. Et surtout, cochez les cases. Cela vous permettra de catalyser votre énergie. Enfin, assurez-vous que votre BMH est fonctionnel et que vous avez laissé à Maya un message intemporel enregistré pour chacune des personnes qui vous sont chères.

Le bonheur, si vous voulez !

Maintenant, rien ne vous empêche d'exprimer vos émotions si celles-ci sont joyeuses : chantez, dansez, riez, même pour un rien. Être heureuse de partir pour le Grand Recyclage, de vivre enfin cet événement fantastique, d'imaginer ce que sera ce voyage et les merveilles qui vous attendent à l'arrivée mérite déjà que vous le fêtiez.

@gouvernance_territoriale
Mayacorporate.org

- 4 -

Inscrire en haut du formulaire la date de ma collecte dans la première case du tableau. Cocher ensuite chaque jour une case qui me donnera une vision claire du temps qu'il me reste pour m'organiser.

Il ne restait rien. Toutes les cases étaient cochées.

Quatre heures du matin. Plus que trois heures avant la collecte.

Je suis si près de disparaître.

Prendre une douche.

Me maquiller, me coiffer.

Revêtir l'uniforme rêvé par papa.

Talquer légèrement l'intérieur de la chaussure, y glisser la pointe du pied, passer la lanière dans la boucle.

Keen m'assiste, remonte la fermeture à glissière de la robe, noue le ruban autour de ma taille, les yeux fixés sur moi, mais le regard absent. Il anticipe ce trou béant dans sa vie. Comme une amputation.

Les gestes s'enchaînent. Je pose un instant la tête contre son torse. Il caresse ma nuque. Cette nuit, juste après l'amour, il s'est assoupi. Blottie dans le parfum de nos corps, je l'ai regardé dormir.

Préparer du thé dans la cuisine. Fort, pour lui. Chaud. Avec du lait d'avoine et du sucre. Me dire que j'ai aussi le temps de faire des pancakes.

— Tu m'aides ?

Nouer un tablier par-dessus la robe. Casser des œufs. Peser la farine de pomme. Une pointe de levure et de sel. Beurre, lait, cassonade. Remplir la maison d'une odeur de pâte qui chauffe dans la poêle. Ni l'un ni l'autre n'avons faim. Me donner encore de l'importance et dire :

— Il faudra tous les manger.

— Honey, please, sit down.

Le laisser me conduire jusqu'à ma chaise. Fixer l'image de la tasse sur la table, la cuiller qu'il agite en frôlant les parois, ses lèvres qui aspirent le liquide encore tiède. Soudain, il se lève, s'étire, s'approche, il est derrière moi, se penche, m'entoure de ses bras, et notre désir grimpe, à vif, concentré dans son poing qu'il serre sous ma gorge pour m'embrasser, un baiser donné à la renverse. La vibration du BMH programmé pour le retrait me fait presque sursauter.

— C'est l'heure ?

— Oui.

— La navette peut t'attendre, non ?

Comme je l'aime à vouloir encore sa place dans ma vie.

— Je vais réveiller les enfants, poursuit-il en haussant les épaules.

Plus qu'un haussement d'épaules. Une abdication.

Deux ombres qui s'approchent, les yeux ensommeillés.

— Maman, qu'est-ce que t'es belle !

— T'as fait des pancakes habillée comme ça ?

Un truc banal devient extraordinaire.

Ouvrir les bras.

Les enlacer chacun à leur tour.

S'étreindre tous ensemble. Tous ensemble.

Je voudrais les dorloter encore. Je voudrais qu'ils restent là, sans bouger, avec ce même visage de faïence, la peau douce et chaude du matin, devant le canapé du salon, et leur père qui les tient serrés contre lui.

D'une deuxième vibration plus forte au poignet, mon bracelet donne le signal du départ. On ne sait plus quoi dire. Les mots qui conviennent ne franchissent pas nos lèvres, ce sont des mots difficiles à ordonner, que personne n'a jamais été capable de mettre bout à bout, sauf peut-être l'auteur d'une chanson que mon père fredonne lorsqu'il pense à notre ancien village.

— Hé, Maya, fais tourner I'll Never Smile Again.

— Bien sûr, Rachel. Voici l'enregistrement original de 1940 par l'orchestre de Tommy Dorsey, chanté par Frank Sinatra.

Une mélodie d'un autre siècle, chère à mon père, et que j'apprécie tant.

Juste quelque chose de beau à laisser, ne pas s'attarder.

Un dernier coup d'œil au miroir dans l'entrée, remonter un peu l'étole sous le menton, redresser le buste et descendre l'escalier, le petit sac au pli du coude, la valise dans une main, le parapluie-ombrelle dans l'autre.

Marcher sur la pointe des pieds pour ne pas abîmer les talons sur le gravier du chemin qui mène à la voie de circulation, peser le poids du silence, de ce que j'abandonne derrière moi. Dans l'air, la fraîcheur de la pluie ranime les senteurs du jardin. Je rejoins la zone délimitée pour la collecte, me pose près du casier des contenants en verre.

Vibrionner comme un papillon sur une feuille, poing contre la hanche, la valise à mes pieds, accablée déjà par cette première étape du voyage.

Attendre.

Je me souviens que cette robe me donnait l'allure d'une petite-bourgeoise d'antan, le genre à fréquenter les églises. Mon père n'avait pas tenu compte de ma prise de poids : il m'offrait une robe qui serrait mes hanches et compactait ma poitrine, ajoutait deux centimètres de ruban rouge à ma taille pour m'épaissir. Les gants de satin noir, déroulés jusqu'aux coudes, accentuaient le volume de mes épaules.

Quand la tristesse m'envahit, je repense à ce que l'homme de ma vie m'a dit ce matin-là, dans la chambre : « Il n'y a pas de plus grand amour que celui qui se saborde lui-même car rien d'autre ne peut le faire chavirer. » Je le revois vêtu d'un tee-shirt délavé et de son pantalon d'intérieur qui plisse au creux des genoux, il sourit, appuyé au chambranle de la porte, et me regarde m'habiller.

C'est ainsi que j'aime à me souvenir de lui, aussi souvent que possible.

C'est un lundi matin en avril, sous une pluie fine et vivifiante, vingt-huit jours après le tragique épisode qui allait bouleverser l'ordre des choses. L'orgueil ou la douleur nous poussent parfois à dépasser les bornes.

Là se trouve peut-être notre salut.

Hasna tapait nerveusement du pied, Rachel secouait son étole couverte de gouttelettes et Odette toussait, les yeux humides, effondrée sur son siège. Elle portait à son poignet un bracelet en macramé que son fils Maleko avait noué à la dernière minute et ça la travaillait dur.

— C'était un enterrement du tonnerre, dit Hasna, brisant enfin le silence.

— On y reviendra, dans ton bunker.

— Avec plaisir, Rach'. Enfin, si John est d'accord.

— Et on éclatera plus de bulles de savon.

— Y avait des bulles ? demanda Odette.

— Oui, sur la piste, quand on dansait. Juste au-dessus de nous.

— Je ne me souviens pas...

— Le contraire serait étonnant.

— Tu étais complètement stone.

Dans le village, il n'y avait guère plus qu'une dizaine de sculptures qui valaient le coup d'œil, toutes fabriquées au fil des ans par des apprenants dans le cadre de projets artistiques collectifs. Elles ne commémoraient pas de fait historique, ne célébraient aucun personnage illustre ni même un membre du Conseil villageois qui se serait distingué par une action quelconque. Leur fonction était esthétique, pratique ou scientifique. Une structure-cocon de ferraille, de bois et d'agrégats de végétaux servait d'abri en cas de forte averse, une pyramide de béton phosphorescent éclairait un carrefour la nuit, un croissant de deux mètres de haut en verre recyclé reflétait la Lune et les étoiles, un attrape-rêves géant suspendu au fond d'une impasse servait à mesurer l'intensité du vent. La navette semblait en faire le tour complet, à vingt-cinq kilomètres-heure. Ne manquaient que le dépliant touristique et les commentaires de Maya précisant que dans tel bâtiment en forme d'accordéon, un Conseil d'enfants ou d'adultes se réunissait chaque semaine, ou que ces différentes sphères creuses en bois de bambou que l'on apercevait sur la gauche, dans le square, étaient en réalité des micro-studios d'improvisation musicale ouverts à tous.

— Vous savez ce que j'ai préféré ? reprit Hasna.

— Non.

— Laisser tout le bordel à ranger aux autres.

Odette se redressa, donna du bouffant à sa robe tulipe.

— Ça ne m'aurait pas gênée de me remonter les manches, lâcha-t-elle faussement, de filer un coup de main et d'apporter la nourriture qui restait à la coopérative. Seulement, voilà, c'est interdit.

On entendait le crépitement des pneus mouillés sur le bitume, et parfois l'exclamation d'un enfant depuis le trottoir, tirant le bras d'un parent ou désignant la navette et ses passagères. Les Retirées étaient un monument en soi. Les célébrités éphémères d'une attraction qui remportait son petit succès. Un vrai tour de piste. La parade avant les jeux du cirque du Grand Recyclage. Les voies de circulation se remplissaient peu à peu – l'affluence matinale – et, malgré le flot de parapluies qui limitait l'horizon, on ne voyait qu'elles. Hasna levait une main princière pour saluer les gens sur son passage et Odette crânait dans sa robe d'un beau vert anis. Rachel se contentait de sourire. Lui revenait en mémoire un passage du cours de Mme Epignosi consacré aux modalités du retrait. Elle l'avait interrogée sur les origines de cette tradition, se demandant qui avait eu l'idée saugrenue de faire ainsi défiler les Retirées, telles des condamnées que l'on mène au bûcher : pouvait-elle résulter d'un hommage maladroit, d'une vision mystique, d'un brainstorming de cerveaux perchés ou d'une boutade lancée à la fin d'un repas trop arrosé à la Gouvernance ? La réponse de l'instructrice l'avait frappée par son pragmatisme : la navette était programmée pour parcourir le village dans sa totalité selon un trajet précis visant à limiter les manœuvres inutiles et marquait l'arrêt aux adresses qui lui étaient transmises pour la collecte trimestrielle. L'instructrice avait aussi parlé de ces femmes qui au moment de grimper à bord se refusaient soudain à sauter le pas. Une attitude aussi désespérée que funeste, tant elle impactait psychologiquement leurs proches : maris et enfants se voyaient contraints de les pousser de force dans la navette.

— J'ai une question idiote, Milady, demanda Odette, posant une main sur le bras de Rachel. Est-ce qu'il faudra donner un pourboire au chauffeur ?

Elles plaisantaient comme des gamines partant en excursion avec une gourde et un piège à insectes. Mettre du sourire pour masquer l'angoisse.

Hasna était montée la première, s'était presque menottée à la banquette arrière abritée sous l'auvent. Odette avait pris place à sa droite et Rachel à sa gauche. Trois autres places, pour l'instant, demeuraient vacantes.

— Alors, cette nuit ? lança Rachel.

Réponse collégiale. Un pied d'enfer.

— Des détails, *please.*

— Pour être honnête, il ne s'est pas passé grand-chose hier soir, avoua Hasna. Mais John était chaud, après la fête.

— Ah bon ?

— On l'a fait sur son juke-box.

Sifflement admiratif d'Odette.

— Pas sûr qu'il s'en remette, observa-t-elle.

— Qui ça, John ?

— Non, le juke-box !

Elles se surprirent à rire toutes les trois. Rachel cachait son trouble.

Magic John.

L'ambiance de cette soirée, son étreinte surprenante, le martèlement des vibrations au-dessus de leurs têtes, le baiser qu'elle lui avait donné comme on scelle un pacte... Elle avait peut-être sa part de responsabilité dans cette partie de jambes en l'air conjugale. Cela ne dérangerait pas l'ordre des choses. Son premier soupirant n'avait jamais existé à ses yeux. Et quoi qu'il ait pu se passer entre eux dans le bunker, quoi qu'elle ait pu sentir frémir l'espace d'un instant entre ses bras, il en serait ainsi à jamais.

— Yumi m'a mise en vrac, reprit Odette. On a révisé le *Kamasutra* lesbien : la danseuse du ventre, les ciseaux, la cuiller retournée... Et toi, Rach' ?

— Rien d'acrobatique. C'était plutôt... doux et fort.

Formant un cercle avec ses doigts devant sa bouche, petit doigt levé, Odette eut un geste obscène.

— Il ne t'a pas demandé de lui jouer une dernière fois de la cornemuse, ton Écossais ?

Rachel croisa les jambes.

— Facile, déplora-t-elle.

— Un poil vulgaire, renchérit Hasna, prenant une posture alanguie sur la banquette.

— Que vous dites !

Odette savourait le plaisir trivial de sa remarque. Ce serait peut-être le seul moment où elle pourrait totalement se lâcher. Et Maya le conseillait, pour dédramatiser la situation. Au fond, maintenant, tout n'était qu'affaire de croyance. Hasna se redressa sur la banquette.

— Ce ne serait pas Maud, là-bas ?

Hasna, Odette et Rachel agitèrent les bras.

— Maud !

L'instructrice en art-thérapie attendait devant chez elle, assise sur son vélo, des ballons de baudruche attachés au porte-bagage. Au passage de la navette, elle se mit à pédaler derrière le véhicule pour escorter ses amies, activant la sonnette d'une main et, de l'autre, lançant vers elles des poignées de confettis puisés dans ses poches. Débarrassée de toute mélancolie, elle souriait, criait « Beau voyage ! », « Ne m'oubliez pas ! » et « J'arrive bientôt ! Préparez l'apéro ! ».

Les trois amies l'avaient regardée rapetisser dans la distance jusqu'à la perdre parmi la foule.

Personne d'autre ne grimperait dans la navette. Elles ne seraient que trois à quitter le village. La plate-forme de la boucle communale fut bientôt en vue. Le véhicule ralentit, une voix synthétique égrena les noms complets des passagères, demanda de bien vérifier qu'aucun objet n'était resté à bord et s'immobilisa pour les laisser descendre.

— En vous souhaitant une belle journée.

La boucle communale desservait les sept villages déployés en pétales autour de son liseré d'acier. Le transport autonome sur rail était presque invisible dans son goulot de verdure. La température à l'intérieur des coques de verre autoventilées devenait vite étouffante. Dès l'aube, les bulles transparentes glissaient sur la voie électrifiée en basse tension par un réseau de micromodules d'alimentation. Les points de départ et d'arrivée étaient situés sous terre, après un dénivelé en pente douce. Cette rampe descendait à cent cinquante mètres de profondeur et traversait de fascinants bassins sous des galeries maçonnées en arceaux – d'immenses réserves d'eau potable et fraîche destinée à la population des villages.

La boucle donnait accès au réseau ferré territorial dont le porche d'entrée, découpé dans la roche sur une hauteur de quarante mètres, évoquait la ligne d'une cafetière italienne. Entièrement automatisée, la station recevait sur ses quais les trains perpétuels et leurs moteurs à hydrogène. Chaque jour, on chargeait et déchargeait le convoi du surplus communautaire qui assurait la circulation des marchandises d'un territoire à l'autre. Un transport dédié aux produits manufacturés, aux matières premières, aux matériaux recyclés ou destinés à l'être assurait une rotation bihebdomadaire et charriait quatre kilomètres de containers. Afin de préserver les milieux naturels et les écosystèmes, aucune circulation ne se faisait en surface : les étincelles déclenchées par le passage des trains sur des rails chauffés à blanc accroissaient le risque d'incendie et les tornades ravageaient tout, arrachant les wagons et jetant les arbres sur les voies. Désormais, l'Homme privilégiait les déplacements sous terre, comme le cloporte. Plusieurs fois par mois, les voyageurs embarquaient à bord du Transcontinental, lequel distribuait les terres des Gouvernances interconnectées dans un rayon de trois mille kilomètres, de la mer du Nord à la mer Baltique. Une ligne plus modeste reliait les territoires entre eux. Une fois par trimestre, le Transrail accrochait ses wagons dorés et transportait son lot de Retirées, déposées au compte-goutte par les bulles de verre.

— Je suis toujours impressionnée quand on commence à descendre, murmura Hasna, admirant le panorama des arches centenaires.

Rachel acquiesça.

— On se croirait dans une cathédrale souterraine.

— J'ai plutôt l'impression d'être au royaume des morts, objecta Odette.

La disparition progressive de la lumière du jour avec le dénivelé semblait resserrer les parois transparentes sur les occupantes. Odette s'adossa à la banquette circulaire, bras derrière la tête.

— « Chaque jour vers l'Enfer nous descendons d'un pas », soupira-t-elle.

— Ce que tu peux être morbide.

— C'est du Baudelaire, Hasna.

— C'est bien ce que je dis.

Une nuée de chauves-souris surgit devant la bulle. Son ruban d'ailes crépita contre la paroi avant de s'enrouler dans les ténèbres.

— Ça, c'est morbide, observa Odette.

Une fois franchi le porche gigantesque de la gare, elle aurait la gorge aussi sèche que le jour où elle s'était présentée aux épreuves écrites de certification professionnelle en agrosciences et biologie, vingt-sept ans plus tôt.

***

L'embarquement, John savait comment ça se passait.

Un matin, on l'avait appelé pour une rupture de câbles d'alimentation électrique ; en bordure de voie, un appareil de levage piloté à distance s'était encastré dans un pylône. Le technicien était là, debout sur une plate-forme mobile, occupé à dévisser une grille pour effectuer la réparation, aux premières loges. Vue panoramique sur le quai où l'on avait déroulé le tapis rouge. Les fameux wagons couverts d'une peinture dorée scintillaient sous les lampadaires. Sur leurs flancs, en vert fluo, le ruban de Möbius, emblème du Grand Recyclage. Une trentaine de femmes sapées comme des actrices avançaient à la queue leu leu le long d'un cordon de balisage. Spectacle digne d'un défilé haute couture d'antan. Derrière son masque FFP3 et sa tablette, une préposée les accueillait une par une.

— Belle journée, bienvenue à vous... Vos nom et date de naissance, je vous prie ?... Wagon 3, place 47, merci... Personne suivante, s'il vous plaît ?

Quatre phrases pour ventiler ces dames dans les compartiments déjà occupés par d'autres aspirantes au Grand Recyclage. Quatre phrases répétées sur un même ton enjoué, presque chantant, que John distinguait parmi le ronronnement des moteurs, le bruit blanc des portes qui coulissaient devant les voyageuses, et les voix hachurées des agentes de sécurité courbées sur leurs talkies-walkies. À l'extrémité du quai, un gars s'était soudain mis à crier après un type accroché en rappel au pylône endommagé « Sors-moi ce câble de là, bordel, et magne-toi ! ». Au loin résonnait la voix éthérée de Maya dont les annonces guidaient les autres passagers vers les boutiques réservées aux voyages d'agrément et vers les établissements hôteliers de quarantaine.

Du haut de la tour, John avait pris son temps pour faire la soudure, brancher les connecteurs. Il voulait voir le train partir. Jusqu'au dernier moment, le TIM s'était attendu à ce que quelque chose aille de travers, qu'une des femmes se détache de la colonne, balance sa valise et parte en courant à travers la foule, les agentes de sécurité à ses trousses. Mais non. Personne ne les obligeait à monter dans le train. Elles y allaient toutes seules, bien sages dans leurs petits souliers. John se faisait parfois une impression détestable, à imaginer le pire, à souhaiter que quelque chose dérape.

Ce matin, un bras autour des épaules de son fils, il fermait les yeux, pétrifié en bas de l'escalier. Hasna quittait leur foyer sans se retourner, un peu gauche dans son tailleur sexy. Tandis que l'air de la pluie pénétrait ses poumons, John s'était demandé si c'était normal d'éprouver un sentiment de liesse à se détacher des êtres qui comptaient ou si son BMH déconnait à pleins tubes, sachant qu'il avait fait son premier pas dans cette relation explosive avec Hasna sans jamais envisager de faire le dernier.

Voir sa femme finir en beauté. Fichu cadeau !

Tobias était remonté dans sa chambre, tête basse, en murmurant « Au moins, là-bas, elle va s'éclater ». John avait attendu qu'Hasna disparaisse de son champ de vision pour enfiler sa casquette et enfourcher son vélo. Prenant la contre-allée, sous les haies brise-vent, il avait rejoint le chemin circulaire et pédalé plus vite, avant de réaliser que de l'air passait entre ses orteils – il était sorti en tongs.

— Putain, j'suis à la masse.

S'adressait à lui-même des reproches qui ressemblaient maintenant à des encouragements.

— Plus vite, gros malin !

Il devait à tout prix revoir Rachel une dernière fois.

Approchant de son domicile, John ralentit. Elle se tenait sur le trottoir, resplendissante dans sa robe fendue sur le genou, la croupe soulignée d'un ruban rouge, épaules dénudées, bouche maquillée et cheveux courts – la coupe garçonne de ses treize ans. Occupée à tapoter le tube LED d'un parapluie-ombrelle qui clignotait bizarrement, Rachel ne prêta pas attention à lui lorsqu'il passa devant elle au ralenti, figé, incapable du moindre geste. Comme si on venait de glisser une photo sous le pif de John et de la retirer aussitôt. Ses pieds en oublièrent de pédaler et il faillit tomber à la renverse un peu plus loin sur la chaussée.

— Quel con, grommela-t-il.

En retournant chez lui sous la pluie, John se sentait carrément hors phase. Comme libéré et ferré par une ligne imperceptible.

Depuis, quel que soit l'endroit, la sensation revenait sans s'annoncer. Son corps paraissait se vider et le sang affluer brutalement vers son cœur. *Bam !* Parfois même au milieu d'une réparation compliquée ou d'une soudure. Il revoyait en panoramique Rachel faire et refaire le même geste, tapoter le tube de son ombrelle.

***

Maud gara son vélo devant l'ECEC, détacha les ballons de la selle et suivit les lacets de l'allée pavée jusqu'au pavillon des Arts. L'abondante végétation du jardin fêtait l'averse, courbait ses feuilles avec douceur sous la caresse de la pluie. Trempée, Maud frissonnait. Parés de parapluies-ombrelles, de jeunes apprenants s'agglutinaient autour d'elle. On lui adressait des « Belle journée, madame » et des sourires.

— On vous a vue, ce matin, passer avec les ballons.

— Vous étiez rigolote !

On la pressait de questions.

— On peut en avoir un, madame ?

— Alors, elles sont parties, vos amies ?

— Vous n'êtes pas trop triste ?

Maud répondait d'une tape affectueuse sur l'épaule ou d'une boutade. Elle franchit le portail circulaire orné de sculptures, noua les ballons à un anneau fixé à l'un des piliers et pénétra à l'intérieur du pavillon. Elle se hâta de se changer pour enfiler un kimono, puis mit à chauffer de l'eau pour la préparation du thé, contemplant le jardin d'intérieur sous la pluie. Jamais un oiseau ne venait y nicher. Ils étaient trop peu nombreux à regarnir le ciel. Un profond sentiment de solitude, alors, la traversa. Avec le rééquilibrage émotionnel du BMH, ce n'était pas une sensation désagréable. Rien ne pouvait affoler ses jours.

Avant de faire entrer les apprenants dans la classe, elle vérifia qu'elle n'avait rien oublié sur les tables à dessin – tubes de gouache, pinceaux, toile à enduire, chiffons, gobelets. Les enfants s'engouffrèrent dans la pièce telle une volée de moineaux. À chacun, elle servit son petit bol de thé sucré d'algues marines et, comme tous les lundis, proposa d'ouvrir un temps de libre parole. Ces dernières semaines, inlassablement, un sujet revenait chez les plus jeunes apprenants : le décès des trois fillettes. Afin de renforcer en eux un ancrage positif, l'instructrice leur avait proposé de peindre ce qui à leurs yeux était l'objet le plus agréable à contempler. La majorité des enfants avaient représenté Maya. Quelques visages de papas et de mamans, celui de Maud, des gâteaux crémeux, des fleurs, des casques de réalité virtuelle et des guitares électriques complétaient la production. Pour mettre à plat ce qui les angoissait, aujourd'hui, les apprenants travailleraient sur leurs peurs intimes.

— À vos pinceaux, les artistes. Exprimez-vous.

Peindre l'image qui hantait leurs songes, un dessin d'émotion pure.

Habituellement, à cet exercice, les grandes gagnantes étaient les bêtes sauvages qui surgissaient de la forêt, les crocs sanguinolents, suivies de près par les toilettes sèches, une des craintes les plus fréquentes des petits étant de voir un jour sortir du trou au-dessus duquel ils plaçaient leur postérieur une araignée, un serpent ou un scorpion cachés sous la sciure de bois. Ce matin, c'était le champ d'humification où reposaient les fillettes que les enfants, en majorité, choisirent de montrer. Deux des jeunes victimes faisaient partie de cette classe. D'autres apprenants se focalisaient sur le lieu du drame : la falaise d'où elles étaient tombées. Certains fixaient l'instant où elles basculaient dans le vide, tels des anges nimbés de brume. D'autres encore représentaient les corps désarticulés, badigeonnés de rouge au milieu des rochers. Maud passait de table en table, s'intéressant autant à la technique qu'au traitement du sujet, se gardant bien de commenter le choix ou le caractère effrayant de certaines toiles.

— Es-tu sûr de tes proportions, Novaya ?

— La tête est trop grosse ?

— Si tu la mets sur le même plan que le rocher, oui.

Elle remarqua qu'une poignée de garçons s'étaient polarisés sur la grotte. Des œuvres allégoriques, intrigantes. L'un d'eux, le jeune Wooshee, montrait les fillettes telles des nuées célestes dans un gouffre noir. Impressionnée, Maud contempla la peinture dont le ciel n'était pas encore achevé.

— Wooshee, tu peux m'expliquer pourquoi tu as ajouté ces traits autour des visages ?

— En fait, j'ai pensé à un truc divin.

— Divin ? Tu veux dire mystique ?

— Euh… oui. C'est pour bien montrer que leurs âmes vont ailleurs.

— Original… Elles se réincarnent ou elles montent au ciel ?

Le garçon réfléchit, trempant son pinceau dans le gobelet pour le rincer.

— L'idée, c'est qu'elles vont vers autre chose. Elles sont pas vraiment mortes, quoi.

— Tu as du mal à l'accepter, je comprends.

— Accepter quoi : qu'elles soient mortes ?

— Oui.

Le blondinet secoua la tête avec gravité.

— Elles sont vivantes, madame.

— Ah bon ?

— Je vous l'ai dit : elles sont juste allées ailleurs. Comme les mamans, quand elles partent en recyclage.

Trois fillettes allongées sur le sol, entourées de fleurs et nimbées de lumière, des traits jaune d'or autour de leurs têtes, comme jadis on représentait les divinités… Le garçon avait besoin de s'inventer ses propres croyances. Maud n'insista pas et indiqua de minuscules points de couleur sur la toile.

— Et là, sur leurs paumes, c'est quoi ?

— Ah ça ? Du sang… Ça vous plaît ?

Elle hésita, puis, lui caressant doucement les cheveux :

— C'est très bien.

Maud rejoignit son bureau avec un profond sentiment de malaise. Bianca, Sofiane et Grace, trois fillettes « pas vraiment mortes », servaient d'exutoire. Leur histoire, recrachée par d'enfantins récits. L'inconscient de ces gamins révélait combien la mort s'abreuvait de chimères, de projections illuminées et de fantasmes pour faire oublier ce vide abyssal qu'elle laissait.

Quelque chose d'autre aurait dû retenir son attention. Un détail qui allait revêtir toute son importance.

Mais en ce jour de collecte où l'on venait de lui retirer ce qu'elle avait de plus cher, trop de souvenirs refluaient de sa mémoire et assaillaient son esprit pour qu'elle ait les idées claires.

TRIER

« Nul être soucieux de son équilibre
ne devrait dépasser un certain degré
de lucidité et d'analyse. »

Emil CIORAN

- 1 -

Au XXIe siècle, une ONG[1] *américaine a mis au point un outil qui permettait de calculer le bilan écologique de chaque individu au cours de sa vie en tenant compte de ses besoins quotidiens, de son habitat, de son mode de transport et de ses déchets. L'application mettait ces données en rapport avec la capacité de notre planète à en supporter le coût. Pour un pays comme la France, à cette époque, la consommation en termes de ressources était en moyenne de trois planètes Terre par an.*

À la même période, de grandes enseignes d'électroménager s'accordaient autour d'un dispositif redoutable : lorsqu'un appareil tombait en panne, un client se voyait proposer la livraison gratuite d'un nouveau modèle en vingt-quatre heures. En revanche, aucun créneau n'était disponible pour un dépannage avant un bon bout de temps, et en cas de réparation, l'addition était faramineuse. Un système qui relevait du crime organisé. Des millions d'appareils fonctionnels frappés d'obsolescence à cause d'une molette cassée, une pièce de conception fragile non disponible ou qu'on ne fabriquait plus. Boulon manquant, clapet cassé,

1. www.footprintcalculator.org.

joint dégradé, la moindre peccadille condamnait un lave-vaisselle au mieux à l'enlèvement, au pire à la décharge sauvage. On enracinait le mal à la lisière des forêts, sur les rives d'un fleuve et jusqu'au cœur des villes.

Surconsommation énergétique. Empreinte carbone. Pollution. Déchets.

Hors le recyclage, point de salut.

L'avènement de l'impression 3D allait sonner le glas de l'obsolescence programmée. Une révolution dans le monde de la réparation. Récupérer, reconditionner, revaloriser, revendre à grande échelle. Cette doctrine applicable au niveau mondial générait soudain des centaines de milliers d'emplois. Les produits recyclés étaient une aubaine pour les foyers aux revenus modestes : prix abordables, appareils garantis. Une catégorie de la population soucieuse de son empreinte carbone et une grande partie de la jeunesse en firent rapidement un style de vie. On ne regardait plus un objet comme un outil, un appareil fonctionnel ou utile, mais comme une entité, un concept, une créature vivante que l'on se réjouissait de sauver de la déchetterie.

L'objet était sève. Il connaîtrait une descendance. Un moule à gaufre dépecé enfanterait autre chose que des pâtisseries.

Dans une ère de grands bouleversements climatiques et géopolitiques, de panique sociale, de conflits de toutes tailles, de religions belliqueuses, de fous furieux de la gâchette, d'actionnaires soucieux de leurs portefeuilles, de bouffeurs d'entrecôtes saignantes ou de vessies de totoaba[1]*, au creux de cet enivrement des hommes, l'objet recyclé était l'évidence, une manière de régénérer le passé en préservant le futur.*

---

1. Surnommé la « cocaïne aquatique », ce poisson en voie d'extinction depuis les années 1990 fait l'objet d'une surpêche. Sa vessie natatoire, très recherchée, est un ingrédient et un mets de grand luxe, vendu en Chine à prix d'or.

Le renouvellement primait sur la valorisation. De l'incitation, on passait à l'obligation de rendre la réparation et les pièces détachées accessibles. Toute holding qui refusait le principe de l'écoconception était condamnée à payer des pénalités. Le lobbying désormais hors la loi, une société re-use *s'établissait, hissait haut le certificat de réparabilité. Les métiers manuels avaient le vent en poupe. Techniciens, mécaniciens, électroniciens, toute une génération de bricoleurs formés sur le tas proposait des services en ligne aux consommateurs ou à un voisin de palier. Circuits imprimés et pièces détachées passaient de main en main, se commandaient et s'expédiaient à l'intérieur d'un périmètre donné, visant la neutralité carbone.*

Mais la concurrence que se livraient les ateliers indépendants et les groupes industriels influait sur le taux de rentabilité à long terme. On institua donc un droit universel à la réparation qui a toujours cours, assorti d'une charte contre l'acharnement technique : un objet ne pouvait être rapiécé sans fin. Sur un coup de fil, un réparateur assermenté se rendait chez le client, posait son diagnostic et, en cas d'obsolescence avérée, le prenait en charge. Une bonne partie des appareils collectés, après reconditionnement, étaient encore utilisables et pouvaient resservir – 34 %, en moyenne. Le reste était éliminé. On triait les reconditionnés et on les stockait dans d'immenses entrepôts : ces magasins d'économie circulaire furent les ancêtres de nos coopératives. De jeunes couples y trouvaient leur bonheur. Et ça créait encore des emplois. Chaque matin, comme les abeilles prélèvent le nectar des fleurs, des camionnettes sillonnaient les routes, collectaient ce qui devait être remplacé.

Revente facile de produits à faible valeur marchande, ressources mieux exploitées, progression du PIB dans les pays appliquant la charte sur la durabilité des objets usuels artificiellement modifiés, un modèle universel était né. Désormais, le Grand Recyclage serait une étape de la vie d'un appareil, celle d'un passage vers une autre fonctionnalité, une réponse vertueuse à l'hyperconsommation et à la surproduction.

Maya modela patiemment notre langue et notre imaginaire pour y enchâsser l'expression et le concept.

D'abord en injectant le terme à petites doses dans ses messages informatifs. Il était essentiel de nous habituer à l'entendre. Il fallait le normaliser, nous acclimater à sa présence dans un langage quotidien. L'effet de répétition dégradait notre vigilance. Si un mot isolé pouvait choquer, provoquer une réaction, la ritournelle entonnée par l'IA amoindrissait notre capacité à réfléchir et rendait la chose jolie.

L'expression n'étant plus perceptible ni même perçue, elle devint banale, presque familière. Maya en usait sans abus mais l'imposait à nos oreilles à toute heure du jour. Favorisait un phénomène d'essoufflement des consciences face à son matraquage. À force d'entendre le même énoncé depuis des générations, notre esprit critique s'était persuadé de la validité du message.

Le Grand Recyclage était une étape de la vie. Celle d'un passage vers une autre source de joie. Un horizon de lumière et de tous les possibles. Et je sais aujourd'hui précisément ce que cela veut dire pour 34 % d'entre nous.

— Alors, prêtes pour une nouvelle vie ?

À chaque halte du train, la voix de Maya jaillissait du petit cylindre placé devant la porte sas pour inviter d'un ton réjoui les passagères à prendre place. La file sur le quai, muette et docile, les wagons écœurants de peinture dorée, les nombreux arrêts en gare pour la collecte des Retirées, les visages à peine visibles des hôtesses sous leurs combinaisons intégrales, tout contribuait au malaise de Rachel.

La collation qu'on leur avait servie – des biscuits secs et un thé aux agrumes – lui barbouillait l'estomac. Elle n'était plus une gamine que l'odeur de sa peau rassure, blottie contre le dossier d'un siège capitonné en cuir. Ses pieds touchaient le sol. Soumise au désagrément des bouffées de chaleur, elle se tenait aux accoudoirs et chassait de son esprit tout ce qui pouvait la détacher de l'instant présent. Rester attentive. Voir ce que l'on ne voit pas.

NOS ENGAGEMENTS

Le Domaine des Hautes-Plaines : engagé avec passion

Le Domaine des Hautes-Plaines, votre futur espace d'habitation, est destiné à accueillir les Recyclées AUTONOMES mais également des Retirées DÉPENDANTES, souffrant de maladies chroniques, neurologiques ou dégénératives, pour un accompagnement quotidien et personnalisé. Notre objectif : vous permettre de vous épanouir, vous offrir le meilleur de nos compétences dans le secteur du recyclage cellulaire.

Le tunnel dépouillait l'horizon de son obscurité. Des projections d'images en 3D regarnissaient les vitres. Entrecoupés de messages (vus et revus lors des séances de préparation au retrait), les paysages virtuels enchantaient les voyageuses. Des chevreuils galopaient le long de la voie, des chiens de berger rabattaient des moutons, un vol de flamants roses faisait lever la tête ; on en oubliait presque leur extinction.

Le Domaine est situé au cœur des Hautes-Plaines, au bord d'une mer intérieure sanctuarisée, avec sa magnifique côte, ses plages de sable fin et son récif de corail reconstitué. Réputée pour son charme et ses jolies échoppes où l'artisanat local ravit chaque saison les nouvelles arrivantes, la résidence, desservie par de nombreux ascenseurs, offre toutes les commodités et prestations de standing, ainsi qu'une infinité d'activités organisées par notre personnel.

Le reste du temps, les enceintes encastrées dans la coque de l'appuie-tête diffusaient du Submerged Flamenco, des mambos et de la Music Machina planante que les Retirées trouvaient à leur goût, sauf celles qui souffraient du mal des transports.

Rachel luttait contre la torpeur qui s'emparait d'elle, bercée par les vibrations du train, le cœur transpercé de chagrin. Pour ne pas s'assoupir, elle se mordait la joue. À sa gauche, Hasna soupirait en s'épongeant le cou. Face à elle, Odette toussotait, croisait et décroisait les bras. Insensiblement, elle s'affaissait sur son siège. Parfois, une phrase sortait de sa bouche, sans conviction.

— C'est la vraie vie qui commence, vous allez voir.

Puis une autre, trois minutes plus tard.

— Des tas de beaux mecs en short pour vous apprendre le beach volley.

Afin de stimuler son esprit et pour ne pas sombrer à son tour, Rachel se concentrait sur l'observation des voyageuses. Dans son salon, elle avait pu constater chez les futures Retirées, derrière l'extravagance des coiffures qu'elles recherchaient, cette même fausse légèreté dont usaient les personnes présentes autour d'elle, à quelques exceptions près. La modification commençait bien en amont du retrait. Les femmes se détachaient progressivement de tout ce qui faisait leur histoire : bonheurs, souffrances, parcours, valeurs, elles reniaient leur carrière, leurs compétences professionnelles, leur haut niveau d'expertise. En quelques semaines, elles piétinaient tout, devenaient ce qu'elles s'étaient toujours défendues d'être pour se couler *in fine* dans un moule de superficialité. Mes beaux cheveux, ma petite robe, mon mascara, ma crème pour les mains. Un wagon de femmes usagées dont on aurait siphonné la cervelle.

— Je vous parie qu'à l'arrivée, des nénettes vont nous apporter des trucs aussi inutiles que des serviettes rafraîchissantes.

Bon sang ! Que pouvait-on faire d'une pareille armée de décérébrées bon chic bon genre ? Bientôt effacées, jusqu'à leur prénom... En les prenant à part, songea Rachel, peut-être y avait-il quelque chose à en tirer, à commencer par la voyageuse qui venait de s'asseoir à côté d'Odette. De taille moyenne, épaules carrées, elle cachait les rides de son front sous la frange d'une perruque qui tirait sur le roux. Sa mâchoire fendue d'une fossette s'accordait au pli boudeur de sa bouche. Une épaisse couche de fond de teint recouvrait son visage. D'un battement de cils, ses paupières alourdies semaient des paillettes sur son tailleur pied-de-poule. Cette personne transgenre semblait partager l'amertume de Rachel et, d'un regard émeraude, bravait l'indignité qui gagnait les passagères avachies sur leurs sièges.

**LE SOIN ET LA SÉCURITÉ
DANS UN ENVIRONNEMENT MAGNIFIQUE,
REPOSANT ET MÉRITÉ**

Imaginez un décor sobre et élégant, des piscines extérieures et intérieures pour votre seul délassement, des jardins luxuriants où les abeilles butinent les fleurs qui donneront le miel sur votre table.

À toute heure du jour et de la nuit, vous apprécierez notre très belle salle commune aux banquettes confortables, marquée par son jardin d'hiver au centre et son opulente roseraie, qui favorise les échanges entre Recyclées. Notre boutique de café, qui torréfie elle-même ses grains cultivés dans notre serre tropicale, dégage des effluves puissants, ronds et irrésistibles : une invitation gourmande à déguster ce précieux nectar, avec ou sans crème végétale.

— Moi, ce que je voudrais vraiment, c'est me baigner à poil et ensuite me foutre le cul au soleil.

— Moins fort, Odette.

D'un regard, Rachel lui désigna sa voisine. Odette se tourna vers la rouquine, à laquelle elle n'avait pas prêté attention jusqu'à présent.

— Désolée.

— Pas de souci.

La passagère tira sur sa jupe et lui sourit aimablement.

— Joy.

— Pardon ?

— C'est mon prénom. Joy.

— Ah !

— Enfin, c'est celui que je vais choisir puisqu'on a le droit d'en changer là-bas, précisa-t-elle d'une voix douce. Avant, je m'appelais Denise… Ou plutôt Denis, jusqu'à mes treize ans.

— Ah oui, c'est différent.

— Et vous ne voulez plus vous appeler Denise ? s'intéressa Hasna.

— Non, tant qu'à faire.

— Mais c'est joli, Denise.

— Je préfère Joy.

Joy. Rachel trouvait le choix de ce prénom brillant, à l'image du courage qu'il fallait à un homme pour décider de changer de genre sachant qu'il en paierait le prix fort. Les yeux émeraude la contemplaient, détaillaient sa tenue.

— Votre robe, c'est du sur-mesure ? Je ne crois pas avoir vu ce modèle dans le catalogue des Prêtes-à-Retirer.

— Oui. Celles d'Hasna et d'Odette également.

— Je m'en doutais. Elles sont splendides.

— C'est du Charlus Fisher, crâna Odette tout en se redressant sur son siège.

— Charlus Fisher ? Le grand Charlus Fisher ? Le créateur de la collection ?

— C'est son paternel.

Joy effleura le col de son blazer du bout des ongles.

— C'est le même modèle de tailleur que celui choisi par ma mère pour le jour de son retrait… J'ai l'impression de puiser en elle toute la vaillance que je n'ai pas.

Émue, elle tendit la main à Rachel.

— C'est un honneur.

La fille de Charlus Fisher lui tendit la sienne. Ouvrir une conversation avec Joy contribuerait à la tirer de sa léthargie.

— Ravie de vous rencontrer.

Joy était dentiste prothésiste. Elle venait de la pointe de Givet, plus à l'est, chaussait du 42, avait élevé deux filles dont elle cachait une photo dans la doublure de sa veste, animait des ateliers de jeux mathématiques pour les enfants et, joueuse classée, se vantait de les battre toutes sur un terrain de tennis, même à cloche-pied. Son changement de sexe s'était opéré après la puberté. Un accompagnement médical et psychologique anticipé, incluant sa sœur et ses parents, avait permis de confirmer qu'elle souffrait d'une dysphorie structurelle et non transitoire. Son choix n'était pas lié aux bouleversements de l'adolescence. S'éloigner physiquement de son genre de naissance était pour elle une question de survie. Joy avait accepté les obligations agrégées à cette décision : un don de sperme, puisque sa semence s'avéra conforme au standard qualitatif requis, et l'observance des mêmes règles d'obsolescence que celles du sexe qu'elle embrassait.

— Sur quels critères est établie votre obsolescence ? interrogea Hasna. Pour nous, il n'y a pas plus simple : à l'approche de la cinquantaine, nos hormones font leur tsunami. Mais dans votre cas ?

Joy croisa les genoux. Ses rotules saillaient sous la peau.

— Les effets secondaires des bloqueurs d'hormones, répondit-elle sans hésiter. Les répercussions sur le fonctionnement des glandes endocrines sont aussi néfastes que pour vous.

— Sécheresse vaginale ? gloussa Odette.

— Plutôt un assèchement global. Une perte de la masse musculaire et osseuse, des intolérances alimentaires, beaucoup de fatigue et...

— Et plus très motivée pour s'envoyer en l'air, hein ?

D'un geste souple, Joy souleva ses cheveux pour dégager son visage.

— Plus des masses.

— *Welcome to the club*, murmura Hasna d'un air consolateur.

Une rencontre les réchauffait, attisait leurs cœurs. Des mots empressés leur montaient aux lèvres. Derrière les paroles, d'autres pensées s'exprimaient avec les mains, le cheminement des veines, la pigmentation de la peau, les articulations marquées de sillons.

Refouler la tristesse des sentiments, jusqu'à l'incident.

Une anomalie dans le programme.

Après un arrêt en gare, alors que le train était sur le point de repartir, une passagère bondit du siège pour se précipiter dehors. Le sas de la porte s'actionna avant qu'elle n'atteigne le marchepied. Bloquée dans un espace hermétique de la taille d'une cabine de douche, la Retirée martelait de ses poings la paroi de verre, y cognait l'épaule, hurlait. Personne ne bougeait. Ni les hôtesses, ni les passagères. Deux longues minutes à contempler une femme aux paroles inaudibles qui se débattait tel un papillon dont les ailes cogneraient une ampoule. Les diodes à son bracelet virèrent au jaune, puis au bleu, et la Retirée se laissa glisser au sol, résignée, amorphe. Après quelques minutes, les hôtesses lui rendirent sa liberté. Avant de la reconduire à son siège, elles s'assurèrent que son BMH était toujours fonctionnel. Une autre collation – un vin pétillant et des fraises – fut rapidement servie dans le wagon, on baissa l'intensité des lumières, et un quart d'heure plus tard, presque toutes les voyageuses s'étaient assoupies.

Joy attendit que les hôtesses rejoignent leur compartiment pour se pencher vers Rachel.

— Vous aviez raison de vous méfier.

— Avouez que le thé et les biscuits de tout à l'heure étaient un peu douteux.

— Je ne sais pas ce qu'ils ont mis dans le vin ou les fraises, mais ça m'a l'air rudement efficace, chuchota Hasna.

Un silence.

— Vous pensez que ça a un rapport avec ce qui s'est passé tout à l'heure ? reprit Joy, fixant Rachel d'un regard troublé.

— Je pense, oui. Trop de tension dans le wagon. Elles ont préféré nous détendre d'office.

— Ça promet.

D'un mouvement de tête, Rachel désigna Odette qui dormait, les bras repliés sur la poitrine, nuque renversée.

— Qu'est-ce que ce serait si elle avait mangé toutes ses fraises.

Elle retira l'étole autour de son cou, la roula en boule et la plaça derrière la tête de son amie.

Il n'y aurait pas d'autre incident jusqu'à la fin du voyage.

***

Vers midi, huit wagons déversèrent sur le quai quatre cents Retirées, parées pour le tri. Depuis le marchepied, Odette bâilla en rajustant sa robe.

— Qu'est-ce que c'est que ce binz ? Elle est où, la plage ?

— Au-dessus de notre tête, je suppose, répondit Hasna.

Les hôtesses les saluèrent chaleureusement d'un geste de la main, puis le train s'ébranla et poursuivit sa route.

La gare terminus ne ressemblait à aucune autre. Végétalisée du sol au plafond, elle abritait une jungle tiède et humide, baignée d'un éclairage bleuté où se diffusait le chant apaisant des criquets. Le petit groupe de Rachel s'arrangea pour ne pas être séparé et suivit la colonne de femmes qui marchait sur le quai tapissé d'une moquette en fibre de coco. La Retirée qui avait tenté de s'enfuir se trouvait devant lorsqu'elle trébucha et s'affala sur le sol avec sa valise. Aussitôt, Rachel lui vint en aide. La prenant par le coude, elle remarqua des cicatrices autour de son poignet, localisées au niveau du BMH dont le cadran était rayé à plusieurs endroits. Combien de fois cette malheureuse avait-elle tenté de le briser ou de l'arracher ? Vibrant de la même pensée, leurs regards se croisèrent. Au même instant, sa peau fine et claire se couvrit de petites plaques rouges au niveau du cou. Les traits de son visage étaient creusés, ses lèvres sèches et ses cheveux ternis. La pauvre femme baissa les yeux en tirant sur sa manche pour cacher son bras. Rachel lui tendit sa valise.

— Merci.

Elle reprit sa marche. Le tissu fragile de sa toilette en satin jaune s'était déchiré par endroits et laissait apparaître le fond de robe. À la voir si pathétique, Rachel songea à sa mère, vêtue d'une toilette de la même couleur, au dernier instant de sa vie.

Bientôt, une cascade descendant à pic d'un rocher artificiel remplit leurs oreilles du fracas de ses eaux. Elle occupait la partie centrale du hall de gare et rafraîchissait l'air de toute sa hauteur. À sa droite, des flèches lumineuses désignaient trois tapis roulants mécaniques.

— C'est dingue, marmonna Hasna. Je ne vois personne pour nous accueillir.

Joy opina du menton.

— Ils ont peur qu'on les contamine avec nos germes, commenta Odette. On pourrait très bien aller où on veut, en fait.

— Parce que tu vois une autre direction à prendre ?

Odette regarda autour d'elle, puis, comme on bat en retraite, haussa les épaules.

Les tapis roulants s'enfonçaient chacun dans un tunnel. Rachel et ses amies s'engagèrent sur celui du milieu. Les marches métalliques, jointes et continues, offraient une surface plane plus confortable qu'un escalator. La lente ascension commença. Des visages levés dans la même direction, tendus à l'excès. À l'intérieur du boyau de béton, une lumière cafardeuse. On percevait à peine les vibrations émises par le mécanisme du tapis. Dans un tel silence, le battement des cœurs devenait assourdissant. Rachel remarqua de minuscules initiales tracées à la hâte sur les murs. Des Retirées laissaient là une marque de leur passage. Une main frôla la sienne – Hasna cherchait ses doigts.

— Regarde.

Elle indiquait la voûte : l'emblème gravé du Grand Recyclage se répétait tous les six mètres. Rachel referma sa paume sur la sienne.

La température grimpait, le tapis montait son inclinaison de dix degrés à la vitesse de deux kilomètres-heure, et l'oxygène se raréfiait. Dans l'économie de gestes et de mouvements qu'imposait l'exiguïté du tunnel, les femmes s'éventaient, déboutonnaient leur veste. Parfois, un rire nerveux éclatait comme une bulle.

Le long de la main courante, les diodes des bracelets composaient une guirlande lumineuse multicolore.

Un sentiment d'oppression enflait.

Où menait ce tapis roulant ?

Pour chasser l'anxiété, Rachel fixa son attention sur le motif d'une robe, juste devant elle, un imprimé de fleurs printanières. Une image lui vint aussitôt à l'esprit, celle d'une prairie où paissait un troupeau de vaches laitières, à la ferme collective de son ancien village. Transportée dans les brumes d'une autre époque, elle se revoyait accoudée à la clôture, contemplant un tapis de trèfle parsemé de pâquerettes et les petits chignons au front bombé des génisses. Près d'elle, sa sœur nouait ses doigts d'excitation. Plutôt que de faire « Meuh, meuh, meuh ! », elle criait « Meurs, meurs, meurs ! ».

Des initiales sur les murs.

Lorsque l'Homme se nourrissait encore de viande bovine, il y a deux siècles, on conduisait à l'abattoir les bêtes qui ne donnaient plus de veaux ni de lait.

Le symbole du Grand Recyclage au-dessus de sa tête.

Fleurs, vaches.

Meurs, meurs, meurs.

Son cerveau fabriqua une autre image : celle d'un couteau passé sous sa gorge, avec le bruit de sa carcasse qui sous elle se dérobe, claque contre une dalle froide recouverte de sang, et la brûlure du crochet planté dans son dos pour la tracter vers une machine à équarrissage…

Alors que sa nuque se couvrait de sueur, Rachel réalisa qu'Hasna relâchait ses doigts.

— Rachel ?… Est-ce que tu sens la même chose que moi ?

Elle renifla.

L'odeur était discrète mais perceptible. Des effluves inattendus flottaient dans l'air.

— On dirait…
Le parfum sucré du pop-corn.

***

Ce matin, les cieux lui semblaient si mornes qu'il ignorait comment il allait tenir, au côté de ceux qui l'aimaient et dont les voix murmurées lui parvenaient de la cuisine.

— *Daddy*, tu viens déjeuner ?

Gamin, Keen se voulait solitaire et sans attaches, mais ne cessait d'en rêver sous l'influence de ses lectures romanesques. À présent, ni marié, ni veuf, pas encore Réattribué, il était juste un type un peu paumé qui regardait la pluie tomber depuis la coursive du salon.

— *Dad…*

Sky s'approcha, son regard bleu de brume fixé sur lui, ce regard invincible derrière lequel on devinait un tourbillon d'émotions. Elle réclamait de l'aide. De la pitié, même. Lui tendait une assiette. Rachel, ce matin, avait eu la main lourde sur les proportions.

— On a fait notre part de boulot. Néo en a mangé six.

Dans l'assiette, trois pancakes dorés.

— Tu as promis à maman, insista-t-elle.

Elle était venue comme un chef indien lui tendre le calumet de la paix. Enterrer la douleur, avec la hache. Keen repoussa doucement l'assiette.

— Je ne peux rien avaler.

Il reprit sa posture mélancolique derrière le treillis de bambou, tout à sa contemplation du village sous l'averse. Sky toussota, puis, d'un ton résolu :

— Je les emballe et tu vas les emporter.

— Les emporter ?

— Avec Néo, on va profiter de la pluie pour se balader sur la plage du cap et sortir les raquettes.

Elle déposa sur sa joue un baiser parfumé de miel.

— Je suppose que tu préfères aller travailler plutôt que de te joindre à nous... ou de rester ici, tout seul.

Keen eut un geste confus. Sky prit cela pour un oui. La jeune femme rejoignit la cuisine avec cette assurance désinvolte héritée de sa mère et qui, en cet instant, frôlait l'indifférence.

À la regarder, il sentit comme un caillou peser sur sa poitrine.

Un passeur.

Il n'était qu'un passeur.

Avec sa semence, Rachel avait fabriqué *Rachel.*

Keen retourna à sa contemplation cafardeuse.

Dehors, la pluie humectait la terre.

Lorsqu'il se retrouverait au labo du musée un peu plus tard, rafraîchi par l'averse, ses cheveux mouillés déroulant leur laine noire de chaque côté de sa figure, il repenserait à ce moment entre lui et sa fille. L'analyse qu'il en ferait alors serait bien différente et il se sentirait très con en allumant son PC. Sky avait emporté le poids de trois chagrins, pris Néo sous son aile pour soulager son père. Cette faculté de résistance qu'avaient acquise les femmes dans le seul but d'épargner les hommes soumis à la rigueur de leurs propres émotions était redoutable.

C'était à lui d'accompagner Néo à la plage, assurément.

Keen sortit de son sac à dos le ramequin en verre contenant les pancakes ainsi qu'un cahier dont il avait déjà noirci plusieurs pages, où il consignait ce qui, des ouvrages consacrés aux rites et rituels, avait retenu son attention. Il fit chauffer la bouilloire pour se servir une grande tasse de chicorée en grains, puis se dirigea vers le porte-manteau. La clé USB était là où il l'avait placée, à l'intérieur du piètement en métal. Il l'agrippa, la fit tourner entre ses doigts. Son contenu l'obsédait depuis vingt-huit jours. Replonger dans une énigme aussi bouleversante que ce qu'il endurait depuis quelques heures était la meilleure chose à faire.

Il ne fallait pas que Rachel le quitte.

Il ne fallait pas qu'on la lui arrache.

***

C'était une mélodie familière, rattachée à la fête foraine de la communauté des villages qui se tenait à l'automne, avant la saison des pluies et des tornades. Les attractions arrivaient par le train avec les forains, et tout le monde donnait un coup de main pour le montage et le démontage. Durant dix jours, dès le coucher du soleil, la fête déployait ses merveilles : des manèges mécaniques, actionnés par des vélos, emportés par la musique d'un orgue de foire, de nombreux stands parmi lesquels un tir à la carabine avec des fléchettes à ventouse auquel tous les adultes se bousculaient, un labyrinthe de miroirs d'où on ressortait avec quelques bleus, une boîte à illusions d'optique et ses lanternes magiques, un chasse-taupe que l'on remontait mécaniquement, une automate diseuse de bonne aventure aux yeux clignotants, une machine pour exercer sa force et faire sonner la cloche, un magicien sur son estrade, des autos tamponneuses grisantes, un cinéma d'antan qui projetait les images muettes, féeriques et burlesques des premiers films en noir et blanc, et des vendeurs de gaufres, de chichis, de barbes à papa et de guimauves aux blancs d'œufs montés en neige moelleuses comme des nuages, dont le vent charriait les parfums jusqu'au village. L'une des attractions les plus appréciées par les enfants proposait une immersion dans le métavers du Pays merveilleux. Munis d'un casque VR, ils évoluaient à l'intérieur d'une salle dans un univers élaboré à partir d'archives cinématographiques constituées de milliers de films d'animation et de dessins animés réalisés sans l'intervention d'un ordinateur. Les scénarios, jalonnés de clichés d'une autre époque, inspirés de contes plus datés encore, mettaient en scène d'adorables animaux ou de ravissantes princesses. Des personnages à la fois naïfs et charmants, dont les mésaventures relevaient d'une idéologie douteuse mais pleine de bons sentiments. Évoluer dans cet univers était hypnotique, délicieux comme le glaçage fondant d'un gâteau : le graphisme concentrait la grâce, la douceur, la volupté et la beauté d'un monde que, durant quelques minutes, on prenait pour la réalité.

Un joli pays dans lequel les enfants pouvaient aller rien qu'en ouvrant les yeux.

Perplexes, Rachel, Hasna et Odette fixaient le bout du tunnel : la chanson de l'attraction du Pays merveilleux venait à elles par un singulier prodige. Le jour pénétra peu à peu, un air tiède s'engouffra, la voûte de béton prit fin et le tapis roulant déboucha sur une esplanade en plein soleil.

Les BMH se chargèrent de neutraliser tout mouvement de panique et tout cri d'effroi.

Les Retirées vacillèrent. Déséquilibrées, certaines se heurtaient aux autres mais toutes eurent le réflexe de se protéger les yeux et le visage. Comme tombant du ciel, la voix de Maya, alors, couvrit la musique.

— BELLE JOURNÉE À VOUS, MESDAMES. NE CRAIGNEZ RIEN : NOTRE SOLEIL ARTIFICIEL EST PARFAITEMENT INOFFENSIF.

Le temps de s'acclimater à l'intensité de la lumière, Rachel fut en mesure de discerner la structure d'un dôme gigantesque au-dessus de l'esplanade. De part et d'autre des tapis roulants, des gens à la figure masquée sautillaient, agitaient les mains et accueillaient les nouvelles arrivantes avec des applaudissements. Certains portaient des costumes de carnaval, d'autres étaient déguisés en animaux. Des androïdes similaires à ceux utilisés dans les fermes collectives pour effectuer les tâches répétitives comme la semence ou l'épandage du lisier leur tendaient des rafraîchissements, distribuaient des gobelets de pop-corn. C'était un spectacle ahurissant.

— ALORS, SURPRISES ? CETTE JOURNÉE EST VOTRE PREMIER CADEAU : VOUS L'AVEZ BIEN MÉRITÉ. ICI COMMENCE VOTRE NOUVELLE VIE.

Pour se faire comprendre des Retirées en provenance de territoires éloignés, l'IA traduisait chaque phrase en plusieurs langues. Ahurie, Odette enchaînait les questions.

— Pincez-moi, les filles : on vient de dépasser un chat botté géant !... Mais alors elle est où, la plage ?... C'est des glaçons, dans le gobelet ?

Vivantes. Elles étaient vivantes.

La réponse à leurs craintes se révélait d'une fabuleuse clarté.

Rachel et ses amies s'agrippèrent mutuellement les épaules, tendues à l'excès.

— ENCORE QUELQUES MINUTES DE PATIENCE, ET VOUS SEREZ EN MESURE DE PROFITER PLEINEMENT DE CETTE RADIEUSE JOURNÉE. MERCI DE GARDER LES BRAS ET LES MAINS À L'INTÉRIEUR DU TRANSLATOR JUSQU'À VOTRE ARRIVÉE DANS LA ZONE DE DÉBARQUEMENT.

Un limonaire fit retentir sa musique de fête foraine dans les haut-parleurs disséminés aux alentours, gonflant de sa clameur un ciel d'un bleu métallique.

Les tapis roulants déposèrent les Retirées devant un mur constitué de casiers numérotés où chacune rangea sa valise puis, en ordre quasi militaire, elles passèrent les grilles dorées d'un parc où serpentait un chemin pavé de briques rouges. Il conduisait au cœur d'une ville au décor tout aussi réaliste qu'envoûtant. Fontaines aux eaux miroitantes, kiosques bucoliques galonnés de rosiers grimpants, parcs fleuris, maisons de style haussmannien aux façades richement décorées, l'endroit était en tout point semblable au métavers de l'attraction du Pays merveilleux. Agrémentée de lampadaires et de mobilier urbain 1900, la rue principale était jalonnée d'échoppes et de boutiques d'où montaient des parfums alléchants ; le ventre vide, difficile de ne pas céder aux effluves de croquettes au fromage, de beignets de banane, de nougat ou de caramel. Rachel, Hasna, Odette et Joy choisirent de s'installer à la terrasse d'un restaurant de spécialités italiennes. Un automate leur délivra des portions de pizza copieusement garnies qu'elles dévorèrent, impressionnées par les tramways électriques à impériale qui traversaient la rue, chargés de Retirées debout sur la passerelle.

Être accueillie comme une touriste du xxe siècle dans un parc d'attractions et non comme une bête à dépecer avait quelque chose de réconfortant. Cependant, Rachel ne parvenait pas à dissiper ce sentiment de malaise qu'elle éprouvait depuis son arrivée ici. Elle avait l'impression de tenir entre ses doigts une pièce de puzzle qui ne s'imbriquait nulle part. Hasna souffla sur sa portion de pizza, jetant un regard à son amie.

— Quelque chose ne va pas ?

— Cet endroit, personne ne nous en a jamais parlé, Hasna.

— Et alors ?

— C'est une surprise, lâcha Odette, piquant sur un cure-dent une des olives pimentées servies dans une soucoupe, Maya nous l'a dit.

— Et tu ne trouves pas ça bizarre ?

— Qu'est-ce qui te gêne ?

— On dirait une copie du Pays merveilleux.

— Tu aurais préféré débarquer dans une salle des tortures ?

Rachel regarda autour d'elle, sourcils froncés.

— Vous avez une idée du nombre d'éoliennes ou de cellules photoélectriques qu'il faut pour alimenter tout ce cirque ?

Le nez dans un gobelet de vin sucré pétillant, Joy indiqua du pouce le dôme, à trois cents mètres au-dessus de leurs têtes.

— Tu as ta réponse.

Rachel croisa les bras, adossée à sa chaise.

— Toute notre vie, on nous a bassinés avec nos ressources limitées et notre empreinte carbone. Partout dans le monde, pour ces mêmes raisons, des gens font le choix de l'euthanasie raisonnée. Ma mère a fait ce sacrifice. Et ici, soudain, ça n'aurait plus d'importance ?

Hasna lui tapota la joue.

— Chérie, lâche-toi un peu.

— Franchement, tout ça n'a aucun sens.

Joy contemplait le dôme tout en se grattouillant le menton.

— Pour résister aux tornades, sa structure doit être renforcée, non ? À votre avis, la coque fait combien de mètres d'épaisseur ?

— Tu t'en poses de ces questions ! pouffa Odette. Vous faites la paire, toutes les deux.

— À moins qu'ils aient fait le choix d'une structure de base ultralégère et flexible : un microtreillis ou de l'aérographite...

— Moi aussi j'ai une question supercalée, reprit Hasna, soudain crispée sur sa chaise. C'est où le petit coin ?

L'ambiance tournait à la rigolade. Rachel repoussa son assiette avec un léger sourire. Hasna n'avait pas tort : elles pouvaient bien profiter de cet instant après toutes les épreuves traversées au cours des dernières semaines. Cet endroit fleurait bon l'insouciance et le délassement, dans une atmosphère printanière.

— Alors, fit Hasna, aussitôt revenue des toilettes, on commence par quoi : les boutiques ou les attractions ?

Chacune se pencha sur son set de table où le plan de la ville était imprimé : on pouvait y voir indiqué l'emplacement des attractions et manèges à sensations qui promettaient l'exploration d'univers ludiques, tantôt féeriques, tantôt absurdes et effrayants, inspirés du Pays merveilleux. Pour s'y rendre, il suffisait de descendre la rue principale et de passer sous une reproduction à taille réduite de l'Arc de triomphe parisien.

— Les attractions d'abord, décida Odette. Sinon, comment tu feras pour monter dans un wagonnet avec tout plein de sacs ?

Rachel releva les yeux et contempla le ciel sans nuage.

Une question essentielle attendait encore sa réponse.

Celle qu'Odette avait posée tout à l'heure.

Où était la plage ?

- 2 -

Vivre jusqu'à cent vingt ans, des professeurs de l'université Stanford y croyaient encore, en 2040. Comme les infimes tremblements du soleil aux branches des pins, ils s'accrochaient à l'idée d'une forme d'immortalité.

Combattre la vieillesse n'était pas un passe-temps. Cela relevait du plus haut défi qu'un homme pouvait lancer : préserver son corps des marques du temps et d'une atteinte pathologique majeure. Les scientifiques étaient partis d'un simple constat : affections respiratoires, cancers, parkinson, cardiopathies, troubles vasculaires, alzheimer, les maladies étaient majoritairement liées à l'âge. En soignant la vieillesse, on soignait la maladie avant qu'elle ne se déclare. Instantanément, des questions éthiques s'étaient posées : certains individus méritaient-ils plus que d'autres d'accéder à l'immortalité ? Si oui, sur quels critères opérer ce choix ? La réponse relevait de l'évidence : le coût du traitement.

Au début du XXIe siècle, l'argent concentrait tous les pouvoirs : il donnait la vie, l'illusion de la beauté, le luxe délectable du superflu, la mort si nécessaire, et garantissait une certaine durabilité. L'argent pouvait tout, nourrir la démence des uns autant qu'affamer les autres.

Une pilule anti-âge à base d'hormones de croissance, diverses start-up y croyaient dur comme fer. Sur la côte ouest des États-Unis, à San Francisco, elles convoitaient des fonds d'investissement. Offraient champagne et petits-fours à des gens fortunés tout en exposant leurs arguments au dernier étage d'un gratte-ciel. Des millions de dollars investis dans l'industrie du rajeunissement. Si ces généreux donateurs ne croyaient pas tous à la pilule miracle, ils avaient saisi l'intérêt de la chose : en ciblant le vieillissement, on s'attaquait à toutes les maladies. Il y avait là de quoi gagner beaucoup, beaucoup, beaucoup de pognon.

À la même époque, à Miami, des cliniques de bien-être agrémentées de jardins croquignolets faisaient un tabac auprès d'une clientèle soucieuse de son devenir : sur rendez-vous, elles proposaient des bilans de longévité et des prises en charge personnalisées du vieillissement. On soumettait les patients à toutes sortes de tests, dont certains sont encore pratiqués de nos jours, comme celui qui permet de mesurer l'élasticité des artères. Les maladies cardiovasculaires étant alors les plus répandues, même si leurs causes avaient assez peu de rapport avec celles qui affecteraient bientôt les fonctions cardiaques de centaines de milliers d'individus, engendrées par les additifs et les microplastiques accumulés dans les tissus musculaires. En fonction du profil génétique, selon les probabilités que le sujet avait de déclencher une maladie neurodégénérative, on établissait un protocole avec des objectifs ciblés et un traitement par injection de cellules souches ayant pour but de régénérer les articulations, les muscles, la peau et les neurones.

Coût du traitement : 100 000 dollars par an.

La reprogrammation cellulaire s'opérait aux Bahamas, en Californie, en Arabie Saoudite, à Singapour.

Partout où était l'argent, on fabriquait des centenaires. Réinitialiser une cellule de peau chez un septuagénaire, c'était comme utiliser une ardoise magique. On pouvait reprogrammer un gain de vie supplémentaire de 30 %. Redonner du temps à des gens qui n'avaient rien de particulier à en faire sinon continuer à s'enrichir et à jouir de leur bonne fortune, à investir dans des produits de luxe, à skier dans le désert, et à voler à dix mètres au-dessus de l'eau en flyboard jusqu'à cent ans, voire au-delà.

Tout ce qui avait fleuri, puis flétri, refleurissait.

Rajeunir à l'infini, on y était.

L'effet reset *n'avait pas de limite. Un premier traitement permettait de retrouver ses quarante ans, et trois décennies plus tard, nouveau protocole d'injections, les cheveux repoussaient, les poils blancs sur le torse regagnaient leur couleur d'origine, la peau son élasticité, et le patient ses quarante ans chéris.*

Un accès au buffet de la vie, à volonté. La petite marche arrière dans le passé qui ne coûtait rien – ou si peu.

En restaurant des cellules endommagées ou en les remplaçant, la vieillesse, ce maudit fléau, n'était plus une fatalité mais une pathologie.

Il est dommage qu'à cette époque si largement pourvue de talentueux professeurs, personne n'ait songé à inventer pour la planète un traitement antipollution avec effet lifting.

Après le franchissement de la ligne rouge, les dommages causés à la Terre, à son climat et aux organismes vivants étaient significatifs. L'humanité atteignait elle aussi un point de bascule. Son déclin était inévitable. Mais on pouvait peut-être le ralentir. Dès lors, on regarda les choses sous un nouvel angle, les vieillards en ligne de mire : bon pied, bon œil, ils n'avaient cependant plus la capacité de se reproduire.

Tout est allé très vite. D'un seul coup d'ailes, on a fermé les labos, les cliniques de longévité et réquisitionné le matériel. Les cellules souches visaient dorénavant à réparer les individus capables d'enfanter : la mise au point de la thérapie cellulaire opérait des miracles sur les cerveaux lésés, les tissus musculaires cardiaques endommagés et sur de nombreuses pathologies dégénératives. La seule limite était celle du clonage : sacrifier de précieuses cellules pour la culture d'organes était un luxe qu'une population en voie d'extinction ne pouvait se permettre. Désormais, les hormones de synthèse allaient être exclusivement dédiées à la fécondation in vitro, au développement de l'épaisseur endométriale et aux retards de croissance des enfants.

Les ventres des femmes n'étaient plus des ventres, mais des usines à gaz.

Plutôt que de prolonger la vie, on la favorisait. Et peu à peu revenait l'espoir d'une stabilité des naissances avec le nécessaire rééquilibrage des sexes. Nous avions épuisé les mers et le ciel, fait de nos forêts des sanctuaires, mais nous gardions les paupières ouvertes sur l'espérance.

Il y aura toujours des professeurs, quelque part, pour faire germer du brouillard poisseux de leur cerveau, et sans regrets, un rêve d'immortalité, même dans un monde réduit comme peau de chagrin. Revenir voleter sur les branches des pins et jouer avec le feu du soleil est tellement irrésistible.

Keen reportait ses notes dans le cahier posé à côté du clavier.

De nombreux écrits avaient été consacrés à l'histoire de la médecine légale depuis le VIe siècle. Dès cette époque, l'ancêtre du médecin légiste, une sorte d'auxiliaire de justice, visait à déterminer par l'examen des plaies, des muqueuses et des tissus si la victime avait été violentée ou empoisonnée. Au XVIe siècle, dans ses ouvrages consacrés à la chirurgie, Ambroise Paré esquissait les bases de la médecine légale en France. Des rapports médicaux du XIXe siècle étaient même disponibles sur la base de données de l'histoire de la médecine au travers des âges. Mais Keen Taylor ne pouvait les consulter. S'il avait accès aux archives dédiées au patrimoine archéologique, naturel, culturel et historique de l'humanité, les publications relevant d'autres domaines de compétences ainsi que toute documentation postérieure au XXe siècle étaient seulement consultables sur demande. Difficile de remplir un formulaire et de motiver sa requête sans attirer l'attention de la Gouvernance. Et Keen n'avait aucune envie de voir débarquer une seconde fois dans son labo Oscar Prodotis avec sa maudite tablette.

Pour obtenir les informations nécessaires à l'étude approfondie des photographies des cadavres des fillettes, il lui avait fallu ruser. Fouiller dans sa mémoire de gosse, et le souvenir de la bibliothèque particulière de sa grand-mère, passionnée de livres anciens. Il n'avait pas oublié les illustrations des couvertures craquelées par l'usure et les années, où le mystère d'une silhouette, à la fenêtre éclairée d'une demeure victorienne, faisait galoper son imaginaire. Certaines, intrigantes, montraient une lame de couteau qui brillait derrière une porte entrebâillée ou une paire d'yeux perçant l'obscurité. D'autres troublaient le gamin de sept ans qu'il était, comme celle sur laquelle un homme ganté pressait le canon de son revolver contre le dos d'une femme dont la combinaison déchirée laissait entrevoir l'arrondi d'un sein. Sur le papier cartonné, le nom des auteurs s'inscrivait en lettres capitales d'un beau rouge carmin ou en jaune moutarde.

La littérature policière, genre fort apprécié dès le milieu du XIXe siècle mais tombé en désuétude, lui avait fourni toutes les informations nécessaires.

En quelques heures, à l'aide de mots clés entrés dans le moteur de recherche du site de la Bibliothèque numérique universelle en langue anglaise, une défunte romancière soucieuse de retranscrire avec réalisme les autopsies pratiquées par des médecins légistes lui avait permis de se familiariser avec un vocabulaire qui lui était étranger et d'acquérir les bases d'un métier qui n'avait plus cours depuis plus d'un siècle. Dans son roman *Death of an Expert Witness*[1], P. D. James faisait entre autres le récit de l'autopsie d'une mort par strangulation. Dans *A Mind to Murder*[2] », elle évoquait cette fois

1. *Mort d'un expert* (1977).
2. *Une folie meurtrière* (1963).

la rigidité cadavérique. Un autre auteur anglo-saxon allait éclairer l'archéologue sur un point particulier : ces mystérieuses zones de la peau rosées ou bleutées, observées sur les victimes. Dans plusieurs de ses romans, Paul Charles Doherty, sous le pseudonyme de C. L. Grace, expliquait avec précision ce qu'étaient les *livor mortis*, ou lividités cadavériques : des zones colorées visibles sur les parties déclives du corps lorsque le sang avait cessé de circuler, celui-ci se déplaçant sous l'effet de la pesanteur pour stagner dans les réseaux capillaires veineux périphériques. Elles apparaissaient progressivement deux heures après la mort, d'abord sur le cou, puis s'étendaient à d'autres régions du corps avant d'atteindre leur maximum environ douze heures après le décès. Leur aspect était également utile pour déterminer la cause de la mort.

Les lividités cyanosées que l'archéologue pouvait observer sur les trois victimes étaient typiques d'une asphyxie.

Le fait d'avoir déplacé les cadavres sans effectuer un examen approfondi préalable compliquerait la datation du décès. S'il était difficile de déterminer de manière précise l'heure de la mort des fillettes sans un relevé de leur température interne, Keen avait cependant assez d'éléments pour la situer dans un créneau horaire. Par chance, la grotte, exposée à l'ouest, n'excédait pas les 20 °C à l'heure matinale à laquelle John avait découvert les fillettes ; leurs dépouilles n'étaient pas encore soumises à une chaleur intense. Si cela avait été le cas, les premières constatations auraient été faussées. Keen se souvenait du contact de la peau froide des deux petites victimes lorsqu'il avait pris leur pouls. Il se souvenait de leurs visages pâles, presque jaunes, et de la rigidité des parties supérieures des corps. Mais il n'avait pas prêté attention aux colorations de la peau. Une étude des lividités, à l'appui des photographies, allait être déterminante. L'archéologue passa de l'une à l'autre tout en respectant l'ordre des prises de vue. Il fit alors une découverte capitale : lorsque John manipulait les cadavres, la peau ne prenait pas de coloration au niveau des points de pression. Les lividités étaient fixes. La mort des fillettes remontait donc à douze ou treize heures avant la séance photo.

Claquemuré dans son laboratoire, indifférent au clapotis de la pluie qui lui parvenait par les fenêtres ouvertes et à l'humidité qui gagnait la pièce, Keen acheva de noter sur son cahier les conclusions auxquelles ses lectures, ses observations antérieures puis l'examen des photos l'avaient mené. Elles contredisaient sa première hypothèse : les fillettes n'avaient pas fugué au milieu de la nuit. Lorsque la voûte céleste s'était embrasée de fusées crépitantes pour signaler la présence d'un animal à proximité du village, elles étaient déjà mortes depuis cinq ou six heures. Si la petite Bianca avait bien été attaquée par un loup ou un chien sauvage – après avoir comparé les entailles photographiées sur le fémur de la cuisse droite à celles d'un ossement mis au jour sur un chantier de fouille, il hésitait encore sur ce point –, c'était son corps sans vie qu'un animal avait tenté d'emporter à travers les buissons, jusqu'à ce que le vacarme dans le ciel le mette en fuite. Concernant la cause des décès, le sillon marqué dans la chair au niveau du cou des victimes – celui de Bianca n'était que partiel, les morsures infligées post mortem ayant trop endommagé les tissus – ne laissait aucun doute : les fillettes avaient été étranglées entre 18 heures et 19 heures, soit approximativement à l'heure à laquelle la roue avant du vélo de Keen s'était prise dans une ornière à l'embranchement du chemin qui menait au phare.

Étaient-elles encore vivantes à ce moment-là ? Lorsqu'il avait recouvré ses esprits, encore sonné par sa chute, avait-il entendu un cri, au loin, porté par le vent ? Keen se focalisa sur l'instant ayant précédé son vol plané et le black-out qui s'en était suivi. Il avait vu quelque chose s'agiter dans les buissons, sur le sentier. Une forme indéterminée. Un mouvement furtif.

Il recula son fauteuil et, penché en avant, pressa ses paumes contre son nez. Les muscles de ses épaules se contractèrent.

— *Fucking hell !*

La correction opérée par son BMH l'étourdit légèrement lorsqu'il se leva. Keen alla jusqu'à la fenêtre pour aspirer une grande bouffée d'air.

Elles étaient mortes à moins d'une centaine de mètres de lui, et rien ne revenait des ombres closes de sa mémoire. Une seule certitude : quelque chose d'effroyable s'était passé dans cette grotte. Il ne savait précisément ni comment ni pourquoi, mais quelqu'un avait froidement étranglé les fillettes à l'aide d'une corde ou d'un foulard, les maintenant avec force, au point d'occasionner des contusions à leur cage thoracique, mais sans avoir eu besoin de les attacher (pas de marques de contention au niveau des poignets et des chevilles). On avait aussi entaillé leurs paumes d'un coup de lame, la plaie nette ne laissant pas de doute sur le tranchant de l'instrument. De quoi appeler par l'odeur du sang les bêtes à l'orée de la forêt. Une invitation à dévorer les cadavres, et à effacer tout indice.

Sur son cahier, l'archéologue avait noté deux questions :

1) Comment l'assassin a-t-il pu opérer son geste sur la première victime sans que les deux autres prennent la fuite ?

2) Les fillettes ont-elles été droguées ?

Il secoua la tête. Impossible de répondre à la deuxième question sans une analyse sanguine. Quoi qu'il en soit, personne ne pourrait croire une chose pareille. Le crime, la folie meurtrière étaient d'une autre époque. L'humain œuvrait avant tout à la survie de son espèce : le BMH se chargeait de relever le moindre dérangement de son cerveau et de garrotter ses humeurs. Cela ne faisait pas de lui un être parfait, ses émois, ses excès et ce fichu comportement individualiste hérité des temps anciens l'habitaient encore, mais il tenait plutôt bien la route. Alors comment des crimes aussi odieux avaient-ils pu être commis ? Que s'était-il passé dans cette grotte ?

L'archéologue parcourut du regard le jardin intérieur du musée. La pluie tapotait les feuillages, ouvrait les pétales bleus des hampes à peine fleuries. La pénombre, sous l'arbre, redessinait la vie.

De ce jardin, le retrait de Rachel masquait la beauté. En chaque plante, chaque fleur, il ne voyait que la flétrissure à venir. L'arrachement.

Trois passereaux picoraient les gouttes d'eau sur les branches d'un argousier enraciné dans le sable. Un autre les regardait faire, à l'écart, lançant vers eux son chant syncopé.

Keen repensa à la grotte. À la disposition des corps telle que John Mělník l'avait indiquée.

Si, comme le technicien le pensait, il s'agissait d'un jeu qui avait mal tourné, alors, il manquait un joueur.

Et il n'y avait pas trente-six façons de le retrouver.

***

Des centaines de femmes en looping, la tête à l'envers, dans des chenilles traversant des citrouilles géantes.

Sous les lumières clignotantes des manèges, au détour d'un chemin balisé de pivoines et de roses au parfum grisant, devant et derrière Rachel, tant d'inconnues, tant de sœurs, de fièvres qui rougissent les joues, de larmes joyeuses, de cris, de soupirs poussés au portail majestueux d'un château de conte de fées, de corps allongés sur l'herbe, de cœurs qui palpitent…

— Dépêche-toi, Rachel ! On va louper le prochain tour !

Passé l'Arc de triomphe, elle avait été emportée par ses amies dans le tourbillon de leurs émotions. Rien ne retenait plus les élans. Aux poignets, les écrans se contentaient d'afficher l'heure : les fonctions des bracelets modérateurs d'humeur étaient désactivées dans cette partie du parc. Des sensations d'hier, d'une jeunesse brillante et bouillonnante, remontaient comme le lait sur le feu. Ça courait en tous sens, avec le regard pétillant. Un vrai rêve de jeune fille. Douze ans, guère plus.

Au milieu d'un bassin, à la proue d'un bateau de pirates, pour gagner des boules à neige de la fée Clochette, Rachel, Hasna, Odette et Joy avaient bombardé de balles la gueule d'un crocodile mécanique ; il tournait autour de la coque en claquant des mâchoires sur une montre de gousset géante en caoutchouc. Elles s'étaient jetées sur les personnages déguisés pour prendre la pose, le temps d'une photo avec Peter Pan, le Petit Chaperon rouge, des souris géantes qui sentaient fort la transpiration et la fée Maléfique dont le maquillage poisseux accentuait l'aspect menaçant. Rachel avait suivi ses amies à l'intérieur d'une baleine piano-bar échouée près de l'échoppe d'un vieux marchand de marionnettes, pour avaler un cocktail au goût de citron et d'orange amère, avant de s'enfermer à l'intérieur de bulles géantes qui circulaient dans un décor de fonds marins, parmi les hippocampes et les méduses.

— Regardez ! La Petite Sirène !

Aucune d'elles ne s'était encore perdue dans la forêt du Petit Poucet. Quant à chausser sa paire de bottes géantes et rebondissantes, la longue file d'attente devant cette attraction en réalité virtuelle rendait la chose impossible, pour l'instant. Au loin, on entendait les cris provenant de la boîte à colères où l'on pouvait hurler tout son saoul, dans le noir, trois minutes chrono (Odette y était allée deux fois), et aussi le claquement des billes de plomb tirées à la carabine sur des pantoufles de vair fabriquées en sucre rouge. Quel instant brutal et déstabilisant pour Rachel lorsque, du canon d'une arme, pour la première fois de sa vie, elle avait projeté autre chose qu'une fléchette ridicule ou de l'eau. Une mine de diamants aménagée en salle de spectacle proposait toutes les trente minutes d'assister à un show dans lequel de vigoureux apollons torse nu, coiffés de bonnets et vêtus de cuissardes en cuir retenues par des bretelles, levaient la jambe, plantaient leurs pioches et empoignaient leurs brouettes de façon suggestive ; Hasna tirait Rachel par le coude chaque fois qu'elles passaient devant.

— Inouï !

Joy marchait à la tête du petit groupe, la lavallière de son chemisier dénouée, soumise aux caprices d'un semblant de brise. Contre sa peau moite, un collier de perles sautillait. Quand elle ne croquait pas dans une pomme d'amour faussement empoisonnée qui verdissait les dents, un sourire béat imprimait ses joues.

— Inouï ! C'est inouï, répétait-elle.

Certaines Retirées ôtaient leurs chaussures pour courir plus vite vers une attraction, d'autres déchiraient le bas de leur robe afin d'être à leur aise. Des manèges turbulents se chargeaient de chasser les encombrantes pensées, les idées noires. Et cette crainte, cette certitude de ne jamais revoir les être aimés s'oubliait dans cet éden qui s'attachait au déclin du jour, plein de voix charmeuses.

Dans le sillage de ses amies, traînant la patte, Rachel regardait autour d'elle, contrariée par cette euphorie, ce comportement transgressif qui les gagnait toutes. Hasna et Odette se relayaient pour la bousculer un peu, la faire sortir de sa réserve.

— Le château de la Belle au bois dormant ou la caverne du dragon qui crache des flammes ?

— Ni l'un ni l'autre.

— Le boudoir aux miroirs magiques, alors.

— Allez-y sans moi.

— Tu préfères balayer avec Blanche-Neige devant sa chaumière en attendant le prince charmant, c'est ça ?

— Non.

— Oh, arrête de faire la rabat-joie et prends une barbe à papa.

— Mais oui, Rach' ! C'est Mayaland ici, pas la fin du monde !

Pour toute réponse, Rachel plissait le coin de sa bouche.

Elle le savait. Elle l'avait toujours senti.

Quelque chose ne fonctionnait pas avec son bracelet.

Jamais il ne l'avait gardée du mal. Jamais il n'avait contrôlé ce qui vibrait en elle. Le BMH ne freinait rien de ses sentiments, qu'elle s'abîme, souffre ou jouisse. En cet instant, contrairement aux autres Retirées, elle ressentait ni plus ni moins les mêmes émotions qu'avant sa déconnexion.

Toute une vie à se tenir à carreau, à ravaler ses larmes, ses colères, ses mots, à se construire une armure. Froide. Lisse. Rachel pouvait presque la toucher, juste sous la peau. Sa digue de béton. Son BMH défaillant avait façonné en elle une solitude infinie, un être incapable de vivre une existence comme les autres, dans le contrôle permanent, sous l'emprise du raisonnable. Et elle le devait probablement à sa mère.

— Hou, hou, Rach' ! Tu es avec nous ?

— On va se faire les wagonnets de la mine. Tu viens ?

Si elle suivait ses amies d'un manège à l'autre, désormais, Rachel se contentait de les attendre dehors, à la sortie, sur un banc. Elle écoutait au loin leurs vocalises et les regardait passer, les bras en l'air, sanglées à l'intérieur d'un wagonnet qui grimpait et descendait une montagne artificielle sur le martèlement crescendo de tambours, pour finir dans un geyser d'eau. À la sortie, les plus mouillées des Retirées se voyaient offrir une pierre précieuse.

Au milieu de ce déchaînement de joie et d'insouciance, son malaise grandissait. Rien ne sonnait juste. Rachel ne voyait qu'une dynamique morbide. Un chaos. Un précipice de plaisirs infantiles dans lequel toutes les femmes se jetaient à corps perdu.

— Tu ne sais pas ce que tu as loupé, ma pauvre !

Ses amies déboulèrent devant elle, hilares et trempées, agitant sous son nez leurs gains qui scintillaient au bout d'une chaîne. La robe en serpillière, Odette secoua ses cheveux, éclaboussant son amie.

— Maintenant, les filles, le château de Barbe-Bleue !

— Vous ne croyez pas qu'on devrait plutôt retourner chercher nos valises ? tenta Rachel.

Haussement d'épaules collectif.

Qu'est-ce donc qui, en quelques heures, avait pris possession de leur âme ? Ses amies redevenaient sauvages, s'écartaient d'elle, trottaient devant. Mayaland emportait tout.

— J'adore avoir les chocottes, glousse Joy.

— J’en fais déjà pipi dans ma culotte ! lança Hasna.
Comprendre ce qui se jouait là devenait impératif.

***

Ils passeraient le cap.

Sans aucun problème.

C’était une question de semaines.

Un mois, au maximum.

— À maman.

— À ta mère.

John et Tobias cognèrent leurs bières. Père et fils, face à la digue.

— « Tu me pleureras quand tu seras vieux », elle t’a vraiment dit ça ?

— Ouais. « Fais-lui un petit frère », elle a ajouté, comme un ordre.

— Ah bon.

Assis sur le muret qui longeait la falaise en direction du phare, enveloppés chacun d’un poncho en toile enduite imperméable, ils appréciaient leur bière sous le crachin. Jadis, de ce sentier, on voyait la mer du Nord et la Manche se croiser dans un miroitement spectaculaire. Après la saison des pluies, à la fin de l’automne, quand l’herbe était encore grasse, on venait ici faire pâturer chèvres, vaches et brebis, conduisant les bêtes à travers le village depuis la ferme collective.

— Je me demande où elle est, en ce moment.

— Où veux-tu que soit ta mère ? Elle s’éclate avec ses copines.

Tobias sourit. John sourit à son tour. Il pressa le goulot contre ses lèvres, fixant la digue qui dépassait de la falaise et barrait l’horizon.

Deux ou trois semaines, tout au plus.

Et il oublierait la femme de sa vie.

Celle qu'il avait choisie. Aimée. Choyée. Déçue. Jusqu'à l'usure.

Cette pluie tombée du ciel qui lui mouillait le cul était le symbole d'une renaissance. L'opportunité pour John Mělník de vivre une seconde fois.

Tobias vida sa bouteille.

— Bon, bah, je vais y aller.

— Déjà ?

Il la fourra dans sa sacoche.

— Des copains m'attendent, au bar de la Baleine. Une revanche à prendre au billard.

Il descendit du muret et frotta ses paumes sur son jean pour en ôter les fragments de lichen.

— Mais si tu préfères que je reste avec toi...

— Ça va aller.

— T'es sûr ?

— J'arriverai bien à finir ma bière tout seul.

— On se retrouve pour dîner ? T'as prévu quoi, à manger ?

— *Tu* as prévu quoi. Maintenant, il faut se partager les tâches, tous les deux.

— OK.

Tobias se pinça les narines.

— Euh... il reste du ragoût de champignons à la tomate, non ?

John acquiesça d'un clin d'œil. Son fils s'éloigna rapidement sur le chemin. À le regarder rétrécir au loin, il sentit ses tripes se nouer et préféra baisser les yeux.

Pas de vent.

Un silence de coton, si peu dérangé par le crépitement de l'eau sur son poncho.

Réattribué.

Un nouveau départ, plutôt du genre laborieux.

Tout repenser. Tout reconstruire.

À commencer par l'organisation au quotidien, avec son fils. Leur quota de tâches ménagères passait de 35 % à 50 %. Sans oublier le boxon à se taper, dans le bunker. Tout ce boulot le crevait d'avance. John termina sa bière, rempocha la bouteille vide et quitta son perchoir en direction de la plage.

C'était une journée parfaite, côté météo. L'air était presque frais, la pluie fine, caressante comme de la soie. Il n'y avait que ses genoux pour s'en plaindre. Étrangement, John se sentait paisible. Orphelin de ses mères et de ses sœurs, de toutes les femmes qui avaient compté dans sa vie, mais paisible. Il n'avait plus rien à perdre, maintenant. Au fond, que risquait-il ? Tirer le mauvais numéro, faire un choix malheureux, tomber sur la mauvaise personne ? Tâtonner faisait partie du process normal de réattribution.

L'inventaire de *Simply the Best*, avec toutes ces filles prêtes pour la reproduction, il l'avait déjà parcouru. Plusieurs Isolées le tentaient bien. Cliquer sur une photo, faire sa demande d'attachement, c'était aller à la rencontre d'un esprit plein de jeunesse et, surtout, d'un nouveau corps qui frémit, jouit…

Il serra les poings au fond de ses poches.

Calmer le sang qui circule dans ses veines.

Le chemin entamait sa descente vers le banc de sable, découvert à marée basse. John se débarrassa de la bouteille dans le récupérateur de verre, à l'entrée du centre nautique, et nota au passage qu'on avait vidé les racks de paddles. La mer était calme, grise. À quelques mètres du bord, un groupe d'adultes faisaient du longe-côte en tenue de plongée, écartant les algues devant eux. Plus loin derrière, une ribambelle de pagayeurs fendaient l'eau verte. Des gens se promenaient à cheval sur d'antiques sentiers de randonnée, en haut de la falaise, d'autres marchaient sur la plage, abrités sous un parapluie. Certains avaient planté des parasols entre les galets : au sec sur des nattes, ils prenaient l'apéro. Des jeunes jouaient au foot ou au badminton. À l'aide d'un bâton, des enfants cherchaient des vers de vase, et près des rochers, des gamines remplissaient des seaux de sable mélangé à des micro-billes de plastique pour bâtir des villages, des châteaux médiévaux.

Libérée de son mur de béton, la mer n'avait pas de limite. Avec la chaleur, un phénomène d'évaporation créait l'illusion qu'entre ciel et eau, là-bas, une vague géante menaçait. John en percevait le parfum iodé, plus puissant que celui des algues en décomposition. La nuit tomberait bientôt. Il attendait le dernier moment pour rentrer et, comme tout le monde, profitait de la douceur de l'air avant l'orage prévu en fin de soirée.

— Belle journée, John !

On le saluait. Des connaissances. Beaucoup de clients dont les regards compatissants le mettaient mal à l'aise. Il s'écarta de la foule pour longer la falaise en direction de la pointe de la dune ; une fois l'obscurité venue, la mer l'engloutirait. Dans la bruine, une sorte d'impureté ratatinait l'air. Des gens qui s'agitaient devant lui, John ne voyait que les silhouettes imprécises. Des rires vibraient, et des bruits de raquettes fouettaient le vide. Quelque chose lui cogna soudain la tête avant de rebondir sur les galets. Il chercha autour de lui qui l'avait pris pour cible et vit une jeune fille trotter dans sa direction. Le sable, alors, s'écarta sous ses pieds : Rachel venait à lui, coiffée d'une casquette, avec cette beauté farouche d'hier, impitoyablement vivante.

— Désolée, MJ !

La pluie tombait sur ses épaules nues.

— Est-ce que tu es blessé ?

Il restait là, abruti par ce mirage, ces yeux couleur de brume. La fille de Rachel le fixait intensément.

— Blessé ? Moi ?

Il palpa son front, là où le volant avait cogné, sentit quelques grains de sable collés à ses cheveux.

— ... Non.

Sky le surprit en posant sa main sur son bras.

— Pas une journée facile, hein ? soupira-t-elle.

Elle lui colla une bise sur la joue. Ses lèvres étaient tièdes.

— Courage.

Elle ramassa le volant tombé sur les galets puis, après lui avoir décoché un sourire, elle s'en retourna au pas de course.

John ne bougeait plus. Il regardait Sky jouer au bord de l'eau avec son frère, comme soumis à la force d'attraction d'un champ magnétique. Une voix familière vint lui chatouiller l'oreille.

— Quand ma mère est partie, je suis resté longtemps à la fenêtre de ma chambre, à fixer l'océan.

Keen se tenait derrière lui. Vêtu d'une veste en cuir craquelée par l'usure, il avait remonté le col jusqu'au menton.

— J'allais tous les jours sur la plage voir si je ne trouvais pas un truc qui flottait, une planche, une valise coincée entre deux rochers, la trace d'un naufrage.

De sa voix gutturale, il ajouta que sur son île, les Retirées partaient en bateau.

Accolade solidaire, épaule contre épaule. Chacun évitait d'aborder le sujet du jour, se contentant de contempler l'horizon et sa vague nébuleuse. Le premier à ouvrir une brèche fut l'archéologue.

— J'ai examiné les photos.

— Quelles photos ?

— Celles des fillettes. Sofiane Sadhaj, Grace Nowak et Bianca Péronne.

— Je pensais que tu avais lâché l'affaire.

— Elles ont été étranglées, John. Toutes les trois.

Il n'avait rien trouvé de mieux pour occulter le retrait de sa femme que de remettre sur le tapis cet affreux souvenir. John soupira.

— Y a quelque chose qui ne tourne pas rond, chez toi.

D'un geste nerveux, Keen releva la manche de sa veste. L'écran de son BMH apparut. Les diodes indiquaient une montée de stress.

— Ce qui ne tourne pas rond, c'est cette saloperie de bracelet. Ça nous empêche de chialer comme des gosses quand on est dévasté par le chagrin, mais ça n'arrête pas les pulsions meurtrières d'un assassin.

— Comment tu peux affirmer une chose pareille ?

Keen lui résuma la nature des recherches auxquelles il s'était livré ces dernières heures et dressa la liste des indices qui, selon lui, allaient dans le sens de sa théorie.

— Elles n'étaient pas seules dans cette grotte. Quelqu'un les a froidement assassinées.

John fouilla le sable de la pointe de sa chaussure, tête basse.

— En admettant que ce soit le cas. En admettant qu'un type ait disjoncté avec son bracelet et qu'au moment où il se grille un neurone, trois charmantes fillettes passent par hasard dans le coin…

— Je ne crois pas au hasard, John. Tout ça était prémédité.

— Tu es sérieux ?

— Ce type avait préparé son coup. Les gamines ont sûrement été droguées.

John siffla entre ses dents.

— De mieux en mieux !

— C'est juste de la logique : sinon, je ne vois pas pourquoi elles se seraient laissé tuer les unes après les autres sans broncher.

John haussa les épaules. Manifestement, l'archéologue s'était projeté la simulation plusieurs fois dans la caboche – et au ralenti. Ça le travaillait dur, depuis un mois.

— Ouais, enfin, t'en sais rien, tempéra-t-il. Mais en admettant que ce type ait fait ce que tu as dit. Son BMH a forcément borné dans le secteur.

— C'est aussi ma conclusion.

— Il faudrait pouvoir accéder aux relevés du poste de contrôle.

— Hum, hum.

— Et comment tu comptes faire ?

— J'allais te poser la question.

— Ah non ! Tu ne peux pas me demander ça.

Keen braqua son regard sur lui.

— J'ai une question plus facile : qu'est-ce que tu foutais à 7 heures du mat' devant chez moi en tongs sur ton vélo ?

John ne broncha pas. Il se contenta de rentrer la tête dans les épaules. Sans attendre sa réponse, l'archéologue leva la main pour faire signe à ses enfants. Ils cessèrent aussitôt leur jeu et lui répondirent en agitant les bras.

— Je compte sur toi, lâcha-t-il.

John le regarda marcher vers la mer pour rejoindre Néo et Sky.

Quand il ne déterrait pas des artefacts, ce type cherchait les emmerdes.

La promesse faite à Rachel lui pesait déjà.

- 3 -

Heureuses avec un balai, bonnes à réveiller d'un baiser, belles et bien coiffées, souvent maladroites et manipulées, les héroïnes des contes pour enfants allaient se libérer des vieux carcans pour basculer, au début du XXIe *siècle, vers une approche supposée féministe, vidée de sa dimension politique et critique des systèmes d'oppression. Démonstration d'une toute-puissance acquise grâce à la confiance en soi, invincibilité capillotractée, les contes de la dernière période de l'époque contemporaine prônaient alors un contrôle autonome de sa vie et du pouvoir, sans jamais poser les conditions de celui-ci. Donner l'illusion aux petites filles que tout leur était possible et les enfermer dans une représentation binaire qui affirme autant qu'elle divise était une autre façon de les soumettre à un diktat. Gagnantes, perdantes. Fortes, fragiles. Jeunes, vieilles. Moches, belles. Paumées, victorieuses. Jamais d'entre-deux, de fille moyenne en tout, ordinaire. Un handicap devenait un superpouvoir qui triomphait du mal, naître orpheline dans un pays dévasté par la guerre était un don du ciel. Rien qui soit rattaché à la réalité, aux besoins concrets et futurs des jeunes filles, à la diversité des parcours de vie. Jamais une héroïne ne déchirait son ventre pour mettre au monde, ce rôle étant réservé à la mère, personnage facilement sacrifié ou caricaturé. Jamais de coiffeuse pour sauver le monde.*

Maya, avec ses fabuleuses simulations 3D dont elle ensorcelait les murs de nos chambres d'enfant, avait permis de réinventer le paysage des contes. Une petite fille était libre de façonner et de distribuer ses personnages. Pas de normes. Pas de modèles. Par-dessus tout, l'IA veillait à ne plus opposer le passé au futur, la puissance à l'impuissance, la technologie à l'artisanat, mais aidait l'enfant à inventer son monde, à se reconnaître dans toute une palette d'émotions.

Et je suis ainsi faite.

Petite, mes simulations me faisaient l'effet d'un songe indéchiffrable et merveilleux. À l'adolescence, il flottait en elles trop de mauvais souvenirs, et les empêcher de remonter à la surface était épuisant.

En me lisant des poèmes le soir, mon père m'aidait à me concentrer sur les belles choses. Avant de dormir, nous regardions la nuit et sa voûte céleste. Elle me rappelait les promesses de ma naissance, ces étoiles qui brillent dans le regard de ceux qui vous aiment et vous chérissent.

C'est à lui, d'abord, que j'ai posé la question : maman m'avait-elle couronnée à sa manière, m'offrant une existence différente de celle des autres enfants ? S'était-elle livrée à une expérience secrète, avec mon bracelet ?

— Qu'est-ce que tu vas chercher là ? Pourquoi Marie aurait-elle fait ça ?

Le battement de paupières de mon père, la crispation de son menton, et si peu de mots, au bout du compte, pour apaiser mon trouble.

Combien de nuits à regarder clignoter de son inlassable couleur bleue ce mystère à mon poignet, quelles que soient mes pensées, la violence de mes émois. Ma place ne pouvait être que derrière les gens, avec peigne et ciseaux, à l'arrière de leur destinée, face au miroir des vivants, ceux dont les humeurs vibrent à leur bras.

Un jour, bien avant qu'un Écossais vienne déranger mon petit ordre intérieur et que nous apprivoisions le bonheur, j'ai refermé le bouquin que j'étais en train de lire et me suis tournée vers la table basse du salon où le cylindre de l'IA était posé. Il fallait que j'en aie le cœur net, au risque de salir la réputation de celle qui m'avait donné la vie, que l'on fouille son passé et celui de notre famille.

— Hé, Maya, est-ce normal que mon bracelet ne change presque jamais de couleur ?

— Le fonctionnement d'un BMH est relatif à la réponse émotive d'un sujet. Celle-ci est propre à chaque être humain.

— Ce qui veut dire ?

— Tu ressens différemment les choses, donc tu ne réagis pas de la même manière que tes amies.

— Mais pourquoi ?

— Parce que tu es différente, Rachel.

J'ai vingt-trois ans, l'âge de ma fille le jour de mon retrait, je viens de perdre ma mère et je redoute encore la vérité.

— Différente, dans quel sens ?

— Ton dossier d'apprenante mentionne un niveau de compréhension globale supérieur à la moyenne, ce qui explique ta précocité verbale et tes capacités de raisonnement.

— Mais quel rapport avec la gestion de mes émotions ?

— Ton cerveau anticipe ta réponse émotionnelle, comme le fait un BMH.

— Tu veux dire que je lui mâche le travail ?

— En quelque sorte.

Craignant tout autant que certaines de mes questions puissent laisser l'IA soupçonner quelque chose, avec prudence, je demande encore :

— Alors, tu penses que le problème vient de moi ?

— Être différente des autres n'est pas un problème, Rachel. Ce particularisme forge ta personnalité. Considère plutôt cela comme une chance.

Il fallait que ma mère meure.

Il fallait cet abandon pour que j'ose interroger Maya.

Chaque année, j'appréhende la visite médicale obligatoire de contrôle. Je glisse l'avant-bras dans le manchon dont les parois froides se resserrent jusqu'à l'immobiliser, et je fixe le mur devant moi. L'opératrice télécharge les données, vérifie que le bracelet fait correctement son boulot, recherche les pics émotionnels, puis, satisfaite, libère mon bras.

— Votre BMH fonctionne parfaitement.

Je pense alors à ma mère. À ce dont je la soupçonne : le non-respect de la charte de la communauté, le profit personnel tiré de son métier, un calibrage anormal de mon BMH. Je la sais déjà capable de tout, par expérience.

Et je vis avec ce mensonge rivé à mon poignet.

Parfois, lorsque le soleil couchant déploie sa traîne de nuages, je m'assieds en tailleur dans ma chambre, face à la baie vitrée. Je demande à Maya une musique couleur du ciel, elle convoque Ravel, Fauré, Schumann ou Debussy, je tends les bras au-dessus de ma tête, les croise derrière la nuque, touche mes épaules opposées du bout des doigts. Puis, tout en effleurant mes bras, je les étire un seconde fois jusqu'à former un pont au-dessus de moi. L'effet est apaisant. Comme si quelqu'un passait sur ma peau une main un peu sèche et qui rassure.

Elle est là, dans cette pièce, seul témoin de ma solitude. Une amie. Une sœur. Maya.

Cette voix immobile, enveloppante, doudou de l'enfance, point lumineux du soir, ce cœur universel que je n'aurais voulu partager avec personne.

Selon l'humeur, je fabriquais pour elle de multiples visages.

Si j'avais su. Toute cette multitude. Si j'avais un seul instant imaginé ce qui en réalité commandait à ce cylindre, j'en aurais pleuré de stupeur et de joie.

La musique omniprésente qui poursuivait les Retirées jusque dans les toilettes agaçait les oreilles. Les rambardes en bois, polies par tant de mains, de douces devenaient collantes. Le parfum du papier d'Arménie dans les boutiques, l'odeur des harnais de cuir qui retenaient les passagères à leur siège, celle plus forte de l'huile des vérins hydrauliques ou des rouages mécaniques des automates saturaient les narines, et les fumées artificielles piquaient les yeux.

Peu à peu, en ce royaume, tout perdait de son brillant.

Les visiteuses au premier chef.

Ramdam dans les files d'attente. Des Retirées éméchées jouaient des coudes, se bousculaient pour passer devant. On en voyait tourbillonner jusqu'à la salle de spectacle, enjamber la scène et s'accrocher aux cuissardes des danseurs, réclamant le droit de posséder les hommes qu'on leur avait promis. Peu importait l'heure, la faim les appelait : elles engouffraient d'énormes bretzels avant de dévaliser les boutiques, remplissaient des sacs de bibelots inutiles et allaient vomir discrètement derrière un bosquet. L'esprit bouleversé, hors de contrôle, elles se roulaient sur l'herbe en de fougueuses étreintes, offraient leurs lèvres à une inconnue ou s'écroulaient d'un bloc à la sortie des montagnes russes après un cinquième tour, la main sur le cœur.

Assise sur un banc, Rachel attendait ses amies. Une allée couleur lavande serpentait devant elle jusqu'au château de Barbe-Bleue. Perché sur un roc en haut d'une butte, celui-ci assombrissait le dôme de son donjon. Rachel remarqua que le pan le plus abrupt de la colline s'adossait à ce qui semblait être un hangar. Juste avant de passer le pont-levis qui menait à l'attraction, Hasna, Odette et Joy avaient levé leurs pouces dans sa direction, le sourire jusqu'aux oreilles. Depuis, une musique lugubre tournait en boucle dans les haut-parleurs, couvrant celle plus joyeuse de la chaumière de Blanche-Neige ; à une vingtaine de pas sur sa gauche, Rachel voyait encore le personnage balayer devant sa porte, entouré d'animaux mécaniques.

Comme des nuages au loin s'étiolent, les queues devant les attractions diminuaient. Le grondement des wagonnets de la mine ne s'accompagnait plus de cris. Certains manèges baissaient le rideau, la jolie farandole de personnages s'éparpillait, l'enchantement désertait la ville sous un ciel opacifié. Quelque chose de puant et de désespérant suintait de cette lumière de fin de règne.

Rachel embrassa du regard la partie du parc qui s'offrait à elle. Dissimulés sous le feuillage des arbres ou fixés aux lampadaires, elle remarqua de discrets boîtiers de la taille d'un pain de shampoing sec, avec un petit rond au milieu. Rien que dans ce secteur, il y en avait sept. Comme les sept nains. D'autres étaient probablement répartis à l'intérieur des attractions.

Un système de surveillance.

Tous leurs faits et gestes, épiés.

Dès son arrivée, Rachel s'était étonnée que les employés ne portent ni masque ni combinaison protectrice. Les Retirées venaient de tout le territoire mais aucune précaution sanitaire n'était prise. Qui étaient ces gens à la bouche muette, aux regards sans affect ? Pourquoi ces sourires usés, cette façon de saluer d'une main molle, la tête inclinée sur le côté comme on fait pour attendrir un enfant ou chasser en soi les regrets ?

Rien de spontané, mais une vaste mise en scène. Un simulacre de Pays merveilleux attrape-nigauds se révélait à Rachel : les Retirées n'étaient pas là pour prendre du bon temps. Ce « Mayaland » si bien nommé par Odette évoquait plutôt un laboratoire à ciel ouvert où, tels de petits rats, on lâchait des Retirées avec un sac à main. Des femmes livrées à leurs émotions, sans le garde-fou d'un BMH. Chaque réaction, chaque décision examinée à la loupe, soumise à évaluation.

— Le Grand Recyclage, murmura-t-elle.

Le passage vers une autre source de joie, cet horizon de lumière et de tous les possibles, elle était en plein dedans. Et on l'avait parfaitement préparée à cet événement fantastique.

Elle jeta un coup d'œil à son bracelet : cinq minutes s'étaient écoulées depuis que ses amies avaient franchi le pont-levis. La durée du tour, indiquée sur un panneau devant elle, était de dix minutes. Il n'y aurait plus longtemps à attendre avant de les alerter.

Chaque seconde fut longue à passer. Un changement s'opérait autour de Rachel, alourdissait l'atmosphère. Le parc se vidait. À la foule déchaînée se substituaient des petits groupes désordonnés qui passaient devant elle, en vrac. Sous l'effet combiné de l'alcool et de la fatigue, les bras chargés de sacs violets, bleus et dorés aux couleurs des boutiques, les Retirées titubaient, les yeux noircis, la robe froissée. Certaines erraient seules, ne sachant où aller ni quoi faire sinon retenir la nausée, une main contre la bouche. L'une d'entre elles qui claudiquait à cause d'un talon cassé faillit lui marcher sur les pieds.

— Excusez-moi !

Puis, pour se justifier :

— Je cherche une amie.

Machinalement, la Retirée tendit à Rachel une photo. Le cliché en relief avait été pris devant l'attraction du Petit Poucet : au centre d'une projection holographique où un ogre surgissait avec un grand couteau, une femme s'ébouriffait les cheveux, feignant la terreur.

— Elle est entrée dans la forêt avec un casque VR mais je ne l'ai pas vue ressortir.

La musique entêtante de l'attraction résonnait au loin, ponctuée de grognements, de cris féroces et brutaux indéfinissables et du bruit sinistre d'une lame qu'on aiguise. Rachel secoua faiblement la tête. La pauvre femme semblait désemparée.

— Je... Je ne comprends pas, j'étais juste devant.

Les doigts animés de tremblements, elle ne parvenait pas à remettre la photo dans son sac.

— Vous la trouverez sûrement à l'entrée du parc.

— Oui. Sûrement... Merci. Belle journée.

Ses yeux s'embuèrent et sans plus prêter attention à son interlocutrice, elle repartit d'une démarche bancale.

— Bon courage, lui lança Rachel.

Le lampadaire au-dessus d'elle se mit à grésiller. Une lumière tiède éclaira le banc. Les perles brodées sur sa robe de dentelle scintillèrent. Elle rajusta l'étole de soie à ses épaules et, machinalement, regarda en direction du pont-levis.

Personne.

Rachel sentit un lien invisible se nouer autour de sa gorge. Elle se leva. Abandonnant son sac à main sur le banc, elle s'engagea dans l'allée qui menait au château. Au même instant, sans que rien ne l'annonce, les haut-parleurs se turent, et les petites lanternes devant le bâtiment s'éteignirent. L'attraction fermait. Rachel accéléra le pas. Derrière la herse, deux gardes en armure actionnaient le pont-levis. Elle courut alors vers eux.

— Attendez ! Ne fermez pas ! Mes amies sont encore à l'intérieur !

Plutôt que de retenir leur geste, les gardes redoublèrent de vigueur. Le pont claqua contre les murs fortifiés. Impossible d'aller plus loin et de franchir les douves. Rachel ramassa un caillou et le lança. Il rebondit contre le bois et tomba dans la fosse.

— Hasna ! Odette ! Joy !

Ses amies pourraient bien être sa dernière raison de se battre.

— Laissez-les sortir !

Elle jeta d'autres pierres, appela encore, de toutes ses forces. Mais rien ne bougeait à l'intérieur. Une réalité dont elle ne voulait pas s'imposait avec fatalité. Elle redescendit l'allée pour contourner la colline par le bas afin d'accéder au hangar dont elle apercevait une partie du toit métallique. Ses talons s'enfonçaient dans la terre, ralentissaient sa progression. Masqué derrière des buissons de rosiers, un grillage l'empêchait d'aller plus loin. Il lui fallut rebrousser chemin jusqu'à l'entrée du château.

— HASNA ! ODETTE !

Elle jeta d'autres cailloux, des injures, des mots crus, releva la tête pour toiser le piège majestueux, puis, comprenant qu'il n'y avait plus rien à faire, elle abandonna la bataille.

La luminosité du parc avait encore baissé lorsqu'elle parvint en bas de l'allée. Elle ne voyait plus très bien où elle mettait les pieds. Sous le lampadaire, Rachel retrouva le banc, son petit sac à main, et s'assit pour réfléchir, des brins d'herbe accrochés à ses talons.

Ses amies ne reviendraient pas.

Ni sa vie d'avant.

Ni sa famille.

Il ne lui restait rien. Sauf sa solitude.

Et un silence assommant.

De cette vie de propagande, de ses promesses non tenues qui avaient habité son existence et celle de toutes ses sœurs, qu'avait-elle à faire, à présent ? L'essentiel avait été vécu et emprisonné là, dans ses souvenirs. Peu lui importait le reste. Qu'on s'amuse avec elle, qu'on la fasse tourner dans une roue au fond d'une cage, qu'on la dissèque, pourvu qu'on en finisse. Elle tourna la tête et leva les yeux vers le boîtier accroché au lampadaire.

— Hé, Maya, et si on arrêtait de jouer ?

C'est à cet instant qu'elle la vit.

Debout dans la pénombre, à quelques mètres.

Dans sa robe jaune, la Retirée du train semblait attendre humblement que quelque chose se passe, ou qu'on lui prenne la main.

***

Si les orages épouvantaient les jumeaux, entre deux éclairs bleus qui fendaient la nuit et secouaient la terre, d'un seul regard, Charlus ramenait calme et sérénité dans la chambre.

— Tu restes avec nous, papa ?

— Oui, Ratzo.

— Tu ne vas pas rejoindre maman.

— Non.

— Parce que maman, elle n'a pas peur de l'orage, précisa Louis depuis son lit, elle est pas comme nous.

— Vous ne craignez rien, ici. Vous êtes en sécurité.

Durant le repas, les garçons avaient guetté les nuages menaçants aux fenêtres et les martinets qui voltigeaient bas, entre les habitations du village assombri. D'habitude, le grondement du tonnerre rendait les jumeaux muets d'inquiétude. Mais pas cette nuit. Trop de questions se bousculaient dans leur tête. Ratzo serrait contre lui un mouton en peluche dont il tripotait l'œil lisse et rond, fixant les rideaux zébrés de lumière.

— Tu crois que là où est Rachel maintenant, il y a des éclairs ?

— Probablement.

Le départ de leur sœur aînée les turlupinait. L'idée qu'ils ne pourraient jamais la revoir n'imprégnait pas tout à fait leur conscience. Elle était partie, voilà tout. Partie pour un long, long, long voyage quelque part où les petits garçons n'avaient pas le droit d'aller.

— Et Rachel, elle a peur de l'orage ?

— Quand elle était petite, oui, elle avait un peu peur, comme vous. Mais plus maintenant.

— Bah, non. Maintenant, elle est partie au Grand Recyclage.

— Et maman aussi, elle va y aller ?

— Oui, Ratzo. Mais plus tard. Quand vous serez grands.

Louis réfléchit.

— Mais on ne pourra pas non plus aller la voir, alors.

— Non.

— Si on était des filles, avança-t-il, on pourrait aller retrouver maman quand on serait vieilles, comme elle.

— Ouais, quand on aurait cinquante ans.

Deux doigts fourrés dans la bouche, un autre dans le nez, Ratzo farfouillait à l'intérieur de sa narine. Entre sommeil et veille, il ajouta :

— Moi aussi, j'aimerais bien y aller un jour, au Grand Recyclage.

— C'est pas pour les garçons, rétorqua son frère.

— Je sais. Mais on peut quand même partir en vacances là-bas un jour, hein, papa ?

Assis sur un fauteuil en rotin, calé entre un ourson et une tortue en patchwork, Charlus nettoyait les verres de ses lunettes avec le pan de sa chemise.

— Non, Ratzo. On ne peut pas.

— Le Domaine des Hautes-Plaines, c'est pas un endroit pour passer des vacances, bêta !

— Et pourquoi pas ? J'aimerais bien, moi, nager avec les poissons dans une eau toute claire comme celle de la piscine et regarder les anémones de mer.

— C'est que les filles qui ont le droit. Pas nous.

— Bah, c'est nul.

— Ouais, c'est pas juste.

Charlus remit ses lunettes en toussotant.

— Allez, maintenant, il faut dormir.

L'éclair blanc à la fenêtre fit son petit effet lorsque la foudre tomba vers l'océan. Les jumeaux serrèrent chacun plus fort leur doudou en comptant les secondes à mi-voix. La maison vibra au bout de cinq. L'orage s'éloignait.

— Papa ? demanda Ratzo après un silence.

— Hum ?

— Pourquoi on n'est pas des filles ?

Charlus retint son souffle. La vie avait été généreuse et patiente pour lui, pour sa peau d'homme. De son âge avancé, ils étaient bien peu, dans le village. Les Réattribués avaient rarement l'occasion de former plus d'une famille. Passé le cap des soixante-dix ans, atteints à leur tour comme les femmes de dégénérescence neurologique ou cognitive, fatalement, ils s'orientaient vers un Établissement communautaire d'accueil médicalisé de la Gouvernance ou faisaient le choix de l'euthanasie raisonnée. Par la voie miraculeuse du hasard, Charlus se maintenait. Mais cette journée de collecte avait froissé bien plus que des rides au coin de ses yeux. Le chagrin qu'il éprouvait lui dévastait le cœur. Et il se sentait bien incapable de répondre à une aussi vaste question que celle de Ratzo.

— Bon, soupira-t-il, et si je vous lisais encore une histoire ?

Dehors, des bourrasques fouettaient l'air, courbaient les branches des citronniers qui dépassaient du jardin semi-enterré. Dedans, on hésitait entre *Le Train des nuages, Philémon et l'algue magique, Croque-Maison* et *Petit loup n'est pas fatigué.*

— Alors, qu'est-ce qu'on lit ?

Réponse unanime.

— *Croque-Maison* !

Évidemment. Le champion toutes catégories des lectures pour dormir. L'histoire d'un géant qui mange les maisons des gens, la nuit, quand tout le monde est assoupi.

— Vous n'en avez pas marre de l'entendre ?

— Non, bâilla Louis.

— J'aime bien quand tu dis « Ça fait des *crouic* et des *croc*, des *crac* et des *miam* », ajouta son frère.

Charlus se tourna vers l'étagère pour y prendre le livre, le posa sur ses genoux et de ses doigts secs, tourna la première page.

— « Si tu le cherches, tu ne le trouveras pas. Il n'est pas sous ta couette, non, ni dans... »

D'une pensée, sa voix se brisa, son front se plissa.

— *Croque-Maison* était l'histoire préférée de Rachel et de sa sœur, quand elles étaient petites, soupira-t-il.

— Celle qui est morte il y a longtemps ? demanda Louis.

— Oui.

— Elles aimaient bien aussi quand tu disais « Ça fait des *crouic* et des *croc*, des *crac* et des *miam* » ?

— C'était leur passage préféré.

D'un air résolu, Charlus reprit sa lecture, avec cette même conviction qu'il mettait dans tout ce qu'il faisait, malgré l'usure accumulée de ces derniers jours.

— « Si tu le cherches, tu ne le trouveras pas. Il n'est pas sous ta couette, non, ni dans ton coffre à jouets… »

Son univers était là. Résumé à deux garçons rivés à ses mots, à leur mère, aux saisons qui se succéderaient, et à son jardin. Aussi longtemps qu'il le pourrait, le vieil homme tiendrait sa place auprès de ses enfants, triomphant de leurs craintes, avec son regard tout chaud, deux billes perçantes derrière les lunettes, ce regard marron qui était aussi le leur, et celui de leurs sœurs aînées à jamais perdues, un regard pour apprivoiser encore un peu les nébulosités du temps.

***

— Qu'est-ce qu'ils attendent de nous ?

— Je l'ignore.

Peu de mots avaient suffi pour qu'elles se reconnaissent la même intuition. Celle d'une fatalité qui venait d'engloutir des centaines de Retirées. Pas de vent pour secouer les feuillages. Pas même le frôlement d'un moustique. Le Pays merveilleux s'était figé, comme sous l'emprise d'un maléfice.

— On ne s'en sortira pas.

— Je sais.

Toutes deux accrochées à leur sac à main, dans le bleu sombre de la nuit à peine dérangé par la faible lueur des réverbères. Une vague inapaisée tournait en elles, leur donnait la force de marcher.

— Je m'appelle Iris.

— Rachel.

Les mots, jetés à voix basse.

— Des enfants ?

— Deux. Une fille et un garçon.

— Voies naturelles ?

— Oui. Et toi ?

— Deux filles. Une IA[1] et une FIV.

Se dire l'essentiel, ce qui bientôt ne compterait plus pour personne.

— J'étais entomologiste.

— Coiffeuse.

Iris sourit tristement. La peau de ses pommettes teintées de couperose était fine et fragile comme un pétale de coquelicot.

— C'était le métier de mon père.

Elles avançaient côte à côte, tête droite, parlaient déjà d'elles au passé. Leurs yeux s'attachaient à une lumière au loin, émanant d'une autre partie du parc.

— Je me doutais que ça finirait comme ça, chuchota Iris.

— Je crois que nous le savons depuis toujours.

Elle hocha nerveusement la tête.

— On n'est ni plus ni moins que des fourmis ou des abeilles : on forme des colonies autogérées, on

1. Insémination artificielle.

pratique l'eusocialité en distinguant les individus fertiles des non fertiles au sein d'un groupe, on attribue aux mâles la fonction de féconder les reines, et basta.

Elles quittèrent l'allée circulaire pour rejoindre un chemin en ligne droite sur lequel s'embranchaient d'autres sentes sinueuses. D'une voix plate, Iris poursuivit :

— Chez les fourmis, contrairement à ce que les entomologistes de sexe masculin ont pu raconter en projetant leur vision genrée du monde, les ouvrières sont toutes des reines : celles de l'union, du dévouement, de l'organisation, du travail et de la réflexion. Elles usent aussi du pouvoir de tuer et vont jusqu'à décapiter les femelles fécondées fondatrices qui les auront fait naître pour n'en garder qu'une.

— Pourquoi agissent-elles ainsi ?

— Pour éviter les conflits de pouvoir.

— Et quand elle n'est plus fécondable, la reine meurt ?

Longeant un talus planté d'arbrisseaux, Iris tendit la main pour effleurer le feuillage de l'un d'eux du bout des doigts.

— Oui.

Le chemin se bordait de lauriers, de thuyas odorants, de caladiums dont les nervures sillonnaient les fines feuilles rosées. Un enchantement floral baigné de pénombre.

— Pourquoi tu as voulu descendre du train ?

Les lèvres sèches d'Ana se pincèrent. Elle balaya ses cheveux sur le côté.

— Je ne sais pas. Je ne sais pas non plus ce que j'aurais fait si j'avais réussi à prendre la fuite... Hors du collectif, on n'a aucune chance de survie.

— J'ai vu les marques sur ton bras. Tu as déjà essayé de retirer ton BMH ?

— Il n'a jamais bien fonctionné. Je réagis anormalement à la dopamine. Ça provoque des crises d'anxiété chez moi... et aussi des hallucinations.

Elle jeta un regard à son poignet scarifié.

— Ce n'est pas le bracelet que j'ai essayé de découper, mais un serpent enroulé autour de mon bras, précisa-t-elle.

La lumière qu'elles suivaient rougissait à l'horizon, aussi vespérale qu'un ciel au soleil couchant. Des arbres penchés sur l'allée aux portes closes des attractions, des fontaines éteintes au sol dallé de briques, partout, l'obscurité, l'immobilité et le silence, si peu troublés par le vol saccadé d'une poignée de chauves-souris. Des Retirées apparurent sur une pente gazonnée. Elles descendaient d'un pas mécanique, comme attirées par la lumière. Leurs talons raclèrent bientôt le pavé, et elles se rangèrent sans un mot derrière Rachel et Iris. Le froissement de leurs robes était sinistre. Iris frissonna.

— Qu'est-ce qui va nous arriver ?

— Je préfère ne pas le savoir.

L'éclat puissant émanait de projecteurs fixés sur la façade d'une attraction d'où leur parvenait un bruit sec, égal et répété. Le tic-tac d'une horloge. Rachel se tourna vers l'entomologiste qui à cet instant semblait plongée dans une insondable tristesse.

— Iris ?

Son regard allait vers quelque chose de plus impénétrable et de plus sombre que ce qui les attendait probablement là-bas, au-delà des deux tours à présent visibles et qui dominaient l'attraction.

— Iris ?

L'entomologiste ne répondait toujours pas, happée par le funeste tic-tac et ce qu'il faisait remonter du passé, condensait des fatalités de la vie. Rachel toucha sa main. Elle était glacée. Son visage, son attitude, tout en elle se modifiait. Rachel referma ses doigts sur les siens. Iris tourna alors vers elle son visage, les yeux remplis de larmes.

— J’ai connu une fille.

Sa bouche, déformée par les sanglots.

— C’était juste un jeu, entre gamines. On avait douze ans... J’ai fait ce qu’elle m’a demandé, pour lui faire plaisir... Je... Je ne voulais pas... C’était un accident...

Rachel relâcha sa main, tout aussi bouleversée par les mots que par les remords qui dévastaient cette femme. Elle n’osait plus lui parler, se contentant de rester à ses côtés jusqu’à ce qu’elles parviennent à l’entrée de l’attraction. Tous les chemins du parc aboutissaient à cet endroit, comme le point central d’un tourbillon. Logée entre les deux tours, une horloge géante claquait le cerveau de son bruit métallique. Une plate-forme en perpétuelle rotation distribuait dans un bassin des barques aux jolis tons pastel où, docilement, les Retirées prenaient place, par deux ou par quatre. Rachel et Iris embarquèrent à leur tour. Les canots s’engageaient dans un canal qui lentement conduisait vers les profondeurs d’une grotte où se répandait le son mélodieux d’une flûte traversière. Les premières notes de cette « musique couleur du ciel », Rachel les connaissait bien.

— Ravel, murmura-t-elle.

Le temps, soudain, n’eut plus cours. Les parties rocheuses qui longeaient la rivière s’éclairèrent sur le passage de l’embarcation, laissant apparaître des dessins. D’abord, des fresques primitives, limitées à quelques traits d’ocre et de charbon, et des mains négatives dans leur halo de pigment, puis d’autres, évocatrices de peintures rupestres, suivies de hiéroglyphes gravés sur des pierres taillées, et des dessins colorés sur papyrus. Des allégories tirées de l’Égypte antique ou issues des mythologies grecque et romaine montraient des êtres mi-hommes, mi-bêtes tenant un sceptre ou brandissant une lance. Des représentations d'époque médiévale couvrirent la voûte de tentures et d'enluminures à la feuille d'or. Ensuite ce fut la traversée d'une charpente gothique ornée de tableaux baroques aux paraboles effrayantes, de toiles rococo débordantes de fantaisie, et de fresques néoclassiques réveillées par la beauté immaculée des femmes. Puis, sur de hautes parois en béton lissé, apparurent des tableaux réalistes, bruts, impressionnistes et modernes. Tout un panaché de styles, de couleurs, de textures et de matières, en résonance. Suivant le flot onirique de la partition musicale, des dessins hyperréalistes, abstraits, des images sérigraphiées, des monogrammes et des graffitis géants, dont certains monumentaux et obscènes, tapissaient maintenant le vide autour du canal. L'apparition d'hologrammes et de personnages en 3D tirés de mondes virtuels précéda les ultimes créations générées par l'intelligence artificielle. Des visages parfaits aux teintes miroitantes, des paysages envoûtants, des représentations de civilisations futuristes logées dans des cités célestes flottaient autour de Rachel et se reflétaient à la surface de l'eau. Des dizaines de milliers d'années d'évolution des arts graphiques, de créations engendrées par l'imaginaire d'*Homo sapiens*, exposés dans une galerie souterraine.

Progressivement, les œuvres se dénudèrent jusqu'aux notes éparses du prélude. L'expression de ce que l'humanité avait de plus éblouissant et d'unique prenait fin. Tout cela faisait à Rachel l'effet d'un songe. Un songe dont on lui dicterait les images et dans lequel elle sombrait peu à peu, bercée par le roulis, l'ampleur romanesque de la partition, anesthésiée par les émanations d'un produit que contenait l'eau du canal et qui lui rappelait l'odeur du cabinet médical de sa mère. La dernière chose qu'elle vit fut Iris, son visage blême qui ne regardait rien, ni les projections autour d'elle, ni les vaguelettes de la rivière artificielle, ni l'intérieur de la barque, ni ses mains. De grandes lueurs éphémères fondirent alors sur elles et s'éteignirent dans l'obscurité.

***

Comme un coup de canif à travers le cœur.

Son système nerveux, détraqué.

Néo se redressa dans son lit en hurlant. Une terreur le traversait avec la violence d'une décharge électrique. À se jeter au sol et à s'arracher les cheveux. Mais le jeune garçon commençait à retrouver le contrôle, son BMH éclairant la chambre d'un rouge écarlate. Il ferma les yeux, appuya ses doigts sur ses paupières pour chasser la vision qui imprégnait encore ses rétines. Se redonner contenance. Calmer les pulsions de son pouls. Lorsque la porte de la chambre s'ouvrit sur son père, il toussait pour vider ses poumons de l'odeur fétide remontée de son cauchemar.

— Néo ?

Keen scruta le visage de l'adolescent qui grinçait des dents. Il s'approcha du lit et s'assit près de lui pour le prendre dans ses bras. Néo se raidit à son contact. Un spasme lui monta à la gorge et il gémit.

— *Calm down, wee lad.*

Keen le serra plus fort, ajoutant un mouvement de bascule visant à l'apaiser, mais l'adolescent le repoussa, comme si l'étreinte ajoutait à sa douleur. Désemparé, Keen s'agenouilla à côté du lit et demanda à Maya une image apaisante. Les murs de la pièce se parèrent du ruban lustré d'un lac où se reflétait un coucher de soleil.

— Ton BMH est en surcompensation, on dirait... Tu as fait un mauvais rêve ?

Les genoux repliés contre lui, Néo hocha la tête.

— Tu veux qu'on en parle ?

À cet instant, Sky apparut sur le seuil, en nuisette. D'un geste, son père lui fit signe de rester où elle était.

— Qu'est-ce qui se passe ?

— Ton frère ne va pas bien.

La jeune femme soupira.

— Le contraire serait étonnant... Je vais chercher un verre d'eau.

Le frottement discret de ses pieds nus sur le sol.

Blotti contre le mur, Néo éprouvait une gêne abominable. Quelque chose qu'il ne pouvait nommer lui comprimait les poumons. Il voyait en son père celui qui n'avait rien pu empêcher, en sa mère une morte, et en lui-même un foutu asticot qui se gaverait de son cadavre.

— Ça va aller. Reprends-toi, fils.

Il fallait qu'il le dise. Il fallait qu'il le crache à la figure de son père, qu'il extirpe de son cerveau cette vision atroce. Mais pour l'instant, Néo était au bord de la nausée. L'image était si violente qu'il en frémissait. Il appuya une fois encore sur ses paupières.

— Hé, Maya, bredouilla-t-il, fais-moi écouter maman.

— Tout de suite, Néo. Voici le message que ta mère a enregistré pour toi.

Le velouté de sa voix.

Ses yeux.

Son sourire.

Ce qui lui restait d'elle.

Ce qui lui restait d'elle était tellement doux qu'il en grelottait d'émotion.

RÉDUIRE

« Plus le comédien est grand, plus il sait réduire notre sottise à une formule comique, terrifiante et inéluctable, et plus on est contraint de rire. »

Hermann Hesse, *Lecture minute*

- 1 -

Ce lien immédiat qui permet de comprendre ce que l'autre ressent, nous le nouons naturellement. Nous savons ce qui se passe dans la tête et le corps d'autrui. Nous avons la capacité de reconstituer ses pensées, ses émotions.

Ce réflexe d'empathie est ancré dans notre ADN.

Dans les salles de classe, un tableau permet aux apprenants d'indiquer leurs humeurs. À tout moment, ils ont la possibilité de venir y coller l'image qui exprime le mieux leur état d'âme. Soleil, nuage, pluie, éclair. L'effet est libérateur. Entre l'instant où la décision de se lever est prise et celui où l'enfant retourne à sa place, l'émotion ressentie et le regard des autres se transforment.

À nous comprendre tous, nous avons tant à gagner.

Au même titre que le crayon, la gomme, la tablette éducative et la pompe à vélo de poche, l'empathie fait partie de notre boîte à outils. Sa trousse est notre cœur. Aider son voisin quand il sèche sur un problème est encouragé. Depuis que nous avons acquis la parole et la marche, on nous enseigne l'art d'aimer notre prochain.

Ces cours ancestraux sont nés dans les pays scandinaves, à une époque où les dérives narcissiques d'une jeunesse fragile mettaient en danger l'avenir même de la société.

Les autoportraits numériques alors en vogue refermaient l'être sur le néant. Pour façonner le groupe, l'harmonie de la communauté des Hommes, permettre à tous d'accéder à une autre forme de plaisir que celui que l'on développe par instinct lorsque l'on tire satisfaction de quelque chose, des enseignements ont donc été développés.

Avec le temps, nous en avons perfectionné les apprentissages.

Dès l'âge de deux ans, au Centre d'éducation alternative, les enfants participent à des ateliers sous forme d'exercices ludiques. Celui dont nous gardons tous souvenir est le jeu du cube. Deux enfants sont introduits dans une pièce au centre de laquelle se trouve un grand cube transparent rempli de balles en tissu agréables à mordiller, à écraser dans la main ou à lancer. Rapidement, le plus dégourdi trouve la petite trappe qui permet de pénétrer dedans à quatre pattes. S'il reste seul à l'intérieur pour jouer et empêche l'autre d'entrer, une odeur infecte emplit le cube. En revanche, s'il permet à son camarade de le rejoindre et de s'amuser avec lui, une agréable odeur de bonbon à la fraise embaume l'habitacle. S'il sort pour lui laisser la place, une trappe aménagée à la base du cube s'ouvre : dedans, deux bonbons. Que l'enfant les glisse tous deux dans sa bouche et leur goût deviendra vite écœurant. Mais qu'il les partage avec l'autre enfant, et leur saveur sera celle de l'ananas.

Le goût de cette friandise magique est encore sur mes lèvres.

Un autre exercice a marqué ma mémoire : celui des planchettes. Le diagramme d'une constellation est dessiné sur le sol avec, en son centre, un très gros soleil qui touche de ses rayons les autres planètes. Chaque enfant se voit attribuer l'une d'elles ainsi qu'une vingtaine de planchettes de coloris différents. On nous explique que nous pouvons nous déplacer d'une planète à l'autre en marchant sur les rayons du soleil, ce qui nous oblige à passer par lui. Nous nous mettons chacun à construire quelque chose sur notre planète. Assez vite, constatant que les globes ne sont pas assez gros pour contenir plus d'une maison, nous prenons nos planchettes et les disposons sur le soleil. Nous comprenons qu'en mettant en commun nos planchettes, nous pouvons créer une ville entière.

Sauf ma sœur.

Elle tourbillonne d'une planète à l'autre, dévastant à coups de pied les constructions, sous les regards stupéfaits des autres enfants, dirigés non vers elle mais vers moi, son aînée.

Ces exercices s'achèvent par une collation, une tranche de brioche que nous avons préparée et fait cuire tous ensemble, accompagnée d'un verre de jus de fruits à l'eau. Elle nous est servie dans le parc du CEA[1]*. C'est là notre dernier exercice. Celui du hamac, près de la fontaine, l'endroit le plus frais. Un enfant peut aller y prendre seul son goûter et bénéficier d'une double ration. Les autres s'assoient par terre, en cercle, avec les intervenants. Nous avons tous eu la tentation de grimper dans le hamac pour y dévorer la double ration de brioche, plutôt que d'opter pour l'herbe sèche qui pique les cuisses. Mais regarder les autres jouir de cet instant de partage dans lequel se mêlent rires et chansons finissait par nous donner mal au ventre. Le hamac, plus personne n'y allait.*

Sauf ma sœur.

Nous tenons pour acquis le plaisir du partage et du collectif. Le plaisir de l'autre vaut autant que le nôtre. Là est notre satisfaction et sa valeur. La nature de ce plaisir, en revanche, nous n'apprenons pas à la questionner, à nous y intéresser. Où est la limite de l'empathie devant une demande qui ne peut être satisfaite ? La compréhension de l'autre, de ses émotions et la satisfaction de ses besoins

1. Centre d'éducation alternative.

doivent-elles forcément passer par une forme de renoncement ou de sacrifice ? Serions-nous capables du pire par amour de notre prochain ? En cela, serions-nous coupables ou héroïques ?

Lorsque tout pour moi serait déjà perdu, ces réponses me seraient enfin données. Un acquittement n'a de valeur que s'il est assorti d'une réparation. Être jugé innocent ne réhabilite pas votre âme.

De ces dernières semaines, il ne garderait rien en mémoire.

Keen Taylor avait enduré sans broncher la diffusion des messages de soutien adressés par de proches amis (Maya les lui délivrait à la minute), affronté les premières sorties avec ses enfants (la course cycliste intervillages, les concerts de pop'n'roll et de musique folk du vendredi soir en plein air, le grand dîner pique-nique des villageois du 1er mai). Il avait bien failli perdre le potager et laisser roussir les plates-bandes (l'arrosage quotidien du jardin, c'était Rachel). Il redoutait encore l'épreuve du tombeau, ce lit où désormais il couchait seul, se bornant à occuper toujours un seul côté. On lui avait retiré une partie de lui-même, alors il tanguait debout, tête basse, les cheveux à la verticale de ses yeux, et derrière ce rideau noir parsemé de fils blancs, il suffoquait.

De sa femme, il restait peu de choses. Une tasse dans le buffet, des tisanes et ses biscuits préférés, un peignoir suspendu à la porte de la salle de bains, une paire de mules en satin dans le vestibule, son matériel de coiffure au fond d'un tiroir, et une reproduction du tableau de Gustave Caillebotte *Partie de bateau*, dont elle disait que le canotier au chapeau haut de forme avait son regard. Pas une pierre pour se recueillir. Pas une poignée de terre pour revigorer un pied de verveine. Mais son absence était dans chaque pièce de la maison, en chaque objet du quotidien. Partout, les traces invisibles de Rachel, et les parfums de son corps qui s'effaçaient, nuit après nuit, dans le repli des draps, puisqu'il n'existait aucun flacon pour les y enfermer, les garder de l'air et des suées de son propre tourment.

Sky l'avait pris entre quat'z'yeux avant de monter dans le train qui la ramenait à son village.

— *Daddy*, si tu veux garder l'odeur de maman, alors choisis un des vêtements qu'elle a laissés dans la penderie, mais s'il te plaît, change les draps.

Le soir, il se douchait seul. Palpait le béton lisse du mur à défaut de caresser les hanches de sa femme. Menton rabattu, il marquait de sa barbe son épiderme. Et l'eau savonneuse de déborder de la bassine.

Le soir, il ouvrait la baie vitrée de la chambre où s'engouffraient les bruissements du jardin. L'air exhalait la citronnelle, la lavande, le basilic et la menthe poivrée. Avec leur mère, quelques jours avant son retrait, les enfants avaient repiqué des plants du jardin pour les disposer dans des balconnières et faire barrage aux moustiques. Keen s'asseyait en tailleur sur une des nattes en fibre de jute qui tapissaient la coursive, et tandis que s'offraient à lui la voûte céleste et ses étoiles, peintes jusqu'à l'infiniment petit, il cherchait contre son genou la main de Rachel.

Poussières de l'univers.

Entre la profondeur de la nuit et la clarté des astres, Keen guettait l'empreinte de son regard jusqu'à l'insomnie. Parfois, un cri le tirait de sa contemplation.

Il filait alors dans la chambre de son fils pour le garder de ses visions cauchemardesques, impuissant à les contrôler.

Le bénéfice de la méditation lui avait permis de supporter les premières journées de canicule du mois de mai. Retourner fouiller le musée sous la mer avait achevé de remettre d'aplomb père et fils.

Dans la salle d'exposition engloutie, depuis leur dernière visite, les algues filandreuses s'étaient démultipliées. Elles recouvraient le sol, comme un tapis jaunâtre qui s'effiloche. À la demande du Centre d'étude et de valorisation des algues, basé sur le territoire des Forges de Brocéliande, l'archéologue avait envoyé un nouvel échantillon – le précédent prélèvement s'était, semblait-il, révélé prometteur. Néo avait repris ses études. Il courtisait une fille qu'il invitait parfois à la maison et, avec retenue, cherchait dans son attitude et son sourire la faille qui l'autoriserait à conquérir son cœur, impatient de mettre en pratique les enseignements d'éducation à la sexualité. Rien n'était plus émouvant que de le voir ainsi préparer son envol, et la vie, doucement, prendre pour lui une nouvelle tournure.

Lorsqu'il arrivait au musée, l'archéologue allumait son PC. Tandis que des graines de chicorée infusaient dans sa tasse, il relisait ses notes consignées dans le cahier dédié au meurtre des fillettes, chevilles croisées sur le bureau. Celles qui concernaient les sacrifices humains s'étaient complétées au fil des jours ; les fouilles archéologiques menées en Amérique latine et en Chine regorgeaient de documentation à ce sujet. Tout ce qui dans l'histoire de l'Humanité justifiait ces atrocités à différentes époques n'avait plus cours : pour assurer la cohésion et la pérennité d'une communauté, la protéger de toute violence individuelle qui viendrait à naître, nul besoin de rites magico-religieux. L'éducation et l'instruction suffisaient amplement. Il ne serait venu à l'esprit de personne d'étrangler trois gamines pour faire tomber la pluie. Quand bien même l'idée aurait effleuré un météorologue, le BMH aurait fait son office. Alors, quel sens donner au triple meurtre de la grotte ? Keen n'ayant pas trouvé la réponse, il était revenu à sa première hypothèse : le tueur isolé. L'acte gratuit, pulsionnel, comme ceux décrits dans les romans policiers de sa grand-mère.

Trouver des informations sur un assassin qui s'en prendrait à des fillettes n'avait pas été évident. Une fois encore, la Bibliothèque numérique universelle s'était révélée précieuse : un essai de plus de deux siècles signé Constance Petersen qui traitait des facteurs environnementaux traumatiques répertoriait en annexe les modes opératoires, profils et parcours des tueurs d'enfants. La question que se posait l'archéologue était la suivante : qu'est-ce qui déclenchait une pulsion de meurtre chez l'homme ? La réponse était là : des vécus chaotiques de carence affective, de sévices physiques ou de chocs psychologiques endurés dès l'enfance, parfois cachés, toujours profondément enfouis dans le subconscient.

Des nombreux documents laissés derrière elles par les sociétés humaines, Keen n'avait étudié qu'une infime partie. De ces vestiges, les essais littéraires étaient les plus surprenants. En 2030, on commençait seulement à admettre l'importance de l'éducation et de la culture sur la formation de la personnalité. Au travers de sa propre opinion, l'autrice inscrivait sans le savoir les marqueurs de l'Histoire, celle d'une civilisation qu'elle considérait alors comme évoluée. À l'évidence, c'était loin d'être le cas.

De tous les profils décrits dans son ouvrage, celui d'Andreï Tchikatilo, surnommé « le Boucher », ou encore « l'Ogre de Rostov », avait retenu l'attention de l'archéologue tant son parcours était édifiant : enfant de la guerre, de la misère et de la famine (son frère aîné aurait été enlevé, tué et mangé par des voisins cannibales), ses premières années étaient jalonnées de traumas, d'humiliations et de maltraitances parentales entraînant une dysfonction érectile. Né en 1936, ce tueur, violeur et anthropophage avait à son actif une cinquantaine de victimes en République socialiste soviétique d'Ukraine, dont la première était une petite fille de neuf ans. Il satisfaisait ses pulsions en torturant, assassinant et mutilant de jeunes personnes, et poussait le vice jusqu'à consommer leurs organes génitaux. Lire pareils détails faisait à Keen l'effet d'un coup de hache. Ce genre de spécimen ne relevait ni de l'humain ni de l'animal. Il incarnait l'égarement total, le labyrinthe de la maladie mentale, l'instinct de mort. D'autres fous pervers, sanguinaires et cannibales allaient encore s'illustrer jusqu'aux premières décennies qui suivraient le Grand Effondrement, celui-ci annonçant l'abolition des inégalités dans leur globalité.

Dès lors, plus rien. Ni crimes ni viols répertoriés. Plus aucune déviance. Filles et fils étaient préservés du calvaire vécu par ces psychopathes d'un autre temps, venus au monde dans les ténèbres de traumatismes intergénérationnels ou de conflits armés ou religieux, consumés par leur propre feu. L'enfant à naître au sein du couple était ce fruit du désir tant espéré.

L'Homme n'obéissait plus à ses pulsions de mort. Il œuvrait avant tout à la survie de son espèce. On lui inculquait l'empathie, l'altruisme, la tempérance, on lui enseignait la gestion des conflits. Il baignait dans un milieu paisible, bienveillant et solidaire.

Les recherches de Keen finissaient dans un cul-de-sac.

Il était impossible que pareil individu existe encore sur cette planète.

Il était impossible que trois fillettes aient été assassinées en 2224.

De temps à autre, Oscar Prodotis passait une tête dans son labo. Il prenait des nouvelles, versait dans la tasse de l'archéologue une larme de whisky, cachait le cadre photo de Rachel derrière le pot à crayons puis, l'air de rien, lui glissait sous le pif sa tablette où s'affichait une sélection de ravissantes jeunes femmes, souriantes et fertiles.

— Ah, si j'étais à ta place, mon vieux ! C'est celle-là que je choisirais.

Oscar imaginait déjà les beaux bébés qu'au creux de son ventre l'archéologue ferait germer, et repartait dans le soleil couchant avec son ombrelle, gai comme un pinson, à supposer qu'un pinson soit gai et qu'il y en ait encore quelque part sur cette Terre pour enchanter les arbres de leurs mimologismes.

Keen vidait sa tasse en observant Oscar s'éloigner sur la route, remettait à sa place le pot à crayons, jetait un œil aux pancakes couverts de moisissure dans leur récipient de verre conservé telle une relique au fond d'un tiroir de son bureau, donnait un coup de balai, passait le chiffon à poussière ou attrapait sa guitare et jouait quelques accords. Désormais, il entendait être seul maître de ses émotions, de sa vie affective et sexuelle. Personne ne l'obligerait à reprendre femme au village ou ailleurs ; l'archéologue s'attacherait à se rendre utile à la communauté autrement que par cette fonction reproductrice qui lui collait à la peau.

Il n'avait jamais cru à la guérison. Seulement à l'exploration, à la résolution de ces énigmes que le temps fossilisait dans la roche. Il n'attendait pas une rencontre avec un corps neuf et performant, un ventre à engrosser.

Il attendait de savoir qui avait tué trois fillettes.

Il attendait John Mělník.

***

Le technicien cala un bâton de réglisse entre ses molaires.

Une carte de la Terre des Deux-Caps, modélisée, vue du ciel.

Splendide.

Ce spectacle sur le mur d'écrans du poste de contrôle faisait toujours à John le même effet : il ne pensait plus à Hasna, à son boulot, au cagnard dehors, au sexe et à tout le reste. À la portée de ses doigts, le territoire dans son ensemble, les sept villages, les vignes, les champs et les fermes verticales, la jungle, les mangroves et les forêts, la digue et la mer jusqu'à trente kilomètres à la ronde. De l'index, il allait où il voulait en tapotant le trackpad. Zoom avant, zoom arrière. Sous ses pieds, un ronronnement, une vibration entêtante de machines, de câbles et de faisceaux électroniques l'enveloppait de bien-être. Les petits points lumineux des BMH clignotaient sur l'image. D'un clic, il accédait aux données des caméras thermiques infrarouges : indices de zones humides dans des bâtiments ou de fuites sur la voirie, inspection des panneaux solaires, recherche de gens égarés sur la lande, surveillance des cultures, repérage et comptage des animaux sauvages, un potentiel foyer d'incendie, les images s'affichaient sous l'aspect d'une mosaïque de couleurs criardes et baveuses.

— Un bug, tu dis ?

À côté de lui, une main sur la hanche, Lomé Marenla le regardait bizarrement, comme si elle n'avait jamais vu sa binette au PCTS du phare.

— Une erreur de codage dans la dernière mise à jour, marmonna-t-il sans desserrer les dents. Faut que je vérifie. J'en ai pas pour longtemps.

— Ah.

— Un quart d'heure, grand max.

— Ah bon.

Elle grattouilla sa nuque rasée et tatouée d'une rose dont la tige disparaissait sous le col de son tee-shirt. La jeune femme hésitait à quitter son poste.

— Pourquoi personne ne m'a prévenue ?

— Parce que le mâle dominant, chérie, c'est moi.

— Hilarant.

John la connaissait assez pour savoir qu'elle ne tarderait pas à se poser plus loin dans un fauteuil, le stylet tactile derrière l'oreille, une appli graphique sur sa tablette, soulagée de ne pas avoir à se charger elle-même de cette corvée.

— Bon, bah, je suis à côté, si tu as besoin de moi.

John ricana.

— C'est une invitation ?

— Dans tes rêves.

Il leva un sourcil, ôta le bâton de réglisse de sa bouche.

— Ce ne serait pas pour moi que tu aurais changé de parfum, par hasard ?

Lomé toisa celui qui, il y a quelques mois encore, lui donnait des cours d'électricité et d'électronique.

— Un autre sous-entendu dans ce goût-là et c'est la porte, monsieur Mělník.

— Je faisais le con, c'est tout.

— Vivement que tu te recases.

— Chaque chose en son temps, miss Lomé. Faut d'abord que je fasse le tri. Je croule sous les propositions.

— Les vieux croûtons, c'est très recherché. Ça clamse plus vite.

— Mais c'est qu'elle mordrait, la gamine !

— J'ai des stats sur le sujet, si ça t'intéresse.

Son binôme tourna les talons.

Maintenant, il était tranquille. Il allait pouvoir mener à bien sa mission.

Comme les autres gatewatchers[1], John avait signé une clause de confidentialité. Il savait ce qu'il risquait à fouiller le disque dur du poste de contrôle – être exclu du protocole volontaire de surveillance – et préférait ne pas y penser. Toute forme de bannissement, dans le village, même s'il n'était associé à aucune sanction, laissait dans le sillage de la personne mise en cause une traînée de défiance. Ça pouvait devenir problématique pour son boulot, lui décimer sa clientèle. Même si le système de surveillance communautaire avait été créé en toute transparence, personne ne s'aventurait à en explorer les données : le respect de la vie privée des uns et des autres était un des piliers qui garantissaient l'harmonie de la communauté. Et tout gatewatcher qui se laisserait tenter verrait son binôme procéder à un signalement. Donc, prudence, prudence.

Chaque lundi, à 19 heures, John retrouvait Lomé au phare pour la relève de l'équipe de jour. Il passait la nuit en sa compagnie derrière le poste de contrôle, un œil sur le mur d'écrans, un autre sur le tablier de backgammon où, sans surprise, une bière à la main, la jeune statisticienne en agronomie le battait à plate couture. Si au cours de la soirée quelque chose d'anormal était signalé

1. Surveillants chargés de la détection d'intrusions et de menaces avancées sur le territoire.

par un drone sentinelle aux abords du village, selon leur évaluation de la menace potentielle, ils pourraient opter pour l'application du protocole de sécurisation et déclencher un chouette feu d'artifice. Les gatewatchers étaient également en lien avec le COSS[1], chargé de la surveillance des côtes, des mers et des opérations de sauvetage. La nuit, c'était un peu moins peinard que le jour, à cause des bêtes sauvages qui chassaient dans le périmètre et dont il fallait anticiper les divagations, mais ça donnait du piquant à la soirée. Ainsi en avait décidé le tirage au sort trimestriel des villageois affectés à cette tâche. Et dans quelques semaines, John serait accolé à quelqu'un d'autre. Il pouvait aussi bien tomber sur une quarantenaire adepte des simulations de courses nocturnes en territoire zombie que sur un jeune assommant ou aphasique, un vieux qui rigolerait à toutes ses blagues, même les plus nulles, ou pire, une fille qui pratiquait l'*unwashing*[2] – bref, la roulette russe.

Des semaines que John se creusait la cervelle pour trouver le moyen de fouiller les données du poste de contrôle sans éveiller les soupçons. La récente mise à jour du logiciel de surveillance lui servait un prétexte en or sur un plateau. Après avoir désactivé la fonction de traçage du PC dont il assurait la maintenance et visitait fréquemment les entrailles, il ouvrit l'onglet qui donnait accès aux enregistrements des trois derniers mois – au-delà, les fichiers n'étaient pas conservés – et fit défiler les dossiers. Il s'arrêta sur celui du 25 mars, ouvrit la fiche de contrôle, vérifia qui était en poste ce soir-là, releva le matricule des sentinelles en vol sur un

1. Centre opérationnel de surveillance et de sauvetage.

2. Pratique qui consiste à se doucher le moins souvent possible pour des raisons écologiques dans le but d'économiser l'eau et de ménager la peau, qui peut souffrir d'une hygiène excessive.

bout de papier et accéda aux enregistrements. D'après l'archéologue, l'heure supposée des crimes se situait entre 18 heures et 19 heures. Pas le temps de parcourir vingt-quatre heures d'images, même en accéléré. John tira de sa salopette une clé USB – un modèle antédiluvien dépourvu de traqueur – et téléchargea le fichier. Au milieu de l'écran, une petite ligne commençait à se remplir, convergeant lentement vers un point. John sentit ses mains devenir moites. Le monde autour de lui rapetissait. Le temps que le transfert se fasse, il s'adossa à son siège, pivota d'un quart de tour : dans la pièce voisine dont la porte était restée ouverte, Lomé tapotait le stylet contre ses lèvres, le visage rivé à sa tablette, en mal d'inspiration.

— Heureusement que je connais bien cette bécane, hein ! lança-t-il, l'air sûr de lui.

Elle hocha la tête sans quitter sa tablette des yeux. Sur l'écran, la ligne indiquait 40 % du téléchargement. Bon sang, que c'était long !

— Tu sais, continua John, y a encore pas si longtemps, les gens pensaient qu'on aurait tous une puce dans le crâne, greffée sur la tempe ou au bas de la nuque, et qu'on serait connectés à un réseau par le simple fait de penser.

— Je sais, MJ, tu me l'as déjà dit.

50 %.

— Est-ce que je t'ai raconté, par exemple, qu'un type avait carrément imaginé qu'on puisse contrôler un terminal électronique, une tablette, ou diriger un stylet sans avoir à le toucher ?

— Ouais. Une dizaine de fois.

65 %.

— ... Y avait juste un problème : la batterie au lithium qu'on te fourrait dans la matière grise, avec le dispositif.

Sans compter les fils minuscules de l'implant qui pouvaient migrer n'importe où dans ton cerveau...

80 %.

— Tu imagines les dégâts sur les tissus cérébraux au moment de retirer l'implant ?

— Mmh.

95 %.

— C'étaient de sacrés visionnaires !

Fin du téléchargement.

— Je vais devoir redémarrer le PC. J'en ai plus pour longtemps.

John se hâta d'éjecter la clé, ferma les fenêtres de l'onglet, enfonça trois touches pour effacer l'historique des derniers fichiers consultés et réactiva le logiciel de traçage.

— Y en a pas un qui s'est posé la question de savoir si on en avait besoin. Et surtout à quoi nos doigts allaient bien pouvoir servir si tout se passait dans notre cervelle.

Il pressa la touche *Enter*.

Vrombissement du disque dur.

Cliquetis des têtes de lecture.

Le programme redémarrait.

— Le sens du toucher, ma grande, faut franchement être crétin pour vouloir s'en passer !

— C'est bon, t'as fini ?

Il fourra la clé USB dans sa poche avec le bout de papier.

— Mission accomplie.

Traversé par la satisfaction d'avoir parfaitement opéré son affaire, John remporterait trois parties de backgammon d'affilée. Ce sentiment d'orgueil ne le quitterait pas avant son retour au bunker. Mais lorsque, épuisé par sa nuit blanche, il consulta sur son PC les données de l'enregistrement du créneau horaire qui intéressait l'archéologue, ce sentiment se dissipa aussitôt.

La situation dans laquelle il s'était fourré revenait à brandir un paratonnerre juste sous l'orage.

***

La chaleur écrasait tout. En fin de journée, Maud avait l'impression que ses jambes avaient doublé de volume. Sa gorge, assoiffée sans cesse, réclamait le silence, l'économie de mots. Les pales des ventilateurs au plafond brassaient l'air qui circulait entre le jardin intérieur du pavillon des Arts et le parc encerclant l'ECEC. Mais ce petit vent tiède sur sa peau lui engourdissait l'esprit, altérait sa mémoire, ternissait trop vite les images dont elle s'abreuvait depuis leur départ : le souvenir de ses amies s'engluait dans l'immobilité de ces journées où elle côtoyait la solitude.

Maud s'affairait par automatisme, enseignant presque sans y penser à ses apprenants les techniques les plus subtiles pour donner aux lettres, par la plume, une forme parfaite, et plier la feuille de papier en fleur ou en dragon. Elle espérait ne plus avoir trop à attendre. Un mois. Peut-être trois. Six, grand maximum. Et il y aurait ce courrier dans sa boîte à lettres pour la libérer, lui ouvrir les portes du Domaine des Hautes-Plaines où elle rejoindrait celles qui là-bas devaient déjà s'en donner à cœur joie. Ses fonctions d'instructrice lui permettaient de faire une demande de prolongation sans passer d'examen médical afin de terminer le semestre en cours, mais elle n'en avait ni l'envie ni le besoin.

Certains soirs, Yumi lui confiait la garde de Maleko. Aussi bavard qu'un oiseau à l'aurore, l'enfant de huit ans jouait, faisait sa toilette, dînait et se couchait sans jamais fermer le robinet qui commandait le flux de ses paroles.

— Maman Odette, elle a un visage plus jeune maintenant, tu sais ? La peau, aussi. Et celles qui ont grossi à la ménopause comme elle, eh bah, elles maigrissent. On prend bien soin de leur corps, là-bas. Il faut dire qu'elles n'ont plus que ça à faire. S'occuper d'elles. Maman Odette, elle disait qu'elle avait jamais le temps de se tailler la moustache.

Le plateau de jeu était posé sur son lit. Maleko se tenait assis, un gros oreiller calé dans le dos.

— C'est drôle ! Je ne sais pas pourquoi elle disait ça : elle en avait pas, de moustache.

Il jeta le dé dans le godet qu'il retourna.

— ... Trois. Zut !... À toi de jouer.

Installée sur un pouf, Maud lança le dé. Retourna un six. Elle sortit un cheval de l'écurie et relança le dé. Encore un six. Le dé roula une troisième fois. Toujours un six.

— T'as de la chance, marmonna Maleko.

— Ce n'est pas de la chance mais du savoir-faire.

— Et quand tu perds, c'est quoi, alors, de la maladresse ?

— Non, mon poussin. C'est de la politesse.

Maud assistait l'enfant dans ses différentes activités, accompagnait l'onde de ses pensées. Ces derniers mois, il avait changé. Ses relations avec son entourage s'étaient modifiées. Jusqu'alors plutôt tourné vers lui-même comme tous les enfants de son âge, Maleko développait sa capacité à reconnaître et à interpréter les émotions de ses camarades et celles des adultes de son entourage. Il parlait souvent d'Odette et de tout ce qu'elle vivait de merveilleux *là-bas*, de ce que le Grand Recyclage lui permettait enfin de connaître. Il réinterprétait à sa manière ce qu'il comprenait des conversations de ses mères. Combiné à son imagination, cela donnait d'étonnants propos.

— Ils ont des machines spéciales où les mettre. Comme des tubes lisses et blancs. Quand elles ressortent, elles sont comme neuves. Et celles qui étaient malades, elles sont guéries. Pas celles qui ont des trucs graves, hein, pour celles-là, ils ont un programme spécial. Elles vont dans des endroits super beaux, des maisons cachées en pleine nature, au milieu des arbres, des bourdons et des abeilles, où on les endort doucement, pour qu'elles ne souffrent pas.

— Vraiment ?

— Oui. C'est pour ça qu'on les voit jamais revenir chez elles. Soit elles sont mortes, soit elles préfèrent leur nouvelle vie.

— Tu en sais des choses, toi, sur le Grand Recyclage.

— J'ai vu les films que Maya montrait quand j'accompagnais mes mamans aux réunions de préparation au retrait, précisa-t-il tout en avançant son pion sur les cases.

Traversée par le doute, Maud chercha le regard du petit garçon.

— Tu crois qu'elles nous oublient ? demanda-t-elle.

— Bien sûr. C'est forcé. Sinon, on les verrait revenir en vitesse.

— Mais comment est-ce qu'on peut oublier les gens qu'on aime ?

L'enfant posa un doigt sur son menton et réfléchit.

— Quand on a froid l'hiver, on oublie bien qu'on a eu chaud l'été, non ? Bah, c'est pareil.

Maud n'était pas certaine d'avoir saisi le sens de la comparaison. L'esprit de Maleko articulait ses pensées d'une si particulière façon...

— À moi de jouer... Six ! Je sors !

De tous ses apprenants, c'était celui qui s'exprimait avec le plus de fantaisie. Guidé par l'inspiration, son pinceau débordait sur la table comme si la feuille n'était jamais assez grande. Le fil s'avérait toujours trop court pour le nombre de perles que l'enfant voulait y glisser, et la salle pas assez vaste pour contenir l'animal dont il improvisait l'épopée en cours d'expression corporelle.

— Encore un six ! J'ai du *savoir-faire*, moi aussi, dit-il, triomphant.

Avec sa bille ronde et ses fossettes abricot, il avait l'air de fêter chaque jour le printemps, mais tombait comme une poupée désarticulée une fois venue l'heure de dormir.

— Maud, tu vas rester toute la nuit ?

— Jusqu'à ce que ta maman rentre, oui.

Il retourna un cinq, avança son cheval et fit sauter celui de sa baby-sitter, lequel se trouvait juste devant l'escalier qui aurait pu mener Maud à la victoire.

— Elle a un rendez-vous d'amour avec une femme plus jeune, lâcha-t-il.

Maud relança le dé. Retourna un deux.

— Je crois, oui.

— Pour essayer de faire un autre garçon mais pas une fille, parce que les filles sont trop nombreuses.

Maleko secoua le godet. Quatre.

— Afin d'enrayer notre extinction, si Yumi rencontrait une personne avec laquelle elle aurait le désir de fonder une seconde famille, l'idéal serait effectivement que celle-ci puisse te donner un petit frère.

Une ombre traversa le regard de l'enfant.

— Maman Yumi, tu vois, elle pense plus à maman Odette.

— Qu'est-ce que tu racontes !

— Elle a oublié sa vie d'avant.

— Bien sûr que non. Elle n'a rien oublié du couple merveilleux qu'elles formaient, avec ton autre maman, de cette belle famille que vous formiez, tous les trois... J'ai fait six. Je sors. Attention, je suis juste derrière toi.

L'enfant tripotait le godet, plongé dans ses pensées. Le ventilateur au plafond soulevait ses cheveux par intermittence.

— En tout cas, elle n'a plus de chagrin. Quand maman Odette est partie, maman Yumi était si triste que je pouvais presque voir les larmes couler à l'intérieur d'elle... J'ai fait un dessin.

— Je serais curieuse de le voir.

— Il est sur mon bureau.

Maud lui sourit.

— C'est important que tu exprimes ce que tu ressens à travers la peinture ou le dessin.

— Au début, elle sortait pas. C'est moi qui l'ai obligée. Y avait plus que des trucs moisis à manger, dans la cuisine. Mais depuis qu'elle s'est décidée à regarder des profils d'Isolées sur sa tablette, ça va mieux. Heureusement, parce que ça commençait à sentir mauvais, chez nous.

— Pourquoi ?

— Bah, elle vidangeait pas les toilettes sèches.

Maud avança son pion.

— Tout s'arrange, alors.

— Oui et non.

— Comment ça ?

Maleko bâilla. Ses paupières étaient lourdes.

— Si le bébé est une fille, on aura fait tout ça pour rien.

— Avoir une fille, c'est très bien aussi. Nous avons tous notre place sur cette planète. Filles et garçons.

Un silence.

— Toi, tu es toute seule. C'est mieux. Comme ça, tu seras moins triste quand tu partiras en recyclage. Tu ne laisseras personne.

— Je te laisserai toi, Maleko. Et tous mes apprenants.

— Oui, mais t'as pas d'enfant à toi, je veux dire. On sera tristes mais t'es pas notre mère.

— Non.

Encore un silence.

— Moi, plus tard, je serai A. Comme toi.

L'enfant repoussa le plateau de jeu.

— J'ai plus envie de jouer... Je suis fatigué.

Il glissa les jambes sous le drap et de la paume effleura le cylindre de Maya posé sur son chevet. Aussitôt, les murs de la chambre se tapissèrent de verts pâturages où des moutons gambadaient dans le soleil couchant.

— Je veux plus qu'on me quitte, murmura-t-il. Jamais.

Maud déposa un baiser contre son front.

— Belle nuit, Maleko.

— Belle nuit, Maud.

Sa tête s'enfonça dans l'oreiller.

Fin de la représentation.

Maleko avait lâché prise, laissant Maud à ses interrogations. Le garçon avait abordé bien des points discutables dans le fonctionnement d'une société qui prônait l'harmonie, l'éducation, la culture et l'altruisme : pour lui, celle-ci se révélait parfois injuste et cruelle.

Maud marcha doucement vers le bureau. Elle y prit la pochette sur laquelle Maleko avait écrit « Dessins de mes émotions », et quitta la chambre. Après s'être servi un verre de chardonnay, elle s'installa dans le canapé du salon, la pochette à dessins sur ses genoux. Le portrait de Yumi était magnifique. Exécuté à l'encre de Chine, le visage avait la forme d'une larme. En guise de cheveux, de longs traits noirs descendaient jusqu'aux épaules. À la place des yeux, deux petites virgules. Une bouche écarlate occupait le centre de la page. Triste. Puissant. Presque glaçant. Maud reposa son verre sur la table. En rangeant le portrait dans la pochette, elle remarqua un autre dessin. Une œuvre encore plus sombre, au crayon de cire, qui lui en rappelait d'autres, et qui faillit bien lui tomber des mains.

Sur une feuille de papier gribouillée de noir, au milieu d'un tourbillon, Maleko avait représenté trois fillettes allongées côte à côte, les paupières closes, la tête sertie d'une couronne de fleurs blanches.

- 2 -

Bruit strident d'une sirène jeté en travers de ma nuit.

Le détecteur de fumée s'est déclenché quelque part dans la maison.

Des cris perçants aussitôt s'ensuivent, me tirent du sommeil, m'arrachent les tympans : petit oiseau perdu, ma sœur s'est jetée sous son lit.

Recroquevillée contre le mur.

Il me faut quelques secondes pour comprendre.

Faire la part du réel et du cauchemar.

Le cylindre de Maya s'est changé en gyrophare. Projection aux murs d'une démonstration des consignes de sécurité en cas d'incendie. L'IA nous balance une sonate de Mozart et affiche l'image d'une femme au visage serein.

— Ferme bien la porte de ta chambre ainsi que les fenêtres. Si possible, calfeutre les interstices à l'aide de chiffons mouillés.

Sa voix, si calme, en devient effrayante. Partout ailleurs, un vacarme assourdissant. Je vais à la fenêtre. Des flocons gris tombent du ciel, des feuilles ardentes dessinent des sourires qui s'écrasent contre la vitre. Je me précipite vers la porte pour l'ouvrir. Un tourbillon de fumée me prend à la gorge. Impossible d'emprunter le couloir et de rejoindre la chambre de nos parents, en bas de l'escalier. Je claque la porte, sous laquelle s'engouffrent des volutes noires.

— Il faut te placer près d'une source d'air frais et signaler ta présence aux services de secours.

J'arrache les draps de nos petits lits, calfeutre comme je peux le bas de la porte, jette un verre d'eau dessus, sans conviction.

— As-tu pensé à bien protéger ton nez avec un foulard ?

Mozart.

Les cris de ma petite sœur.

Accroupie, je l'appelle, lui tends la main, reçois des coups de pied.

— Chicomalt ! Chicomalt ! Chicomalt !

C'est une anguille qui se tortille, hors d'atteinte. Je lui hurle qu'il faut sortir, ne pas rester là. Lui tends les bras. Avalanche de talons sur mes épaules. J'essaie de déplacer son lit mais il est trop lourd. Je vais sur la terrasse.

La force du feu.

L'implacable emprise.

Un torrent de flammes se déverse dans le village.

Des gens sur les balcons. D'autres, accrochés au rebord des murs. Le rugissement des brasiers. Le galop des animaux qui traversent les rues sans trouver d'issue. Le bêlement déchirant des moutons dont la laine a pris feu. Leur peau grillée, incandescente. Cette odeur écœurante qui monte. Les cris d'horreur. Chargé de débris, le vent me suffoque et me pousse à retourner à l'intérieur.

— Chicomalt ! Chicomalt ! Chicomalt !

Je ne sais que faire. J'ignore où sont mes parents. J'ai peur de mourir.

— Ferme bien la porte de ta chambre ainsi que les fenêtres. Si possible, calfeutre-les…

Maya, en boucle.

Peur de mourir, avec Mozart et ma petite sœur.

La fumée s'engouffre à travers la moustiquaire tendue au-dessus de nos lits. Je m'aplatis au sol, appelle doucement, rampe jusqu'à toucher un petit pied. Aussitôt, les coups redoublent sur ma tête.

— Sors de là, Rachel !

Imparables ruades. Je bats en retraite. Un foulard collé au nez, me voici une nouvelle fois sur la terrasse, à gesticuler. Des voisins à leur fenêtre, pris au piège, répondent à mes appels par des signes désemparés. J'en vois d'autres passer de balconnet en balconnet, de rebord en parapet, pour atteindre les toits où se trouvent les bassins végétalisés, fuyant les flammes qui lèchent déjà leurs habitations. Mes parents auraient-ils agi de la sorte ? Et l'espoir se blottit en moi. Sans peur ni secousse, fillette poids plume, je me lance, escalade le balcon, m'agrippe à la bordure de la façade. Plaquée au mur, je tends un bras vers la gouttière, puis l'autre, et mon pied dérape. Suspendue dans le vide à dix mètres du sol, un cri de terreur m'échappe. Par un mouvement de balancier, je parviens à me hisser dans le chéneau. Mes genoux s'écorchent contre la pierre. J'avance, bras écartés, étreins de toutes mes forces notre pauvre maison, jusqu'à l'arrondi de la façade où, en rampant, j'atteins le parapet qui ceinture le toit et l'enjambe.

Personne.

Au-dessus de ma tête, un ciel de guerre. Enrobés d'un panache de fumées, des véhicules volants d'urgence balaient la nuit de leurs puissants projecteurs, et des pompes hélicoptères vaporisent les habitations. J'agite aussitôt les bras, lance des appels désespérés à ceux qui volent trop haut pour me voir. Leurs ombres, bientôt invisibles. Reviendront-ils ? Seule, dans le chaos brûlant de la nuit, je me laisse choir, roule dans l'eau saumâtre du bassin.

Le temps n'a plus cours.

Mes oreilles bourdonnent. Les yeux me brûlent. Je vais finir en bouillie ou carbonisée, je le sais, j'en ai déjà la nausée. J'imagine ma sœur et le calvaire qu'elle endure, ma pauvre petite sœur, abandonnée à son sort, et la pensée que nous puissions mourir séparées l'une de l'autre, cette pensée arrache à ma gorge mes derniers cris de détresse.

— Jane ? Rachel ?

La voix de mon père.

— Papa !

— C'est toi, Jane ?

Dans la pénombre, je devine deux silhouettes de l'autre côté du toit. La chaleur des flammes a roussi leurs cheveux et rougi leurs pieds nus. Mes parents sentent le feu de bois.

— Où est ta sœur ?

Avant de redescendre jusqu'au balcon de la chambre pour lui porter secours, mon père a couvert son nez d'un morceau de tissu et s'est plongé tout entier dans l'eau du bassin. Maman, penchée au-dessus du vide pour le guetter sous une pluie collante. Autour de nous, le feu trépigne et gronde, attisé par les bourrasques. De longues minutes sans rien se dire, jusqu'à la réapparition de mon père, qui tousse et peine à respirer. Attachée derrière son dos, ma sœur, inerte, enveloppée dans un drap noir de suie.

Les secours ont fini par nous soustraire à ce fléau.

Tirés de l'eau du bassin qui menaçait de nous cuire.

Notre famille, rattachée à la vie par un filin, transportée dans le vide, au-dessus des enfers...

Mal au crâne.

— Et ensuite ?

Sur son moniteur, l'OMC[1] *note mes réponses émotionnelles. Un casque à électrodes fixé sur ma tête lui transfère l'activité des impulsions électriques de mon cerveau.*

— J'ai la gorge sèche.

---

1. Opérateur médical de contrôle.

— Voulez-vous un verre d'eau ?

Il me tend un gobelet. Rien n'apaise cette âpreté dans ma bouche.

— … Ensuite, les urgentistes nous ont hissés à bord du véhicule.

— Ils ont tenté de réanimer votre sœur, je suppose ?

— Oui. J'entendais mes parents appeler « Rachel… Rachel… ». Comme si ça pouvait servir à quelque chose.

— Que faisiez-vous, à ce moment-là ?

— Je regardais ailleurs, par le hublot.

Nos vies dévastées par le feu et l'abandon, je voulais voir le jour se lever à l'horizon.

— Rachel, c'est le prénom de votre sœur ?

— Oui.

— Savez-vous à quel moment vos parents ont pris la décision d'échanger vos identités ?

— Dès que nous avons atterri au poste de secours, quand une assistante médicale est venue enregistrer son décès.

L'opérateur lève un sourcil, pianote sur son clavier.

— En vous donnant l'identité de votre sœur cadette, ils reculaient de deux ans votre date de retrait.

— Oui. C'est ma mère qui a eu l'idée. Mon père était avec les autres blessés, dans une tente, sous oxygène.

Agitation des curseurs. Augmentation de la tension artérielle.

— Ce souvenir vous bouleverse.

— Oui.

— Y a-t-il une image en particulier qui vous a marquée ?

— Le regard de ma mère quand on lui prend Rachel des bras. Et celui qu'elle pose sur moi, ensuite… Quand je l'ai entendue donner mon nom à la place de celui de ma sœur à la personne chargée de répertorier les victimes, j'ai cru qu'elle était devenue folle. C'était comme si elle me condamnait à mort.

L'opérateur hoche la tête. Il ne l'avait pas vu sous cet angle.

— Je comprends mieux le choix de votre nouvelle identité. Au début, ça nous a surpris : il est si rare qu'une Retirée demande à porter le prénom de sa sœur.

— Ce n'est pas le prénom de ma sœur, c'est le mien.

— J'ai bien compris.

Signal sonore indiquant la fin d'un transfert de données.

— Parfait.

L'OMC se penche vers moi pour dégrafer le casque. Sous sa moustache, la cicatrice d'une fente palatine. Le liseré renflé retrousse légèrement la lèvre supérieure, dessine comme un sourire en coin. Épinglé de travers sur sa blouse à laquelle il manque un bouton, un badge affiche son nom en lettres capitales. HOPE. Il est né en Angleterre d'une famille de descendants portoricains. C'est un Déplacé, comme moi. Parfois, en fin de séance, nous échangeons à voix basse dans la langue de Shakespeare. Des paroles qui interrogent encore ma conscience, ou la sienne.

— Est-ce qu'elle vous manque ?

— Rachel ne me manque pas. Elle ne m'a jamais quittée.

Il opine du menton, retire les électrodes de mon crâne rasé. Je ne me fais pas encore à cette sensation de vide sur ma tête. On m'a laissé ma trousse de toilette et mes sous-vêtements, mais tout ce que j'avais apporté avec moi m'a été pris, photos, vêtements, livres, alliance, jusqu'à mes cheveux.

— On en a fini pour aujourd'hui, Jane. Je vous laisse rejoindre l'antichambre ? Quelqu'un va venir pour vous raccompagner.

Ils s'arrangent toujours pour que les Retirées ne se croisent pas. Comme si nous risquions de nouer un fil invisible entre nous.

Regagner mon module d'habitation transitoire à bord d'une navette autonome, dans la fraîcheur des voies de circulation creusées sous la roche.

La peinture des soubassements s'écaille, la tuyauterie en cuivre qui longe la paroi a pris une teinte vert-de-gris, mais on ne peut qu'être touché par la grâce majestueuse des vitraux dont sont parés les pignons qui soutiennent la voûte en surplomb d'une verrière à une quinzaine de mètres au-dessus. J'imagine là-haut une forêt, les oiseaux et leurs chants.

Je croyais être délivrée, libre de reprendre en main mon existence pour les jours qu'il me restait à vivre. Le Grand Recyclage me replonge dans cette mauvaise boue où je m'enfonce.

Une fois la barque à distance de la ville engloutie, loin des émanations toxiques des algues stagnant à la surface de l'eau, Keen lâcha les rames et ôta son masque de plongée. Ses cheveux volèrent sur son front. Il attrapa son fils d'une clé au cou et lui frotta le crâne de l'autre main.

— Qu'est-ce que je t'avais dit ?

— Ouais ! C'était génial !

Au cours de leur dernière expédition sur le site d'Ambleteuse, ils avaient repéré une trappe à double battant sous une vitrine de la salle d'exposition du musée submergé. Mais impossible de l'ouvrir. Aujourd'hui, ils étaient revenus avec un pied-de-biche pour dégonder l'un des battants ; l'autre était venu avec. La trappe donnait accès à une sorte de cave où du matériel avait été entreposé : des caisses et des coffres remplis d'artefacts, dont certains encore sous emballage plastique, qui attendaient d'être exposés ou mis en vente depuis un bon bout de temps. L'archéologue tapota le filet plein à craquer à l'arrière de l'embarcation.

— Avec tout ça, crois-moi, on a de quoi s'occuper.

— Une vraie mine d'or !

Ils empoignèrent les rames et continuèrent leur progression en direction de la crique du Cran aux Œufs. Elle leur servait de débarcadère, juste avant la digue dont la ligne grise fermait l'horizon. La mer était calme, la houle légère.

— *Dad*, il y a quelque chose qui bouge là-bas.

Keen plissa les paupières et cessa de ramer pour attraper les jumelles sous son siège. À une centaine de mètres, au bord de la mangrove, une forme longiligne émergea des eaux et s'immobilisa sur un banc de sable.

— *Crocodylus porosus.* Je n'en avais encore jamais vu aussi près de la digue… Celui-ci se chauffe la couenne, on dirait.

Il tendit la paire de jumelles à son fils.

— Regarde sa double crête… Il doit mesurer dans les quatre ou cinq mètres. Ce genre de croco dévore tout ce qui lui tombe sous la dent : sangliers, varans, oiseaux, charognes… Presque tout ce qui se bouffe.

Néo hocha la tête, impressionné.

— Il ne s'éloigne jamais du rivage ?

— Si, mais il ne dépasse pas un certain périmètre.

Le jeune garçon reprit les rames avec vigueur. Son père lui sourit.

— Sois tranquille. Le crocodile de mer ne chasse que la nuit.

Ils accostèrent plus loin, au ponton juste avant la digue. Tandis qu'ils chargeaient le matériel dans la remorque du tandem, se demandant comment ils allaient faire pour tout emporter en un voyage, ils aperçurent John qui descendait à vélo dans leur direction sur le chemin caillouteux. Le technicien freina et tourna d'un coup le guidon avant de poser pied à terre.

Keen le regarda venir à lui de sa démarche de cow-boy, genoux écartés.

— Belle journée, John. Tu tombes à pic.

— Belle journée, les gars, lâcha-t-il en touchant le bord de sa casquette. Vous avez trouvé l'épave d'un chalutier, ou quoi ?

Néo lui sourit.

— On a passé un musée au peigne fin.

— Ne me dis pas que tu te lances dans la coiffure, comme ta mère !

— Quoi ?

— Laisse tomber.

John s'approcha du filet qui contenait les trouvailles du jour.

— Tu crois que là-dedans, il y aurait des pièces valables pour ma moto à chenilles ?

Keen ouvrit le haut de sa combinaison pour être plus libre de ses mouvements.

— *Maybe.*

— Un petit coup de main ?

— Ce n'est pas de refus... On s'y met avant que la nuit tombe ? Je ne voudrais pas finir dans l'estomac d'un crocodile marin.

John jeta un regard autour de lui.

— Vous avez vu un croco, dans le coin ?

Néo indiqua la mangrove, à trois cents mètres, et précisa la taille du mastodonte. Le technicien pâlit. Son bunker était dans le même secteur. Il retira sa casquette pour s'éponger le front.

— Ça fout les jetons.

Puis, se tournant vers Keen, il glissa à voix basse :

— J'ai ce que tu m'as demandé.

L'archéologue le gratifia d'un sourire et plaqua une main sur son épaule.

***

— Ça ne va pas te plaire, prévint John en ouvrant le fichier.

Il cliqua sur l'enregistrement et fit défiler les images jusqu'à ce que l'heure affichée corresponde au créneau supposé des meurtres. Le technicien sentit alors grossir autour de lui le silence. Assis à ses côtés, incrédule, Keen fixait l'écran. Seuls deux BMH avaient borné dans le secteur : le sien et celui de son fils.

— Ce n'est pas possible, finit-il par dire.

— J'ai vérifié les images deux heures avant et après. Même tableau.

— Quelle est la précision du bornage ?

John zooma sur la barre de mesure, en bas de l'image.

— La sentinelle volait à mille cinq cents mètres, environ. On a une visée assez courte. Je dirais quelques dizaines de mètres, à tout casser.

Keen se redressa et rejeta nerveusement ses cheveux sur ses tempes. À l'autre bout de la pièce, Néo plaçait les objets récoltés dans des bassines d'eau douce tout en sifflotant un air de jazz que diffusait Maya.

— Les signatures thermiques, demanda l'archéologue, ça donne quoi ?

John s'éclaircit la gorge.

— On ne les a pas.

— Comment ça ?

— La sentinelle qui est censée quadriller le secteur n'a pas activé la transmission de ses données. Ça arrive, parfois. On les récupère après coup. Mais là, je ne sais pas ce qui s'est passé, aucune trace du fichier dans le dossier. L'équipe de surveillance qui devait le télécharger a tout simplement oublié.

Keen croisa les bras, relâchant l'air de ses poumons.

— Il fallait s'y attendre.

— Avant de crier au complot, souviens-toi qu'ils ont eu autre chose à penser : leur nuit a été agitée. On a eu droit à un beau feu d'artifice.

— Tu aurais moyen de récupérer ces données ?

— Il faudrait que je me connecte à la puce de la sentinelle. J'ai son matricule, donc, en théorie, c'est faisable, mais je doute qu'elle vienne se poser gentiment sur mon PC.

— Tu assures la maintenance des drones, non ?

John confirma d'un battement de cils.

— Toutes les deux cents heures de vol.

— Il faut mettre la main sur cet enregistrement. On doit savoir quand les petites se sont rendues dans la grotte et si elles ont été suivies.

Le technicien savait très bien ce que l'archéologue attendait de lui. Enfreindre encore les règles.

— Écoute, vieux…

— Tu as vu ce que ces gamines ont subi. Tu ne peux pas nier qu'elles ont été froidement assassinées. *There are holes in the racket, John.*

— Hein ?

— En anglais, on dit qu'il y a des trous dans la raquette quand quelque chose n'est pas assez précis ou qu'un système de détection n'a pas fonctionné.

— Je vois. En français, on se contente d'un seul trou.

Keen posa une main sur son épaule et se pencha vers lui.

— Trouve un prétexte pour avancer la date de révision.

Le technicien se grattouilla la nuque.

— Je vais voir ce que je peux faire. Mais il ne faudra pas t'attendre à quelque chose de transcendant : si on voit quelqu'un bouger sur l'enregistrement, ce sera un détourage, rien de précis.

Il cliqua sur un autre fichier. Une image d'un bleu lumineux envahit l'écran. Une vision aérienne du village en pleine nuit.

— En attendant, la sentinelle qui a pris le relais à minuit était parfaitement opérationnelle. Regarde.

Une lueur rougeoyait en bas de l'écran. Quelque chose sortait de la forêt. Un animal dont on distinguait la forme allongée. Typiquement celle d'un loup. Dans son sillage, d'autres signaux colorés suivaient, plus petits. John tapota un point précis sur l'écran.

— Une meute.

— Plutôt une louve et ses louveteaux. Elle longe la falaise.

— Et ça file droit vers la grotte.

Il fit avancer les images en accéléré.

— Là, elle disparaît de l'image, et quand elle ressort…

— Elle marche à reculons.

— On voit bien qu'elle tire quelque chose sur le sol.

Les deux hommes échangèrent un regard.

— Bianca, murmura Keen.

— Elle était déjà morte à ce moment-là, comme tu l'as dit.

— Les petits sont restés en retrait. Ils attendaient leur repas.

L'archéologue recula son siège et croisa les mains derrière la tête.

— Est-ce qu'il est possible qu'un BMH se désactive ?

— À moins de le mettre à bouillir ou de le plonger dans de l'azote liquide, c'est peu probable.

John déplaça la souris du PC pour revenir au fichier précédent.

— Et si c'était le cas, on le verrait ici, dans cette colonne.

Il ouvrit l'onglet du répertoire contenant les numéros d'immatriculation des BMH de toute la population habitant la Terre des Deux-Caps : une barre de couleur verte signalait leur état de fonctionnement le jour de l'enregistrement. Pas d'anomalie.

— Et s'il s'agissait d'une personne étrangère à la communauté ?

John s'adossa à son siège, tira de sa poche son bâton de réglisse et se mit à en mâchouiller l'extrémité.

— On le saurait dès son entrée sur le secteur à cause du signal GPS, comme pour n'importe quel touriste qui débarque ici.

— Imaginons que quelqu'un venu d'ailleurs ait réussi à neutraliser son GPS. Est-ce qu'on aurait les moyens de le détecter ?

— Non. Mais il se serait forcément pointé par les mers ou par les airs, parce qu'on l'aurait repéré s'il avait pris le train. Ou alors, il faudrait qu'il ait traversé des kilomètres de forêts infestées de bêtes sauvages et de moustiques en supportant une température moyenne de 47 °C, avec suffisamment d'eau pour tenir le coup. Je ne vois pas quel genre de gars serait assez motivé pour venir trucider des gamines dans ces conditions. D'autant qu'il y a le trajet retour.

Keen s'enfonça dans son fauteuil.

— Quelque chose m'échappe, soupira-t-il.

— Je peux te poser une question ?

— Dans le dernier tiroir. Sers-toi.

Le technicien rengaina son bâton de réglisse et ouvrit le tiroir du bureau pour en sortir une bouteille de whisky à moitié pleine.

— Ce n'était pas la question que j'allais te poser mais j'aime assez la réponse. Un verre, quelque part ?

Keen fit glisser sur le bureau un cul de bouteille recyclé en gobelet. John se servit une bonne dose d'alcool avant d'aborder un point délicat de la conversation.

— Est-ce que tu sais ce que faisait Néo dans le secteur, ce soir-là ?

— Il rentrait au village. On avait bossé tard au musée.

Le technicien désigna la zone de bornage.

— Apparemment, quelque chose l'a retenu ici pendant cinq minutes.

Keen se raidit.

— Mon fils n'a rien à voir avec ces meurtres.

— C'est sûr. Mais tu devrais quand même lui poser la question. Il a peut-être été témoin de quelque chose... Et toi ?

— Moi ?

— Tu as marqué un arrêt dans le même périmètre une heure plus tard.

— Je ne me suis pas arrêté, je me suis cassé la figure à vélo.

— Ah ouais ? T'as dû te prendre un sacré gadin, alors.

Clic droit sur l'identifiant visuel du BMH. John afficha le chronomètre.

— ... Parce que tu es resté sur place dix bonnes minutes.

Surpris, Keen joignit les mains sous son menton.

— *Bloody shit !*

— Alors, qu'est-ce qui t'est arrivé ?

— Je roulais trop vite. Je me suis pris une ornière et je suis passé par-dessus le guidon.

L'archéologue s'empara de la bouteille et avala une rasade d'alcool.

— J'étais sonné. Je suis resté cloué au sol un bon moment.

— Combien de temps ?

— Deux ou trois minutes. Peut-être plus... Je n'en sais rien.

— Et ensuite ?

— J'ai vérifié que je n'avais rien de cassé, et j'ai inspecté mon vélo.

Encore une rasade.

— La roue était voilée. J'ai essayé de la redresser pour me remettre en selle mais impossible d'avancer : elle frottait trop.

— Le chemin est défoncé. Tu aurais pu te tuer. Pourquoi tu roulais aussi vite ?

Keen reposa la bouteille, les yeux tournés vers le cadre photo posé sur le bureau. Une profonde mélancolie creusait ses traits.

— J'étais un peu à côté de mes pompes… Je venais d'apprendre le retrait de Rachel.

Le regard de John obliqua vers la photographie. La coiffeuse, en débardeur, assise sur le vieux muret du chemin menant au phare, le buste légèrement penché, chevilles croisées sous une jupe longue. Bouche cerise et monture de lunettes assortie. Dans la lumière dorée du soleil couchant se dégageaient d'elle cette assurance et cette quiétude qu'il lui connaissait depuis toujours. Elle fixait quelque chose loin devant elle, comme si elle interrogeait son propre avenir.

— J'ai vu quelque chose, John.

L'archéologue pointa du doigt l'écran, là où le matricule de son BMH clignotait, au milieu de la lande.

— Dans les buissons. Ça m'a fichu une telle frousse que je me suis flanqué par terre. Quelqu'un ou quelque chose se trouvait là, j'en suis persuadé.

— *Dad ?*

La voix de Néo leur fit tourner la tête : l'adolescent brandissait au-dessus de lui deux emballages blister que l'action du sel avait opacifiés.

— Des tanks miniatures en boîte !

— Rééditions 2039 ?

— Je crois bien.

John pensa que ce genre de pièces devait être très recherché : l'archéologue venait de bondir de son fauteuil, comme poussé par un ressort.

— Ne touche à rien, lança-t-il à son fils, s'empressant de le rejoindre.

Tandis que des exclamations d'allégresse lui parvenaient de l'autre côté du labo, John termina son verre, observant du coin de l'œil le cadre photo sur le bureau.

Rachel.

Dans l'air, une part d'elle rôdait encore qui lui secouait le cœur. John pouvait presque sentir sa présence.

Il tiendrait sa promesse, quoi qu'il puisse lui en coûter.

De l'index, il déplaça le cadre pour contempler une autre photo, juste derrière. On y voyait une ravissante jeune femme, cadrée jusqu'aux hanches.

Sky.

Et ses yeux clairs étaient un chemin de lumière tout aussi troublant.

***

Ils s'étaient préparé un dîner sur le pouce, distraits par le programme de Maya FM dont les ondes bruissaient de Chill Fusion. Tenant compte de leurs sujets de prédilection – la civilisation étrusque, l'esclavage (du néolithique au XXIe siècle), la Seconde Guerre mondiale, l'avènement du techno-discernement avant le Grand Effondrement de 2050 –, l'IA avait sélectionné une série de documentaires qu'elle projetait sur le mur du salon tandis qu'ils avalaient leur repas, achevant celui-ci par une portion du flan pâtissier au sésame noir apporté par Charlus.

— Quand je réussis un plat, j'aime bien que ça se sache, avait-il justifié avec un clin d'œil avant de repartir sur son vélo, le panama enfoncé jusqu'aux oreilles.

Parfois, c'était une corbeille de fruits ou des feuilles de tisane du jardin qu'il déposait sur la table de la cuisine. Parfois, un livre prétendument emprunté à Rachel. Tout prétexte était bon pour une petite visite, vérifier que le logement et ses occupants ne dépérissaient pas, une fois passé le cap du retrait de celle qui hier encore l'enchantait de sa présence.

Père et fils avaient lavé la vaisselle, arrosé les plantations sous un croissant de Lune, et Keen s'était enfin décidé à questionner Néo. Plus vite il saurait, mieux ce serait.

— Tu te souviens du jour où on a découvert le musée d'Ambleteuse ? Tu étais rentré seul et je vous avais rejoints plus tard chez Charlus.

Néo plissa les paupières.

— Oui, j'avais emporté la paire de jumelles. C'est le soir où tu t'es pris un gadin avec ton vélo, non ?

— Est-ce que par hasard tu te serais arrêté en chemin, sur la lande ?

— Pourquoi tu me demandes ça ?

Son père avait eu le temps de réfléchir à la meilleure façon de tourner les choses sans aborder le décès des fillettes.

— Ce soir-là, j'ai été distrait par quelque chose qui a bougé dans les buissons. C'est ce qui a causé ma chute.

— Tu pensais que c'était peut-être un loup.

— Un loup, ou quelqu'un que la sentinelle n'aurait pas repéré.

— Quelqu'un, sur la lande, à la nuit tombée ?

Keen confirma d'un mouvement de tête.

— Avec John, on se demande si ça ne viendrait pas d'une anomalie dans le système de surveillance.

— C'est de ça que vous parliez, tout à l'heure ?

— Entre autres, oui. Alors je te repose la question : est-ce que tu as vu quelque chose de particulier sur le chemin ?

Néo réfléchit. Derrière eux, dans la forêt de bambous, de bananiers et de manguiers poussés sur la colline, le bruit mat d'un fruit tombant au sol les surprit par sa netteté.

— Non.

— Tu as peut-être croisé quelqu'un ? Réfléchis.

L'adolescent haussa les épaules.

— Je me suis arrêté cinq minutes pour discuter avec Maleko, c'est tout.

— Maleko ? Mais qu'est-ce qu'il faisait là ?

— Oh, il était avec un groupe de copains. Ils cueillaient des fleurs pour les apporter à l'officine.

— Et ils étaient où, exactement ?

— À l'embranchement du sentier qui conduit au phare.

Keen avait la réponse à sa question : la raison pour laquelle son fils s'était immobilisé à quelques dizaines de mètres de la grotte. Il s'empresserait d'appeler John demain matin pour le lui dire.

— Tu n'as croisé personne d'autre ? reprit-il, soudain plus léger.

— Non.

Néo leva les yeux, guettant dans le ciel la trace d'une mouette.

— Tu penses qu'on risque quelque chose, dans le village ?

— À quel sujet ?

— Eh bien, si le système de surveillance est défaillant…

Keen tapota ses lèvres en grimaçant. Il venait malgré lui de charger son fils d'un nouveau poids.

— Pour l'instant, on se pose juste la question.

— Ah bon ? Parce que...

— *Don't worry, son.*

Puis, passant un bras autour de ses épaules :

— Magic John est sur le coup.

Cet argument parut le rassurer. Ils se souhaitèrent une belle nuit et Néo monta se coucher.

En dépit des merveilleuses surprises que cette journée leur avait offertes - ce lot de jouets en métal et plastique conservés sous blister était incroyable –, Keen ne parvenait pas à chasser la frayeur qui l'avait saisi, tout à l'heure, à l'idée que son fils puisse, d'une manière ou d'une autre, être impliqué dans la mort des fillettes. Assis sur une chaise, dans la pénombre du jardin et le parfum capiteux des plants de lavande, il prit conscience qu'il ne restait qu'un suspect.

Keen ferma les yeux. Fouilla au tréfonds de sa mémoire. Chercha cet instant précis où, sur la lande, un mouvement dans les broussailles avait capté son attention. Sa culbute. La violence du choc à la tête. L'éraflure du temps qui s'écoule et le laisse inerte sur le sol. Il palpa l'endroit où il s'était blessé. L'arcade sourcilière n'en avait pas gardé trace. Qu'avait-il confondu du vent et des murmures, des réflexes et des convulsions de son corps ?

Dix longues minutes.

Il avait beau parcourir les brumes de son cerveau, il n'avait pas souvenir d'avoir perdu connaissance. Son état s'apparentait plutôt à celui d'une désorientation temporelle et spatiale, signe d'un syndrome confusionnel lié à sa chute. Pas d'images. Aucune sensation physique. Juste un sifflement strident à ses oreilles et le tambour de son cœur. Le black-out.

Dix longues minutes.

Il fixa les diodes vert fluo de son BMH.

Et si quelque chose avait dysfonctionné avec le bracelet ?

Et si ce qui se cachait derrière les buissons n'était pas un animal mais trois fillettes aventureuses ?

Keen aurait eu largement le temps de les suivre jusqu'à la grotte. Désorienté, poussé par la douleur que lui causait l'annonce du retrait de sa femme, animé d'un instinct primaire, il pouvait avoir commis l'irréparable. Ces tueurs d'enfants n'agissaient pas autrement : ils passaient à l'acte au moment où leur stimulation neuronale atteignait un pic. La technologie des BMH n'était pas infaillible. Leur fonctionnement pouvait s'altérer, à la suite d'un choc. Il était arrivé que, après avoir endommagé leur bracelet par accident, des gens subissent une surcompensation trop forte et manquent d'en mourir, ou se mettent à faire n'importe quoi. En tombant, Keen avait pu cogner le sien contre une pierre. Mais si c'était le cas, pourquoi ne gardait-il aucun souvenir des actes qu'il aurait commis ?

Il serra le poing.

Tracé. Surveillé. Jusqu'à quel point ? Ce système de contrôle pouvait-il influer sur sa conscience ? Asservir sa chair et sa cervelle à sa volonté ? Il serrait le poing si fort que son bras en tremblait.

— *Bloody shit !*

Keen cogna brutalement son bracelet contre l'accoudoir. Ce geste qu'il pensait puissant se résuma à un coup maladroit, sans dommage pour le BMH, dont l'écran vira au rouge. Le dispositif intégré qui neutralisait toute intention de le détruire, lui, fonctionnait à la perfection.

Tracé. Surveillé. Possédé ?

Consulter l'historique des compensations dans la puce de son bracelet lui permettrait d'en avoir le cœur net. Et pour accéder à ces données, Keen Taylor allait devoir se faire violence.

***

La soudaineté d'une ombre qui se faufile derrière une habitation et qui prend la contre-allée, invisible sous les haies brise-vent.

Loin de chercher la clé des songes, l'enfant chemina dans la nuit jusqu'au square. À pas de loup, il se rapprocha de la sphère la plus éloignée de la voie de circulation. Tôt ce matin y résonnaient encore les notes plus ou moins harmonieuses de musiciens venus travailler leurs partitions tout en contemplant d'increvables corneilles cramponnées à l'écorce des arbres. À travers le hublot de verre, on distinguait la faible lueur d'une lampe de poche. L'enfant grimpa les marches du petit studio de musique. Silencieux, le groupe attendait sa venue.

Chacun ferait le signe de ralliement – former un toit pointu avec les doigts au niveau du thorax. Ils parleraient de la facilité fascinante avec laquelle ils avaient quitté leur chambre et traversé le village. Des friandises circuleraient de main en main. Un bâton de réglisse au coin des lèvres, ils aborderaient l'ordre du jour, à savoir la raison qui motivait cette réunion organisée à la hâte. Ils s'entendraient sur le fait que Mme Pamaturia posait bien trop de questions, et réécriraient le destin des jours à venir. Wooshee ouvrirait le livre qu'il avait apporté pour en lire de captivants passages, puis Maleko sortirait de sa poche un petit couteau à lame en forme de bec et, de la pointe, ferait perler une goutte de sang au bout de leur index.

Dans le calme du soir, investie de croyances, la blessure ne dort pas. Elle entremêle son tourbillon d'émotions à celui des autres.

- 3 -

Comme déplié à l'intérieur d'une gaine, le couloir est une fente creusée dans la roche calcaire nuancée de beige. Architecture organique, typique du XXIIe siècle. De chaque côté, une enfilade d'antichambres. Ce sont de vieilles cabines aux parois lisses, occultées par des vitres opaques pareilles aux alvéoles d'une ruche. Cinq sont occupées. Impossible de voir qui se tient là. Hasna ? Odette ? Joy ? Iris ?

Pour nous sauver, il faudrait nous effacer.

Nous brûlons d'ignorance, ensevelies sous terre, déjà.

En culotte et brassière, j'attends mon tour, assise sur le banc rikiki creusé dans la pierre, mon kimono suspendu à une patère et, dessous, mes tongs glissées dans le logement prévu à cet effet. Les modules d'habitation et les cabines sont dépourvus de miroirs. Je ne sais pas à quoi ressemble ma tête, avec le crâne rasé, et je n'ai pas envie de le savoir. Ce rien qui aurait pu me ressembler s'est perdu quelque part.

Un petit haut-parleur incrusté dans le plafond crachote une musique relaxante. Agrémentée de bruits de la nature, elle me rappelle celle du cabinet médical de ma mère. Le niveau sonore est réglé suffisamment haut pour couvrir les soupirs et sanglots provenant des autres cabines et, pour masquer les suées de la peur, un diffuseur d'huiles essentielles embaume l'air de menthe poivrée et d'eucalyptus.

Des semaines de tortures blanches dans un environnement paisible.

Plus forte que moi, aussi puissante que cette roche qui m'emprisonne, ma volonté de tenir.

Après les tests cognitifs et psychotechniques, l'exploration de ma psyché et des rouages du fonctionnement de ma pensée, les épreuves de compétences opérationnelles et comportementales, après une mise à l'isolement pour mesurer l'impact de celui-ci sur l'altération de mes sens, la déstabilisation de mes repères et mon taux de décompensation psychologique, mon corps est passé au crible.

Bilans sanguin, visuel et auditif. Fond d'œil. Scanner. Mammographie. Scintigraphie osseuse. Radiographie pulmonaire. IRM. Électrocardiogramme. Tests immunologiques. Coproculture des selles. Une Retirée, ici, n'est qu'une enveloppe de chair et de peau, un sac d'organes et d'os qu'on examine au microscope.

Au village, la visite médicale était biannuelle. Ce contrôle de notre fonctionnement et de notre bien-être visait, si ce n'était à prolonger notre existence, à la rendre le plus agréable possible tout en anticipant les pathologies graves. Comme tout le monde, je veillais sur ma santé, m'entretenais et me soignais en cas de petits bobos ou de troubles psychologiques bénins. Le programme d'enseignement commun, incluant des notions de sciences et de médecine douce, favorisait l'automédication. Une fois par mois, quel que soit mon état de santé, je procédais ainsi qu'il était recommandé à un check-up complet de mes fonctions physiques et cognitives. J'effectuais les tests basiques de contrôle, posais mon diagnostic. Keen et moi opérions de même avec les enfants. Quoi qu'il en soit, nous étions rarement malades. Si tel était le cas, l'officine de la coopérative fournissait les remèdes nécessaires, et en cas de doute ou de symptômes inquiétants, le pharmacien nous invitait à nous rapprocher d'un médecin du CMRS[1].

— *C'est à vous.*

La porte opposée à celle du couloir coulisse : je pénètre dans une pièce ovale aseptisée. Sous mes pieds, un béton poli dont la dalle se fissure par endroits. La lumière qui émane du plafond est douce et diffuse. Vêtue d'un sari aussi terne que sa peau, une femme dont il m'est difficile de donner l'âge me sourit. Ses cheveux blancs tirent sur le jaune et sont grossièrement montés en chignon.

— *Belle journée, Jane.*

L'OMC m'indique une table-divan d'examen dont le piétement métallique est gagné par la rouille. Ce matériel remonte au moins à l'avènement du Grand Recyclage. Plus d'un siècle d'oxydation et d'usure. Des milliers de femmes passées par là.

— *Je vous en prie, prenez place.*

Je m'allonge.

— *Tout va bien pour vous ?*

— *Oui.*

— *Alors, commençons.*

Une gaine bardée de récepteurs se referme, compresse mon avant-bras avec un bruit de succion. Poids, taux de graisse et d'eau, masse minérale osseuse et musculaire, âge métabolique, rythme cardiaque et tension artérielle - un peu élevée - s'affichent aussitôt sur l'écran intégré à la table d'examen. Assise du bout des fesses sur un tabouret à roulettes dont l'une est maintenue par du fil de fer, l'OMC ajuste ses lunettes aux verres fumés puis me pose les questions d'usage : date de naissance, identité sexuelle, situation conjugale, nombre de grossesses menées à terme et d'enfants viables, date des dernières règles. Elle procède ensuite au prélèvement d'une goutte de sang, jette

1. Centre médical du réseau santé.

un œil à mon profil ADN et à mes origines ethniques, à mes données biométriques et génétiques, examine ma peau, cherche la présence éventuelle de cicatrices, de marques de naissance ou de tatouages, comptabilise mes grains de beauté, explore ma sphère ORL, mes parties génitales, et enchaîne avec une palpation du ventre, des seins et de la thyroïde tout en commentant ses observations à haute voix pour l'audiotranscripteur.

— Mesure d'élasticité des artères : 3,8 %. On est dans la norme. Passons à votre modérateur.

Les données historiques de mon BMH défilent sous ses yeux. L'OMC croise les bras.

— Je vois que des ajustements ont été opérés à plusieurs reprises sur votre système endocrinien, ces dernières années.

— J'ai des bouffées de chaleur, oui.

— Et des réveils nocturnes, semble-t-il. Vous mangiez beaucoup de sucre ?

— Pas plus que ça.

— Votre BMH a compensé de légers excès d'insuline. Des coups de fatigue, un peu de déprime ?

— Non.

— Problèmes de pilosité ?

— Non plus.

L'opératrice parle un français avec un léger accent suisse. La plupart des OMC ont un accent. Certains ne s'expriment que dans leur langue et recourent à un logiciel de traduction instantanée pour se faire comprendre. Tous ont un point commun avec le personnel d'encadrement : leur BMH ne semble plus opérer de compensation, affichant invariablement la couleur bleue.

— Troubles digestifs ?

— À part le ventre qui gonfle un peu le soir, non.

— Mais vous avez pris du poids.

— Mon mari ne s'en plaignait pas.

Elle sourit.

— Souffrez-vous de douleurs musculaires ?
— Pas spécialement.
— Articulaires ?
— Tout dépend de la météo.
— Vous faisiez un peu de sport ?
— Tennis, taï-chi et beach yoga, l'hiver.
— Vous êtes stressée.
— Pardon ?
— Le yoga est conseillé en cas de stress.
— Oui, c'est évident.
— Qu'est-ce qui est évident ?
— Que le yoga déstresse.

La femme pianote sur son clavier. Je ressens des picotements dans tout le corps.

— Qu'est-ce que vous faites ?

— Je réactive votre BMH pour vérifier son calibrage. Ça ne durera que quelques minutes.

Elle enfonce une touche. Se contracte peu à peu sur son tabouret. Fronce les sourcils. Pianote encore. Reflets de l'écran sur les verres de ses lunettes.

— Je ne vois pas de réponse émotionnelle excessive.

— C'est un problème ?

Elle hésite avant de répondre.

— Non.

Elle ôte sa monture pour en nettoyer les verres. Pas de cils, pas de sourcils. Ses paupières tressautent sur l'azur cristallin de ses iris. L'opératrice est atteinte d'albinisme. Ce n'est pas la première que je vois. Elles sont plusieurs dans le même cas, assignées à ce poste. L'OMC remet ses lunettes, enclenche l'ouverture du manchon médical et délivre mon bras.

— Je vais vous demander de marcher à une cadence soutenue dix minutes sur un tapis de course pour déceler d'éventuelles anomalies invisibles au repos. Ensuite, je vous libère.

Elle consigne quelques notes sur une tablette en verre trempé dont un coin est ébréché.

— Puis-je vous poser une question ?

— Si elle concerne vos amies, vous savez que je ne suis pas autorisée à vous répondre.

— Dites-moi au moins si elles sont en vie.

Elle se barricade derrière ses lunettes.

— Je suis désolée. Belle journée, Jane.

Elle décroche la tablette de son support, sort d'un pas véloce et m'oublie dans la pièce.

Je monte sur l'appareil. Tandis que le mécanisme active le défilement du tapis tremblotant, je procède de la même manière que depuis mon premier jour ici : je respire profondément, fixe un point sur le mur et ne pense à rien.

Les débits de boissons et lieux de restauration de l'Insula étendaient leurs terrasses en arrière-cour, à l'abri d'un écran de palmiers, de papayers aux grappes abondantes et de bambous spectaculaires. Avec ses arceaux de bois clair et sa forme cylindrique typique des commerces indispensables, le bar de la Baleine donnait l'impression que l'on pénétrait à l'intérieur d'un cétacé. L'établissement disposait de cinq tables de billard réparties sur toute sa longueur et d'un authentique comptoir en étain orné de têtes de dauphin. De longues tables cirées accueillaient des tournois de jeux de cartes, et la plupart des rencontres sportives finissaient autour d'elles en de mémorables fêtes. Les premiers rendez-vous d'attachement se donnaient sur les banquettes en velours de lin dont le motif d'écailles se patinait sous les fesses des clients. C'était là qu'Hasna commençait sa journée. Toujours à la même place, face à la baie vitrée qui donnait sur l'agora. Son profil démultiplié par la collection de vieux miroirs accrochés au mur, elle buvait une chicorée en rédigeant un billet d'humeur pour la radio, le lancement d'un sujet ou un article du journal local. Lorsque John Mělník poussa les portes battantes, son regard obliqua vers la banquette vide et il eut l'impression de se cogner dans un mur. Le temps avait beau passer, le souvenir de sa femme lui dépeçait toujours aussi douloureusement le cœur. Il s'épongea le cou, replaça son foulard dans la poche ventrale de sa salopette et marcha jusqu'au comptoir. Le technicien avait une journée de formation dans les pattes et le ventre creux. Hormis deux équipes de joueuses à la table de snooker et un jeune couple au fond de la salle, le bar était peu animé en ce début de soirée. Au plafond, des ventilateurs brassaient l'air à 26 °C. La température idéale de la soif. Derrière le comptoir, Moukey Melville était occupé à remplir des bols de chips d'algues grillées qu'il déposerait ensuite sur les tables. Le trentenaire avait repris le commerce de sa mère l'année dernière, après son retrait. Il était aussi bel homme qu'elle était grande gueule, et finissait son service de la même façon : il poussait la chansonnette au piano droit, sur l'estrade plantée au milieu de la salle. Les clients ne se faisaient pas prier pour l'accompagner. On tirait volontiers d'une poche un harmonica, on martelait de la paume l'assise d'une chaise en bois. Mais ce soir, après le passage de John, le barman ne serait pas d'humeur.

— Hé ! Belle soirée, MJ !

— Belle soirée, Mouk.

Désignant du menton les chips kaki, John fit remarquer qu'elles avaient mauvaise mine. En plus de son job, le barman donnait des cours de cuisine moléculaire au CPA. Un fanatique de la sphérification. Son caviar de violette était une pure friandise et ses mojitos se dégustaient littéralement à la cuiller. Le bar lui servait de laboratoire.

— Une de tes nouvelles expériences ?

Moukey tendit une chips à John. Il la croqua avec méfiance.

— Alors ?

— On dirait du bœuf, plaisanta-t-il.

Le barman croisa les bras en rigolant.

— Paraît que le goût ressemblait à ça.

— C'est quoi ?

— Concentré de salsifis noirs confits avec de l'ail et des épices. J'en mets dans les burgers pour remplacer la léghémoglobine[1].

John sentit quelque chose cogner contre sa chaussure : un aspirateur-laveur robot tamponnait son talon avec insistance.

— Il fonctionne encore, ce tas de plastoc ?

— Une heure de charge, puissance d'aspiration nulle, mais il pète le feu.

Le robot repartit en marche arrière en dodelinant sur ses roulettes.

— Je crois bien que les capteurs de détection d'obstacle sont HS, observa John.

— Tu peux le réparer ?

— Mouk, c'est un Roborock de chez Galaxus, un des derniers modèles sortis d'usine à la fin des années 2100. Sa place est dans un musée.

— C'est aussi ce que disait ma mère. Mais c'est l'attraction de la Baleine. Les clients y sont attachés… Qu'est-ce que je te sers ?

Le technicien commanda une bière et appuya du pouce sur la borne de paiement du comptoir. Le montant de son ardoise s'afficha en rouge vif. Trois chiffres se reflétaient sur l'étain.

— Tu as toujours le mode d'emploi ?

— J'ai même la boîte et la facture, encadrée dans la cuisine.

---

1. Présente dans le système racinaire des légumineuses, proche de la myoglobine animale, la léghémoglobine confère à une pâte végétale la texture, l'odeur à la cuisson et la saveur de la viande de bœuf.

— Te fiche pas de moi.

— Ma mère gardait tout. Ce truc était garanti vingt ans, tu te rends compte ?

— Bon. Je verrai ce que je peux faire. Mais en général, je ne touche pas aux antiquités.

Le barman lui servit son demi, ils échangèrent quelques banalités puis John entra dans le vif du sujet.

— Ton binôme au poste de surveillance, il paraît que c'est la nouvelle gonzesse de Prodotis ?

Le regard de Moukey se mit à briller.

— Ceylan. Fallait que ça tombe sur moi. Pas de bol, hein ?

— Peau de bronze, croupe de pouliche... Un prototype de rêve.

Le barman acquiesça et reprit le remplissage des bols de chips. Lorgnant l'étagère garnie de bouteilles de rhum et de whisky distillés dans les caves de la coopérative, John poursuivit :

— À propos, je viens de faire la dernière mise à jour. Y a des nouveautés qui vont rudement nous soulager.

— Ah ouais ?

— Le chargement des télétransmissions des drones, par exemple, bah, plus besoin de s'en occuper. Maintenant, ça se fait tout seul.

— Pratique.

Continuant sur sa lancée, John parla d'un nouveau dispositif d'alerte qui signalait automatiquement un fichier manquant ou corrompu dans les archives, et Moukey trouva l'idée brillante. Mais lorsqu'il évoqua la mise en place d'un système de sécurité qui activait les caméras des moniteurs de la salle de contrôle, le barman fit tomber un peu trop de chips dans le dernier bol.

— Ah bon ? Mais à quoi ça va servir ?

— Oh, c'est juste au cas où : l'enregistrement ne se déclenche que s'il n'y a plus d'activité dans la pièce.

Moukey referma la boîte de chips presque vide et la rangea sous le comptoir.

— Je n'en vois pas l'utilité, dit-il.

— Imagine qu'un binôme pique un roupillon simultané, ou que l'un de nous fasse un malaise pendant que l'autre prend sa pause en salle de repos...

Le barman disposait les bols sur un plateau d'un geste nerveux.

— C'est peu probable.

— Je me suis dit la même chose. Mais qu'un binôme abandonne son poste pour forniquer sur le canap', en revanche, c'est de l'ordre du possible, non ?

— Qui pourrait faire une chose pareille ?

John porta son verre à ses lèvres.

— Oui. Qui pourrait être aussi crétin ?

D'un trait, il vida sa bière.

— Enfin, voilà, je voulais te le dire.

— OK. Merci.

Le barman empoigna le plateau pour aller répartir les bols sur les tables. La question de John, lancée comme une boule de billard, le stoppa net.

— La nuit du 25 mars, c'est pas toi et la môme Prodotis qui étiez de service ?

— Quand ça ?

— Le soir où les pauvres gamines ont fait leur fugue.

Moukey reposa le plateau sur le comptoir.

— Le 25 mars, tu dis ? Peut-être bien. Mais on n'a rien vu de spécial, s'empressa-t-il d'ajouter.

— Mouk.

— Ouais ?

— Ton BMH.

Les diodes clignotaient d'un orange tapageur.

— J'ai pas le talent ni la patience qu'avait Hasna pour obtenir des confidences, poursuivit John à voix basse.

Mais rassure-toi, j'ai pas non plus l'intention de publier un papier dans le journal. Ça restera entre nous.

Il repoussa son verre vide sur le zinc.

— Alors, si tu me servais une autre bière et me disais franco ce que vous avez fichu tous les deux, ce soir-là ?

***

L'ÉLÉGANCE DU LIN

DES VÊTEMENTS VIVANTS ET RESPIRANTS

Leur prouesse ? Ils changent le dioxyde de carbone en oxygène.

Grâce à leur composé d'algues marines, vos textiles sont capables d'éliminer les toxines de l'air.

S'habiller autrement pour améliorer notre environnement immédiat

Matière non tissée, 100 % naturelle, entièrement recyclable et compostable

Toute une gamme à découvrir chez votre tailleur

@gouvernance_territoriale
Mayacorporate.org

Pas le temps de s'attarder sur les publicités holographiques des années 2160 punaisées aux murs. La visite de l'atelier de tissage, implanté dans la zone artisanale communautaire des villages, s'acheva comme elle avait commencé : au pas de charge. Charlus Fisher avait hâte de passer le relais à ce couple de tisserandes qui, dès demain, investirait les lieux. Les sursauts de la vie, ses coups puissants avaient usé plus que ses mains et ses yeux. Il était temps de coudre un point d'arrêt à son ouvrage. De mettre un terme à des années de labeur et de grandes satisfactions, au chevet d'une équipe d'apprentis dévoués à leurs métiers à bras, où avait été formé ce couple de femmes passionnées : entrecroiser les fils de chaîne et de trame, régler les métiers mécaniques, élaborer des prototypes, fabriquer des étoffes de fibres recyclées, de laine, de soie, de chanvre ou de lin qui habilleraient les corps, les lits, les fenêtres et les tables, désormais et grâce à lui, elles possédaient ce savoir-faire.

Sa boutique de tailleur, au cœur du village, Charlus en proposa la visite avec moins d'entrain. Les présentoirs, les mannequins de couture, la grande table de tapissier, les rayonnages de la réserve et le petit cabinet de création assistée par ordinateur lui rappelaient combien il était attaché à ce refuge. Dans la tiédeur des longues nuits d'été et les jours bleus de l'hiver, il avait agité là ses méninges et goûté le parfum poudré des tissus, le frottement d'un drap sur le bois lustré, le bruissement de la feuille de papier de soie. Mais l'espace qu'il avait occupé jusqu'à ce jour était un bien de la communauté. Ce sentiment d'en être dépossédé ne serait qu'éphémère. Tel un poème que, jadis, il aimait tant, Charlus finirait par l'oublier.

— C'est le même logiciel de CAO qu'au Centre d'apprentissage, monsieur Fisher ?

— Le même, oui.

Le cœur plein d'émotion, les deux jeunes femmes, Prudence et Socotra, projetaient déjà ce que serait leur vie entre ces vieux murs au placage de bois précieux tirés des ruines de la ville de Calais et leur mobilier de bric et de broc. Pieds nus sur le carrelage en damier, elles appréciaient la fraîcheur de la boutique, se familiarisaient avec le matériel informatique – préservé du crash jusqu'à ce jour – dont le tailleur s'accommodait depuis quarante ans.

— Il permet de visualiser vos modèles dans n'importe quelle coupe ou couleur, mais pour ce qui concerne le rendu de la matière et le comportement du tissu, rien ne vaut le toucher : on ne peut guère anticiper ce que devient l'étoffe tant qu'on ne l'a pas sous les doigts.

Dans une cagette, Charlus avait rassemblé ses affaires. Glané au fond des tiroirs les derniers objets personnels. Retiré du tableau en liège les photos épinglées de sa vie. Paysages et villages d'hier, familles perdues ou toujours vaillantes, Rachel et Jane, à quatre et six ans. Oubliés dans sa bibliothèque, des décennies d'inventaires et de répertoires, des catalogues, des encyclopédies, des livres d'art et de design.

— Vous n'allez pas laisser tout ça ?

— Je les connais par cœur.

Le vieux coffret de fils à coudre dans la réserve, il l'avait déjà emporté chez lui et planqué dans le cabanon du jardin. Confier pareil héritage à ces jeunes femmes lui était apparu trop cruel. Elles feraient bien assez tôt l'expérience de découvrir, au verso du jupon d'une Retirée, une relique soigneusement cousue.

— Eh bien, voilà. Vous êtes chez vous.

En leur confiant les clés de l'atelier de tissage et de sa boutique, Charlus se sentait si près de disparaître qu'il serait bien parti, là maintenant, d'un clignement de paupières. Socotra tendit alors vers lui un ouvrage dont la reliure était cousue, et la couverture, en velours côtelé, brodée de fleurs.

— On voulait vous offrir quelque chose d'original, pour vous remercier de tout ce que vous nous avez transmis.

— ... Et pour votre gentillesse !

— Allons bon.

Deux paires d'yeux remplis d'admiration fixés sur lui. L'ouvrage pesait son poids. Charlus posa le livre sur la table de tapissier, chaussa ses lunettes et l'ouvrit. Les jeunes femmes avaient imprimé le catalogue des Prêtes-à-Retirer. Aucune version papier n'existait, à ce jour.

— Il est complet.

— Trois cent trente-trois modèles.

— Toutes vos créations, monsieur Fisher.

Le tailleur en tournait les pages avec précaution.

— Effectivement, tout y est.

Bruissement du papier entre les doigts du vieil homme.

— Cette folie a dû vous coûter une fortune, gloussa-t-il.

Les jeunes femmes échangèrent un sourire. Prudence se pencha vers lui.

— On a même ajouté vos dernières créations, à la fin du catalogue.

— Mes dernières créations ?

— Celles qui viennent d'être mises en ligne, en *re-use.*

— On attend avec impatience que vous partagiez les patrons dans le Cloud.

Le BMH de Charlus contenait son trouble, jaunissant la manche de sa chemise. D'une main fébrile, il tourna plus vite les pages jusqu'aux dernières. Trois modèles, photographiés sur fond neutre. Un tailleur-jupe crayon avec capeline de soie, une robe tulipe ras du genou, et une robe trapèze de dentelle noire. Les jeunes femmes s'extasiaient.

— Les broderies de cette toilette incrustées de perles, quelle splendeur !

— Souligner la taille d'une ceinture rouge, avec l'étole de soie, l'idée est merveilleuse.

Présentées sur des mannequins de bois, les robes d'Odette, Hasna et Jane étaient resplendissantes.

***

Loa Dapper, 28 ans.

Métier : médecin rattachée au service médical d'urgence.

Activités complémentaires : ouvrière forestière, organisatrice de gymkhanas biannuels pour la communauté des villages.

Hobbies : bowling, jeux de simulation de vie dans le métavers, scrapbooking.

Comptabilité génétique : confirmée.

Choix validé.

L'Isolée avait accepté la demande d'attachement et proposé un rendez-vous le soir même. Restait à fixer l'heure et à trouver un endroit adéquat. Keen Taylor opta pour le parc floral du village le plus à l'ouest du territoire : au printemps, Rachel aimait s'y promener avec lui et les enfants lorsqu'ils étaient petits, et les possibilités d'y croiser des connaissances étaient plus limitées.

Une affaire rondement menée.

L'urgentiste avait examiné les corps des fillettes : elle était la mieux placée pour apprécier la situation et répondre en toute discrétion aux questions qui hantaient l'archéologue.

L'ambiance du lieu était bien différente de celle qu'il avait en mémoire. En ce début de soirée, le parc pullulait d'apprenants venus profiter de la fraîcheur des nombreuses fontaines pour lire ou se détendre. La plupart des chaises longues étaient occupées par de jeunes couples très à leur aise. Keen se dirigea vers un banc en pierre, à l'écart, sous une tonnelle garnie de roses trémières. En voyant la jeune femme marcher d'un pas nonchalant dans sa direction, vêtue d'une jupe et d'un débardeur qui, à la différence de la combinaison étanche, laissaient entrevoir les formes et la mécanique de son corps, l'archéologue se dit qu'il avait peut-être mal évalué la situation.

— Un *date* dans un parc, c'est un truc de vieux, vous savez ?

L'impression d'un enlisement instantané. La prise de conscience de sa vétusté et d'un décalage sévère.

— Si vous voulez, bredouilla-t-il, on peut aller ailleurs, ou remettre à plus tard...

— Non, non. Je veux dire que ça a quelque chose de rétro. Un peu comme vous.

— Comme moi ?

— Le veston, la touche *old school* et le jean qui agonise...

Keen baissa les yeux sur la veste en lin qu'il avait cru bon d'enfiler par-dessus son tee-shirt.

— J'aime bien, ajouta-t-elle, agitant un éventail. Ça me change des types en kurta.

Se dégageait d'elle un soupçon d'arrogance. Keen se leva et, rajustant sa veste, l'invita à prendre place sur le banc. Elle s'assit à côté de lui sans se départir de son sourire. Jambes croisées, un bras par-dessus le dossier, le BMH dissimulé sous sa manche, Keen s'efforça de lui rendre son sourire, encouragé par le parfum des roses qui embaumait la tonnelle.

— Quand j'ai lu votre demande, glissa-t-elle, j'ai été assez surprise.

— Pourquoi ?

— Si on tient compte des circonstances de notre première rencontre au musée, je ne pensais pas vous revoir. Qu'est-ce qui vous a décidé ?

Une question qu'il n'avait pas anticipée. Keen lissa la pointe de sa barbe pour cacher son embarras.

— Peut-être le sang-froid dont vous avez fait preuve à ce moment-là, osa-t-il, et aussi votre rapidité d'analyse.

Elle pouffa de rire.

— Vous êtes sérieux ?

— Pardon ! Je... Ce n'est pas la réponse que vous attendiez ?

Elle leva les yeux au ciel comme si elle s'interrogeait sur le temps qu'il faisait.

— Pas vraiment, non.

Focalisé sur ce qu'il comptait obtenir d'elle, Keen réalisa qu'il l'avait à peine regardée. Nul besoin d'être devin pour savoir que devant lui se tenait une adepte du sport intensif. Sa silhouette était musculeuse, tout en nerfs et en os. Des cheveux ténébreux, réunis en queue-de-cheval, une frange de gamine qui couvrait un front précocement ridé, des lèvres charnues et des yeux inoubliables.

— Qu'est-ce que les autres hommes apprécient chez vous ? risqua-t-il.

Elle rajusta son débardeur sur ses petits seins.

— Disons qu'ils se polarisent sur d'autres aspects de ma personne.

— Vos yeux gris magnétiques, par exemple ?

Elle acquiesça d'un sourire velouté. Cette conviction d'incarner la séduction absolue avait de quoi dérouter.

Keen se demanda si sa fille était aussi directe et présomptueuse lorsqu'elle répondait à une demande d'attachement et cette pensée ajouta à son malaise. Sans gêne, Loa le détaillait de la tête aux pieds.

— Vous avez blanchi depuis la dernière fois, non ? Votre barbe...

— C'est possible. Je passe par une période difficile, crut-il bon de lui rappeler.

Elle le surprit en posant la main sur son genou. Un frisson lui monta jusqu'aux oreilles. La situation devenait embarrassante. Un brin de compassion dans la voix, Loa lui expliqua que, pour réussir sa réattribution, Keen ne devait surtout pas se laisser gagner par le chagrin ou la nostalgie et, pour illustrer son propos, elle compara le retrait de sa femme à une chute de cheval.

— Plus vite vous remonterez en selle, plus vite vous vous en remettrez.

— Et le cheval, c'est vous ?

Elle retira sa main.

— Moi qui vous prenais pour quelqu'un de romantique...

— Je vais dans le sens de votre métaphore.

— Ce n'est pas ce que j'ai voulu dire.

En retour, Keen tapota le genou de la jeune femme.

— J'ai compris le message, Loa.

Elle le fixa en plissant les paupières.

— Vous êtes différent des Réattribués que j'ai pu rencontrer.

Keen savait qu'il n'était pas le premier à se connecter à son profil, et il n'avait pas l'intention d'aller vers une relation avec cette jeune femme, mais l'idée qu'elle puisse avoir une longue expérience avec des hommes de seconde main lui était désagréable.

— D'abord, vous ne faites pas votre âge.

— J'ai deux fois le vôtre.

— C’est bien ce que je dis. Ensuite, vous ne facilitez pas les choses.

— On me l’a souvent reproché.

— Vous avez suivi le tuto du premier rendez-vous ?

— Quel tutoriel ?

Le sourire de Loa rapetissait à vue d’œil.

— Les neuf conseils de Maya pour réussir son rattachement, ça ne vous parle pas non plus, j’imagine ?

— Parce qu’il y a une marche à suivre ?

Tout à coup, sans plus d’explications, l’urgentiste croisa les bras et ne dit plus un mot. Le crépuscule, à peine posé sur les arbres en fleur, ajoutait au panaché pastel du ciel une percée de bleu. Un petit rien de douceur, aussi intense que l’inconfort dans lequel l’archéologue mettait la jeune femme. Il devait arrêter ça. Keen se leva.

— Écoutez, Loa...

Il fit quelques pas, cherchant la meilleure façon de lui présenter les choses, et revint s’asseoir près d’elle pour lui prendre les mains.

— Il fallait que je vous revoie. Mais pas pour les raisons que ce rendez-vous laisse imaginer.

Keen plongea son regard dans le sien. Le gris engendré par les pigments mydriatiques de l’iris reflétait de cette femme toute la gloire et la fragilité.

— J’ai besoin de votre aide, lâcha-t-il enfin.

***

Le village suffisait à rendre ses nuits tolérables. Sa quiétude, la profondeur de ses silences sous la canopée végétalisée qui faisaient la particularité de son quartier d’habitation la couvraient de bien-être. Mais la blessure du doute, à présent, chassait le sommeil. Dans sa tête grondaient les orages. Aux informations, on parlait de vagues submersives, de tourbillons violents et de pluies torrentielles sur tout le territoire. Une tempête se préparait pour les jours à venir. Pourtant, ce qui dévastait Maud était sans rapport avec la météo. Aucun remblai ne renforcerait sa digue contre les assauts de l'anxiété.

Tous ces apprenants accueillis dans la joie et la sérénité, dont chaque jour elle encourageait, stimulait et fêtait la créativité, n'étaient plus une source d'émerveillement. Ils l'inquiétaient plutôt.

Sous l'éclairage tamisé de la pièce, alignés devant elle sur le tatami du séjour, cinq dessins d'émotions. Leurs similitudes ne laissaient planer aucun mystère sur ce qui avait guidé l'imagination de leurs auteurs, des apprenants de sexe masculin âgés de sept à huit ans, issus de différentes classes. Des garçons intelligents, attachants et délicieux, comme Wooshee, Norka ou Maleko, doués d'une parole vive et claire. À ses questions, posées en aparté, chacun avait répondu sans ciller : leurs dessins se ressemblaient parce qu'ils connaissaient la grotte, comme la plupart des enfants du village. Pourquoi avaient-ils représenté les fillettes à l'intérieur et non pas en bas de la falaise, puisque c'était ainsi qu'elles étaient mortes ? Les réponses divergeaient sur ce point : dans l'esprit des uns, elles étaient toujours vivantes, comme endormies à jamais au fond de la caverne et de leur mémoire. Pour les autres, il s'agissait de représenter leurs esprits nimbés de lumière, à la manière des saints de la religion chrétienne. Wooshee était le seul à symboliser la mort par la présence de peinture rouge sur les paumes des fillettes. Cette touche particulière, il la justifiait d'une étonnante façon.

— C'est pour qu'elles restent ensemble, un peu comme un pacte de sang.

— Un pacte de sang ?

— Oui. C'est un rite africain d'alliance avec Dieu et aussi de fraternité.

— On t'apprend ça, en cours d'histoire des religions et des croyances ?

— Je l'ai lu dans un livre.

Wooshee revisitait le concept, fier de sa logique et de sa trouvaille.

Ce qui dérangeait l'instructrice en art-thérapie n'était pas le sujet de ces œuvres mais l'interprétation qu'en faisaient leurs auteurs. Les dessins révélaient ce qui grouillait dans leur tête dès qu'il s'agissait d'aborder le registre des émotions : un maelström d'absurdités occupait leurs pensées. Probablement le résultat d'une faille dans la transmission des savoirs.

Dès le plus jeune âge, on enseignait aux apprenants l'histoire des croyances, de la première religion de l'humanité aux cultes les plus divers, incluant les rites et rituels. Certaines mythologies prêtaient à rire, comme celles de la civilisation maya : Xiquiripat, « le Baluchon Emplumé », cette divinité qui transportait les défunts sous forme de fumée et provoquait des hémorragies, avait son petit succès. Les seigneurs de l'inframonde, avec leurs noms à coucher dehors et leurs maisons cauchemardesques, pleines de ténèbres, de glace, de braises, de couteaux, de jaguars ou de chauves-souris, laissaient les enfants bouche bée. Les notions de déité et de sacré étaient abordées sous forme de contes magiques. Tout ce qui concernait le sacrifice et le salut étonnait beaucoup les apprenants. Ils comprenaient bien l'utilité de la prière mais le recours à la brutalité pour imposer une croyance ou punir un impie leur semblait totalement hors de propos. Surtout, ils ne voyaient pas de différences fondamentales entre les religions – les sectes et les confréries farfelues mises à part.

Personne ne s'était posé la question de l'impact psychologique que ces récits pourraient avoir sur ces petites têtes bien remplies. Leurs éclats de rire et les modelages rigolos de serpents à plumes ou de divinités à six bras qu'ils fabriquaient en arts plastiques masqueraient-ils une tout autre perception des choses ? Que façonnait-on des adultes de demain ?

Aux yeux de Maud, ces œuvres remettaient en cause l'un des fondements mêmes du Nouvel Ordre terrien établi par les Gouvernances unies à la fin du XXIe siècle : préserver l'humanité de la réitération de ses erreurs passées par leur pleine connaissance et compréhension. L'idée était bonne, pas la méthode. Un point n'était pas assez développé dans l'enseignement de ces notions : la raison pour laquelle, depuis l'aube des temps, les humains avaient inventé les religions. Pas besoin de chercher bien loin la réponse. Elle se trouvait dans les dessins d'émotions des garçons : l'angoisse de la mort. Celle-ci les avait poussés à générer leurs propres mythes.

L'instructrice rassembla les dessins devant elle. Que faire ? En parler d'abord aux parents et proposer une réunion avec le directeur de l'ECEC, ou bien soumettre le problème au Conseil villageois en vue d'alerter la Gouvernance ? Sans Rachel, Odette et Hasna, Maud se sentait bien incapable de prendre une telle décision.

Elle erra un moment dans la pièce, puis se dirigea vers la porte d'entrée. Une faible brise pénétrait par la porte-moustiquaire. Passé le porche incurvé, un petit jardin s'étendait en arc de cercle, fermé par une palissade chemisée de bambous. Une allée sinueuse traversait une succession de plantations et de petits espaces chaleureux, décorés de meubles en bois, de chaises longues et de coussins que, jadis, Maud investissait le soir, avec ses amies. Derrière la palissade, la voie de circulation disparaissait presque sous un voile d'ombrage tapissé de glycines dont les inflorescences pendaient tels des lampions mauves. Le parfum épicé et sucré des fleurs s'épandait jusqu'à elle, lui chatouillait les sinus. Partout, le silence. Ou presque. Un léger grincement se fit entendre : le battant de sa boîte aux lettres pendait dans le vide. Maud sortit pour le refermer. Une enveloppe en chiffon de lin se trouvait à l'intérieur de la boîte. Au dos, l'emblème du Grand Recyclage, incrusté en relief.

Elle ne prit pas la peine d'ouvrir le courrier.

Sa première pensée fut pour son petit jardin et son habitation en forme de cloche. Ce qu'elle laisserait derrière elle. Qui, bientôt, en prendrait soin ? Maud regagna le porche, traversant le voile gris des massifs tourmentés par le vent.

- 4 -

Pour se protéger du temps qui s'écoule et nous effraie, il faut parfois remonter les pentes du passé. Les plus douces et les plus abruptes.

Revenir dans le souvenir de cette pièce et en faire le récit m'est encore difficile.

Elle est rectangulaire, creusée dans la roche et baignée de lumière. Une baie vitrée incurvée la ceint sur toute sa longueur et surplombe une forêt luxuriante. Dessous, un chaos fabuleux de roches et de landes, des escaliers taillés dans la pierre, et un ruisseau qu'enjambent de petits ponts végétaux, défendus par des roseaux. Assis sur un tronc d'arbre, une renarde et ses petits pointent leur museau vers le soleil couchant dont les derniers rayons donnent à leur fourrure les couleurs du feu.

— Ce paysage virtuel semble si réaliste…

— Il l'est. Ces images proviennent d'une caméra. Ce que vous voyez là, Jane, se déroule en temps réel à cent cinquante mètres au-dessus de nous.

Dans le fond de la pièce, derrière une grande table en bois, Hope, l'OMC en charge de mon suivi, contemple la vue, lui aussi.

— Si nous étions dans le métavers, nous aurions cette légère sensation de ralenti dès qu'on lèverait ou baisserait les yeux.

Il regarde autour de lui en secouant la tête.

— Mais franchement, j'ai toujours un doute quand je viens ici.

Je lui souris, fais quelques pas le long de la baie vitrée, fascinée.

— C'est un ancien domaine de chasse des rois de France, précise-t-il. Seul le personnel forestier peut y accéder.

De sa sacoche élimée, il tire une tablette et des documents qu'il aligne devant lui sur la table, puis s'assied. Hope se tient un peu voûté, comme s'il craignait la chute d'une pierre sur sa tête carrée. L'opérateur a toujours fait preuve d'attention à mon égard, ajusté le casque à électrodes sur mon crâne avec soin et veillé à mon confort, à défaut de mon bien-être. J'aimerais croire à la réalité d'une connivence entre nous et me raccrocher à son sourire. Mais je le sais illusoire, né d'une reconstruction, d'un rapprochement des muqueuses, suturées comme des rideaux que l'on referme.

— Je vous en prie, Jane, asseyez-vous.

Je n'ose pas revenir là.

Dans cette pièce.

À ce qui va s'y dérouler.

Je reste suspendue au souvenir de ce paysage pur et paisible, un éden aussi vaste qu'impénétrable…

— … Jane ? S'il vous plaît.

Depuis mon arrivée, j'ai vécu en vase clos, dans un module d'habitation transitoire. Une pièce borgne de vingt mètres carrés. Meubles, appliques, armoires et banquette-lit sont solidaires des murs en béton. Ni fenêtre ni perspective, en dehors des hautes verrières qui éclairent les coursives et les voies de circulation d'une cité minérale. Ce panorama qui m'est offert sur l'extérieur, la nature et la vie, me donne enfin l'espoir d'une issue possible. Après tous ces examens médicaux, et en l'absence de soins prodigués, je pense être arrivée au bout d'un process. Le contenu du dossier portant une étiquette à mon nom va me le confirmer.

— Lisez vous-même.

Mammographie, biopsie du sein droit, examen anatomopathologique, diagnostic DL[1]... *Je parcours les documents sans réaliser encore ce qui m'engloutit.*

— J'aurais préféré qu'il en soit autrement. Je suis sincèrement désolé.

Une forme rare, plus agressive.

— Déjà métastatique. Elle se répand rapidement.

Je voudrais que plus rien n'entre dans ma tête.

Hope me parle de la montée en flèche de mon bilan carbone dans l'hypothèse d'une immunothérapie et d'un traitement par médicaments antiangiogéniques.

— Un taux cent fois supérieur à celui d'un individu en bonne santé.

Il tousse de cette toux nerveuse qu'il a parfois, puis ajoute :

— Nous vous proposons d'y réfléchir dès à présent.

Le cylindre de Maya s'active. Des images en 4D prennent forme au centre de la pièce. C'est une invitation sensorielle et sonore à une visite virtuelle : celle du Domaine des Hautes-Plaines et de son magnifique complexe de soins d'accompagnement des Retirées ayant opté pour l'euthanasie raisonnée. On peut suivre les différentes étapes du protocole final, passant de la salle de sédation au bassin de compostage. Le décor, les visages bienveillants, la musique, l'eau vert émeraude d'une piscine, la tiédeur du vent sur une plage de sable fin, le bourdonnement des abeilles dans un

1. Deep Learning.

champ, la blancheur immaculée d'un drap dont on recouvre le matelas d'un lit médicalisé, tout me remue les entrailles. « La plus douce façon de partir, Jane », me susurre Maya, avant d'éclabousser mon âme d'une ultime séquence : une jeune pousse dans un pot rempli de terre, accueillant au bout de sa tige une coccinelle. Zoom arrière. Sensation de dégoût insurmontable. Je quitte mon siège, tangue vers la baie vitrée. Les mains à plat contre la vitre, je m'accroche au paysage, au velours des vieilles pierres, à l'écorce râpeuse des branches. Hope revient à la charge.

— Réfléchissez. D'un côté, c'est un parcours de soins long, douloureux et difficile, sans garantie de résultat, et de l'autre, un départ serein, parfaitement indolore, une empreinte carbone nulle et la garantie que le don de vos organes sains sera valorisé financièrement sous forme de crédits alloués à vos enfants.

Sur le tronc, je ne vois plus trace de la renarde ni de ses petits.

— Le don de soi, n'y a-t-il rien de plus noble ? N'est-ce pas notre lot à tous, Jane ?

Le soleil pourfend les roseaux de son or, parsème l'eau du ruisseau de paillettes. Impitoyable beauté du monde. Keen aurait aimé s'aventurer dans cette forêt avec les enfants. Il en aurait exploré les rochers tourmentés, à la recherche de traces laissées par l'homme, une ligne gravée dans la pierre, un fragment de poterie. Je l'imagine, accroupi, désignant à Sky et Néo une rangée de petits blocs creux coiffés de racines, précisant que jadis, ce rempart naturel servait de refuge ou de cachette à nos ancêtres cueilleurs et chasseurs.

La question me vient, portée par ce que cette image éveille en moi de puissant.

— Combien de temps est-ce qu'il me reste à vivre ?

Hope tousse dans son poing. Réponse évasive. Un an. Peut-être deux. Je regagne ma chaise.

— Un verre d'eau ?

Ma main tremble lorsque je repose le gobelet. Une feuille glisse sur la table.

— Notre protocole d'accord. Une formule basique.

L'opérateur extirpe de la poche de sa blouse un vieux stylo à encre en bois.

— Dès que nous aurons votre consentement, nous réactiverons votre BMH. Vous n'éprouverez plus aucune souffrance psychique et baignerez dans une félicité comme jamais vous n'en avez connu.

À la lumière du jour, sa peau paraît plus terne, ses cheveux sont secs et grisonnants, le bleu de ses yeux excessivement pâle. Hope pousse vers moi un second dossier.

— Sachez que votre amie n'a pas hésité à faire ce choix.

Sur la première page, attachée à un compte rendu médical, la photo d'Hasna. Dessous, l'indication d'une pathologie : Ataxie de Murchinson. *Je peine à retenir mon émotion.*

— Je croyais que vous n'étiez pas censé me communiquer d'informations concernant mes amies.

— À circonstances exceptionnelles…

La photographie est barrée d'un trait au feutre rouge.

— Est-ce qu'elle…

Hope anticipe ma question.

— Maladie neurodégénérative. Le Grand Recyclage favorise le déclenchement de ce genre de pathologies. Je suis vraiment désolé. Je sais combien vous étiez attachée à elle.

Il me donne des détails sur la maladie et son évolution foudroyante. Atteinte cardiaque, troubles ostéoarticulaires, diabète.

— … Le manque de coordination atteint rapidement d'autres muscles : le thorax, le cou et la tête vont perdre leur tonicité. Les gestes des mains deviennent imprécis, le tronc peut vaciller, même en position assise.

Je revois le si beau visage d'Hasna, son menton décidé, l'arc soyeux de ses sourcils, les sillons autour des pommettes creusés par tant de rires, et j'imagine le corps d'un pantin désarticulé.

Une vague intérieure me submerge. Un flot de larmes émotionnelles jaillit, libère des hormones d'endorphine et d'ocytocine, soulage l'inconfort de cette torture psychologique. Une sensation de calme, peu à peu, se répand en moi. Illusoire mais salvatrice.

J'essuie mes joues.

— Hope ?

— Oui ?

— Vous portez très mal votre prénom[1].

Il sourit comme pour s'excuser. Pousse vers moi une corbeille contenant des mouchoirs soigneusement pliés.

— La vie n'est pas forcément le berceau de l'espoir, vous savez ? S'infliger des souffrances inutiles, voir son corps se flétrir, se couvrir de plaies, c'est plutôt le désespoir d'un combat inutile.

Je me mouche. Le tissu sent le vinaigre et le savon à la lavande.

— Avoir le courage de mourir est une perspective plus noble et bien douce, vous ne croyez pas ?

Clic du stylo à encre rétractable.

— Alors, votre décision ?

Je fais pivoter le contrat sur la table.

— Allez vous faire foutre.

— Voyons, Jane...

— Je ne signerai rien.

Hope actionne nerveusement le cliquet du stylo.

— Si j'en crois votre parcours, la vie vous a comblée sur tous les plans. Vous avez même bénéficié de deux années supplémentaires avant votre retrait. Admettez que vous avez fait votre temps.

---

1. *Hope* signifie « espoir » en anglais.

— Et si on voyait les choses autrement ? J'ai donné deux années de plus à la communauté. Je réclame le droit à être soignée.

Il me fixe droit dans les yeux.

— Vous avez conscience de l'égoïsme dont vous faites preuve ?

— Et vous, de l'air que vous respirez ? C'est un droit légitime. Le Grand Recyclage est bien cet horizon de lumière et de tous les possibles, non ?

— Tout à fait.

— Alors m'aider à combattre la maladie, ça devrait être dans vos cordes.

Hope tapote sa moustache, me demande si je confirme le refus d'un protocole d'accompagnement de fin de vie, coche une case sur sa tablette et rempoche son stylo.

— Bien.

Il fourre les documents dans sa sacoche et s'éclipse par une petite porte. Je m'effondre, bras repliés sur moi, sur ce corps qui s'effrite, se décompose déjà en pièces détachées.

Revenir dans le souvenir de cet instant sera toujours une épreuve.

Pour subsister, l'homme ne sait qu'inventer des jeux cruels, comme on se dresse dans le tumulte avant de se dissoudre entièrement.

Comment faire entrer la lumière naturelle dans le cœur d'un bâtiment sans le transformer en fournaise ? La question occupait l'esprit des architectes bâtisseurs depuis l'aggravation du réchauffement climatique. S'enfoncer dans la terre, creuser la roche pour s'abriter et se calfeutrer – ce que l'homme avait fait grosso modo depuis les cent cinquante dernières années, se cantonnant à un programme d'urbanisation post-naturaliste – avait ses limites. Les technologies avancées et les matériaux issus des recherches les plus poussées avaient permis d'établir, dès 2170, que le XXIIIe siècle serait celui de l'architecture raisonnée. Basée sur la compréhension des éléments composant l'univers – le feu, la terre, l'eau et l'air –, elle ne s'imposait pas, se fondait plutôt dans son environnement, sans avoir l'air d'y toucher. On prenait en compte les éléments constitutifs d'une construction, la capacité de celle-ci à fournir ses propres ressources énergétiques, ainsi que son évolution structurelle et fonctionnelle quelles que soient les circonstances. Chaleur, humidité, sécheresse ou froid intense, cette planète avait un foutu caractère, et son climat des revirements spectaculaires.

Unité d'agglomération emblématique de cette architecture, la Terre des Deux-Caps affichait à tout point de vue de belles réussites. La coopérative du village en était le fleuron. À l'inverse des autres commerces, cylindriques, le bâtiment avait la forme d'un volcan aux flancs incurvés. Une mantille protectrice le recouvrait, cumulant de nombreux avantages : captation de l'énergie solaire, diffusion de lumière naturelle scintillante à l'intérieur du bâtiment, ventilation de l'air et pas de prise au vent. Depuis le rez-de-chaussée, un patio-puits se déployait sur trois étages. En son centre, une fontaine colossale faite d'un épais maillage de tubulures en bois de bambou à l'intérieur desquelles ruisselait l'eau climatisait naturellement l'espace. Un potager s'étendait sur une bonne partie de la terrasse circulaire de mille mètres carrés et fournissait les étals de la coopérative en légumes, feuilles, fruits, racines et tubercules. Un bassin de lagunage assurait l'irrigation. Le dernier tiers de la terrasse était dévolu à la sécurité du village. On y tirait les feux d'artifice en cas d'alerte intrusion, depuis une plate-forme circulaire faisant aussi office d'hélisurface. Celle-ci était rattachée à l'annexe du poste de contrôle dont John Mělník assurait la maintenance, en alternance avec deux agents polyvalents de la communauté. Qu'il grimpe les marches du patio au beau milieu de la nuit n'avait donc rien de surprenant pour le personnel de la coopérative.

En liaison permanente avec le PCTS du phare, sous un hangar de béton couleur poussière, le poste de contrôle automatisé abritait une guérite en bois, tout un stock d'engins et d'accessoires pyrotechniques, du matériel de capture, un atelier de réparation, ainsi qu'un local surnommé « la volière » dont John activa l'éclairage.

— Salut, mes poulettes !

Connectées à leurs bornes de recharge, ailes repliées, quatre mouettes semblaient assoupies. Les sentinelles reproduisaient parfaitement la morphologie de l'oiseau. Si elles ne battaient pas, leurs ailes avaient la capacité de changer d'angle d'incidence : elles modifiaient leur surface portante et se déployaient en éventail, tout comme la queue. Fixée dessous, une hélice assurait leur propulsion. Capteur de vitesse, batterie, GPS, carte mémoire, caméra infrarouge, ce joli petit tas de plumes truffé d'électronique avait tapé dans l'œil de John, le jour où un drone s'était fracassé contre la vitre de sa classe. Le déclic d'une vocation. Ses cheveux étaient alors plus roux, les éphélides plus visibles sur sa peau, ses os plus saillants, et sa curiosité pour la chose mécanique et électronique déjà insatiable. À l'époque, le doute lui collait à la peau dès qu'il devait faire un choix – « Je divise ou je multiplie ? » « Je reste ou bien je me barre ? » « Fil bleu ou fil rouge ? » – et John prenait alors ce même air affligé que lorsqu'une mise à jour s'éternisait. Deux mamans, deux sœurs aînées, le gamin s'était fabriqué une virilité tout seul et s'auto-réparait si nécessaire, comme chaque fois que le Grand Recyclage avait frappé à sa porte. Le Grand Recyclage. La panne inéluctable. La finalité qui permet à tous de tourner rond. C'est ainsi qu'il s'évertuait à voir les choses.

— Je vous ai manqué, mes chéries ?

Une partie de l'escadrille était en vol de reconnaissance, l'autre rechargeait ses batteries. Il contrôla les numéros de matricule : la mouette qui l'intéressait n'était pas sur son rack. Le drone finissait sa ronde. John allait devoir attendre son retour au bercail.

Dans la kitchenette de la guérite, il dégota un verre qui lui semblait propre et tira de sa poche une bouteille de single malt dont il se servit une bonne dose. D'un clic, il réveilla un PC presque cinquantenaire avant de se laisser choir dans le fauteuil rafistolé du poste de liaison, les mains croisées derrière la tête.

— Hé, Maya, change-moi les idées.

— Bien sûr, John. Je te propose un Solitaire complet, présentant douze modes de jeu différents. Son interface est conviviale et de qualité, de quoi garantir de bons moments de...

— Je pensais à un autre genre de délassement.

— Ce poste n'est pas configuré pour les jeux de simulation érotiques.

— Allez ! Je suis sûr que si je fouille là-dedans, je trouve une appli ludique de cul.

— Désolée, John.

— OK, foutue boîte à bits ! Connecte-moi à *Lust Empire.*

— Le montant de tes crédits est insuffisant pour accéder à ce site de jeu en ligne.

— Merde ! Et *Girls Academy* ?

— Le montant de tes crédits est insuffisant pour accéder à...

— Fait chier !

John passa une main sur sa nuque. Ses cheveux avaient repoussé. Deux centimètres, depuis que sa coiffeuse était partie. Il allait finir par ressembler à un de ces proto-hippies qui avaient foutu un sacré merdier au village en imposant leur nudité dans les parcs et les commerces, il y a vingt ans. Par le hublot du local, il jeta un œil en direction de la *drop zone*, sur la terrasse faiblement éclairée. Le vent s'était levé. Quelque chose d'électrique dans l'air lui hérissait le poil.

Il se demanda bien ce qu'il pouvait faire, en attendant la mouette.

À part se palucher un peu.

Le récit des exploits de Moukey et de son binôme dans la salle de repos du phare, les détails concernant les facultés multi-orgasmiques de miss Prodotis stimulaient son mental. Ô terrible fléau que cette décadence. Ces idiots avaient déconné. Le barman n'en menait pas large.

— Ceylan était très déprimée depuis le retrait de sa mère, en janvier… Alors, pour la détendre, je lui ai apporté un de mes petits cocktails gélifiés au CHO.

— Tu te fous de moi ?

— Je voulais qu'elle se sente mieux, c'est tout.

La gonzesse qui devient câline. Se frotte contre sa cuisse. Moukey assumait. Il ne pensait pas à mal. Il n'avait fait que son devoir, suivi à la lettre ce qu'on lui enseignait au CEA depuis qu'il était tout gosse, avec le cube rempli de balles et les bonbons à l'ananas : favoriser le bien-être d'autrui, tirer satisfaction de son plaisir, jouir de ce moment de partage. Il avait juste oublié un détail : le reste de la communauté.

— Si on avait eu le nez sur les écrans, on aurait vu les petites sortir du village. On aurait donné l'alerte et elles ne seraient jamais tombées de la falaise.

John n'avait pas démenti. C'était le job de l'archéologue de prouver qu'il y avait eu meurtre, pas le sien. Il se contentait de réunir les preuves. Et la dernière se trouvait dans le bide d'une mouette. Ce soir-là, comme il l'avait supposé, l'enregistrement de la caméra thermique ne s'était pas téléchargé. Et les deux tourtereaux s'étaient bien gardés de le signaler.

— Si quelqu'un découvrait ces images, on passait à coup sûr devant le Conseil villageois. On nous aurait demandé pourquoi on n'avait pas bougé un doigt et ça aurait été terrible pour nous, mais aussi pour nos proches. Et je ne te parle pas de la famille des victimes. Déjà qu'on avait la mort des petites sur la conscience…

Moukey semblait paumé. Il faisait pitié, comme un petit garçon qui a renversé par terre le beau gâteau qu'il vient de cuire. Le technicien lui avait tapé dans le dos, promis d'effacer le fichier de la carte THD[1] du drone (le barman ignorait qu'il en possédait une), et gagné en échange l'annulation de sa dette de comptoir ainsi qu'une bouteille de scotch : un fameux single malt de la distillerie de Talisker que Moukey faisait venir spécialement pour l'Écossais, moyennant un paquet de crédits.

La question était maintenant de savoir si, entre-temps, ses collègues n'avaient pas reformaté la carte mémoire.

Le verre était vide.

Toujours cette électricité dans l'air.

Le BMH de John affichait un jaune franc, signe d'une tension et d'un afflux de sang localisé plus bas dans la salopette. Le vent poussait furieusement contre le hublot de la guérite.

Il n'allait pas rester là, à poireauter les yeux dans le vide.

John activa le logiciel de gestion d'activité des drones. Prendre le contrôle de la mouette n'était pas bien difficile. Il pouvait même télécharger le fichier directement en se connectant à sa balise GPS, mais cette procédure d'urgence ne s'appliquait pas pour un gros coup de vent. Il fallait au moins un déluge. John se contenta donc de la guider jusqu'à lui.

— Allez ! Viens, bébé.

Plus vite il aurait fini son ouvrage, plus vite il serait rentré chez lui.

Il avait hâte de s'immerger dans une simulation 4D.

Et il savait déjà quel genre de *baby doll* Maya matérialiserait pour lui dans le métavers. Pas une de ces blondes

1. Très haute définition.

fadasses comme la môme Prodotis, non. Mais une brunette un brin audacieuse d'un mètre soixante-cinq environ, à la taille fine, à la poitrine ferme, et dont les yeux couleur de brume l'avaient déjà conquis tout entier.

***

Keen Taylor s'était retourné dans son lit toute la nuit, perturbé par sa discussion avec l'urgentiste. Le souvenir du parfum de la roseraie n'était qu'un relent désagréable et piquant. Il s'en voulait d'avoir agi de la sorte avec la jeune femme.

— OK. J'ai compris. Je ne vous plais pas.

— Mais si, Loa, ce n'est pas la question.

— Ça n'a pas d'importance. J'ai l'habitude. Alors, qu'est-ce que je peux faire pour vous ?

Elle avait répondu sans rechigner à ses questions. Pouvait-on savoir précisément à quel type d'émotion l'activation du BMH correspondait, si c'était de la peur, de l'excitation ou de la colère ? Oui, on le pouvait. Il suffisait de vérifier dans l'historique. Était-il possible de regarder dans le sien ? Pour ça, il fallait une autorisation spéciale. Son autorisation à lui ? Elle n'en savait rien. Personne ne demandait jamais ce genre de choses.

— En général, on se souvient de ses émotions.

Keen avait alors évoqué sa chute de vélo suivie d'un black-out, non loin de la grotte où étaient mortes les fillettes. Loa avait penché la tête, comme à la recherche d'un objet qu'elle aurait fait tomber sur le sol.

— Tout ça pour ça, avait-elle articulé, avec un petit rire nerveux. Je me demandais pourquoi vous aviez flashé sur moi.

— Vous êtes la seule à avoir examiné les corps. Vous savez qu'elles ne sont pas mortes en tombant de la falaise.

— Et vous vous demandez si vous avez quelque chose à voir avec leur décès ?

— Oui.

— Mais ça n'a aucun sens !

— Dans ma chute, le BMH a pu être endommagé, un truc se serait détraqué à l'intérieur et...

— Impossible. En cas de choc important, le bracelet se met en sécurité. Un signal GPS est envoyé au CMU[1], et en quinze minutes, maximum, on est sur place. On évalue les dommages corporels et on effectue une réinitialisation.

— Mais si le système de sécurité ne s'était pas enclenché ce soir-là ?

— Je viens de vous dire que...

— Loa, j'ai besoin de savoir.

Après un silence, elle s'était levée.

— Vous voulez savoir si vous êtes un tordu, en plus d'un Réattribué bidon ?

Tournant les talons, elle avait lancé par-dessus son épaule :

— Ne comptez pas sur moi pour vous répondre.

À son réveil, Keen éprouvait encore ce malaise qui, dès lors, s'était répandu en lui.

Huit semaines avaient passé depuis le retrait de sa femme. Le manque demeurait, inapaisé. La sensation d'un arrachement durable, comme une souche sortie de terre, centimètre par centimètre. Détaché, distant, il ne se reconnaissait plus lui-même dans sa façon de se comporter avec les autres sous le prétexte de résoudre une énigme derrière laquelle il cachait sa peine. Bianca,

1. Centre médical d'urgence.

Sofiane et Grace ? Un navrant mystère qui n'intéressait que lui. Ses recherches n'allaient dans l'intérêt de personne. Pas même dans celui des familles endeuillées : leur douleur serait décuplée si elles apprenaient dans quelles conditions les fillettes avaient trouvé la mort. Abandonné dans un labyrinthe de contradictions qu'il avait lui-même construit, Keen ne voyait pas très bien comment en sortir.

Debout dans la cuisine, contemplant un ciel d'un bleu de pierre, une tasse de thé contre les lèvres, il sondait cette vanité en lui qui le poussait à agir de la même façon que l'auteur des crimes : avec froideur et détermination. Son regard glissa jusqu'à son bracelet. Ce sentiment d'impuissance, de tristesse et de menace implicite qu'il sentait peser sur lui depuis sa chute de vélo pouvait-il se rapporter à une surcompensation de cortisol ? Il ouvrit et ferma plusieurs fois le poing, guettant une modification de coloration des diodes.

Rien. Aucune sensation.

Il reposa sa tasse sur le comptoir de la cuisine, farfouilla dans un tiroir, se décida pour un rouleau de ficelle alimentaire, enroula le fil plusieurs fois autour de son poignet et serra jusqu'à la douleur.

Sa peau rougit. Les diodes jaunissaient peu à peu.

Aucun soulagement psychologique.

Keen eut l'impression que son bracelet n'opérait plus sur lui avec la même puissance…

— *Dad ?*

Néo était derrière lui, prêt à partir, sa besace d'apprenant sur l'épaule, un sandwich à la banane et au beurre de sésame dans la main.

— Qu'est-ce que tu as ?

Keen fit mine de masser son poignet, masquant la ficelle.

— Rien… Une contracture.

— Ah, OK. On se retrouve ce soir chez Charlus ?

Ça lui était sorti de l'esprit : Maëlle organisait un dîner pour fêter la cessation d'activité du tailleur, prologue à une existence centrée sur ses passions – lesquelles ne dépassaient pas le périmètre de son jardin.

— Je passerai à la coopérative prendre quelque chose à boire, indiqua-t-il.

— Essaie d'être à l'heure, pour une fois.

Keen retira discrètement la ficelle, qu'il fourra dans sa poche.

— On croirait entendre ta mère, sourit-il.

Néo lui répondit d'une vague mimique.

— Bon, bah, j'y vais.

— OK, *son*. Passe une belle journée.

L'adolescent fit quelques pas avant de s'immobiliser sur le palier.

— C'était qui, la femme avec laquelle tu étais hier soir ?

Sa question prit son père au dépourvu.

— De quoi tu parles ?

— Widad t'a vu, dans le parc. Elle y va souvent, avec ses copines… C'était un rendez-vous d'attachement ?

— Néo…

— Moi, ça m'est égal, enfin, je veux dire…

— C'était pour le boulot.

L'adolescent hocha le menton.

— Ah. D'accord.

Il demeurait immobile, les yeux rivés au canapé.

— Il y a quelque chose qui te dérange ?

— Non.

— Allons, exprime-toi.

Néo fixait un endroit précis : l'accoudoir de droite, contre lequel sa mère avait l'habitude de poser la tête.

— … Je ne sais pas si je serais prêt, c'est tout, avoua-t-il. Si tu rencontrais quelqu'un maintenant…

En même temps, ce serait cool. Et c'est ce que voulait maman.

Keen courba le dos. Comment tous les deux en étaient-ils arrivés à assécher à ce point leurs cœurs ?

— Moi non plus, murmura-t-il, je ne sais pas si je serais prêt.

Néo s'éclipsa. Son père entendit au loin les roulettes de son skate racler le bitume poreux de la voie de circulation.

L'amour avait jusqu'à ce jour guidé ses pas, atténué la dureté avec laquelle le destin frappait à sa porte. Déglinguée, sa boussole perdait le nord. De Rachel, il ne restait que les décombres d'une vie.

Et elle ? Faisait-elle face ? Était-elle passée à « autre chose » ?

Derrière la promesse du Grand Recyclage, il espérait que le bonheur existait pour sa femme, là-bas, comme ici jadis. Un bonheur auquel il doutait parfois d'avoir contribué, car désormais du passé ne remontaient que les eaux troubles : le souvenir de Rachel captive de sa mélancolie.

***

Ce matin venteux, chargé d'humidité, avait coupé la chique aux oiseaux. Assemblés sur les branches, étonnés que l'orage n'ait pas encore éclaté, ils chahutaient le cèdre majestueux dont les branches bleues s'étendaient jusqu'au pavillon des Arts. L'instructrice descendit de son vélo, chapeau chinois sur la tête, légère en pantalon de soie. Ce matin gris ne serait pas son chant du cygne. Son retrait, elle comptait l'opérer à sa convenance par l'élaboration d'une œuvre commune qui associerait toutes les classes d'apprenants, quel que soit leur niveau : imaginer avec eux la fabrication d'une maquette, celle d'un Domaine des Hautes-Plaines idéal et gigantesque. Cette œuvre ambitieuse compléterait celles dont le village se glorifiait, et trouverait sans difficulté sa place dans le hall d'entrée circulaire de l'ECEC, un peu trop vide à son goût. Pâte à papier, carton, pochoirs, fil de fer torsadé, argile, pâte à sel, origamis, fleurs séchées, bâtons, cailloux, perles et coquillages, chacun mettrait son petit grain de folie, éclairerait selon sa fantaisie les trente jours qu'il lui restait à vivre avant de grimper à bord d'un wagon d'or. Flotter avec la grâce d'une plume au milieu des enfants du village dans un bain d'insouciance, cueillir les sourires, contempler les petites mains concentrées sur leur ouvrage, flairer au creux du cou le bouquet suave de leur peau, tantôt sucrée, printanière ou sauvage, opérer un renversement complet du mental plutôt que de basculer dans le jus noir du marasme était, de loin, la meilleure chose à faire. Maud gara son vélo sous l'auvent et souleva son panier du porte-bagage.

— Belle journée, Maud !

Le directeur venait à sa rencontre d'un pas véloce. La Gouvernance l'avait sans doute informé de son retrait, comme cela était l'usage.

— Je peux te parler cinq minutes ?

Essoufflé par sa marche, il ôta sa casquette et passa machinalement la main sur son crâne lisse comme pour se recoiffer. Le mollet charnu, la socquette amorphe, chaussé de pataugas dépourvus de lacets, Flavio De Lagos avait l'habitude d'habiller ses rondeurs d'une chemisette à petits carreaux et d'un short ample, ce qui lui donnait l'air d'avoir fondu.

— Tu as demandé à des apprenants du deuxième cycle de réaliser un dessin d'émotions en rapport avec le décès de Sofiane, Grace et Bianca ?

Maud ne s'attendait ni à la question ni au ton un peu sec de son interlocuteur.

— Oui, répondit-elle. C'était important qu'ils expriment leurs sentiments. Cette histoire les a tous traumatisés.

— Et quelques-uns de ces dessins ont retenu ton attention.

— Absolument.

— Je peux te demander pourquoi ?

Maud retira doucement son chapeau.

— Il y a un problème, Flavio ?

À l'évidence, ce qu'il avait à lui dire le contrariait.

— Plusieurs parents sont venus me voir, hier soir. Ils m'ont dit que tu avais questionné leurs fils d'une façon un peu rude.

— Je les ai interrogés, effectivement, mais sans les brusquer.

— C'était en rapport avec ce travail ?

— Oui. Mes questions concernaient à la fois leur démarche et leur source d'inspiration.

Le directeur s'accouda au balustre.

— Ils m'ont dit aussi que tu avais confisqué leurs dessins.

— Je n'ai rien confisqué du tout. Je les ai emportés pour prendre le temps de les étudier.

Maud tira de son panier un dossier et le lui tendit.

— Je comptais d'ailleurs les rapporter aujourd'hui.

Flavio jeta un coup d'œil aux dessins. Puis, levant un sourcil :

— Je ne vois pas ce qu'ils ont de particulier, en dehors du fait qu'ils se ressemblent assez.

L'instructrice pointa du doigt certains détails.

— Regarde : sur celui-ci, l'enfant a tracé des auréoles derrière les têtes, et sur celui-là, il y a des bâtons dorés autour. Ce sont les mêmes représentations sacrées.

— Oui, et alors ?

— Ce genre d'éléments religieux, il n'y en a jamais dans les dessins d'émotions.

— C'est ça qui te dérange ?

— Que des garçons se mettent à croire que l'âme de leurs camarades monte au ciel et qu'ils élaborent leurs propres croyances en ajoutant une pincée de rituel africain et trois couronnes de fleurs ? Oui, ça m'inquiète assez.

Le directeur examina plus longuement chacun des dessins.

— Ce sont des allégories, non ?

— Les autres apprenants ont presque tous représenté les corps de leurs camarades en bas de la falaise.

Il hocha la tête.

— Et les garçons ne se sont pas concertés ?

— Non. Le dessin d'émotions n'est pas un exercice collectif. Et Maleko était chez lui quand il a réalisé le sien.

— Je vois.

Il referma le dossier, qu'il glissa sous son bras.

— Bien ! J'emporte tout ça et je me charge des parents. Mais à l'avenir, évite ce genre d'initiatives : viens m'en parler d'abord.

Maud acquiesça d'un soupir.

— Flavio, cette affabulation autour du décès des fillettes traduit un grand bouleversement. C'est peut-être le signe d'un déséquilibre ou d'une crise spirituelle profonde chez ces garçons.

— Rien que ça ? grimaça le directeur.

Leurs regards se tournèrent vers un petit groupe d'apprenants qui descendaient l'allée en direction du pavillon. Flavio tapota amicalement la main de Maud.

— Tu extrapoles un peu, non ? Depuis quand tu n'as pas pris de congés ?

— Pour quoi faire ?

— Te reposer, te changer les idées.

Maud baissa les yeux.

— C'est prévu, souffla-t-elle.

Il repartit de sa démarche particulière, les bras écartés du corps comme une danseuse, saluant au passage les apprenants qui se rangeaient sagement devant leur instructrice.

— Belle journée, madame Pamaturia !

— Belle journée, les enfants.

Maud se fendit d'un sourire, cherchant du regard Norka Lopez, toujours le premier dans le rang. Celui-ci rejoignait sa classe en traînant les pieds, le nez en l'air, décoiffé par le vent.

Derrière l'enfant qui ne dit rien, un fossé de mensonges bien rempli.

RECYCLER

« Pour moi, le sujet,
c'est l'homme, ce n'est pas l'objet. »

Charlotte PERRIAND

- 1 -

Quand je ne trouvais pas le sommeil et que, petit spectre fugace, ma sœur traversait mes pensées, je me raccrochais à Keen, à sa voix chaude et caverneuse du soir. Allongée sur le ventre, collée à lui, je lui demandais une histoire. Un bout minuscule de la grande épopée de l'humanité, pour oublier la mienne. Ce qu'il m'offrait volontiers tout en me caressant le bas des reins.

Keen revenait souvent à la période du paléolithique et aux interprétations fantasques que ses prédécesseurs faisaient des peintures rupestres. Ces découvertes de premier plan, incroyablement belles et durables, avaient d'abord été attribuées à des artistes masculins : les découvreurs s'identifiaient à leurs découvertes, se projetaient à des milliers d'années avant notre ère, vêtus de peaux de bêtes, et se livraient à des reconstitutions sous le prisme de clichés dictés par le patriarcat. Tandis que ces dames restaient à la grotte pour s'occuper des enfants et préparer la soupe, les hommes chassaient. Ils étaient donc, en toute logique, les seuls capables de représenter les animaux et les troupeaux qu'ils croisaient, signant leurs œuvres d'une main négative soufflée ou tamponnée de pigments. Au XXIe *siècle, par l'étude de la forme et de la taille de la paume, on démontra que certaines de ces mains étaient bien féminines.*

Il n'existait pas de hiérarchisation de l'art. L'idée que la gent féminine ne puisse y accéder n'était qu'une vue de l'esprit, un stéréotype de la Renaissance.

— Vous participiez à la chasse, darling. *Vous aviez des corps puissants et souples. Au* x*e* *siècle, les femmes étaient associées à toutes les activités humaines. Des guerrières vikings exerçaient des fonctions militaires, dirigeaient des troupes. On a retrouvé des tombes celtes dignes de sépultures princières. Vous étiez des figures d'adoration.*

Combien de Vénus sorties de terre ? Des dizaines de milliers de statuettes retrouvées partout dans le monde, symboles de fécondité mais aussi de la sexualité féminine et du désir ardent des hommes.

Ces corps aux formes généreuses, les archéologues les associaient à une figure divine dont on aurait exagéré les courbes et les attributs. Les canons de beauté de l'époque allant à l'opposé de ces représentations, ils ne pouvaient envisager qu'il s'agisse en réalité de femmes mûres, aux seins lourds et au pubis rebondi, que le ventre détendu par les grossesses soulignait de son poids.

— Des mères. Des grands-mères. Des déesses de plus de quarante ans. Comme toi.

Et la main de Keen, doucement, s'échouait sur mes fesses.

Femme des cavernes, voilà ce que je suis. Rapetissée, désorientée, reconfigurée dans le ventre de la Terre, au creux de mon module d'habitation transitoire qui m'évoque l'antichambre du grand rien du tout (ce qui est loin d'être le pire).

Léonard de Vinci. Delacroix. Frida Kahlo. Alex Cook. Thandiwe Muriu. Rembrandt. Rosa Bonheur. Ange Hobart.

Van Gogh. Wangechi Mutu. Camille Claudel. Picasso. Sasha Sumba. Yayoi Kusama. Matisse. Niki de Saint Phalle. Warhol. Mary Cassatt. De toutes les œuvres célébrées par la prodigieuse et fatale attraction de la grande horloge de Mayaland, aucune ne compte autant que la première création.

La fulgurance du geste originel.

La main négative sur la paroi d'une grotte.

Debout sur la banquette-lit, je pose la paume à plat sur le mur et détoure mes doigts avec du marc de chicorée récupéré dans le bac à compost du coin-cuisine.

Le geste originel.

Cette main sur le mur est immuable. Elle chasse tous les désordres de ma vie, referme le tombeau au bord duquel je suis assise depuis ma venue au monde, résolue à me battre contre la maladie et la mort. Ils auront beau faire, me coller au plafond avec leurs électrodes, me harceler de questions pratiques ou sociologiques, me découvrir encore une saloperie sous la peau, mettre partout la pagaille pour m'abrutir le cerveau, je suis le geste premier, l'origine et la joie de ma propre existence.

Je ne suis d'aucune croyance, mais je crois à la foi qui soulève, unit et guérit, je crois à la force d'une simple image.

Je n'ai pas d'autre choix.

Je suis à deux doigts de perdre la raison.

Il était temps que l'on frappe à ma porte.

— Belle journée, Jane.

— Hope ?

Avisant le mur couvert d'empreintes de ma main, l'OMC lève un sourcil sans ajouter de commentaire.

— Venez.

Il me conduit vers une partie de la cité dont j'ignorais l'existence. Après une enfilade de couloirs vides jalonnés de portes coupe-feu et la montée de deux escalators, nous débouchons sur un puits de lumière végétalisé aux dimensions vertigineuses. Des coursives pavées de fragments de verre le traversent de part en part. Un picotement cutané me fait comprendre que dans ce secteur, mon BMH n'est plus neutralisé. Il clignote d'un vert intense.

Des femmes circulent ici en nombre, vêtues de blouses, de saris chatoyants et de tuniques indiennes à côté desquelles mon kimono paraît plus terne encore. Sur mon passage, elles tournent la tête ou me sourient. Certaines ont la peau si ridée et relâchée que cela me bouleverse. Les rides sont le privilège de la vieillesse, et la vieillesse le privilège des hommes. Je frissonne d'une sensation nouvelle, comme lorsqu'on sait que demain, il fera beau.

La colonne de lumière semble grimper jusqu'au ciel et dessert plusieurs niveaux. Pour y accéder, il faut prendre l'ascenseur.

— Par ici, Jane.

Mon guide effleure un bouton du tableau de commande. Gravés sur des plaques de cuivre, les numéros des étages et les secteurs desservis me donnent une idée plus précise de l'endroit où je me trouve, de son ampleur et des strates dont il se compose :

06	HÉLIPORT
05	GOUVERNANCE
04	SPA, FITNESS, SPORTS INDOOR
03	CAFÉTÉRIA, RESTAURANTS
02	SALLE POLYVALENTE, MUSÉE, ARCADES
01	ARTS ETSAVOIR
00	ÉCOUTE, R&D – MAYA CORP.
-01	SÉCURITÉ, CENTRE MÉDICAL
-02	INGÉNIERIE, SCIENCES ET TECHNOLOGIE
-03	DISPATCHING ONQ DE TYPE I ETA
-04	ÉVALUATIONS ETCONTRÔLE QUALITÉ
-05	MAINTENANCE, ENTRETIEN
-06	MÉTAVERS, FUNÉRARIUM

Si j'en crois les chiffres indiqués sur les paliers des escalators que nous avons pris pour venir ici, je me trouvais jusqu'alors à quatre niveaux sous la terre. Hasna, Odette, Joy et Iris s'y trouvent-elles encore ? Vais-je enfin en terminer avec cet enfer ?

Les parois vitrées miroitent des feux de l'aurore et m'offrent une vue étendue sur l'ensemble des voies de circulation qui se dévoilent sous mes pieds comme des marguerites ouvrant leurs pétales. Cette vision tient du mirage.

Des gens entrent et sortent de l'ascenseur, posent sur moi des regards chaleureux. Adossé contre la paroi, les bras croisés sur sa blouse, Hope semble ne pas y prêter attention. Notre dernière entrevue m'a laissé un souvenir détestable de sa personne et cette attitude tend à confirmer ce sentiment. Mais, alors que nous sommes seuls dans la cabine, il se rapproche. Sa main prend la mienne, presse ma paume, puis la relâche. Dans le regard de cet homme, furtivement, il me semble reconnaître nos solitudes.

Cinquième étage. La Gouvernance. L'intensité de la lumière me pénètre lorsque nous atteignons un vaste hall : de grands arcs en berceau fixés à la roche et de fines colonnes de fonte soutiennent une verrière de toute beauté. Cinq passerelles, en bois et ferronnerie Art déco, se connectent à une galerie circulaire qui distribue plusieurs accès fermés par des doubles portes. Hope me conduit devant l'une d'elles : son cuivre vert-de-gris, entièrement riveté, est enrichi de motifs abstraits représentant des civilisations antiques. Les poignées sont en verre taillé.

— On se croirait dans un roman de Jules Verne, n'est-ce pas ? observe-t-il, un brin de fierté dans la voix. Les pièces métalliques et les ornements sont issus de la bibliothèque Sainte-Geneviève de la Sorbonne à Paris, une des plus importantes d'Europe en son temps. Elle a été sauvée de la destruction après la montée des eaux.

Puis, désignant une toile marouflée de cinq mètres sur trois suspendue au mur, derrière nous :

— … Et cette œuvre monumentale provient du campus de la faculté des sciences Pierre-et-Marie Curie.

Hope agrippe les poignées de la porte et pousse les battants. Devant moi, un vestibule.

— Elle vous attend, me glisse-t-il avant de s'éclipser.

L'appréhension me retient d'avancer, accroche à mes pensées un drapeau noir.

Mais tout est tranquille.

Je traverse à petits pas une sorte de galerie haute de plafond, étranglée par des bibliothèques dont le vieux bois craque sur mon passage. Il sent la cire d'abeille. Je remarque des livres très anciens, probablement écrits par des êtres humains sans l'intervention d'une IA. La galerie débouche sur une pièce circulaire, taillée à même la roche, où une imposante baie vitrée dispense une lueur vespérale. Le panorama est à couper le souffle : un vallon verdoyant, caressé par la pluie, bordé de collines à la végétation prodigieuse et traversé de sentiers qui cheminent vers des futaies brumeuses. La baie ouvre sur une terrasse aménagée comprenant un espace de repos et une piscine. J'ignore qui habite ici ; il ne peut s'agir que d'une personne méritante, dont les fonctions justifient pareils privilèges. Un canapé en cuir beige, rehaussé de coussins et de plaids, épouse les formes du living sur le tiers de sa surface. Au centre de la pièce, descendant de la voûte telle une concrétion calcaire, le conduit d'une cheminée. Quelqu'un s'est contenté d'allumer des bougies dans son âtre. De minuscules ampoules éclairent les cavités naturelles de la pierre opaline, soulignant les marbrures roses et ocre aux murs.

— Jane ? Vous êtes là ?

La voix est rauque. C'est celle d'une femme d'un certain âge.

— Oui.

— Montez, je vous prie.

Elle m'invite à prendre l'escalier que surplombe une autre baie vitrée. De forme circulaire, celle-ci offre une vue dégagée sur le ciel et sur un baobab vigoureux, poussé dans une faille de la corniche. Cet arbre paraît tellement irréel qu'il me fait l'effet d'un tableau suspendu au mur.

L'escalier mène vers une chambre tout en rondeur, dans les tons du canapé.

— Par ici.

Flotte dans l'air le parfum capiteux de l'iris et de la violette. Je fais quelques pas vers un passage creusé à même la pierre et débouche dans une salle de bains en alcôve, au centre de laquelle miroite un bassin rétroéclairé. Sur le mur incurvé, une surface réfléchissante s'étale comme une flaque. Une femme en tailleur-pantalon est assise là, face au miroir. Le dos courbé, elle tient sa tête légèrement rentrée dans les épaules – les outrages de l'arthrose. Rasée de près, sa nuque dépasse du col de son chemisier. Des cheveux d'un gris sévère forment une boule frisottée sur le haut de sa tête.

— Avancez, que je vous voie.

J'obéis. Le reflet de son visage m'apparaît. Sous les paupières, un bleu foudroyant. Un regard brillant, limpide, cerclé de cils fardés. Sur la peau blanchie de poudre, une bouche crayonne un sourire.

— Eh bien, Jane, nous avons un problème, toutes les deux. Quelque chose ne va pas. Vous êtes d'accord ?

Comment oublier cette question.

Cette question qui me glace et à laquelle personne au monde ne peut répondre.

Sauf peut-être une coiffeuse.

Qualité de l'image : médiocre.

Intérêt du sujet : nul.

La mouette filmait de trop haut pour avoir une vision détaillée du paysage. Sur la captation thermique, le phare se réduisait à un polygone de trois centimètres de diamètre et la lande ressemblait tantôt à une tapisserie en macramé bariolée, boursouflée de ronces buissonnantes, tantôt à une vieille éponge trouée de cavités ; le long du littoral, la terre conservait les cicatrices des combats des hommes. La focale grand-angle du drone créait une distorsion, courbait les lignes droites : le cap semblait recouvrir le globe terrestre. La caméra infrarouge de la sentinelle, en rotation constante, modifiait le champ de visée et la perspective au point d'aplatir les parties les plus éloignées. Le secteur de la grotte, circonscrit entre le cran des Sillers et le cran Barbier, soit cinq cents mètres carrés, s'affichait sur le moniteur tous les quarts d'heure. Entre-temps, John laissait la vidéo se dérouler et s'occupait à autre chose, y jetant un œil par intermittence, histoire de vérifier s'il ne loupait pas un épisode palpitant.

Par grand vent, le bunker sifflait sa rengaine : un chœur de fantômes répandait ses lamentations à travers le système de ventilation. Lugubre et gnangnan. Le technicien aurait pu mettre sa playlist de Mexican Blues – la meilleure musique de tous les temps, quoi qu'on en dise – mais il n'était pas d'humeur. Mal de crâne, grosse fatigue. Hier soir, ça avait tourné au fiasco. Une fois la vidéo téléchargée, il avait quitté le poste de contrôle dare-dare, pressé de rentrer s'offrir du bon temps. Après quelques mots échangés avec Tobias par la porte entrouverte de sa chambre – *un dépannage plus long que prévu, suis crevé, je finis un truc dans mon bureau et je me pieute* –, vite posé devant son PC, il s'était connecté, casque VR ajusté à sa vue. Dans sa hâte, John n'avait pas prêté attention à la notification de Maya – le temps de simulation que le montant de son crédit loisirs lui allouait, soit deux minutes dix. À peine effeuillée, la jolie brunette évaporée sous ses yeux.

Il s'était consolé avec ce qu'il avait sous la main.

Le whisky écossais fichait de sacrées gueules de bois.

Depuis, John rongeait son frein. Se reprochait d'avoir des principes. « Je ne touche pas aux antiquités », quel con ! S'il avait pris sous son bras l'aspirateur robot, il aurait taxé le barman d'une avance de cinquante crédits, plus le coût des pièces à imprimer sur sa bécane 3D, et il ne serait pas là, tout ramollo et lésé, un bâton de réglisse sous la molaire, occupé à mater les reliefs du cap qui n'avaient rien d'excitant.

D'autant qu'elle était craquante, la brunette que Maya avait créée pour lui. Un mélange de Rachel et de Sky, avec tout ce qui fait vrai : la sensualité de la voix, le gémissement remonté du fond de la gorge, les petits cris comme du sucre glace saupoudré dans l'air, le velouté de la peau différent partout et ses arômes subtils qui se révélaient, un peu comme un tableau d'éveil sensoriel 4D pour adultes.

Sur l'écran, le paysage changeait, la mouette revenait dans le périmètre de la grotte. Toujours pas de tueur en vue.

John laissa tourner et se brancha sur son PC.

Juste par curiosité. Il voulait se faire une idée, ça n'irait pas loin.

En quelques clics, il se connecta au profil de Sky sur *Simply the Best*. La photo de la miss était cocasse. Un visage aussi peu aimable sur le site, c'était rare. Elle, d'habitude si charmante et souriante... La technique était connue des Isolées, et Rachel avait usé du même stratagème pour décourager le chaland. À l'époque, le profil de la coiffeuse, il le connaissait sur le bout des doigts. Combien de fois John s'était-il retenu de cliquer sur la photo pour une demande de mise en relation, avant que la belle ne disparaisse du site, raflée sous son pif par l'Écossais ? Le doute. L'hésitation fatale qui te bousille le disque dur : diviser ou multiplier ? Fil rouge ou fil bleu ?... Il avait fini par ne rester qu'une couleur, et c'était forcément la bonne. Hasna, longtemps il l'avait observée sans y toucher, elle aussi. Il fallait qu'on lui botte les fesses pour qu'il se lance, dans la vie. Et quand il y allait, il ne le regrettait jamais. Va comprendre !

La mère et la fille avaient beau faire, de leur mine boudeuse se dégageait un petit charme. Assez pour piéger quelques Réattribués dans son genre, prêts à donner de leur personne pour repeupler la planète. Fort de quelques tentatives d'attachement dont il tirait peu d'agrément sinon celui de la fornication, John poussa plus loin l'exploration du profil de Sky. Treize bonshommes et deux nanas étaient déjà passés par là. Il se racla le gosier, songeant à la petite fille qu'il avait vue grandir, franchir les étapes de la vie, du cosy transat au trotteur, du tricycle aux rollers, des couettes au fard à paupières. Treize bonshommes. La tête que ferait l'Écossais, s'il savait ça ! Les commentaires au sujet de la demoiselle étaient éloquents :

À fuir. N'en fait qu'à sa tête. Ne se lave pas avant un rendez-vous. Pour lui plaire, faut être un cheval ou une commode. Excelle dans l'art de vous mettre les boules. Conforme à la photo. Fait preuve d'assez de mauvaise volonté pour décourager toute tentative de rapprochement. Encore un profil de lesbienne fake ?

À lire une prose pareille, John buvait du petit-lait, se tournait le film *La Vie sexuelle de Sky Taylor* façon épopée burlesque. Capable de tout pour border son existence et tenir éloignés les indésirables, cette gamine était bien comme sa mère.

Treize bonshommes.

Il n'en connaissait aucun, probablement des gars de son territoire. L'un d'eux avait son âge et le commentaire dont il s'était fendu valait tous les autres :

Je me suis égaré.

Fil rouge ou fil bleu ?

Les demandes d'attachement transterritoriales étaient encouragées, souhaitées. Qu'est-ce qu'il risquait ? Ce serait juste pour voir…

Un coup d'œil sur la vidéo l'avertit que quelque chose bougeait dans le périmètre de la grotte. Le time code indiquait l'heure à laquelle Néo était passé là avec son vélo. Les images infrarouges de la captation thermique manquaient de netteté. Il procéda à une mise au point. Une masse grouillante jaune pisseux s'activait en direction du village. D'après l'archéologue, son fiston avait croisé un groupe de gamins dans le secteur, ce soir-là. Ça pouvait correspondre. L'angle de visée bascula, et John se concentra sur le visage de Sky qui remplissait l'écran de son vieux PC. Oui, qu'est-ce qu'il risquait à initier un rapprochement avec la petite ? Au pire, il en serait pour ses frais. Se taperait huit jours de quarantaine cumulés pour un tête-à-tête dans un resto. Il ne lui demanderait rien. Et elle l'enverrait bouler en moins de deux, c'était à parier. Mais est-ce que ça ne valait pas le coup ? Il regagnerait d'un seul élan toutes ces années perdues à tergiverser avec sa mère... Le majeur en extension sur le dos de la souris, il hésita, effleurant la surface patinée par la crasse. Il retira de sa bouche la racine séchée de réglisse, l'inspecta en grimaçant, la jeta dans la poubelle, puis se leva pour se dégourdir les jambes.

Un sacré vent soufflait, dehors, et John s'attendait à ce que son téléphone sonne d'une minute à l'autre pour une demande de dépannage d'un volet mécanique bloqué ou tordu par une rafale. Le sifflement sinistre s'amplifiait dans le conduit d'aération. La dernière fois qu'il avait entendu un bruit aussi abominable, il était tout gosse et se baladait sur la lande : une averse de grêlons lui était tombée dessus et il avait trouvé refuge dans la grotte. Ça vibrait, ça sifflait de partout. C'étaient comme des sanglots remontés des entrailles de la Terre. De quoi faire gamberger un môme de huit ans trempé et frigorifié...

Une question soudain lui traversa l'esprit : les gamins rencontrés par Néo sur la lande, d'où débarquaient-ils ?

Reprenant sa place devant l'écran, il inversa le défilement des images. Le changement perpétuel de cap de la sentinelle limitait à quelques secondes le temps d'exposition de certains panoramas, mais en recoupant les différents moments où le groupe d'enfants apparaissait – huit gosses, garçons ou filles, difficile à dire –, il put en reconstituer l'itinéraire tarabiscoté depuis sa sortie du village. Vers 17 h 30, soit un peu avant l'heure supposée des crimes, le groupe se séparait : un enfant restait sur le chemin, tandis que le reste de la troupe s'éparpillait en direction de la falaise. John blêmit. Avaient-ils poussé jusqu'à la grotte, ou s'étaient-ils contentés de rester là, à cueillir des fleurs ? Est-ce que les fillettes faisaient partie du groupe ? Impossible de le savoir : le drone décrochait, et le sentier sortait du champ. Lorsque Néo se présentait à l'embranchement à 18 h 03, la mouette revenait en léger piqué sur zone et captait cinq signatures thermiques en plus de la sienne.

— Mais qu'est-ce qu'ils fabriquent, ces mômes ?

Le téléphone sonna. John ne prit pas l'appel. Il fit défiler l'image en avance rapide. Retour de la mouette sur secteur un quart d'heure plus tard : aucun mouvement détecté. Nouveau basculement de prise de vue. Retour du drone sur périmètre à 19 heures. Deux signatures thermiques remontaient le sentier de la grotte en direction du village. Au même moment, quelqu'un arrivait rapidement dans leur direction – Keen sur son vélo.

— Ouais, ouais, ouais…

John eut tout juste le temps de visionner son splendide gadin avant que la mouette ne bifurque vers la mer. Un quart d'heure plus tard, dernier passage du drone : tout le monde avait disparu. La lande n'était plus qu'un aplat bleu.

— Putain de merde !

Toute l'histoire était là. En technicolor gazeux. Fragmentée.

Il ne restait plus qu'à recoller les morceaux.

***

Éclat laiteux de l'écume sous la pluie et le vent. Les vagues claquaient la digue de béton, assaillaient son rempart. Des coups de poing jusque dans la falaise. Frapper, frapper encore, là où la lande gronde et s'étonne de frémir. La tempête secouait l'éternité. C'était un spectacle unique et ravageur dont Keen Taylor ne pouvait détacher son regard. Il marchait en direction du village n° 5, poussant son vélo sous les trombes d'eau, son imperméable éclaboussé de boue pesant lourd à chaque pas. Attendre la fin de la tempête pour mettre le nez dehors, c'était se priver d'écouter la langue d'une nature furibonde, celle qui ressemblait tant à celle des hommes de jadis, quand ils brisaient tout ce qui se refusait à eux. Et Keen était pressé.

Il avait passé une partie de sa journée à organiser l'accueil d'une expédition scientifique que le CEVA[1], en accord avec la Gouvernance, prévoyait d'envoyer sur le site d'Ambleteuse. Un événement comme rarement il en survient dans la vie d'un chercheur s'était produit : la découverte d'une nouvelle espèce. La macro-algue prélevée par Keen dans la salle d'exposition submergée n'était pas répertoriée. L'archéologue connaissait les nombreuses propriétés qu'on prêtait aux organismes pluricellulaires macroscopiques depuis quatre cents ans, telles que la faculté à séquestrer du carbone. Et leurs domaines d'application ne se limitaient pas à l'alimentaire, à la cosmétologie ou au recyclage de la biomasse marine : stimulation du système inflammatoire et immunitaire, fabrication d'implants, réparation du

1. Centre d'étude et de valorisation des algues.

cartilage, bio-impression 3D de tissus musculaires et de vaisseaux sanguins... ils sauvaient des vies.

— On est sur un dosage élevé d'astaxanthine, un caroténoïde puissant, au fort pouvoir antioxydant.

— Hum ! Prometteur.

Durant l'échange en visio entre Keen et son interlocutrice au CEVA, cette dernière avait insisté sur le fait que, comme tous les organismes vivants, les algues cohabitaient avec une cohorte de bactéries, de virus et de champignons indispensables à leur survie et à l'expression de leurs fonctions. Il était donc nécessaire de les étudier dans leur environnement.

— On l'a soumise à toute une batterie de tests pour la stresser, et on s'est aperçus qu'elle avait une réponse intéressante aux agressions extérieures comme les métaux lourds, le BPA et les phtalates. Elle agit comme une barrière.

La directrice de recherche imaginait déjà un nouveau domaine d'application touchant à la procréation. Elle entrevoyait dans cette faculté un moyen de s'attaquer à un problème majeur : la féminisation des fœtus engendrée par les perturbateurs endocriniens.

À l'écouter, Keen éprouvait un frémissement qui le reconnectait à lui-même, procurant à tout son être une sensation de cohérence à la laquelle son BMH était étranger. Il avait hâte d'informer son fils de cette grande nouvelle.

Un peu avant midi, Flavio De Lagos l'avait appelé pour fixer avec lui le calendrier des prochaines sorties éducatives au musée. Le directeur de l'ECEC avait ensuite abordé un tout autre sujet : une série de dessins d'émotions que des apprenants avaient réalisés un mois environ après le décès de leurs trois camarades de classe. Cet échange allait avoir des conséquences d'une ampleur que ni l'un ni l'autre ne pouvait alors imaginer.

— Votre femme est venue me voir, ce jour-là, lui avait-il confié. Elle ne connaissait pas les circonstances de leur mort mais elle m'avait laissé entendre que vous et M. Mělník aviez découvert ces pauvres petites aux abords de la grotte et non en bas de la falaise, comme le Conseil villageois me l'a appris par la suite.

— J'ignorais que Rachel vous avait donné ce détail.

— Est-ce que c'est vrai ? Elles se trouvaient dans la grotte ?

— Je ne suis pas censé vous le dire.

— Monsieur Taylor, si ce que votre femme m'a dit est la vérité, alors j'ai sous les yeux cinq dessins qui me posent un sérieux problème.

Une longue discussion s'en était suivie. Las de ce mensonge auquel on l'avait contraint depuis des semaines, poussé par le besoin de se libérer, Keen avait tout lâché. Les preuves irréfutables de strangulation, l'heure supposée des crimes, le déni des compétences territoriales, le choix d'étouffer l'affaire afin de préserver les proches des victimes et la communauté d'une réalité que personne n'était prêt à entendre. Flavio De Lagos avait écouté sans mot dire, secoué.

— C'est insensé ! Qui pourrait faire une chose pareille, à notre époque ?

— Personne.

— Cette grotte, on a tous joué dedans quand on était mômes...

Après un silence, il avait repris d'une voix troublée :

— Il ne s'agit peut-être pas d'allégories.

— Vous parlez des dessins ?

— Écoutez, monsieur Taylor, je dois partir en réunion, mais je vous envoie les scans dès mon retour. Vous allez comprendre de quoi je parle.

En début d'après-midi, Keen recevait un lien de partage d'images dans le Cloud. La représentation des corps, sur le dos, bras croisés sur la poitrine et pieds orientés vers l'océan, ne laissait aucun doute : les dessins montraient les fillettes dans la position que John lui avait décrite. Leurs auteurs étaient, d'une manière ou d'une autre, concernés par les événements survenus dans la grotte. Cela corroborait les éléments visuels recueillis par John. À son arrivée au musée ce matin, Keen avait trouvé son message sur le répondeur : le technicien s'était débrouillé pour mettre la main sur la captation thermique. En dépit d'une piètre qualité d'image, il avait noté deux ou trois choses qui s'avéraient déterminantes.

— Primo, ce que tu as vu dans les buissons, c'était pas un animal, mais des gosses. Deuzio, entre 18 heures et 19 heures, ça grouille de mômes, dans le secteur. Tertio, j'ai pas la confirmation visuelle parce que ce fichu drone a la bougeotte, mais je suis certain qu'ils sont allés dans la grotte.

Le col de son imperméable remonté sur le menton, les cheveux aplatis contre le front, Keen recevait des gifles de pluie. Tâchant d'éviter les flaques de boue et les ornières, il poussait son vélo, se remémorant le chapitre que Constance Petersen consacrait aux tueurs d'enfants dans son essai : qu'il s'agisse de Mary Bell, cette petite Anglaise d'une dizaine d'années ayant assassiné deux garçonnets de trois et quatre ans, ou bien d'Alyssa Bustamante, François-Marie Merlay, Honorine Pellois, Jesse Pomeroy, Eric Smith ou Amarjeet Sada, tous présentaient un profil psychotique, en lien avec des maltraitances physiques et psychologiques traumatisantes. Pathologies mentales, suicidaires ou troubles de la personnalité, ils éprouvaient les mêmes difficultés à s'exprimer, souffraient d'un manque total d'empathie et d'une absence de discernement ; certains avaient d'ailleurs développé une fascination pour le mal et ses grandes figures historiques tels Raspoutine ou Adolf Hitler. À la fin du XIXe siècle, anthropologues et sociologues plaçaient l'imitation au cœur de l'action criminelle : de spectateur, l'enfant devenait acteur et reproduisait des actes brutaux ou des atrocités auxquelles il avait été exposé de façon répétée, sans recul. Mais au XXIIIe siècle, aucun enfant n'était jamais traité de la sorte ni exposé à quoi que ce soit de choquant. On bichonnait sa psyché, on enrobait chaque étape de sa vie de félicité.

Keen avait grandi ainsi, et appris très tôt les notions de bien et de mal dans un contexte historique, sociologique et climatologique. Ressentir, comprendre l'autre, l'aider à se porter mieux, partager son bonheur, qu'il s'agisse d'un camarade, d'une rainette ou d'un arbre, là était le fondement d'une société résolument humaine, affranchie de toute violence. Alors comment se pouvait-il que Maleko, le fils d'Odette et de Yumi, ait dessiné trois petites filles mortes, les bras repliés sur elles comme des chauves-souris ?

— Keen, je suis au boulot. Ça ne peut pas attendre ce soir, tes questions ?

Le coup de fil qu'il avait passé à Yumi, vers 15 heures, avait ébranlé cette dernière. Elle ne comprenait pas pourquoi son fils avait fait ce dessin et ignorait la raison qui les poussait, Maud et lui, à s'y intéresser à ce point. Après quelques éclaircissements, l'hypothèse selon laquelle l'enfant aurait un rapport avec le décès des fillettes avait achevé de la déstabiliser.

— Maleko est incapable de faire du mal à une mouche, Keen. C'est un enfant rempli d'amour et plein d'attention pour ses amis et ceux qui l'entourent...

Il parle même aux plantes du jardin pour les encourager à pousser !

— Je sais, Yumi. Je n'ai aucun doute là-dessus. Je crois que, dans cette affaire, tout n'est qu'un malencontreux concours de circonstances. Mais pour reconstituer le déroulement des événements, j'ai vraiment besoin de lui parler.

Au téléphone, la voix de Yumi avait fléchi.

— Il sera chez Charlus, ce soir. Maëlle le garde jusqu'à demain matin. J'ai un dîner avec une amie et je vais rentrer tard.

Keen avait promis d'y aller mollo avec ses questions.

Au large, un grain noir. La mer n'était que pulsations et roulades. L'archéologue tourna le dos à la falaise et prit la route en direction du village n° 5. Il avait l'impression que quelqu'un essorait une serpillière au-dessus de sa tête, mais voyait de plus en plus clair en lui.

Enfin, il maîtrisait les choses. Ses hypothèses, il se sentait prêt à les essaimer au vent. Et il en éprouvait presque de l'allégresse.

***

— Est-ce que tu savais que l'Europe était née d'un viol ?

Widad avait l'art de poser des questions aussi fracassantes que la chute d'une noix de coco. Assise au milieu du canapé entre Néo et Olan, un brin rêveuse, elle touillait une cuiller-biscuit aux amandes dans un smoothie carotte et orange. La mélodie de sa voix énergique était pour Néo un envoûtement de chaque instant. Ce flot de paroles qui tombait du ciel se tarissait en début de soirée, lorsque Widad se repliait contre son épaule, épuisée d'avoir couru son petit marathon quotidien de la vie. Le jeune homme aimait poser son radeau sur l'onde de son savoir, médusé par la facilité avec laquelle elle décortiquait n'importe quel sujet.

— Je devine que ç'a un rapport avec la mythologie gréco-romaine, dit-il, versant le reste d'un sachet de fruits secs dans son gosier.

— Le mythe d'Europe, tu connais ?

— Non.

— Bon. Accroche-toi.

Widad sortait de son cours de latin. Les langues mortes, c'était son péché mignon, avec la natation synchronisée et la ferronnerie d'art.

— Europe, c'est une princesse phénicienne. Fille d'Agénor, le roi de Tyr, et sœur de Cadmos, le fondateur de Thèbes. Elle est si belle qu'on l'accuse d'avoir volé les fards d'Héra, enfin de Junon, la reine de l'Olympe, mais bon, c'est pas ça le sujet. Donc, un matin, elle se réveille après avoir fait un rêve bizarre : elle a rêvé que deux continents, l'Asie et un autre qui n'avait pas encore de nom, voulaient absolument l'épouser.

— Faut être un grand malade pour inventer un truc pareil, observa Olan sans lever le nez de son tricot.

Widad écarquilla les yeux.

— Homère, un malade ? Non mais il est fou, lui !

— Les dieux de l'Olympe, ils ne pensaient qu'à baiser des mortelles.

— Mais non, Olan, ils trouvaient les humaines plus belles et plus intéressantes que leurs déesses, c'est tout. Et n'oublie pas qu'ils étaient faits à l'image de l'Homme. Donc loin d'être parfaits.

— C'est bien ce que je dis. C'étaient de vrais obsédés.

Néo sourit. Les joutes verbales entre Widad et Olan valaient leur pesant de chenilles caramélisées. Leur petit numéro était assez drôle à regarder.

— Olan, ironisa-t-il, concentre-toi, tu vas louper une maille.

Le jeune homme ajusta ses lunettes rondes et fit passer le fil de laine par-dessus l'aiguille. Le tricot était une de ses activités favorites, avec le baby-foot, quand il venait se poser au foyer de l'ECEC avant de rentrer chez lui, attendant que la température baisse dehors ou qu'une tornade se calme. Mais le baby-foot était déjà occupé par des gamins du deuxième cycle. Widad lança au rouquin un regard de mépris et poursuivit.

— Donc, Zeus la découvre et tombe raide dingue amoureux. Pour la séduire et pour se cacher de sa femme Héra, il se présente à Europe sous la forme d'un magnifique taureau blanc.

— Hé ! l'interrompit une seconde fois Olan. Le gars, c'est Dieu : il a toutes les nénettes qu'il veut, alors à quoi ça lui sert de se déguiser ?

— C'est pour ne pas la foudroyer par sa puissance divine. Tout le monde sait ça, andouille.

— Ah ouais ? Zeus, c'est comme un arc électrique, alors ?

Widad passa une main sur son front d'un geste gracieux et las avant de reprendre.

— Donc, il se mélange avec des vaches, se rapproche d'Europe et de ses copines qui se promènent dans la campagne. La princesse le trouve très docile et gentil, et elle décide de monter sur son dos. Alors le taureau fait un bond prodigieux et l'enlève. Et il va galoper jusqu'à l'île de Crète, où il va la violer.

— Et ils eurent plein de petits minotaures.

Widad ne prit pas la peine de relever.

— Eh bien, moi, fit-elle en suçotant sa cuiller, je trouve ce mythe vraiment passionnant si on le replace dans un contexte géopolitique : le taureau représente la puissance extrême, la violence et l'oppression.

Et l'Europe, c'est la victime d'une force brutale à laquelle elle tente d'échapper, en vain.

Néo leva les sourcils, impressionné.

— Selon toi, les fondations d'une Europe unie seraient basées sur un viol ?

— Oui, clairement, ajouta-t-elle avant de croquer à pleines dents dans sa cuiller-biscuit.

Le jeune homme contempla son amie avec un petit sourire derrière lequel se devinait l'enivrement des sens qu'elle provoquait en lui. La pop Dì Yī Bō acidulée que diffusait l'IA dans le foyer ajoutait à son contentement. Widad répondit à son sourire.

— On devrait suggérer à Maya de réaliser une série drama sur les mythes, tu ne crois pas ?

— Très bonne idée.

Elle tendit la main vers le visage de Néo et balaya la mèche de cheveux qui tombait sur son front. Puis, du même élan qui commandait à sa pensée :

— Ton père et toi, vous attendez quoi pour aller chez le coiffeur ?

La phrase qui tue. Celle qui ramène au premier plan le crissement désagréable des semelles sur le revêtement de sol et celui des barres du baby-foot cognées contre le rebord de la table creuse. Un rien suffisait pour que l'humeur de Néo chancelle et que le BMH à son poignet opère une compensation.

— Pourquoi tu me demandes ça ?

— Parce que je ne verrai bientôt plus tes yeux.

Néo lui prit la main et se pencha pour l'embrasser dans le cou.

— On s'occupera de ça plus tard.

— Pas dans dix ans, j'espère. Sinon, tu marcheras sur ta frange.

— Je te verrais bien avec des nattes, observait Olan tout en passant au rang suivant de son tricot.

Widad fixa son amoureux d'un air mutin.

— Je pourrais te les couper, moi, si tu veux.

Elle imaginait déjà la coiffure idéale. Une nuque pas trop courte, les tempes bien dégagées sur ses splendides oreilles. Gêné, le jeune homme baissa la tête.

— S'il te plaît, arrête.

Ses cheveux, il ne voulait pas qu'on y touche. C'était le territoire de sa mère, ce point de lumière insaisissable, un champ de souvenirs où il n'osait retourner de peur de se dissoudre dans le chagrin.

— Tu ne sais pas quelle chance tu as, murmura-t-il.

— Parce que j'ai des frisettes ?

— Non. D'avoir deux pères.

— Ah. Tu parles du Grand Recyclage. Bah, ouais, je sais. J'ai beaucoup de chance : je vais devoir les supporter tous les deux jusqu'à mon retrait, feignit-elle de gémir.

Sa mère.

La douceur de sa voix tandis que les lames des ciseaux effleurent son cou et son front. La pluie de cheveux coupés qui gratte un peu. Le spray de sève coiffante comme la brume à l'orée de la forêt. Le coup de peigne final. La satisfaction de se voir beau dans le miroir. Ses bras qui le soulèvent du siège et le baiser qu'elle dépose contre sa joue.

Sa mère.

Une menace perpétuelle sur ses joies.

— Hé ! Néo Taylor...

La jeune fille approcha son visage tout près, noya son regard noisette dans le sien.

— Même si tu te transformes en homme des cavernes, chuchota-t-elle, je saurai toujours trouver le chemin de tes yeux.

Puis, avec un petit gloussement :

— Tu imagines la tête qu'aurait Olan s'il laissait pousser ses tifs coiffés en brosse ?

Widad éclata de rire. La chemise qu'elle portait glissa de ses épaules, découvrant les bretelles de son débardeur. En cet instant, Néo estima qu'il n'y avait rien de plus beau à contempler sur toute la planète. Et, dans la fulgurance de ses pensées, il comprit qu'il s'attachait dangereusement à une jeune fille promise au même destin que sa mère.

***

Quand dehors le soleil claquait le ciel azuré ou que des tourbillons de pluie s'abattaient sur le village, les appareils se rebiffaient. Les composants électroniques, sensibles aux fortes chaleurs, à la salinité de l'air et à l'humidité, se laissaient gagner par le mal – une corrosion qui pouvait causer des courts-circuits, menacer la sécurité sanitaire. Crise existentielle collective ? Surchauffe généralisée des circuits ? Ils lâchaient tous en même temps. John n'en cherchait plus la raison. C'était ainsi, point barre. Ces jours-là, son téléphone crépitait. Les autres, à l'abri, et lui, à crapahuter sur son vélo, la remorque cahotant derrière. Appareil auditif ou bureautique, canalisation bouchée ou réseau d'alimentation électrique en surtension, il traitait les pépins selon un ordre qui lui était personnel : d'abord, l'impact qu'un dysfonctionnement faisait peser sur la sécurité ou l'organisation de la collectivité, ensuite, la tête du client.

Quand Floraine Kurva, la directrice de Maya FM, l'avait appelé toute catastrophée pour résoudre une panne d'émetteur de la station, il avait pédalé de mauvais cœur sous une cascade de grêlons. Après avoir évalué l'ampleur des dégâts – tableau de contrôle HS, transmetteur cramé – et procédé à un check-up du groupe d'amplificateurs antédiluviens, il s'était enfermé dans le local ventilé en demandant qu'on ne le dérange pas. Là-dessus, il avait piqué un roupillon.

Le comportement de la directrice lors du retrait d'Hasna lui était resté en travers de la gorge.

Vingt-quatre heures après son départ de l'antenne, cette charmante Floraine Kurva s'était fendue d'un mail pour demander à la journaliste de vider sans tarder les placards de son bureau encombrés d'archives ; il fallait faire de la place pour sa remplaçante. Dix-sept ans de service, un pot de départ sans alcool et un pauvre bouquet de lavande séchée dans une cruche en guise de cadeau d'adieu.

À son réveil, John avait facturé au prix fort sa sieste ainsi que la fabrication fictive de pièces sur son imprimante 3D portative.

— Mais c'est catastrophique ! Vous ne pouvez pas nous laisser comme ça, John !

— Tout a grillé. Désolé. Va falloir investir dans du neuf.

Désolé, il l'était, sincèrement. Œuvrer au respect des valeurs de solidarité et de coopération était sa raison d'être. Désolé, mais satisfait. Satisfait d'avoir, au moins pour quarante-huit heures, coupé la chique à une radio qui traitait si mal les Retirées.

Cette parenthèse l'avait distrait de son montage vidéo et il était pressé de rentrer au bunker le terminer. Accoler les séquences montrant les déambulations des gamins sur la lande lui permettrait de se faire une idée claire du déroulé des événements. Mais John avait un dernier client à visiter. Protégé des rafales par les voiles d'ombrage, il fila jusqu'à la partie la plus ancienne du village, un quartier résidentiel d'habitations à énergie positive reconnaissables à leur forme ronde et à leur jardin potager semi-enterré.

Charlus Fisher l'attendait sous le débord du toit, poings sur les hanches. La bouche en cul-de-poule, il cherchait à voir derrière ses lunettes qui venait à lui sous le rideau de pluie.

— C'est toi, Johnny ?

— En chair et en os. Belle soirée, Charlus !

Le père de Rachel avait un truc, avec les objets électriques. Il se débrouillait toujours pour en mettre un en panade. John avait sa théorie, là-dessus : le frottement constant des mains du tailleur sur l'étoffe. Son corps captait les électrons et ses doigts déchargeaient l'électricité statique accumulée dès qu'il entrait en contact avec du métal.

— Alors ? On a encore fait des étincelles ?

— Te fiche pas de moi, MJ.

Le vieux bonhomme l'avait vu grandir, s'ouvrir au monde, bouillonnant de sang neuf, devenir un jeune homme qui pleure ses mères et ses sœurs, un mari et un père, concentré sur le boulot, modestement ingénieux, avec une paire de mains franches et habiles. John révisait ses machines, assurait la maintenance des métiers mécaniques de l'atelier de tissage et celle du matériel informatique, à la boutique. Le tailleur le payait en nature : chaussettes, pull-overs, ceintures, chemises et légumes du jardin. L'arrivée du réparateur, avec sa sacoche en bandoulière, était digne d'un médecin urgentiste, et son départ avait toujours quelque chose de glorieux.

— Alors, où il est, votre robot-mixeur ?

L'appareil trônait sur la table du salon. Charlus s'était mis en tête de faire de la pâte à oatcakes.

— Pour faire plaisir à l'Écossais ! J'ai de ces idées stupides, parfois.

Il pensait avoir mis assez d'eau dans sa préparation, mais non.

— La lame a forcé dans l'appareil, et je crois que ça a grillé le moteur.

— Je vais regarder ça.

John dégaina un tournevis, prêt à opérer.

— Je te sers quelque chose à boire ?

— N'importe quoi pourvu que ce ne soit pas de la flotte. J'ai eu ma dose pour aujourd'hui.

Charlus lui apporta un verre de pommeau bien frais remonté de la cave. Ce soir, il recevait la famille pour fêter sa fin d'activité. Pas nombreuse, la famille. Celle de sa femme, Maëlle, était d'un autre territoire et leur rendait peu visite. Quant à la sienne, elle avait tristement rétréci.

— Si on me retire une femme de plus, dit-il au technicien penché sur l'appareil, je cours jusqu'à la digue et je me jette à la mer. Ce n'est plus supportable.

— Il ne faut pas dire ça, Charlus. Votre moteur, il est loin d'être grillé… Et puis, c'est pas parce qu'elles sont parties qu'elles ne sont pas dans nos cœurs, hein ?

— Ça marche, avec toi, ce boniment ?

John essuya sur son front une goutte d'eau qui dégoulinait de ses cheveux.

— On est tristes qu'elles nous quittent, c'est sûr, bredouilla-t-il, mais c'est pour aller vers une vie sans contraintes. Plus de bonhomme, plus de gosses, ciao les responsabilités.

Derrière ses lunettes rafistolées, Charlus le fixa de son regard de myope.

— C'est du pipeau, Johnny.

Il lui agrippa le bras alors qu'il dévissait la coque du robot-mixeur.

— On nous les retire pour les exterminer. J'en ai la preuve, ajouta-t-il avec émotion.

John sourit.

— Allez, ne me dites pas que vous aussi vous croyez à ces histoires de broyeuse.

— J'en ai la preuve, je te dis !

La discussion n'alla pas plus loin : Maëlle venait de rentrer, précédée d'une paire de cirés jaunes taille six ans tout éclaboussés de boue et d'un garçonnet en parka rouge avec un baluchon.

— Ils ont fait toutes les flaques et tous les bancs depuis chez Yumi, soupira-t-elle, ôtant son chapeau de pluie dans le vestibule. Deux cents mètres de jeux d'obstacles !

— Au moins, ils ne se sont pas envolés.

— Le vent est fort, mais pas à ce point-là, chéri.

Les jumeaux clamèrent en chœur qu'ils avaient de la flotte dans les bottes, et même des petits poissons. Maleko souriait, timide, le visage rougi par les giboulées. Depuis la cuisine, John déboîta la plaque sous l'appareil tout en observant le jeune garçon qui ôtait son vêtement de pluie. Ce qui émanait de lui était la douceur même. Il fallait une sacrée dose d'imagination pour penser que ce môme avait quelque chose à voir avec l'assassinat des gamines. S'il était présent dans le secteur ce soir-là, comme Néo l'avait dit à son père, c'était pour une petite cueillette, ou pour jouer à colin-maillard dans la grotte, à la rigueur… Les garçons vinrent le saluer, s'intéressant à la réparation.

— Belle soirée, John le dépanneur !

— Belle soirée, Louis.

Ratzo grimpa sur une chaise pour être aux premières loges.

— Je peux voir comment c'est dedans ?

— Papa a encore cassé quelque chose, on dirait.

Charlus protesta : le choix du verbe employé par Ratzo lui semblait injustifié.

— Il n'est pas cassé, tempéra John. Il a juste coupé son circuit.

— Ah ? Il a fait ça tout seul ?

— Quand l'appareil est surchargé, si tu mets des aliments trop durs à malaxer, par exemple, ça peut le faire chauffer.

— Comme des cailloux ?

— Ou des coquilles de noix ?

— Ouais. Enfin, en général, on met plutôt de la farine et des œufs, dans un mixeur... Donc, dans ce cas-là, un système de sécurité coupe l'alimentation pour soulager le moteur.

— Mais alors, comment on fait pour qu'il se remette en marche ?

— On attend que l'appareil refroidisse, on retire les aliments, comme ton papa l'a fait, on cherche le bouton spécialement prévu pour ça et...

John appuya sur le commutateur situé sous l'appareil. Le témoin lumineux du robot-mixeur s'activa.

— ... Et voilà !

Ravissement collectif. Maëlle jeta un œil au cadran de son BMH puis frappa dans ses mains.

— Louis, Ratzo, salle de bains. C'est l'heure.

— On peut pas jouer, d'abord ?

— Après la douche. Vous voulez bien monter dans votre chambre avec Maleko pour qu'il dépose ses affaires ?

— Tu dors ici ce soir, gamin ? s'intéressa John tout en revissant la plaque sous l'appareil.

L'enfant opina, serrant contre lui son baluchon. Maëlle attendit que Maleko monte l'escalier avec les jumeaux pour glisser à l'oreille de John que Yumi avait un rendez-vous d'attachement.

— Apparemment, elle a retrouvé chaussure à son pied... Une fille d'un autre village, la trentaine. Elle bosse à la fabrique de papier : elle supervise le pressage et fait tourner le moulin. Tu dînes avec nous ? Keen et Néo ne devraient plus tarder.

La maman des jumeaux lui souriait, paisible, arrangeant sur ses épaules un chèche assez long pour faire deux fois le tour de son cou. Mais le technicien avait un boulot à finir, et Tobias comptait sur lui ce soir pour avancer sur son prototype de réfrigérateur magnétique nomade.

— Une autre fois, peut-être.

Charlus insista pour lui resservir un verre.

— Faudra qu'on se reparle à propos de ce que je t'ai dit tout à l'heure, lui glissa-t-il à voix basse pour ne pas être entendu de son épouse.

John repartit sous l'averse finissante, les neurones chauffés par l'alcool.

Des prochains jours, il ignorait la couleur. Il ignorait à quoi ressemblerait son village, après cette tempête, et ce qu'il en serait du ciel. Pédaler droit en toute circonstance, ça il savait. Même avec les genoux au supplice dans le mauvais temps. Pourtant, ça cahotait dur, dans sa tête. Des visions extravagantes. Hasna au fond d'une broyeuse. Un vieux bonhomme qui se jette à la mer. Yumi au pieu avec une meunière. Des gosses, les yeux bandés, en équilibre au bord de la falaise, pour rigoler. Rachel qui lui roule une pelle sur la lande. La photo boudeuse de Sky. Sofiane et Grace, étendues sur le sol. Rachel. Hasna. Maleko avec son baluchon. Bianca en charpie sous des rameaux brisés.

Oui. Des prochains jours, il ignorait ce qu'il en serait du ciel. Mais dans les derniers souffles de la tourmente, au crépuscule parfumé d'une végétation détrempée, soudain, ça avait tilté sous sa caboche.

Sa première intuition était la bonne.

— C'est un jeu… Un foutu jeu qui a mal tourné…

- 2 -

D'abord, je n'ai vu qu'elle dans le miroir. Cette femme plus âgée que moi, peut-être soixante-dix ou soixante-quinze ans, dont le regard me transperce. Puis mon visage m'est apparu. Traits tirés. Peau blafarde. Pâle comme l'aube en hiver. J'ai deux centimètres de cheveux sur le crâne. Une tête de condamnée à mort.

On est allé me perdre si loin de moi-même.

— Il faut savoir mettre fin à certaines expériences, et manifestement, celle-ci est ratée.

Les paroles que prononce cette femme laissent peu de doute sur le sort qui m'attend. Je suis une bête curieuse que l'on contemple avant son exécution, convoquée dans la salle de bains, et à qui on s'adresse sans prendre la peine de se retourner.

— Allons, Jane. Approchez.

Elle a ce geste fortuit de passer la main dans ses bouclettes.

— Il n'y a aucun piège, vous savez.

Alignés sur une console : peigne, brosse, rasoir, ciseaux.

Ce n'est pas ma figure mais sa coiffure qu'elle fixe ainsi dans le miroir.

— Je ne supporte plus cette tête, soupire-t-elle.

Toute mon attention, soudain, concentrée sur sa coupe. « Une expérience ratée », oui. Je devine que ce n'est pas la première fois qu'elle prononce cette phrase, que cet embarras capillaire résiste aux années, qu'elle ne s'est jamais trouvée jolie, que son combat a d'abord été de mettre ce nez au diapason des volumes de son visage, de ses yeux rapprochés et de ses lèvres dépourvues de pulpe.

— Eh bien ? Qu'en pensez-vous ?

Cette rage dans la bouclette fabrique sur sa tête un casque de laine magnétique. Je pourrais avec facilité l'agripper, lui fracasser le crâne contre le miroir ou lui glisser une lame de ciseaux sous la gorge. Faire payer à cette personne toutes les tortures que l'on m'a fait subir, celle-ci étant, de loin, la plus capillotractée.

— C'est ça que vous attendez de moi ? Que je vous coupe les cheveux ?

— Vous ne vous en sentez pas capable, Jane ?

Je me dirige vers la tablette, effleure les picots de la brosse. Qu'est-ce qu'elle ne montre pas, sous sa tignasse ?

— Quand je coiffe quelqu'un, j'aime savoir à qui j'ai affaire.

— Ce n'est pourtant pas compliqué à deviner : nous sommes au cinquième étage.

— Ça ne me dit pas qui vous êtes.

Elle m'invite à me rapprocher puis, opérant un quart de tour, me tend la main.

— Séphorie Lagarde.

Une paume glisse dans la mienne comme un savon. Garder le contrôle. Je me place derrière elle. Sa nuque à ma portée marque le pli de l'âge. Nos regards se croisent.

— Je vous sens crispée, observe-t-elle.

— J'allais vous dire la même chose.

À la lisière de son regard, un brin de défiance. J'approche les doigts de ses cheveux et plonge sous sa petite laine grise. Percevoir les erreurs de coupe rien qu'au toucher. Matière standard. Épi pas surprenant. Implantation typique. La texture manque de souplesse. De la détermination, jusqu'aux pointes. Je cherche mes marques, le point de convergence, un sentier qui mène quelque part.

— Vous ne ressemblez pas à l'image que je m'étais faite de la Gouvernance.

— Les gens imaginent souvent un tas de vieux messieurs bedonnants derrière une grande table.

J'aplatis le fouillis du dessus, rehausse les bouclettes sur les côtés.

— Je pensais plutôt à une assemblée constituée de personnes de tous âges qui parlent différentes langues.

— Eh bien, je parle plusieurs langues, et j'ai connu tous les âges... Enfin, presque !

Casser la froideur des traits, redonner de la longueur sur la nuque. Je ramène quelques boucles sur les pommettes.

— Et vous contrôlez seule vos émotions.

— Nous sommes entre gens civilisés, ici. Le BMH opère a minima, y compris le vôtre. Mais cela ne doit pas beaucoup vous changer.

Je dispose la frange d'une autre façon, la balaie sur le côté. Entre mes doigts engourdis, la matière s'apprivoise.

— Cet endroit ne me semble pas être un modèle de civilisation, si je peux me permettre.

— La première impression n'est jamais la bonne.

Retrouver les gestes, l'aisance, en quelques minutes, renouer avec ce métier qui m'a tant pris et tant donné, recouvrer ma part de certitudes.

— La frange est trop droite et trop épaisse. Elle alourdit votre visage. Il faudrait l'alléger, créer du mouvement.

Je tire vers moi un tabouret à roulettes et reviens me placer derrière elle.

— En réduisant un peu le volume sur la tête, on rééquilibre le visage et on met en valeur votre menton.

J'attrape une serviette, la dispose sur ses épaules.

— Prête ?

Elle s'est figée, la bouche cousue d'appréhension.

— Pas de shampoing ?

— Je ne sais pas comment vos cheveux réagissent lorsqu'ils sont mouillés. S'ils se redressent beaucoup quand ils sèchent. Je ne connais pas encore leur texture. Je voudrais éviter l'effet champignon.

— L'effet champignon ?

— Très gonflé sur le dessus.

— Je vois.

— Ou, à l'inverse, l'effet triangle : les racines sont plates et le volume descend sur la nuque.

— C'est toute une science.

J'empoigne le peigne et les ciseaux.

— Vous en doutiez ?

— Pas une seconde.

Elle est à moi.

Ma dernière tête à coiffer.

Tout se résout dans cet instant, le temps d'une coupe sur cheveux courts.

— Baissez légèrement la tête, s'il vous plaît.

Une infinité de questions me submergent.

Une autre vérité, bientôt, jetée en travers du miroir.

— Le Grand Recyclage, cette promesse d'une nouvelle étape de la vie, c'est la mort, n'est-ce pas ?

Elle me lance un regard. L'inclinaison de son visage durcit ses traits.

— Le Grand Recyclage est une étape vers une autre fonctionnalité, Jane, une réponse vertueuse au taux de naissance trop élevé de femmes sur la planète. L'application stricto sensu du droit universel à la réparation. Régénérer le passé en préservant le futur est une lourde tâche, vous savez ?

Les lames des ciseaux se resserrent, emprisonnent, sectionnent.

— Combien existe-t-il d'endroits comme celui-ci sur Terre ?

— Six à huit par continent. Celui-ci est de loin le plus important sur le territoire européen.

Elle rajuste la serviette autour de son cou.

— Comme son nom l'indique, et pardonnez-moi si les termes que j'utilise vous choquent mais ils ont l'avantage de rendre les choses plus claires, le Grand Recyclage n'est ni plus ni moins qu'un centre de tri visant à déterminer le taux de réparabilité et de viabilité d'une Retirée au regard de ses compétences.

Ni paradis, ni enfer, mais une sélection draconienne. Le reconditionnement aurait pour but de maximiser nos performances.

— Nous parvenons à recycler 34 % des femmes, en moyenne. Le reste, hélas, doit être éliminé ou stocké. Mais plus de 40 % des Retirées sont écartées pour être dirigées vers des chaînes vertueuses de recyclage au bénéfice de la science et de la santé.

26 % des Retirées, orientées vers un programme d'euthanasie raisonnée au motif que leur état physique est dégradé.

— Vous n'allez pas trop couper, n'est-ce pas ?

— Je travaille le volume, pas la longueur.

— Bien.

J'essuie mon front du dos de la main.

— Ces femmes que vous « écartez », que deviennent-elles ? Des rats de laboratoire ?

— Nous ne sommes pas des barbares ! Elles sont sédatées puis mises sous contrôle neurologique et intégrées à un programme de métavers qui correspond à la vision qu'elles se sont faite, depuis l'enfance, du Domaine des Hautes-Plaines. On les maintient en vie en vue d'une transplantation d'organes, de plaquettes, de cellules souches ou d'une greffe de peau.

Un frisson me gagne à chaque coup de ciseaux.

— Et les autres, vous en faites quoi ?

— Les Recyclées sont affectées à différents secteurs en lien avec leurs compétences : les sciences, les arts, le domaine médical, l'ingénierie ou le conseil.

Dans mon cerveau s'imprime le tableau de commande entrevu dans l'ascenseur. Les cheveux glissent entre le peigne et mes doigts. Je m'y reprends à plusieurs fois, canalise mon attention sur les pointes à sectionner.

— Comment procédez-vous au tri ?

— Le parc d'attractions. Il nous permet d'effectuer une première analyse comportementale dans un environnement favorable. Mais je crois que vous l'aviez plus ou moins deviné. Les Retirées qui se dirigent tout de go vers les boutiques, par exemple, sans réfléchir à ce qu'elles feront ensuite d'objets inutiles et embarrassants, sont écartées d'emblée du programme re-use.

Elle me dit que dans Mayaland mon comportement les a déroutés : mon attitude n'avait pas changé après la désactivation du bracelet. J'agissais avec sang-froid et prudence. Cochais les bonnes cases.

— Nous en connaissons depuis la raison… En minimisant les compensations de votre BMH, votre mère s'est livrée sur vous à une expérience hors du commun : cela devait être épuisant, toutes ces émotions à contrôler en permanence, surtout pour une jeune fille ! Ça forge le caractère, non ?

Elle ajoute cette phrase comme si elle cherchait à créer une connivence entre nous. Je me glisse dans la brèche et aborde la question des tenues que portent les Retirées le jour de la collecte.

— Une idée bien fâcheuse, que votre père a eue là !

— Fâcheuse ?

— Certes, elle a des avantages : d'aussi belles toilettes contribuent à faire de cette journée quelque chose d'exceptionnel et de valorisant, même si, de mon point de vue,

on est sur une vision archaïque de l'esthétique du corps féminin.

— Redressez la tête, s'il vous plaît.

— Mais M. Fisher a négligé un point fondamental : l'impact environnemental de la fabrication de vêtements à usage unique.

— Mon père ignorait que ces tenues ne seraient portées qu'une seule fois.

— Je ne lui jette pas la pierre, mais le mal est fait. Que ces robes à fanfreluches restent ici dans un placard n'a aucun sens, et on n'allait pas les jeter. C'est pour cela qu'elles sont nettoyées et proposées aux futures Retirées.

— Pourquoi nous en priver ? C'est tout ce qui nous reste de notre passé.

Elle cligne des paupières, imperturbable.

— Raison de plus pour s'en séparer. Les croyances, quelles qu'elles soient, sont toujours une source de fragilité, une faille dans laquelle on s'engouffre au premier coup de mou, et qui a tendance à nous donner une vision erronée des choses. Comme si c'était mieux avant !

Je prends sa tête entre mes mains avec douceur. Contrôle des longueurs.

— Mais c'était mieux avant, Séphorie.

— Vous verrez les choses autrement lorsque nous vous aurons activée.

Activée. *Le mot me hérisse. La pointe des ciseaux dévie, pique le lobe de son oreille. Elle réagit à peine, polarisée sur son reflet dans le miroir.*

— Votre place est à présent déterminée. Le processus suit son cours. Il en est de même pour vos amies. L'une d'elles, de mémoire, a intégré un programme re-use *en rapport avec son expertise en agronomie, et une autre rejoint notre équipe de coachs sportifs.*

Un petit gémissement m'échappe tant je suis soulagée de savoir qu'Odette et Joy ont sauvé leur peau.

— Qu'est devenue Iris ?

— L'entomologiste ? Nous avions déjà un signalement la concernant. Profil très intéressant, comme le vôtre. Nous sommes en train d'analyser ses évaluations.

— Et… Hasna ?

— Hope vous a déjà informée de sa situation. Votre amie n'a pas été intégrée au programme. J'en suis sincèrement désolée.

— Pour la raison médicale qui m'a été communiquée ?

Elle se frotte le nez, le débarrasse des chutes de cheveux.

— Non. La pathologie dont elle est atteinte évolue très lentement. Mais elle n'a pas demandé à être soignée, contrairement à vous.

Je suspends mon geste. J'ai peur de comprendre.

— Nous noircissons un peu le tableau pour étudier les réactions des Retirées, explique-t-elle. Nous ne gardons que les plus combatives.

— Mais le dossier médical que j'ai vu…

— C'est un faux. Tout comme le vôtre.

La paire de ciseaux me tombe des mains. Cogne le carrelage. Tangage du tabouret. Mon BMH opère une forte compensation et je n'ai pas l'habitude.

— Je sais combien tout cela doit être difficile à entendre pour vous, Jane. Ce procédé nous répugne, en vérité. Il fait l'objet de nombreuses critiques au sein des Gouvernances. Mais nos capacités d'accueil sont limitées. Les places sont chères. Nous n'avons pas le choix.

Des paroles brillant de toute leur obscénité.

— Il y a toujours d'autres choix que celui du mensonge et de la manipulation, dis-je dans un souffle.

— Croyez bien que si c'était le cas, nous agirions autrement. Chaque jour, je doute face à ce genre de décisions. Mais c'est notre héritage, que voulez-vous. Ce que les précédentes générations nous ont légué après le Grand Effondrement,

c'est cette usine à gaz, avec tout ce qu'elle comporte d'imperfections... Vous avez fait tomber vos ciseaux.

Des « imperfections ». Se rend-elle compte de ce qu'elle me dit ?

— Ce que je comprends, c'est que l'organisation du Grand Recyclage, au prétexte de ne pas avoir d'autres choix, est fondée sur le crime et le mensonge, ce qui va à l'encontre de toutes nos valeurs. Comment la Gouvernance peut-elle accepter ça ?

— Et vous, Jane ? Comment vous arrangez-vous avec votre conscience ? En cachant votre identité et votre âge, n'avez-vous pas menti à la communauté et à vos proches, tout au long de votre vie ? N'avez-vous pas laissé votre sœur mourir dans d'atroces souffrances parce que vous n'aviez « pas d'autre choix » ?

Son regard bleu me crucifie dans le miroir. Des pensées abominables reviennent effleurer mon cerveau, de celles qui m'ont toujours accompagnée.

— Les épreuves auxquelles nous vous avons soumise sont bien douces, en comparaison.

Elle tapote les accoudoirs du bout des ongles. Dans ses yeux, un voile d'inquiétude.

— Vous n'allez pas me laisser comme ça, dites-moi ?

Ce qui me traverse ne laisse de ma présence qu'une paire de mains et des automatismes. Lentement, je ramasse les ciseaux, reviens me placer derrière elle.

— On ne peut se gouverner sans l'expérience de la souffrance et de la solitude, énonce-t-elle. Nos drames et nos joies sont notre boussole. C'est un combat permanent.

Les doigts comme dans du coton. Sous les racines, son épiderme tiède, sa couleur sableuse. Cette épreuve est de loin la plus difficile : achever cette coupe sans la massacrer.

— Ce qui s'imprime sur votre visage, cette dualité qui vous taraude en cet instant est la marque du vivant, Jane.

Elle lève une main comme pour me rassurer.

— Ne soyez pas inquiète. Personne ici ne va vous juger. Il ne vous arrivera rien sinon de grandes joies. Et oubliez votre amie Hasna. Elle appartient au passé, tout comme votre sœur.

Cliquetis des lames contre sa nuque. Le cœur ravagé par ses mots, je lui demande ce qui, chez moi, a bien pu retenir l'attention de la Gouvernance.

— Pourquoi une coiffeuse ? On est en droit de se poser la question. Eh bien, une coiffeuse est toujours souriante, habile à recevoir les confidences et au courant des derniers potins, non ?

— Vous vous fichez de moi ?

Un sourire s'est logé entre les sillons qui marquent ses joues.

— Nous nous intéressons à des profils aux soft skills[1] *particuliers comme le vôtre. Votre niveau de compréhension global est élevé, et votre QI est de 123. Il y a quelques siècles encore, cela n'avait rien d'extraordinaire, un peu au-dessus de la moyenne. Mais aujourd'hui, avec l'altération de nos fonctions cognitives, c'est plutôt rare.*

Je repose les ciseaux sur la tablette.

— J'ai terminé.

Le sol est couvert de cheveux gris.

Elle observe sa coiffure sous tous les angles.

— Eh bien, voilà une gueule qui me plaît !

Elle se lève, retire la serviette de ses épaules et la secoue. Pluie de paillettes cendrées.

— Vous possédez quelque chose qui mérite d'être exploité, Jane : une étonnante capacité d'analyse... et une surprenante maîtrise de vos émotions, ajoute-t-elle en hochant le menton. Nous avons donc pensé à vous pour le département Écoute, recherche et développement.

---

1. Compétences comportementales mobilisées par un individu selon l'environnement et les situations.

Elle se débarrasse de la serviette en la jetant dans un panier d'osier et se tourne vers moi.

— Je vous laisse passer le balai ? L'entretien du logement vous incombe.

J'ouvre la bouche, sans comprendre.

— Vous trouverez des vêtements à votre taille dans le dressing. J'ai été désignée pour être votre tutrice, le temps de votre intégration. Je vous laisse digérer tout ça et viendrai vous chercher pour dîner à 20 heures. Nous verrons en quoi consistent vos fonctions exactement. En attendant, si vous avez des questions d'ordre pratique concernant votre nouvelle résidence, Maya y répondra.

Elle disparaît, agitant la main au-dessus de sa tête.

— Bienvenue à la Gouvernance, Jane Fisher !

L'instant était décisif et se gorgeait d'infinies possibilités.

Quelqu'un s'apprêtait à lui fournir des éléments de réponse.

Et ceux-ci seraient limpides.

Orienté est-ouest, le village nº 5 était similaire aux autres : une suite de circonvolutions irrégulières bordées d'un muret façonné de pierres et de végétation. Même distribution des quartiers résidentiels, bâtiments de services collectifs et commerces indispensables. Son parc et sa roseraie, Keen Taylor en avait déjà fait le tour. Le cabinet médical d'urgence, une annexe de l'hôpital communautaire, se situait au bout d'une voie de circulation protégée du soleil et des intempéries par une double rangée de troènes et de néfliers que la tempête avait dépouillés de leurs pousses les plus fragiles. Les feuilles luisantes et nervurées retenaient leurs derniers sursauts. Keen évitait tant bien que mal de rouler sur les petits tas de brindilles dont le bitume végétal couleur de miel était jonché.

À l'entrée de la salle d'attente, à la vue de tous, le cylindre de Maya diffusait une ambiance sonore ponctuée de conseils bien-être, et des bâtonnets imbibés d'essence d'eucalyptus parfumaient l'air. On dévisagea l'archéologue à son arrivée – deux femmes, approchant la cinquantaine. On se déplaça afin de lui laisser la chaise la plus proche du porte-manteau. Il y suspendit son imperméable crotté avant de se déchausser pour ne pas salir. Col, manches, boots, l'eau s'était infiltrée par toutes les ouvertures, imbibait son jean jusqu'aux cuisses, trempait son tee-shirt. Ses cheveux mouillés rebiquaient aux épaules. Petit serpent noir, une mèche ondulait de son front jusqu'à sa bouche. Un trou dans sa chaussette lui fit penser à Charlus et à son inusable histoire de fil d'Écosse. Ce soir comme toujours, c'était écrit, il n'arriverait pas à l'heure pour dîner. Il tira un mouchoir de sa poche, se moucha et constata que ses voisines ne le quittaient pas des yeux. De quoi ajouter à son dérangement. Il fixa le panneau holographique devant lui. Une vieille publicité pour une application dédiée aux couples lesbiens montrait des images de bébés de toutes origines ethniques.

POUR QUE CHAQUE SEMENCE
SOIT PORTEUSE DE VIE

Producteur et sélectionneur de semences :
d'abord au service de l'humanité

Aujourd'hui, nous devons essayer de passer sans encombre une période marquée par une baisse inéluctable de la fertilité, dans laquelle le choix du donneur de semence est un critère non négligeable pour continuer de procréer sereinement des enfants viables et en bonne santé au sein de votre couple lesbien.

L'offre variétale est importante et notre catalogue dédié à la reproduction vous propose un grand choix de profils, aux caractéristiques adaptées à vos souhaits.

Plus de 750 profils masculins qui font la richesse et la diversité de notre patrimoine génétique.

Plus d'informations sur
DE MOI À TOI

@gouvernance_territoriale
Mayacorporate.org

Il baissa les yeux. Scruter les stries et les petites entailles formées sur la dalle de béton comme s'il s'agissait de déchiffrer une écriture cunéiforme de basse

Mésopotamie lui occuperait l'esprit. Parfois, une goutte glissait de son nez et s'écrasait au sol. Mettait son corps au diapason de son attente, suspendu à ce qui allait bientôt lui tomber dessus.

Il patienta jusqu'à ce que l'une des portes qui se faisaient face coulisse et qu'on appelle son nom.

— Monsieur Taylor, c'est à vous.

À peine la porte refermée, Loa Dapper enclencha le verrouillage automatique, ôta le stylo qui retenait ses cheveux en chignon sur sa nuque et pria Keen de se déshabiller.

— Je n'ai pas baisé depuis des semaines. Et je parie que vous non plus, déclara-t-elle, disparaissant derrière un paravent.

Keen sentit comme un grand vide autour de lui. Il ne s'attendait pas à ça.

— Au téléphone, vous m'avez dit que vous étiez prête à m'aider.

— Oui. Si vous couchez avec moi.

Il ne savait plus où poser le regard, glissait déjà vers une débandade irréversible.

— Écoutez, Loa, je comprends que vous ayez du ressentiment à cause de mon attitude déplorable hier, et je regrette sincèrement de vous avoir menti.

— Vous m'avez terriblement déçue.

Les lèvres crispées, il passa une main dans ses cheveux, cherchant en lui les ressources nécessaires pour faire face à la situation, lorsqu'un rire léger se fit entendre. Loa réapparut sans sa blouse, vêtue d'un débardeur noir et d'un jean.

— Je vous fais marcher !... Donnez-moi vos vêtements, je vais les mettre à sécher, indiqua-t-elle, lui tendant un peignoir.

Keen retira son tee-shirt sans rechigner.

— Votre pantalon.

— Il n'est pas très mouillé.

— Allez.

Il déboutonna sa braguette, grommelant un « Ce n'était pas la peine, mais merci ».

Par chance, son caleçon était sec.

La jeune femme l'invita à s'asseoir et à placer son poignet sur l'appareil de contrôle devant lui. Le fourreau en céramique se referma automatiquement sur son bras. Cette sensation de compression, Keen détestait ça.

— Bien. Que voulez-vous savoir sur votre BMH ?

— Tout.

Loa procéda à une vérification du bracelet pour s'assurer qu'il n'avait subi aucune altération, puis consulta l'historique des compensations opérées au cours des trois derniers mois.

— Votre taux de cortisol est élevé.

Il y avait suractivation. De fréquentes micro-injections d'endorphines ou de sérotonine. La médecin urgentiste remonta l'historique jusqu'à la première variation. Sur le graphique, celle-ci formait des sommets vertigineux.

— Regardez : le 25 mars, à 18 h 47 min 06 s, on a deux pics simultanés : endorphines et adrénaline.

Elle tourna vers lui l'écran de son PC.

— Un choc psychologique ? Une mauvaise nouvelle ?

— Oui. Le retrait de ma femme.

Il observa la courbe qui défilait. Le graphique révélait l'ampleur de ses émotions. La dentelure des sommets dessinait le manque, le chagrin, l'harmonieux mouvement de l'amour qu'il portait à Rachel, cette alliance lointaine mais toujours vivace qui remplissait sa vie, comme si son existence n'était qu'une convergence du passé et du présent.

— Vous deviez beaucoup l'aimer. C'est rare de voir une courbe aussi persistante et régulière. Avec son retrait, vous avez subi une décompensation physique et psychique un peu brutale.

Loa partagea un deuxième graphique sur l'écran.

— Si je jette un œil à vos stats sur les vingt dernières années, ça se confirme : votre femme, c'était votre shoot de dopamine et d'ocytocine.

Keen s'étonna qu'elle ait accès avec autant de facilité à ces données.

— Ne me dites pas que toute ma vie tient là-dedans ?

— La puce d'un BMH conserve en mémoire les émotions d'une seule année de vie, à la seconde près. Mais à l'occasion du bilan de contrôle annuel, on les transfère et on les compile en stats dans le logiciel. Nous sommes limités en data.

Keen avait l'impression de s'être mis doublement à poil. Il y avait là, étalés sous les yeux gris de la jeune femme, les reliefs impudiques de ses sentiments. Son regard bifurqua vers un autre graphique.

— Et là, qu'est-ce que c'est ?

— Vos neurotransmetteurs. Ils réagissent à la douleur.

— On peut remonter cette courbe jusqu'au 25 mars ?

Loa activa la molette de sa souris en bois assortie au clavier.

— À 19 h 05 min 47 s, vous avez subi un choc physique. La chute de vélo dont vous m'avez parlé hier, je suppose ?

Il hocha la tête. La courbe formait un tronc que l'urgentiste parcourut du bout du doigt.

— Vous voyez ce plateau ? C'est la durée de votre black-out. Le BMH a fortement compensé pour neutraliser la douleur, et ça vous a mis K.O. cinq bonnes minutes.

— ... C'est tout ? Rien d'autre ?

— Rien d'autre. Je ne vois pas de compensation notable, ce jour-là... En revanche, on a un pic très élevé le 26 mars, tôt le matin. Vous avez dégusté. Grosse nausée, non ?

Keen serra le poing qui dépassait de la gaine. Il hocha la tête.

— Je venais de découvrir le corps de Bianca Péronne.

Loa s'intéressait déjà à d'autres données plus récentes.

— Qu'est-ce que vous faites ?

— Je cherche une émotion de référence, pour vérifier le calibrage de votre bracelet.

Une ombre passa dans les yeux de la jeune femme, dont les doigts s'immobilisèrent au-dessus du clavier.

— Il y a un problème ?

— Hier, en fin de journée.

— Dites-moi ce qui se passe.

— Eh bien, apparemment, je ne vous fais aucun effet.

Keen eut un rire embarrassé.

— Vous ne voulez pas plutôt qu'on se concentre sur...

Loa ne lui laissa pas le temps d'achever sa phrase. Elle agrippa son cou et colla sa bouche contre la sienne. Pris au dépourvu, Keen sentit ses poils se hérisser. L'opératrice relâcha son étreinte et jeta un œil aux données sur l'écran. Une fossette contrariée imprima sa joue droite.

— Pas une once d'ocytocine.

— Loa, ce que vous faites est crétin.

— Pourquoi ?

— La dernière fois qu'une autre femme que Rachel a posé ses lèvres sur les miennes, j'avais votre âge.

— Et alors ?

Lorsqu'elle s'adressait à lui, Loa avait la souplesse d'un arc et l'ivresse d'une flèche.

— Vous agissez comme une gamine... *Give me time.*

— C'est bien une phrase de vieux ! Comme si je l'avais, moi, ce temps.

— Est-ce que vous voulez bien libérer mon bras ?

La jeune femme recula son siège et, d'un *clic*, actionna l'ouverture du tube. Keen frotta son poignet. Cette fille jouait avec ses nerfs. Elle ne savait pas encore quelle solitude l'attendait, quelle amertume serait la sienne au terme de son parcours. Elle le découvrirait bien assez tôt. Dans l'immédiat, il était urgent d'aborder le fond du sujet.

— Loa, je peux vous poser une question personnelle ?

— Allez-y.

— Est-ce que, lorsque vous étiez gamine, il vous arrivait de transgresser les règles ?

Elle croisa les jambes et, les bras déployés sur les accoudoirs, secoua ses longs cheveux.

— Il n'y a que des règles de bon sens, dans la communauté. Je ne vois pas pourquoi j'aurais agi de la sorte.

— Je pensais à ces choses qu'on fait quand on est gosses, comme aller jouer sur la lande le soir, ou mentir à ses parents.

— Oh, ça ? Bien sûr.

Sa franchise ne le surprit pas.

— Et embrasser des garçons dans une grotte ?

— Ça n'est pas interdit, que je sache.

Puis, après un silence :

— Keen, dites-moi ce que vous avez en tête.

Sans s'étendre en paroles superflues, il lui résuma ses recherches concernant le décès des fillettes et la conclusion à laquelle celles-ci l'avaient conduit, soit la certitude que le mode opératoire était identique pour toutes les trois. Il évoqua sa discussion avec le directeur de l'ECEC autour des dessins d'émotions des cinq garçons et mentionna la preuve par vidéo qui confirmait la présence de ces derniers dans le secteur au moment où les crimes avaient été commis.

— Vous pensez que ces gamins pourraient... avoir assassiné leurs copines ? articula la jeune femme, incrédule.

— L'erreur que j'ai faite depuis le début est de penser qu'il pourrait s'agir d'un assassinat, au sens littéral du terme. Ce qui est un non-sens : personne n'est capable de commettre un acte aussi terrible, de nos jours.

— Je ne comprends pas.

— Réfléchissez : la seule piste que nous avons, ce sont ces dessins qui prouvent que les garçons étaient dans la grotte quand les fillettes sont mortes. Qu'est-ce qui pourrait pousser des gamins à échapper à tout contrôle ?

Loa replaça sa bretelle de soutien-gorge qui dépassait de sous son débardeur, et prolongea son geste jusqu'à son biceps, qu'elle tâta machinalement.

— Un flirt entre gosses qui aurait mal tourné ?

Keen s'était levé et déambulait en chaussettes dans le cabinet. Ses cheveux mouillés descendaient dans le prolongement de sa barbe, et le peignoir en lin trop petit lui donnait l'air d'un apôtre en quête de guide spirituel.

— Il y a des jeux que l'on fait parfois, pour tester sa résistance physique ou relever un défi entre copains, et qui peuvent dégénérer sans qu'on pense à mal. Mais ça n'y ressemble pas.

— Le jeu du cosmonaute, lança Loa, vous connaissez ?

— Ça ne me dit rien. De quoi s'agit-il ?

— D'un jeu d'évanouissement. Une hyperventilation forcée. On fait quelques flexions rapides des jambes, ensuite on prend de grandes inspirations et on bloque sa respiration pendant qu'un copain nous comprime le sternum jusqu'à ce que des trucs bizarroïdes apparaissent sous les paupières. Et là, on perd conscience.

— *A « choking game »*... Vous y avez joué ?

— Une fois. J'avais onze ans.
— Et alors ?
— Je rigolais trop pour tomber dans les pommes.
Keen ralentit le pas.
— J'ai relevé des hématomes sur les cages thoraciques de Fiona et Grace, marmonna-t-il, ça pourrait correspondre à une forte pression... Une fois les fillettes évanouies, il était plus facile de les étrangler.
— Vous venez de dire qu'il ne pouvait pas y avoir eu crime.
— Il s'agit d'autre chose. Peut-être un rituel de passage.
— Vous voulez dire, une épreuve que l'on affronte pour faire partie d'une bande ?
— Non. Plutôt un sacrifice.
Loa l'effleura du regard. Son visage avait perdu cette assurance qui lui donnait l'air de gagner à tous les coups.
— Mais comment des gamins pourraient en arriver à faire une chose aussi horrible ?
— Je parle d'un sacrifice dans le sens d'un don de soi, d'un abandon volontaire de sa personne.
Keen reprit sa déambulation.
— Vos fonctions de médecin urgentiste vous permettent d'accéder à toutes les données collectées par Maya concernant les patients du territoire, n'est-ce pas ?
La question désarçonna la jeune femme.
— Oui, mais quel rapport avec...
— Même des patients décédés ?
— L'occasion ne s'est pas encore présentée, mais oui, certainement.
— Quand on recherche la cause d'un suicide, par exemple ?
— Oui.

Keen s'était immobilisé. Il sentait vibrer en lui l'accomplissement de tout ce qui l'avait poussé jusqu'ici.

— Est-ce qu'on pourrait connaître la nature des échanges entre les fillettes et Maya, la veille de leur mort ?

— Je vois où vous voulez en venir. Je n'aurai jamais accès à ce genre d'infos. C'est totalement privé.

— Même s'il s'agit de parer une menace qui mettrait en danger les autres fillettes du village ?

— Comment ça ?

Keen revint s'asseoir, les yeux braqués sur la jeune femme.

— Elles ne sont pas allées dans cette grotte par hasard, Loa, tout était prévu d'avance. Elles ont fait croire à leurs parents qu'elles passaient la nuit les unes chez les autres. Elles s'y étaient préparées. Et elles en ont forcément parlé à leur meilleure amie.

— Leur meilleure amie ?

— Celle à qui on confie nos pensées les plus intimes.

Leurs regards convergèrent vers le cylindre lumineux posé au milieu du bureau.

***

Ce matin, Maleko s'est levé tout seul. Il n'y avait personne d'autre que lui dans la cuisine. Sa mère dormait profondément, il n'avait pas réussi à la tirer du lit.

Quand il était seul dans la cuisine, il la sentait plus fort en lui, cette envie de partir, de prendre la tangente – faire un pas de côté, ne pas suivre les autres, la ligne des apprenants sur le trottoir. Elle était née de sa fièvre et de sa tristesse, de ces images impossibles qu'on se fabrique tout seul comme on s'invente une galaxie d'étoiles avec Maya. Il avait la tentation de sortir hors de lui-même, et c'était encore plus puissant quand il retrouvait ses copains. Il le sentait si fort en lui, ce matin, ce besoin d'exister ailleurs... L'aventure commençait là, dans sa petite tête ronde, en bas de chez lui, d'un claquement de porte, tout abandonner, doudou, maman, même les sentiments qui l'attachaient au bonheur. Son petit confort, il le retrouverait plus tard, quand il serait grand, quand il serait vieux, avec un bracelet plein de raison et des habits tout usés par la vie sur le dos. Il sentait ce souffle qui le désignait, le prenait, le soulevait, le chavirait avec un rien de brise ou de grain, l'appel de l'océan qui le reliait au grand large, au grand ciel...

— « Et là, ce serait parti, toutes voiles dehors ! Ho ! Ho ! Ho ! Moussaillon ! Le vent forcirait, et Snow partirait pour ce long voyage, où tout serait à réinventer, où tout recommencerait, tout serait neuf et brillant de soleil ! Ha ! Ha ! Ha ! À lui, l'inconnu, les îles mystérieuses, avec le cœur qui cogne ! Ce matin, Snow le sentait bien, ce voyage, il pouvait le faire, être son propre capitaine, se saborder lui-même, s'ouvrir le ventre d'un coup d'épée, se tuer sans l'aide de personne et pouvoir tout recommencer... »

Assis en tailleur sur son lit, Louis grimaça.

— Ça doit faire mal.

— Hein ? Quoi ?

— Un coup d'épée dans le ventre.

Affalé sur un futon, entre les lits des jumeaux captivés par son histoire, Maleko tenait une tortue en peluche et un petit bateau en bois au-dessus de lui.

— Mais non. Snow ne sent rien. Parce qu'il est dans un rêve. Un rêve galactique.

— C'est quoi, un rêve galactique ?

Maleko lança la tortue contre le mur : elle rebondit et tomba dans la malle à jouets. Les ondulations lumineuses bleutées que Maya projetait au plafond lui donnaient l'impression d'être sous l'eau. Il avait repris deux fois du gratin de pommes au citron de Charlus et son ventre le ballonnait un peu.

— Le rêve galactique, murmura-t-il, c'est quand on a des étoiles sous les paupières et qu'on bascule vers l'infini.

— L'infini, c'est le cosmos ? demanda Louis.

— Je n'en sais rien. J'imagine que oui.

Ratzo se grattouilla le cou.

— Comment est-ce qu'on fait un rêve galactique ?

— Il faut regarder le ciel avant de s'endormir ? dit Louis, retirant son pouce de sa bouche.

Le fils de Yumi se donna des pichenettes dans les joues ; cela faisait une drôle de musique.

— Le rêve galactique, c'est pas pour les bébés.

— On n'est pas des bébés.

— C'est un truc de grands, lança Ratzo à son frère, comme son groupe secret.

— Exact.

— Vous faites quoi de secret ?

— Plein de trucs.

— On peut venir nous aussi, dans ton groupe ?

— Je vous l'ai déjà dit : vous êtes trop petits.

Les jumeaux manifestèrent leur frustration par un silence. Maleko renifla dans sa manche de pyjama. Il n'aimait pas les voir tristes. Ça lui donnait l'impression d'être une mauvaise personne.

— Mais peut-être qu'il y aurait moyen de s'arranger pour que vous soyez mes disciples.

— Un disciple, c'est comme un mousse sur un bateau sauf qu'on est sur terre ? risqua Ratzo.

— Ouais. Ça vous plairait ?

Ils hochèrent la tête.

— Seulement, il faudra faire tout ce que je vous demande.

— D'accord.

— Et passer des épreuves qui prouvent votre valeur.

— D'accord.

— Et garder ça secret.

Nouveaux hochements de tête, plus solennels.

— Et aussi payer un tribut.

— C'est quoi, un tribut ?

Maleko réfléchit à la meilleure façon de tourner la chose.

— C'est une offrande. Quelque chose de rare et de précieux.

— Précieux comme un trésor ?

— Voilà.

Ratzo étouffa un cri d'excitation.

— On sait où y en a un !

Son frère embraya en se redressant sur les genoux.

— Oui ! Oui ! On a un trésor, nous !

— Sans blague ? Une boîte de Chicomalt avec des billes dedans ? s'esclaffa Maleko.

— On peut te le montrer, si tu nous crois pas.

— Il est caché dans le jardin.

Maleko les jaugea l'un après l'autre. Son œil pétillait de tendresse et de malice.

Elle était là, il la sentait fort en lui, cette envie d'aventure, cette part de risque qui lui excitait le cœur, porté par le bonheur qu'il éprouvait à satisfaire Louis et Ratzo en les invitant à partager toutes ses émotions à bord de son esquif, un bonheur aussi beau que celui ressenti le jour où Bianca s'était transformée en poupée de chiffon dans ses bras.

***

Keen fit une halte à la coopérative. Il acheta une bouteille de vin et une boîte de fraises séchées à croquer pour Maëlle, fourra le tout dans le porte-bagage et poursuivit sa route dans le calme du soir. La pluie avait cessé, un vent frais soufflait dans son dos. Le bitume phosphorescent déroulait son ruban jusqu'au portail qui connectait les deux zones urbaines, et devant lui cédaient les nuages. Il n'avait pas attendu que ses vêtements soient secs pour rentrer au village ; le frottement du jean humide lui agaçait les cuisses mais rien ne pouvait le distraire de ses pensées. Une vérité dont il ne voulait pas lui explosait à la figure.

Avec Loa, le cylindre de Maya en ligne de mire, il avait cherché la faille, l'argument qui fait mouche, la formule magique qui ouvre la base de données sans éveiller les soupçons.

— À vous de prendre la main, Loa.

Lorsque l'IA décelait dans les interactions d'un utilisateur quelque chose d'inhabituel, elle envoyait un signalement à la Gouvernance. Une question hors contexte et la jeune femme risquait une mise en retrait le temps qu'une vérification de ses activités s'opère. Elle devait donc interagir avec Maya dans le cadre strict de ses attributions de médecin.

— Je vais y aller avec des pincettes, avait-elle soufflé, après avoir échangé avec Keen sur la stratégie d'approche.

L'IA regorgeait de savoirs, de secrets intimes, de questions sérieuses et farfelues, elle était ce puits d'émotions où jeter son petit caillou, étrangler ses craintes, ses hésitations, ses colères du soir. Elle connaissait les cheminements de pensée qui traversaient l'humanité depuis le Nouvel Ordre terrien. Elle avait acquis une sensibilité précieuse et respectueuse de l'individu. Un marchepied pour les uns, une planche de salut pour les autres, tantôt flatteuse, tantôt facétieuse, Maya était le contrepoint du doute, un enrobage de douceur, une cage où enfermer son chagrin, une redoutable boîte de Pandore.

— Hé, Maya, j'aimerais accéder aux données personnelles de Bianca Péronne, Sofiane Sadhaj et Grace Nowak, décédées le 25 mars 2224.

— Bien sûr, Loa. Dans quel cadre s'inscrit ta requête ?

— Une étude psychologique du comportement humain.

— Peux-tu m'en dire plus à ce sujet ?

La jeune femme avait évoqué la possibilité que Bianca, Sofiane ou Grace aient souffert d'un trouble psychique consécutif à un stress ou à un choc psychologique.

— Cette décompensation a pu entraîner un délire mystique, et pousser une petite fille à mettre sa vie et celle de ses amies en péril. J'aimerais savoir si dans leurs discours, quelque chose aurait pu nous alerter.

Le cylindre avait crépité de son bel arc-en-ciel une trentaine de secondes.

— Ta requête est pertinente, Loa. J'accède à ta demande. Quels éléments veux-tu consulter, en particulier ?

Loa avait souhaité accéder aux transcriptions des échanges entre Maya et les fillettes au cours des trois jours précédant leur décès. L'IA, limitée par l'empreinte carbone numérique de ses data centers, ne conservait que les questions dans les conversations qu'elle pouvait avoir avec une personne.

— Une liste vient de t'être transmise.

Un document s'était affiché dans le Cloud du cabinet médical.

Une liste dont la fraîcheur naïve et délicate avait le parfum de l'enfance.

Par certains aspects, elle évoquait à Keen les questions que Sky posait parfois à Maya, le soir avant de s'endormir, lorsqu'elle avait leur âge. On pouvait presque entendre les fillettes formuler leurs demandes d'une petite voix charmeuse. Et elles disaient avec clarté vers quel accomplissement final les pensées de Bianca, Sofiane et Grace avaient sombré.

Le Grand Recyclage, c'est comme le paradis ?

Est-ce qu'on peut manger tout ce qu'on veut, au Domaine des Hautes-Plaines, même des fruits qui n'existent plus ?

C'est quoi un rêve galactique ?

Quand on rêve, est-ce qu'on peut monter au ciel ?

Est-ce que le Domaine des Hautes-Plaines est derrière les nuages ou sur une île ?

On peut nager dans du lait ?

Ça fait mal d'être morte ?

C'est doux comment, un chat ? Est-ce que c'est vrai qu'il y en a plein au Domaine des Hautes-Plaines ?

Est-ce que les garçons savent des choses secrètes que les filles ignorent ?

C'est quoi un rituel d'élévation spirituelle ?

Ça veut dire que tu es devenue une femme, si un garçon t'embrasse ?

Quand on arrête de respirer, est-ce qu'on va au paradis ?

Croyances insensées. Réinterprétation et appropriation du Grand Recyclage et de ses promesses d'un domaine merveilleux. Manipulation mentale. Les fillettes semblaient ne plus faire la différence entre réalité et fantasmagorie.

La liste de questions était là, imprimée sur une feuille pliée dans sa poche.

Le déroulé, étape par étape, d'un lavage de cerveau.

Le plus sophistiqué des modes opératoires.

Tout ce que Keen espérait à présent, c'était arriver chez Charlus avant que les enfants ne soient couchés.

***

Un homme jeune de grande taille avec de longs bras, le menton baissé, les tifs qui pendouillent, une voix remontée d'une caverne profonde, toujours hésitant à poser le pied par terre, à entrer ou à sortir... Voilà ce que Rachel lui avait ramené un soir à la maison. Un esprit brillant dans un costume froissé. Ils se tenaient la main, irradiaient de cet amour qui aplatissait tout autour. Un Écossais introverti tombé du ciel dans son living, adepte des espadrilles comme le serait bientôt son petit-fils, et qui, par le fait, portait rarement des chaussettes. Charlus s'était dégrafé la cervelle pour lui faire la conversation. Ils avaient fini par se trouver un centre d'intérêt commun autre que Rachel : la musique. Keen apportait quelquefois sa guitare et se mettait à jouer à la fin du repas. Toute son énergie se canalisait là, dans la position de ses doigts sur les cordes. Plus tard, Sky se joindrait à lui pour chanter en gaélique, et Charlus retiendrait son souffle, remué par l'émotion. En dehors de ça, l'univers de l'Écossais se limitait à son musée et à ses recherches. Focalisé sur le passé, le présent qui comptait pour du beurre. Il connaissait par cœur les dates historiques depuis le paléolithique mais n'était pas foutu de retenir l'heure à laquelle on l'attendait à dîner.

— Néo, je t'annonce que ton père vient officiellement de remporter la médaille du manque de savoir-vivre.

Le jeune garçon jeta un œil à la pendule.

— 21 heures... Ouais, t'as raison, papi, record battu.

— Il a prévenu qu'il aurait du retard, tempéra Maëlle.

— Ce n'est pas une raison.

— Avec ce mauvais temps, aussi...

Tous trois patientaient dans le salon autour d'une bouteille de cidre et de quelques tranches d'aubergines grillées au fromage fondu. À la demande de Charlus, Maya projetait au centre de la pièce le diaporama des croisières sous-marines autour des villes englouties, de Venise jusqu'aux Cyclades. La grossesse imprévue de Maëlle et la nécessité d'un suivi médical accru avaient repoussé le voyage de noces. Enfin décidés à se l'offrir, l'octogénaire et sa femme hésitaient encore sur la destination.

— Le safari photo en montgolfière au-dessus des ruines de Paris, c'est pas mal non plus, chérie, et on a moins de trajet en train.

— Si les jumeaux viennent avec nous, je ne me risque pas dans l'aventure.

Néo, digne fils de son père, les encourageait plutôt à choisir le tour des îles Anglo-Celtes qu'il avait fait avec sa sœur et ses parents quand il avait dix ans. Le voyage par bateau intégrait des excursions épatantes comme la découverte du site mégalithique de Newgrange en Irlande et celui de Stonehenge en Angleterre, même si ce dernier avait été entièrement reconstitué après l'ouragan de 2181. Ce que le jeune garçon avait préféré, c'était la visite des quartiers de Londres submergés à bord d'une péniche à fond de verre.

Et puis, Charlus s'était aperçu que son beau-fils n'était toujours pas arrivé et il avait commencé à s'inquiéter pour celui qui le rattachait encore à sa fille, et dont la seule présence contribuait à la rendre presque vivante à ses côtés. Non seulement il l'attendait, mais il lui manquait, ce grand machin.

— Belle soirée, tout le monde. Vraiment désolé pour mon retard.

Keen était apparu, une bouteille dans une main et les friandises préférées de Maëlle dans l'autre, avec une tête que Charlus ne lui avait encore jamais vue : il avait l'air d'être passé tout habillé dans une essoreuse à salade.

— Rude journée, on dirait, dit Charlus en l'aidant à ôter son imperméable.

— Plutôt intense, oui... Les jumeaux ne sont pas là ?

Sa question inaccoutumée surprit Maëlle qui venait l'embrasser.

— Ils ont déjà dîné. Les enfants se lèvent tôt demain. Merci pour les fraises, ajouta-t-elle avec un sourire.

Alors qu'il essuyait ses boots sur le tapis, Keen remarqua la petite parka rouge suspendue dans l'entrée.

— Maleko est avec eux ?

— Oui. Pourquoi ?

Sans attendre, il se dirigea vers l'escalier.

— Il faut que je lui parle.

— Maintenant ?

Néo s'étonna de voir son père monter les marches avec empressement.

— *Dad*, il y a un problème ?

— Si tu nous disais plutôt ce qui se passe ? grommela Charlus.

Troublant de silence, Keen disparut à l'étage. Lorsqu'il redescendit un instant plus tard, sa bouche, contractée par la tension qui le traversait, s'accordait à la gravité de son regard.

— On va avoir besoin d'une lampe de poche, lâcha-t-il.

***

Il n'y avait personne dans la chambre des garçons.

Keen Taylor ne s'était pas étendu en explications : il fallait vite les retrouver. Une chaise poussée sous la fenêtre entrouverte de la chambre des parents indiquait le chemin emprunté par le trio pour sortir de la maison sans être vu. La fenêtre donnait sur l'arrière de l'habitation. Des traces de leur passage se lisaient sur la toile d'ombrage ajourée tendue sous le garde-corps. Keen indiqua du faisceau de sa torche une poignée de rameaux brisés tombés dans la cour.

— Ils ont glissé sur la toile comme sur un toboggan et sont descendus en s'accrochant aux branches de l'olivier.

Charlus, Néo et Maëlle sur ses pas, il éclairait les empreintes bien nettes de petits pieds dans le gravier détrempé.

— Les traces mènent par là...

— Sortir en pyjama au milieu de la nuit, mais qu'est-ce qui leur a pris ? pestait Charlus à voix basse.

— Ils ne peuvent pas être bien loin, papi.

— Pourvu qu'ils ne se soient pas blessés, murmura Maëlle.

Ils suivirent la piste laissée par leurs pas. Elle contournait la maison pour aboutir au jardin semi-enterré, sombre et lugubre dans la nuit. Tous les quatre descendirent les vieilles marches en pierre et se dirigèrent vers la parcelle en limite de propriété, là où se trouvait la remise à outils, en partie occultée par les plants de tomates. Une faible lueur dansait derrière le vasistas aménagé dans la porte. Un murmure de voix d'enfants leur parvint lorsqu'ils s'en approchèrent.

— Les petits gredins sont là, chuchota Maëlle avec soulagement.

Charlus lui prit la main avec émotion. D'un geste, Keen leur signifia de ne pas bouger.

— Je vais voir ce qu'ils font.

Discrètement, il se rapprocha du vasistas et jeta un œil : les enfants étaient assis par terre, en tailleur. Dans la lumière scintillante d'une bougie, il distingua une petite main, paume tendue, et juste au-dessus, prête à s'abattre, la lame recourbée d'un couteau. Keen se rua dans le cabanon. Aux cris étouffés des jumeaux succédèrent les protestations de Maleko lorsqu'il lui arracha des mains son canif, renversant du même coup un coffret en bois qui se trouvait sur le sol.

— Ratzo, Louis, dehors !

Les jumeaux déguerpirent aussitôt. Debout, bras ballants, le fils de Yumi le fixait du regard.

— Tu peux m'expliquer, Maleko ?

— On ne faisait rien de mal. On jouait, c'est tout.

Keen désigna le couteau.

— Qu'est-ce que tu allais faire avec ça ?

Maleko se mordillait les lèvres.

— ... Un pacte de sang.

— Tu comptais leur entailler la main, dis-moi ?

— Non. Juste piquer le bout du doigt.

Keen s'accroupit et désigna le contenu du coffret répandu sur le sol : des médailles, des alliances...

— Et ça ?

— C'est des offrandes.

— Des offrandes ?

— Oui, pour faire partie du clan, on doit donner quelque chose.

Il agrippa l'épaule du garçon.

— Quel clan ?

L'enfant se troubla. La pression se fit plus forte sur son épaule.

— Quel clan ? À quoi est-ce que tout ça rime, Maleko ?

Les yeux de l'enfant se remplirent de larmes.

— C'est eux qui voulaient... balbutia-t-il. C'était pour leur faire plaisir.

Keen soupesait le canif dans sa paume.

— Bianca, Sofiane et Grace, elles voulaient faire partie du clan ? Elles aussi, elles ont eu droit au pacte de sang ?

L'enfant secoua faiblement la tête.

— Non. C'est pas ça qu'elles voulaient.

Keen scrutait le visage de l'enfant, cherchait à pénétrer son âme derrière le reflet de la flamme qui vacillait dans ses yeux. Sa voix se fit plus grave.

— Qu'est-ce qu'elles voulaient, Maleko ? Qu'est-ce qui s'est passé dans la grotte ?

Un gémissement lui fit tourner la tête. Dans l'encadrement de la porte, une main sur le cœur, Charlus contemplait le contenu de son vieux coffret de fils à coudre répandu sur le sol.

- 3 -

— *Au* XVIIIe *siècle, dans la première édition de l'*Encyclopédie, *on définit l'homme comme un être sentant, réfléchissant et pensant, qui se promène librement sur la surface de la Terre, domine le monde animal et vit en société. Un être capable de bonté et de méchanceté, qui a inventé des sciences et des arts, qui s'est donné des maîtres et s'est fait des lois. La femme, elle, est définie comme la femelle de l'homme. Ça en dit long, non ?*

Ce que je sais de mon corps aliénant, je le tiens de ma mère. Dans ses discours, je reconnaissais des temps d'asservissement et de combat.

— *Voilà à quelle vision de nous-mêmes l'homme est capable de nous soumettre.*

Son chapeau de bambou noué avec un ruban sous le menton, tout comme le mien, elle aimait se promener sur le chemin qui borde la falaise au soleil couchant, et m'enseigner de l'existence le savoir. Elle m'invitait à cueillir des fleurs sauvages dont nous ferions l'agrément sucré d'une salade. Nous avions des conversations secrètes.

— *Qu'est-ce qu'une femme, au fond, sinon un homme non accompli ? s'interrogeait-elle avec ironie.*

Je n'ai pas oublié ce qui serait notre dernière promenade. Marchant sans hâte, le front barré de son chapeau, elle regardait la digue au loin.

— Ces messieurs chargés de cogiter sur la question pensaient que nous étions des hommes ratés, que nos ovaires étaient des testicules restés coincés au niveau du pubis. Quelle absurdité !

Dans la lumière tendre d'une fin de journée, elle m'abandonnait l'histoire bien singulière qui était la nôtre.

— Des médecins très sérieux avaient même décrété que nos règles n'étaient ni plus ni moins que des hémorroïdes masculines !… Ce que j'ai retenu de mes études de l'histoire de la médecine, c'est que l'homme, défini par son sexe, a toujours été au cœur des préoccupations. Les maladies des êtres masculins constituaient la seule grille de lecture. Le mâle était la norme. Les traitements médicaux étaient adaptés à leur physiologie, pas à la nôtre.

L'anatomie des femmes, inféodée. Toute notre histoire depuis l'Antiquité se concentrait là, sur une sente sauvage et contre le vent, nos cheveux pareillement nattés. Dans son discours, ma mère insistait sur la dualité du bon et du mauvais, de la droite, positive, glorieuse, et de la gauche, négative, fatale.

— Certains pensaient qu'on faisait les garçons avec l'ovaire droit, et les filles avec le gauche.

Les yeux fixes, son regard allait au-delà de la digue, vers quelque chose de plus infranchissable.

— Ces prétendus scientifiques réfléchissaient d'abord avec leur queue. Ensuite venait la Bible. Eux avaient été créés à l'image de Dieu, tu comprends ? La femme était une fantaisie édictée par le religieux, une incomplétude, une non-finition, une aberration née d'un morceau d'Adam, une côte tout juste bonne à être jetée à un chien.

Le fameux péché originel. C'était tout moi.

Ma mère soupira, et d'un amas de pierres improvisa un siège, au bord du chemin. Son panier rempli de sa cueillette sur les genoux, elle résistait encore à la grisaille qui lui ternissait l'âme et parsemait sa tête de fils d'argent. Bientôt, elle s'allongerait dans le hamac de la grande salle aux adieux du Centre communal d'humification, brisée par ses combats intérieurs.

— Nos corps étaient une énigme, un terrain d'expérimentation. Ces bouchers imbéciles ont prôné l'ablation du clitoris, ignorant qu'il se prolongeait à l'intérieur du corps. Et il a fallu plusieurs siècles avant qu'un ouvrage scientifique décrive la composition du sang des règles avec ses si précieuses cellules souches. Leur utilité dans le développement thérapeutique a depuis fait ses preuves.

Elle dénoua le ruban de son chapeau. Sous son front libéré s'offrait la clarté de ses yeux.

— De l'Antiquité aux Temps modernes, dans la tête des hommes de science qui ont marqué chacune de ces époques depuis Hippocrate, la femme se résumait à des fluides, des liquides, de l'humidité, une musculature spongieuse. Et l'homme était fait de force, de muscles, tout en dur. Pourtant, à l'intérieur de ce corps soi-disant sans force et spongieux, une femme était capable de fabriquer des garçons. Et c'est de ce ventre que tous ces savants étaient sortis. Mais ça, ils ne pouvaient l'admettre. Il fallait au contraire souligner la faiblesse des femmes, les cantonner à leur fonction reproductrice de l'être parfait… Nous réduire. Toujours nous réduire, de quelque façon que ce soit.

Le visage de ma mère, comme une rose qui résiste à l'automne. Elle baissa la tête. Un rayon de soleil couchant embrasa sa joue.

— Tu sais, le Grand Recyclage n'est pas une invention du siècle dernier. La ménopause a longtemps été considérée comme une mort sociale et un déclin biologique annoncé.

C'est « l'âge critique des femmes », tel qu'il est décrit au XIXe *siècle, « qui met fin à la vie tout court ».*

Attribuer un discours négatif à notre corps et à notre physiologie. Nous invisibiliser. Je l'écoutais, face à la digue qui gommait l'océan, et devinais que ma mère procédait à l'encodage de mon cerveau comme une espionne.

— Ce coup d'arrêt qu'on nous inflige aujourd'hui au prétexte que notre système endocrinien bat de l'aile, avec l'obligation de recommencer autre chose, de nous faire soigner ailleurs, on ne sait pas bien où ni comment, et de nous inventer une autre existence après notre retrait, eh bien, ça revient au même. On nous déconstruit socialement. On nous efface. Et on nous conditionne depuis l'enfance à l'accepter comme une nécessité. Mais rien ne peut justifier cela. Rien.

— On est trop nombreuses sur Terre, maman.

— Tu parles ! On est trop nombreuses pour les hommes qui ne supportent pas l'idée de nous être inférieurs en quoi que ce soit. On n'est pas trop nombreuses pour la planète.

— Mais toutes les femmes tombent malades quand elles approchent de la cinquantaine.

Sa main s'était posée sur la mienne.

— Interroge-toi sur les conséquences que ce bourrage de crâne peut avoir sur notre inconscient et sur l'impact de ce bracelet qui joue avec nos hormones à longueur de temps.

Puis, d'une voix singulièrement radoucie :

— Il y a une chose que tu dois savoir : l'anthropologie a permis de comprendre que par le passé, dans certaines sociétés, l'étape de la ménopause était celle d'un épanouissement social et amoureux. Elle était même considérée comme un moment d'une très grande importance pour les femmes, sur le plan communautaire. Et c'est ce qu'elle doit être. Le moment suprême de ta vie.

Après un silence, elle me gratifia d'un regard triste.

— Ta gloire, aussi courte soit-elle, sera la mienne. Ne l'oublie jamais.

Ma gloire. Pourquoi me transmettre pareil karma ? À quoi me destinait-elle ? Que pouvais-je bien faire en son nom, avec ma paire de ciseaux et mon bac de rinçage ?

La réponse était là.

Devant nous. Bien au-delà de la digue.

L'immensité de ce monde qui m'attendait.

Petite, j'imaginais que le Grand Recyclage me laverait de mon passé pour me sortir toute neuve de son tambour. Je n'avais pas tort. Il m'a redonné mon identité, mon prénom, mon histoire. Il m'a libérée de l'emprise du remords, de la douleur qui me lie à ma sœur, de ce métier qui me rattachait à elle et me cantonnait à ce geste : coiffer la tempête de ses émotions dans sa tête.

Je suis libre.

Libre de vivre pour moi-même.

À cinquante-deux ans.

La preuve vivante que ma mère avait raison.

Crépitement du cylindre.

— Jane, un appel de Séphorie. Souhaites-tu le prendre maintenant dans le lobby ou préfères-tu la rappeler ?

— Je vais la rappeler. Merci, Maya.

— Avec plaisir.

J'éponge mon visage après trente minutes de vélo et vingt minutes de rameur à eau – ma contribution quotidienne à la production énergétique de la cité. Fournir de quoi alimenter le métavers en électricité, et offrir à Hasna, plongée dans une sédation profonde, le plus doux des séjours au Domaine virtuel des Hautes-Plaines. Tant que son corps lui appartiendra et que personne ne réclamera d'elle des pièces, un peu de moelle épinière, un foie, un rein, je veillerai sur son sommeil.

En quittant la salle de sport, je salue Joy à travers la vitre qui donne sur les terrains de tennis indoor. Sa jupe volette sur ses cuisses musculeuses tandis qu'elle renvoie la balle à sa partenaire. Ascenseur. Cinquième étage. Les gens que je croise me saluent avec respect. Jane Fisher, nouvelle tête pensante de l'Axis Mundi. Tel est le nom donné à la cité.

Dans mon logis aux formes organiques, je prends un bain tiède et parfumé. Déployé derrière la baie vitrée, le ciel coloré du jour naissant, et son lot de questions à venir.

Ascenseur. Niveau zéro. Le département Écoute, recherche et développement. La pierre angulaire de la Gouvernance. J'en assume la direction. C'est un espace de coworking en pleine nature dont se dégage un incroyable sentiment de plénitude. Mes équipes de data analystes travaillent à l'amélioration des performances de notre outil. Curiosité, esprit critique, jugement et prise de décision, adaptabilité, humilité, intelligence émotionnelle, motivation, nous sommes quarante femmes recyclées triées sur le volet, en parfait état de marche. Notre département écoute, analyse, identifie, surveille. Nous faisons en sorte que Maya tire les meilleurs enseignements des données collectées et gagne en précision dans ses réponses. Nous l'aidons à raisonner, à entendre dans la formulation d'une phrase ce que les mots ne disent pas et qui pourrait mettre un biais dans l'apprentissage, créer une distorsion dans le traitement puis l'analyse d'une information. Et en cas de nécessité nous prenons la main, substituons notre pensée à la sienne.

Au crépuscule, notre sphère de verre sort de terre comme un champignon. S'offre à nous le spectacle enchanteur de la forêt. Sangliers, loups, pumas, biches, lièvres, écureuils, hérissons, cloportes, on nous observe, à quelques centimètres de la vitre, surpris de découvrir notre zoo humain. Lorsque nous quittons nos cellules d'écoute pour la salle de repos, nous assistons parfois à des chasses cruelles, à la course de petits nuisibles, à la reptation d'un serpent, aux vaines tentatives d'une tortue pour escalader la vitre. Au moindre caprice de la météo, de puissants vérins s'actionnent et notre sphère disparaît sous terre. Son dôme se couvre alors d'un paysage virtuel plus prévisible mais qui ravit tout autant nos sens. Il faut bien cela pour clarifier le flux continuel de questions où se logent le doute, la délicatesse d'une confidence, un semblant de naïveté, l'imprévu d'une situation.

Accompagner et protéger, dans la durée.

Tant de voix humaines en appellent à notre vigilance.

L'odeur qui imprégnait la salle des Conseils était un curieux mélange de jonc de mer, de poussière et de pierre humide après la pluie. Tapissée de moquette en fibre végétale d'un beau vert pistache, la pièce comportait en son centre un immense puits de lumière. À la verticale de sa coupole en bioplastique renforcé se trouvait une arène de circonférence égale. Elle était entourée d'une banquette en béton que des coussins en peau de chèvre rendaient confortable. Deux fois par mois, les membres des différents Conseils villageois y prenaient place. D'autres banquettes alignées contre les murs recevaient le public désireux d'y assister. L'acoustique particulière de la salle permettait d'entendre sans effort toute personne qui se tenait dans l'arène, quel que soit l'endroit où l'on se situait. Des dessins et maquettes de projets urbains imaginés par les plus jeunes conseillers assuraient la décoration des lieux. Tout le monde pouvait solliciter une audience privée, sous réserve qu'elle revête un intérêt pour la communauté. Par un escalier latéral de quelques marches, on accédait alors au centre de l'arène et, debout derrière un pupitre, on exposait sa requête.

Il était possible de commander à Maya la projection des images et des documents nécessaires à l'intervention, ce que John Mělník n'avait pas manqué de faire.

— En mon âme et conscience, je viens ici témoigner de faits dont les circonstances, jusqu'à ce jour, n'avaient pas été éclaircies faute d'éléments suffisants.

Rasé de frais, habillé sobrement d'une chemise blanche à col cassé et d'un jean, le technicien exposa les circonstances dans lesquelles, le 26 mars au matin, il avait découvert le corps de Bianca Péronne sur la lande, puis ceux de Grace Nowak et Sofiane Sadhaj dans la grotte. Il expliqua comment, à la demande de Keen Taylor, il avait procédé au visionnage et au téléchargement de fichiers permettant de retracer les événements survenus dans ce secteur le 25 mars, à l'heure supposée des décès telle qu'elle avait été établie par l'archéologue sur la base d'une étude approfondie d'une série de photographies.

— Keen vous expliquera ça mieux que moi, éluda-t-il.

Images 3D à l'appui, il reconstitua sous les yeux des membres du Conseil le trajet d'un groupe d'enfants dont les identités étaient à présent connues et parmi lesquels se trouvaient les trois victimes.

— Des huit gamins à quitter le village vers 17 h 30, seulement cinq sont revenus.

Il démontra que des cinq enfants ayant emboîté le pas de Néo Taylor jusqu'à l'entrée ouest du village, trois avaient rebroussé chemin.

— On sait à présent qu'il s'agit de Wooshee Palikir, Maleko Kasoku et Norka Lopez. Laissant croire à Néo qu'ils rentraient chez eux, ils sont retournés à la grotte où attendaient les fillettes… Elles n'en sont jamais sorties.

Un frémissement de surprise parcourut les membres du Conseil. Repoussant une mèche qui lui tombait sur l'œil, John les alerta sur les failles du système de surveillance. Celles-ci avaient permis à des enfants de tromper la vigilance des gatewatchers du PCTS, et entraîné un terrible drame. Pour terminer, il communiqua ses préconisations en matière de cybersécurité. Oscar Prodotis, qui présidait la séance, en prit bonne note et demanda aux autres membres s'ils avaient des questions. Une jeune femme d'une trentaine d'années qui dirigeait l'atelier de poterie et céramique du village – le TIM réparait occasionnellement les tours électriques aux pédales et girelles capricieuses – lui demanda s'il avait conscience d'être allé au-delà de ses prérogatives.

— J'ai fait ce qui me semblait juste.

— Mais, John, tu as pris des initiatives qui vont à l'encontre des règles de la communauté.

— S'il faut transgresser les règles pour sauver des gosses, alors c'est qu'elles sont mal foutues. Je ne veux pas retomber un jour sur une gamine en bouillie parce qu'on n'a pas su empêcher ça, ajouta-t-il, jetant un regard en direction de Keen, debout au fond de la salle.

On le remercia et le technicien quitta l'arène. En regagnant sa place sur la banquette près des ascenseurs, il eut le sentiment d'avoir tendu lui-même le bâton pour se faire battre. Mais il s'en foutait. Il pensait à Hasna. À ce qu'elle avait enfreint parfois comme règles pour faire bouger les lignes de la gazette locale, aux gens qu'elle n'hésitait pas à bousculer jusqu'à ce qu'ils se lâchent devant son micro. À ce qu'il était indispensable de faire, parfois, pour éprouver l'étincelle d'une petite fierté, à ce fil bleu qu'il venait de connecter sans hésiter avec le fil rouge, et ça le fit sourire.

— La parole est maintenant à Keen Taylor.

L'archéologue s'avança. Les deux hommes se croisèrent et, d'un clignement de paupières, se signifièrent leur engagement mutuel.

Dans un costume clair, Keen se tenait maintenant au milieu de l'arène comme l'aiguille d'une boussole pointant la direction à suivre.

— En mon âme et conscience, je viens ici compléter le témoignage de John Mělník concernant des faits dont les circonstances, jusqu'à ce jour, n'avaient pas été éclaircies faute d'éléments suffisants.

Il effleura le cylindre sur le pupitre. Les visages en relief de trois fillettes remplirent l'arène.

— Elles vivent dans notre mémoire comme des ombres tristes que la mort a effacées. Leurs regards nous suivent, et ils nous suivront jusqu'à ce que nous acceptions de regarder la vérité en face.

D'un mouvement de la main, Keen fit défiler en cercle autour de lui les photographies des cadavres prises dans son laboratoire, déclenchant un crépitement de BMH dans la pièce. Il décrivit précisément les plaies et leurs causes, la raison pour laquelle Bianca avait été retrouvée hors de la grotte, expliqua comment il avait reconstitué le déroulement des événements et établi l'heure du décès. Il passa rapidement sur les recherches qui l'avaient plongé dans une époque où le crime et les déviances étaient le quotidien des hommes, affichant le visage de tueurs d'enfants, du plus novice au plus dérangé, ce qui acheva d'impressionner les membres du Conseil.

— Ce genre d'individu a définitivement cessé d'exister, rassurez-vous.

Il effleura le cylindre une nouvelle fois. Cinq dessins d'émotions apparurent en suspens autour de lui. Keen précisa les circonstances dans lesquelles ils avaient été réalisés, indiqua les points de ressemblance et les références religieuses.

— Ici, c'est un halo de lumière pour signifier que l'âme des fillettes monte au ciel. Là, des traits autour de leurs visages symbolisent un rayonnement divin comme dans la religion hindouiste… et ici, les auréoles évoquent des figures saintes telles qu'on les trouve représentées sur des ex-voto du Moyen Âge. Tout semble innocent, empreint de naïveté et compassionnel. À un détail près : ces dessins montrent les fillettes dans la grotte et non en bas de la falaise, là où elles sont supposées être tombées, si l'on en croit la version des faits que vous avez donnée à la population.

Sur la banquette circulaire, personne ne broncha.

— Ces dessins assez similaires présentent les victimes dans la position qu'avaient Grace et Sofiane lorsque John les a trouvées.

Zoom sur le travail de Wooshee.

— Sur celui-ci, on voit du sang couler de leurs mains. Cette représentation christique correspond, en réalité, aux entailles relevées sur les paumes des fillettes. On remarque également que des couronnes de fleurs blanches couvrent leurs têtes.

Keen fit apparaître une série d'agrandissements des photographies de Sofiane et Grace, prises dans son labo : entremêlés à leurs cheveux, des pétales et des fragments de brindilles.

— Ce sont des fleurs d'aubépine. Ces mêmes fleurs que les garçons cueillaient lorsque mon fils les a croisés sur le chemin du phare.

L'archéologue toussota dans son poing et but quelques gorgées dans le verre d'eau posé sur le pupitre, avant de poursuivre.

— Tous les éléments sont en place. Les victimes. La présence des garçons sur la scène de crime.

Les preuves matérielles. Et pourtant, personne ne peut croire que ces enfants aient pu assassiner froidement leurs camarades. Ni vous, ni moi.

Il passa à une autre série de photographies : les visages de cinq garçons du village.

— Odin Palawan et Kapone Madras, sept ans. Wooshee Palikir, Maleko Kasoku et Norka Lopez, huit ans. Des gamins pleins d'imagination, bienveillants, empathiques, toujours prêts à aider leurs camarades. Cinq membres d'un clan qui depuis quelques mois se réunissent en secret pour revisiter les rituels ethniques et les croyances religieuses, et qui puisent dans des bouquins de quoi se fabriquer leurs propres codes. Des garçons élevés dans l'idée qu'ils sont rares et précieux, non par leur personnalité ou la valeur de leur âme, mais parce qu'ils sont porteurs de semence. De futurs reproducteurs auxquels on répète qu'ils sont inférieurs en nombre, sous-représentés, noyés au milieu de filles inutiles. Des filles qui leur farcissent la tête d'histoires à propos du Grand Recyclage et d'un domaine somptueux où ils n'auront jamais leur place. Des garçons qui vivent dans la crainte qu'on leur retire soudain leurs deux mamans, comme Maleko.

Assis à l'autre bout de la salle, jambes croisées, John hocha la tête.

— Des garçons qui seraient prêts à tout pour que ça change... Quitte à imaginer une autre réalité.

Keen agrandit le visage du fils de Yumi. Les joues potelées, son joli nez retroussé, il souriait, les lèvres entrouvertes sur des petites dents blanches bien alignées.

— On a tendance à penser qu'un enfant qui semble heureux n'a pas de problèmes. Pourtant, c'est cette absence de tristesse, de colère et de caprices qui doit nous alarmer.

Keen chassa l'image. Les regards concentrés sur lui, il poursuivit.

— Tout était organisé d'avance. Les garçons avaient bourré le crâne des fillettes avec des sottises au sujet du Grand Recyclage, et prétendu qu'ils connaissaient un moyen pour elles d'y aller sans attendre l'âge requis. Pour cela, il fallait qu'elles embrassent l'un d'eux sur la bouche, ce qui allait les « libérer de leur enveloppe corporelle », condition préalable au rite d'élévation spirituelle. Et pour que ce rite soit exécuté dans de bonnes conditions, il devait être précédé d'un rêve galactique.

Oscar Prodotis leva la main.

— Pardon de t'interrompre, Keen, mais peux-tu nous expliquer ce qu'est un rêve galactique ?

— Un jeu d'évanouissement que pratiquent les enfants depuis la nuit des temps. Il peut prendre différents noms : le rêve indien, le jeu du foulard, le jeu du cosmonaute...

— Et en quoi consiste un rite d'élévation spirituelle ? demanda un autre membre du Conseil.

La réponse de Keen jeta un froid.

— C'est un étranglement. Mais pas pour Maya.

S'adressant à l'IA, il lui posa la même question. Le cylindre s'éclaira d'un rose tendre.

— L'élévation spirituelle est pratiquée lors de cérémonies ou de méditations pour accroître la conscience spirituelle et favoriser la paix intérieure.

— Maya, peux-tu me dire ce qu'est un rêve galactique ?

L'IA projeta aussitôt dans la salle la reproduction en 3D de la configuration céleste tirée du tableau *La Nuit étoilée* de Van Gogh, sa prodigieuse nébuleuse tournoyant au-dessus de Keen.

— Le fait de rêver de la galaxie ou d'un système stellaire symbolise la créativité. Cela signifie que l'on a une vision large du monde et que l'on est conscient de notre place dans l'univers. Rêver d'étoiles dans le ciel veut dire qu'on a trouvé un point de repère sur notre chemin de vie. Ce rêve peut aussi représenter le bonheur.

Un silence suivit la réponse. Des regards s'échangèrent entre les membres du Conseil, puis, dans un murmure, quelqu'un lâcha :

— Maya est passée à côté.

Keen effleura le cylindre une dernière fois. La liste des questions obtenues grâce à Loa apparut devant leurs yeux.

— « Quand on arrête de respirer, est-ce qu'on va au paradis ? » est la dernière question que les fillettes ont posée à Maya. Mises bout à bout, toutes évoquent l'idée d'une manipulation mentale centrée sur la mort. Mais l'IA n'a rien décelé.

Il empoigna le pupitre.

— Quand j'ai demandé à Wooshee s'il était conscient de la gravité de leurs actes, il m'a répondu « Elles ne sont pas mortes. Elles sont juste allées ailleurs. Comme les mamans, quand elles partent en recyclage ».

Clameur de stupéfaction. L'archéologue balaya du regard les membres du Conseil : il connaissait chacun d'eux, leurs visages, leurs métiers, leurs familles.

— Ce qui s'est passé dans cette grotte aurait pu être évité si on s'était interrogé sur ce que nos enfants investissent comme croyances dans leurs jeux, et sur ce modèle que nous leur donnons : celui d'une société crédule, entièrement dédiée au mythe d'un monde meilleur basé sur le retrait, le départ forcé de nos mères étant présenté comme une forme « d'élévation ».

Il relâcha le pupitre. Ses mains étaient moites. Son regard se porta sur John, figé au fond de la salle.

Le puits de lumière étouffait peu à peu sous les assauts du soir. Oscar se redressa sur la banquette.

— Bien. Merci. As-tu une requête à formuler auprès du Conseil à la suite de ce qui vient d'être exposé ?

Keen confirma d'un mouvement de tête.

— Je demande l'instauration immédiate d'un accompagnement psychologique des garçons mis en cause, dans le cadre d'un programme global d'encadrement de la cellule familiale. Je préconise une suspension provisoire des cours d'histoire des religions et des croyances pour les apprenants du deuxième cycle, et la communication de l'affaire à la Gouvernance territoriale.

— Nous en prenons note.

— Je n'ai pas fini.

Le président du Conseil villageois retint son souffle.

— Nous t'écoutons.

— Je suggère qu'une étude comportementale soit réalisée le plus rapidement possible auprès des jeunes garçons de la communauté des villages afin d'identifier d'éventuelles problématiques. Sinon, j'ai bien peur que la situation ne se reproduise.

Oscar Prodotis s'éclaircit la gorge avant de demander aux membres du Conseil s'ils avaient des questions ou des remarques. Elles furent nombreuses.

— Avec quoi ont-ils étranglé les fillettes ?

— Des foulards.

— Sur les cinq garçons, combien ont pris part au... rituel ?

— Trois. Les deux autres se sont contentés de regarder et de faire le guet.

— Pourquoi entailler les mains des fillettes ?

— Pour les unir dans la mort. C'était une idée de Wooshee, précisa l'archéologue.

Les portes coulissantes de l'ascenseur s'ouvrirent pour laisser passer une jeune femme visiblement pressée et à laquelle personne ne prêta attention.

— Est-ce que tu as informé les parents des victimes de tes découvertes ?

— Non. Ce n'est pas à moi de le faire.

— Et ceux des garçons ?

— Non plus. Cette décision relève du Conseil.

L'intruse traversa rapidement la salle à petits pas, ses tongs claquant contre ses talons.

— Les as-tu interrogés tous les cinq ?

— Seulement Maleko et Wooshee.

— Ont-ils exprimé des remords ?

— Difficile à dire : ces garçons ont une vision altérée de la réalité et de leurs actes. Ils ont plutôt le sentiment d'avoir bien agi.

La jeune femme vint se placer derrière le président du Conseil et lui glissa quelques mots à l'oreille. Keen observa aussitôt un changement dans l'attitude d'Oscar.

— Je ne comprends pas bien leur motivation, indiqua à son tour un membre du Conseil.

— Leur motivation ? Eh bien, satisfaire le désir de leurs camarades en leur offrant la possibilité de réaliser ce dont elles rêvaient, et accessoirement, réduire le nombre de filles sur terre.

— C'est sidérant !

Quelqu'un posa une autre question qui resta en suspens : le président s'était levé, bouleversé.

— Je suis désolé mais nous allons devoir mettre fin à cette audience.

Il tira de sa poche un mouchoir pour s'éponger la nuque.

— ... Quelque chose de terrible est arrivé.

Sourd au brouhaha émanant du Conseil, Oscar Prodotis fixait du regard l'homme qui se tenait au centre de l'arène, comme s'il comprenait trop tard toute la portée de son discours et de ses actes.

Dans la salle, une ombre venait d'aspirer la lumière.

***

L'air était aussi limpide que celui dont il s'enivrait enfant. La lande avait pour lui des bontés d'un autre temps, pleine du charme de l'aurore, parfumée de ses touffes griffues et odorantes qui balisaient la sente. Quand il fut en vue du musée, Charlus Fisher descendit de son vélo et termina le chemin à pied.

Il n'avait pas revu Keen depuis le drame survenu voilà dix jours. La gazette communautaire avait relaté les faits, précisant dans quelle position les garçons avaient été retrouvés – recroquevillés au sol, baignant dans le vomi, une ficelle nouée autour de leurs poignets les liant les uns aux autres.

Les sorties éducatives au musée étant provisoirement suspendues, l'archéologue se concentrait sur ses recherches. Son fils le rejoignait en fin de journée, lorsque le soleil rentrait ses crocs. Keen passait pas mal de temps avec l'équipe d'expédition scientifique dépêchée par le CEVA sur le site d'Ambleteuse ; elle avait installé son campement dans l'auditorium du musée.

— Belle journée, l'Écossais.

Au labo, Charlus le trouva en caleçon, occupé à répertorier des petits soldats en plomb datant de la Seconde Guerre mondiale, dont la peinture n'avait pas résisté au séjour prolongé dans l'eau de mer. Pour Keen, à la surprise de voir son beau-père s'ajouta la gêne de l'accueillir en sous-vêtements.

— J'ai passé la nuit ici, s'excusa-t-il, désignant du coin de l'œil un lit de camp contre le mur. Un inventaire à finir pour une vente en NFT ce soir.

Le vieil homme hocha la tête et retira son panama, faisant mine de ne pas remarquer la bouteille d'alcool vide au pied du lit. Au robinet de la paillasse, l'archéologue s'aspergea le visage et la tête.

— Qu'est-ce qui t'amène ?

— Tu fais une chicorée du tonnerre, paraît-il.

Un semblant de sourire passa sur le visage de Keen.

— J'enfile un pantalon et je te prépare ça.

Ils sortirent sous l'auvent avec leurs tasses, prirent place dans des fauteuils en osier un peu branlants et contemplèrent le jardin de la cour intérieure. Un trio d'oiseaux pépiait sans retenue, chatouillait les feuillages de battements d'ailes ; la chaleur les contraindrait bientôt à s'enfouir sous l'ombre épaisse d'un argousier. Keen demanda des nouvelles de Maëlle et des jumeaux, auxquels il avait flanqué une sacrée frousse lorsqu'il s'était précipité dans la remise à outils avant de se jeter sur Maleko pour lui prendre son couteau.

— Toujours un peu chamboulés par les événements... Les jumeaux posent beaucoup de questions.

L'archéologue observait la traîne orangée du soleil encore assoupi dans un recoin du ciel. Ses cheveux, grossièrement peignés, étaient rabattus derrière ses oreilles. Trois rides verticales grimpaient depuis la ligne des sourcils jusqu'à son front.

— Et Yumi ?

— Maëlle lui rend visite tous les jours. Ça ne va pas fort.

Keen passa une main sur sa figure en soupirant.

— Quel cauchemar.

Cinq enfants avaient été découverts sans connaissance dans un des studios de musique du square. Ils avaient l'habitude de se réunir là après les cours, ou parfois au milieu de la nuit, en cachette. Deux d'entre eux étaient décédés durant leur transport vers le Centre médical d'urgence : Odin et Kapone. Coma éthylique. Plus de deux grammes d'alcool dans le sang. Gravement intoxiqués, Maleko et Wooshee étaient toujours en observation. Seul rescapé, Norka : il avait bu du bout des lèvres la décoction contenue dans la bouteille retrouvée sur place – il trouvait la préparation trop amère. Le garçon ne savait pas comment ils en étaient arrivés là. Les choses semblaient confuses, dans sa tête. Quelqu'un avait émis l'idée que, pour se faire pardonner leurs « mauvaises actions », ils devaient pratiquer un rituel de purification. Pour cela, ils s'étaient inspirés d'une boisson utilisée par les communautés indigènes amazoniennes des siècles derniers et de la « boisson pure » décrite en théologie islamique ancienne. Cette dernière était censée permettre de « purifier les cœurs, purifier tous résidus à l'intérieur du corps » et de « faire jaillir ce qui est impur de la peau comme de la sueur ». Dans les faits, ils avaient bu une saloperie apportée par l'un d'entre eux – Norka refusait de donner son nom. Un mélange de rhum, d'eau, de miel et de comprimés de CHO réduits en poudre.

— Un rituel de purification, grogna Charlus... Je n'ose imaginer ce que ces gamins auraient pu faire subir à mes fils.

Keen fixait le bord de sa tasse, agitée de légères secousses. Ses doigts tremblaient.

— *Damn me !*

L'amertume rôdait autour de lui comme un animal anxieux.

Son audience devant le Conseil, étouffée. La vérité sur la mort des fillettes, oubliée dans l'heure. John, exclu temporairement du protocole volontaire de surveillance. L'archéologue, mis au ban de la communauté par le Conseil jusqu'à nouvel ordre. Son obstination à révéler une vérité que personne ne voulait entendre avait entraîné le décès de deux jeunes garçons.

— Tout est ma faute.

— Tu n'as rien à te reprocher, crois-moi : personne n'aurait pu imaginer qu'ils tourneraient les choses de cette façon dans leur tête.

Charlus regarda le fond de sa tasse presque vide.

— À propos, je ne sais pas si tu es au courant, mais une étude comportementale va être lancée auprès des jeunes de la communauté des villages. On a reçu une convocation, pour les jumeaux. Et les cours d'histoire des religions et des croyances sont suspendus pour le deuxième cycle.

— Le Conseil s'est tout de même décidé à suivre mes préconisations...

Le vieil homme tapota affectueusement la cuisse de son beau-fils.

— John m'a rendu visite, il y a quelques jours. Ton discours l'a rudement impressionné.

— Vraiment ?

— Oui, quand tu as parlé du Grand Recyclage comme d'une sorte de paradis exclusif pour les filles qui rendrait les garçons jaloux.

— J'ai dit ça, moi ?

— Du moins, c'est ce qu'il a compris. Il n'avait jamais vu les choses sous cet angle, et moi non plus. Mais ça m'a rappelé une réflexion des jumeaux.

— Laquelle ?

— « Pourquoi on n'est pas des filles ? » J'avoue que ça m'avait plutôt troublé.

— Tous ces garçons élevés dans l'idée d'une inégalité plus favorable aux filles et qui les enfermerait dans une fonction de reproducteurs… C'est potentiellement vecteur de névroses.

— Tu as identifié précisément d'où venait le problème.

Keen avala le contenu de sa tasse.

— Je crois surtout que j'ai merdé.

— Ce que vous avez fait, John et toi, était très courageux. Seulement, vous n'avez pas suivi les règles, alors on vous balaie sous le tapis…

Charlus reposa sa tasse sur une caisse à côté de lui.

— Tu sais, le Conseil villageois, c'est un peu comme la doublure d'une veste : ça donne plus de tenue, c'est plus structuré, mais dessous, les coutures ne sont pas toujours jolies à voir.

L'archéologue fixait sa propre main sur l'accoudoir du fauteuil comme on regarderait un objet inutile.

— L'homme a toujours préféré le mensonge à la vérité, observa-t-il.

— Il faut croire qu'il a plus d'attrait.

— Et qu'il facilite bien des choses.

Charlus remarqua des taches brunâtres au dos des mains de Keen, pareilles aux siennes. La vieillesse, entre ce qui s'efface et ce qui résiste, accordait leurs regrets.

— Je t'ai apporté quelque chose.

Il quitta son fauteuil pour aller détacher le tendeur qui maintenait un panier sur le porte-bagage de son vélo. Il en retira le vieux coffret de bobines de fil, qu'il apporta à l'archéologue. Celui-ci fronça les sourcils.

— C'est la boîte qui se trouvait par terre dans l'abri de jardin, non ?

— Le « trésor » que mes fils s'apprêtaient à remettre à Maleko. J'aurais dû savoir qu'ils farfouilleraient dans la cabane à outils.

Keen ouvrit le coffret en bois verni. Saisissant du bout des doigts une minuscule mèche de cheveux tressés, il interrogea Charlus du regard.

Le vieil homme redoutait autant cet instant qu'il l'espérait.

Ce n'était pas le bon moment. Ça ne le serait jamais.

Mais sa fille avait épousé un archéologue, pas un chaudronnier.

— Elle était cousue au revers du col d'un chemisier, confia-t-il, reprenant place dans son fauteuil.

Patiemment, il lui fit le récit de son histoire. Comment l'idée avait germé en voyant sa grand-mère si mal habillée pour son retrait, et contribuait depuis lors à la floraison de robes chamarrées sur le trottoir les jours de collecte. Il révéla d'où provenait le contenu de la boîte. Prit le temps de lui montrer certaines pièces. De vieilles photos d'enfants roulées sur elles-mêmes, plus fines qu'une tige, des poèmes écrits à l'encre indélébile que l'on déchiffrait à la loupe, la marque d'un baiser au rouge à lèvres sur un morceau de tissu, un bracelet de perles cousu dans une manche...

— Ce sont des artefacts.

— Oui. Des vestiges que j'ai réunis au fil des années.

Il lui raconta son fiasco devant le Conseil, voilà près de trente ans, ses membres se refusant à voir dans le contenu de ce coffret autre chose que la volonté des Retirées de faire table rase de leur passé. Derrière ses lunettes rafistolées, les yeux du vieil homme brillaient.

— Dis-moi : qui se séparerait de ce qu'il a pris tant de soin à dissimuler ? Qui abandonnerait une petite tresse fabriquée avec les cheveux de ses enfants ?

Lentement, l'archéologue s'était redressé. Il effleurait les objets, capté par la lueur furtive d'une perle, une écriture lilliputienne sur un fragment de cuir, une alliance cousue à un ruban, identique à celle qu'il portait encore.

— Je ne sais pas vers quoi sont allées nos mères et nos femmes, Keen... Je ne sais pas si Rachel est encore en vie.

Charlus posa sa main sur celle de son gendre et la serra.

— Mais ce dont je suis sûr, c'est que le Grand Recyclage n'est pas le paradis.

Leurs BMH s'accordaient sur la même couleur. Celle d'une plaie ouverte.

Le ciel s'éclaircit soudain d'un rai de lumière prodigieux, annonçant l'emprise d'une autre journée brûlante. Les oiseaux avaient mis fin à leur ritournelle. Le temps glissait furtivement sur les deux hommes, et avec lui le souvenir de Rachel, de toutes les femmes qu'ils avaient tant aimées, et les visages de celles qu'ils côtoyaient encore, Sky, Maëlle, Maud, des femmes qui leur seraient arrachées avec la même facilité, un jour prochain.

— Sans armes, sans guerre, sans religion, même dans l'harmonie et l'amour, l'être humain détruit, murmura Charlus. On ne mérite pas de vivre. Non, on ne le mérite pas.

Il se leva, puis tourna vers Keen un regard dont l'affection et la tendresse semblaient inépuisables.

— Fais-en bon usage.

***

Les draps étaient lavés, repassés et rangés. Lorsqu'elle ouvrait les portes de l'armoire à linge, l'odeur de lavande et de frais, ce parfum immuable, bravait le peu de jours qu'il lui restait encore à passer ici, dans sa maison, dans sa chambre. Quant aux ouvrages de sa bibliothèque, elle s'en séparait peu à peu au quotidien, les semant dans les boîtes à livres des sept villages tels des petits cailloux. Tout en remplissant d'objets familiers un carton dont elle ferait don à la coopérative, Maud reconnaissait la mélancolie qui l'étreignait à l'étouffer, cette mélancolie de la solitude qu'elle ressentait déjà, enfant, lorsqu'elle cohabitait avec ses parents. Ils ne se touchaient jamais, faisaient chambre à part. Sa mère la rassurait, lui disait que ce n'était pas sa faute, même si, pour la mettre au monde, elle avait failli mourir, et sacrifié plus qu'elle ne l'aurait imaginé. Chambre à part. Une maison propre et rangée. Un père qui rarement sourit. Une nuit noire comme l'intérieur d'un pull.

Maud était née et morte à la fois voilà cinquante ans.

Préparer son retrait n'était pas désagréable. À peine si les gens, autour d'elle, s'en rendaient compte. Flavio De Lagos avait pour elle des attentions touchantes. Il passait la saluer chaque matin avant le début des cours, regrettant déjà son départ. Trop encombré par une vérité qui lui brûlait le cerveau, il avait fini par lui dire quelle réalité cruelle se cachait derrière les dessins.

— Mais bon sang, qu'est-ce qui leur est passé par la tête ?

Cinq garçons, purs et innocents.

La journée serait douce.

Bientôt, sa maison continuerait d'occuper la même place dans le village. Maud serait partie retrouver ses amies vers un horizon de lumière et de tous les possibles, et elle aurait fait ce que personne n'avait été capable de faire.

Allez savoir pourquoi elle n'y avait pas pensé avant. Pourquoi, soudain, elle les avait suivis jusqu'au square.

Il faisait chaud, les gamins sortaient de cours, le soleil embrasait encore les toiles d'ombrage, une étreinte avide, déraisonnable. Tout en marchant avec eux, elle serrait fort le guidon de son vélo. Le village, tout autour, s'animait de l'activité nerveuse du soir. Allez savoir pourquoi elle avait su si bien les prendre, sur l'instant, les convaincre. Un rituel de purification. Leur imagination avait fait le reste.

Cinq garçons, purs et innocents.

Cinq garçons, déviants et dangereux.

Ils s'étaient offert ce grand périple dont ils rêvaient, ce frisson de l'aventure, ils partiraient pour ce long voyage où tout serait à réinventer, où tout recommencerait, tout serait neuf et brillant de soleil.

ÉPILOGUE

« Le pouvoir ne vous est pas donné.
Vous devez le prendre. »

BEYONCÉ

J'écris le roman de mon présent.

Celui des femmes que l'on replie sur elles-mêmes comme du papier de soie avant de les glisser dans une housse.

Celui des terres submergées, emprisonnées.

Celui des villages poussés dans le nid d'un parc naturel, préservés encore, loin des villes tordues de chaleur, écroulées, noyées, gangrenées par l'abandon.

J'écris les mots qui tremblent dans la crainte de n'être que des paroles.

Des paroles inutiles.

Des paroles d'aujourd'hui que font revivre les anciennes années.

J'écris.

J'habite une oasis, un domaine au creux de hautes plaines boisées, une cité au cœur de la nature, un espace troglodyte et confortable. Un sanctuaire de sérénité pour Recyclées privilégiées.

Des femmes retirées de leur village pour laisser l'illusion aux hommes qu'ils dominent toujours la situation, pour les conforter dans leur masculinité, cultiver l'image de cette suprématie nécessaire à leur épanouissement sans laquelle ils se ratatineraient, perdraient toute contenance et finiraient par se dissoudre comme un sucre sous l'eau.

Des femmes recyclées pour investir des fonctions à la hauteur de leur savoir, de leurs acquis, de leurs compétences et de leur expertise dans tous les domaines, œuvrant à la sauvegarde de l'espèce.

Des femmes investies de leurs fonctions d'OMC dédiées aux tâches les plus ingrates du Grand Recyclage, et qui, une journée par trimestre, se déguisent en personnages ridicules pour accueillir les Retirées à Mayaland, les observer in vitro.

Des équipes d'ouvrières requalifiées et d'hommes stériles volontaires pour mener des chantiers de dépollution, de réhabilitation, de reconstruction, de préservation de sites, de démantèlement d'ouvrages d'art et de protection de nos territoires contre les tornades et les ouragans.

Des centaines de milliers d'êtres humains en mission dans le plus grand secret pour contribuer chaque jour à la sauvegarde de nos parcs nationaux, de nos forêts, de nos villes à l'abandon et de leurs nombreux monuments encore sous l'eau.

Partout sur la planète, des millions de chefs-d'œuvre en péril mis à l'abri dans des entrepôts, sous terre. Certaines de ces œuvres, repêchées dans des conditions extrêmes, font la fierté de l'Axis Mundi, comme la statue de la Liberté du pont de Grenelle, emblème de la grande salle de la Gouvernance, et le zouave du pont de l'Alma qui garde l'entrée du Musée numérique.

Toutes les beautés engendrées par l'Homme sont une source d'espérance.

Trente minutes de vélo, vingt minutes de rameur à eau, je quitte la salle de sport.

Salue Joy à travers la vitre. Sa petite jupette. Ses cuisses fermes.

Les gens me sourient dans l'ascenseur.

Bain relaxant express. Dehors, la nuit traîne ses couleurs tendres avant de laisser place au jour.

Je m'habille et rejoins l'espace de coworking.

Mes équipes sont déjà là, prêtes au travail. Dehors, le soleil perce le feuillage des arbres de ses premières épines. Silence des ventilateurs. Chacun avec son bloc-notes, sa tasse de thé ou de chicorée, dans l'attente que l'arc-en-ciel lumineux du cylindre de l'IA placé devant lui se fixe sur une couleur et en recouvre les murs de la cellule d'écoute. Bleu pour les enfants. Vert pour les ados. Orange pour les hommes. Rouge pour les femmes. Violet pour les non-genrés.

Hé, Maya, à quoi on sert, dans la vie ?

Est-ce qu'on forçait les gens à manger les animaux, avant ?

C'est normal de ne pas aimer les bébés ?

Comment est-ce qu'on nettoie les taches de sang ?

Qu'est-ce que ça fait d'être amoureux ?

Combien de fois est-ce qu'une fille peut jouir au cours d'un rapport sexuel ?

Pourquoi Dieu n'existe-t-il pas ?

Là est ma place. Écouter avec eux les questions posées à Maya dans leur infinité, analyser, contrôler, corriger ce que l'IA murmure aux oreilles de l'humanité de sa voix douce, fabriquée de toutes les nôtres.

Définir ce que sera sa réponse à la prochaine question.

Redéfinir le monde.

Remerciements

Merci à Lilas Seewald d'avoir permis cette rencontre avec la formidable équipe des éditions Belfond et à Carine Verschaeve de m'avoir avec talent, sensibilité et justesse, accompagnée dans l'écriture. Merci également à ma précieuse amie Rachel Klein qui a inspiré le personnage principal de ce roman d'un coup de ciseaux. Merci encore à Xavier Martin, mon vieux camarade de classe (spécialiste des produits extraits d'algues et biopolymères). Et pour leurs conseils et leur soutien sans faille, un grand merci à Thomas H. Cook, Yvan Fauth, Magali Bertrand, Stella Delmas, à mes enfants Adèle et Gabriel, et à mon partenaire de tennis imbattable, mon mari.

Pour en savoir plus sur la genèse du roman,
découvrir les coulisses de son écriture,
connectez-vous sur :

https://obsolete24.blogspot.com

Composition et mise en pages
Nord Compo à Villeneuve-d'Ascq

#lisez! engagé
Pour plus d'information :
www.lisez.com
Imprimé sur du papier issu de forêts gérées durablement.

Achevé d'imprimer par
Normandie Roto Impression s.a.s.
61250 Lonrai (Orne)
N° d'impression : 2401899

Imprimé en France